WAS WUSSTE MOLLY LISKERN?

Roman

Victor Gunn

Impressum

Text: © Copyright by Victor Gunn/
Apex-Verlag.
Lektorat: Dr. Birgit Rehberg.
Übersetzung: Aus dem Englischen übersetzt von
Ingrid von Blücher und Christian Dörge.
Original-Titel: *The Body In The Boot.*
Umschlag: © Copyright by Christian Dörge.
Verlag: Apex-Verlag
Winthirstraße 11
80639 München
www.apex-verlag.de
webmaster@apex-verlag.de

Druck: epubli, ein Service der
neopubli GmbH, Berlin

Printed in Germany

Inhaltsverzeichnis

Das Buch (Seite 4)

WAS WUSSTE MOLLY LISKERN? (Seite 6)

Das Buch

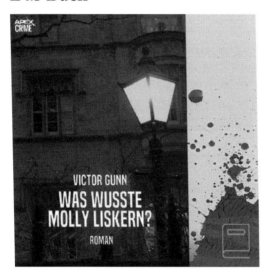

Ein Stofffetzen hing unter dem geschlossenen Kofferraumdeckel hervor. Verwirrt trat der Tierarzt Dr. Conway hinter seinen Wagen und klappte den Deckel hoch. Mit weit aufgerissenen Augen starrte er auf die zusammengekrümmte Gestalt eines jungen Mädchens. »Großer Gott! Molly Liskern!«, stieß er entsetzt hervor...

Der Roman *Was wusste Molly Liskern?* von Victor Gunn (eigentlich Edwy Searles Brooks; * 11. November 1889 in London; † 2. Dezember 1965) - ein weiterer Fall für Chefinspektor Cromwell - erschien erstmals im Jahr 1962; eine deutsche Erstveröffentlichung erfolgte 1963.

Der Apex-Verlag veröffentlicht eine durchgesehene Neuausgabe dieses Klassikers der Kriminal-Literatur in seiner Reihe APEX CRIME.

Was wusste Molly Liskern?

Erstes Kapitel

Peter Conway wollte eben das Licht ausschalten und die Garagentür schließen, als ihm etwas Seltsames auffiel. Er runzelte die Stirn. Seine Hand blieb regungslos in der Luft hängen... Es war genau dreiundzwanzig Uhr... Der Lichtschein der Lampe, die draußen über der Tür angebracht war, beleuchtete den vorderen Teil der Garage und ließ Peters elegante, zweifarbige Hillman-Minx-Limousine - in Silbergrau mit einem tiefroten Dach - ziemlich klar erkennen... Peter Conway hatte etwas entdeckt, was ihm bisher draußen in der Dunkelheit entgangen war.

Ein Stückchen Stoff, blaugetupft, hing aus dem verschlossenen Kofferraum heraus. Ein Windstoß, der raschelnd durch die Büsche fuhr, ließ es leicht aufflattern. Verwirrt trat Peter an seinen Wagen heran und stellte den Deckel des Kofferraumes hoch... Mit weit aufgerissenen Augen starrte er auf die zusammengekrümmte Gestalt eines jungen Mädchens im blauweiß-getupften Sommerkleid.

»Großer Gott! Molly Liskern!«, flüsterte er entsetzt.

Trotz ihres grauenhaft entstellten Gesichtes erkannte er sie augenblicklich. Und er erfasste mit einem Blick, dass das Mädchen tot war. Um ihren Hals lag eine fest zusammengezogene Nylonschlinge - offensichtlich war es erwürgt worden.

Peter stand wie angewurzelt da und sah fassungslos auf die Tote. Er war unfähig sich zu rühren, nicht einmal als er Schritte näher kommen hörte... Elf Uhr. Erst eine Stunde war vergangen, seit er sich mit Jennifer wegen Molly Liskern ausgesprochen hatte...

Ja, genau zehn Uhr war es gewesen. Peter hatte in seinem kleinen Laboratorium in *Tipley End* gearbeitet. Als er das vertraute Motorengeräusch des Mini-Cooper seiner Braut näher kommen hörte, blickte er erstaunt auf. Es war ungewöhnlich, dass Jennifer Perryn ihn um diese Zeit noch besuchen kam. Als der Wagen knirschend auf dem Kies vor seiner Garage anhielt, öffnete Peter die Tür seines Laboratoriums. Laboratorium... Schuppen wäre wohl die treffendere Bezeichnung gewesen. Er blickte dem schlanken, grazilen Mädchen mit dem blonden Haar erwartungsvoll entgegen. Auf dem Arm trug Jennifer ihren kleinen Pudel *Kim*.

»Fehlt Kim etwas?«, fragte Peter rasch.

»Kim? Oh, nein. Ich habe ihn nur so mitgenommen... Ich muss mit dir sprechen, Peter«, sagte das junge Mädchen in ernstem Ton. »Vorhin, als wir uns in der Stadt getroffen haben, war keine Gelegenheit dazu.«

Peter zog ein unglückliches Gesicht, als er Jennifer ins Laboratorium folgte. Dieses Laboratorium war sein Hobby, seine Leidenschaft-sein Allerheiligstes. Er war Tierarzt und verdiente mit seiner Praxis genug Geld, um recht gut davon zu leben. Aber seine kleinen privaten Forschungsarbeiten füllten seine ganze Freizeit aus. Oft saß er in den wenigen Stunden, die ihm zur Verfügung standen, über Mikroskope und Kulturen gebeugt und versuchte den geheimnisvollen Erkrankungen und Krankheitserregern der Tiere auf den Grund zu gehen.

Peters Eltern lebten in Kent. Als jedoch eines Tages seine Lieblingstante starb und ihm ein kleines Häuschen und dazu ein geringfügiges Legat hinterließ, hatte er zunächst einmal das Geld dazu Verwandt, sein Studium an der Tierärztlichen Hochschule abzuschließen, und war dann, als er sein Diplom in der Tasche hatte, hierher in dieses Häuschen gezogen, wo er sich als vollapprobierter Tierarzt selbständig machte. Es war ihm in verhältnismäßig kurzer Zeit gelungen, sich in Tregissy einen guten Namen zu machen. In Tregissy, das eine verschlafene Kleinstadt, fast noch ein Dorf, in Cornwall war und nur wenige Kilometer landeinwärts von dem Ferienziel St. Hawes an der Mündung des Hal-Flusses lag.

Peter war ein hochgewachsener, breitschultriger junger Mann; ein wenig schwerfällig und unbeholfen in seinen Bewegungen - er erinnerte manchmal an einen freundlichen, großen Neufundländer. Aber wenn er seine vierbeinigen Patienten untersuchte und behandelte, waren seine Hände behutsam und zart wie die einer Frau. Im Augenblick jedoch - als er Jennifer Perryn abwartend anblickte - machte er- einen bekümmerten und fast schuldbeladenen Eindruck. Obwohl doch nicht der geringste Grund dafür bestand. Er konnte sich schon denken, weshalb sie so spät noch gekommen war:

»Es ist wegen Molly Liskern, nicht wahr?«, fragte er.

»Ja, Peter. Die Leute im Städtchen reden so allerhand.« Jennifers Ton war ziemlich ernst. »Das Mädchen hat schreckliche Dinge über dich erzählt... Peter, sie stimmen doch nicht... Nicht wahr?«

»Nein!«

»Vater glaubt, dass sie stimmen. Und er verlangt von mir, dass ich unsere Verlobung löse.«

»Er hat mich von Anfang an nicht gerade besonders gut leiden mögen, das musst du doch zugeben?«, meinte Peter verbittert. »Ihm kommt diese Geschichte gerade recht, um mich loszuwerden - oder nicht? Ich bin ihm einfach nicht gut genug für dich...«

»Oh, Peter, nein - das ist nicht wahr!«, fiel ihm das junge Mädchen ins Wort. Impulsiv lief sie auf ihn zu und fiel ihm um den Hals. Der kleine Pudel sprang fröhlich kläffend neben ihr her.

»Hör doch - Peter -, ich glaube es ja gar nicht. Bestimmt nicht! Aber es ist alles so scheußlich.« Jennifer stellte sich auf die Zehenspitzen und hielt ihm ihr Gesicht entgegen, damit er ihr einen Kuss geben konnte. »Du weißt doch, Vater ist eben altmodisch. Als ihm Mollys Behauptungen zu Ohren kamen...«

»Ich bin ja nicht der einzige, von dem sie solche Sachen behauptet!«, unterbrach Peter sie erregt. »Sie hat die gleichen Skandalgeschickten ja auch schon über andere Männer verbreitet. Sie ist eine verdammte kleine Lügnerin! Wenn ich das früher geahnt hätte, würde ich sie niemals als Assistentin eingestellt haben. Du lieber Himmel! Wer konnte das wissen - sie ist ja noch fast ein Kind! Wie alt kann sie schon sein? Höchstens siebzehn oder achtzehn! Ihre Mutter arbeitet für mich... Sie kommt jeden Tag ein paar Stunden, um zu putzen und aufzuräumen... Und als ich damals nach hier umzog, war Molly noch ein Schulmädchen.«

»Sie hat überall herumerzählt, dass sie deine Geliebte gewesen ist.«

»Lüge... das ist eine verdammte Lüge!«, brüllte Peter erbost.

»Es besteht gar kein Grund, gleich so ärgerlich zu werden...«

»Ich bin nicht ärgerlich - ich bin wütend! Bloß weil ich ihr kündigte, wagt es diese Gans, derartige Lügen über mich zu verbreiten... Als Mollys Mutter mich damals bat, ihre Tochter einzustellen, dachte ich, dass die Kleine nichts als ein ganz gewöhnliches, solides junges Bauernmädchen wäre. Anfangs hat sie sich in der Praxis ja auch sehr geschickt angestellt und war mir eine große Hilfe. Sie versteht es wundervoll, mit Tieren umzugehen.« Peter runzelte nachdenklich die Stirn. »Es scheint, als ob sie mit Männern ebenso gut umgehen könnte. Aber ich hatte davon nicht die geringste Ahnung, bis der Krach mit ihr und Captain Goole in St. Hawes passierte. Goole ist ein Typ für sich. Er dachte gar nicht daran, sich von Molly Frechheiten bieten zu lassen!«

»Sie ist letzte Woche plötzlich abends zu ihm gegangen und hat Geld von ihm verlangt - war es nicht so?«, erkundigte sich Jennifer. »Die Leute behaupten, dass er. sie einfach auf die Straße geworfen hat. Und sie war so außer sich vor Wut darüber, dass sie anfing, überall die gemeinsten Dinge über Captain Goole zu erzählen.«

»Ich bin sehr schnell dahintergekommen, dass Molly trotzig und eigenwillig war; es ist ihr nie ganz gelungen, es zu verbergen. - Aber als ich erfuhr, dass Sie über mich auch ihre gemeinen Lügen verbreitete, setzte ich sie sofort an die Luft. Eine Unverschämtheit von ihr, sogar zu behaupten, dass es zu gewissen *Intimitäten* zwischen uns gekommen sein soll, hier in der Praxis, nach der Sprechstunde. Jennifer, du glaubst diesen Unsinn doch nicht etwa?«

»Nein, Peter. Ich habe kein Wort davon geglaubt«, gab seine Verlobte ruhig zurück. »Aber ich musste trotzdem mit dir darüber sprechen. Vater wiederholte immer wieder, dass, wo Rauch ist, auch ein Feuer sein muss. Und er betont, es wäre ein Glück für mich, dass mir noch beizeiten die Augen über dich geöffnet wurden.«

Peter nickte. Er wusste schon lange, dass Sir Nicholas Perryn, Eigentümer von *Tregissy Hall*, nicht allzu große Stücke von ihm hielt. Ganz im Gegensatz zu seiner Frau, Lady Perryn, die Peter stets mit größter Herzlichkeit entgegenkam. Gerade gestern erst war er auf der winzigen Hauptstraße von Tregissy Sir Nicholas begegnet. Und dieser hatte ihn ohne alle Umschweife mitten ins Gesicht hinein gefragt, ob an den Gerüchten über ihn und Molly etwas Wahres sei.

Jetzt erzählte Peter seiner Braut Jennifer von dieser unerfreulichen Begegnung...

»Ich muss schon sagen, ich finde es reichlich unverschämt von deinem Vater, mir solche Fragen zu stellen«, schloss er gereizt. »Ich war, fürchte ich, ziemlich kurz und unhöflich und äußerte lediglich dazu, dass Molly meiner

Ansicht nach ein unmögliches Frauenzimmer sei. Und dass es gut wäre, wenn ihr jemand endgültig ihr vorlautes und verlogenes Mundwerk stopfen würde. Woraufhin er mir auch bloß mit seiner albernen Redensart antwortete - wo Rauch sei, müsste auch ein Feuer sein. Na, wir sind ja nie besonders gut miteinander ausgekommen - dein Vater und ich. Und nun hat er ja endlich etwas, worauf er gründlich herumhacken kann. Das Ganze ist so gemein und hässlich, Jennifer, Liebling, ich schwöre dir, ich habe das Mädchen nie angerührt. Ich habe ihr überhaupt in diesem Sinne nie die geringste Aufmerksamkeit geschenkt. Herr im Himmel, warum sollte ich denn auch - wo ich dich habe?«

Jennifers verschlossenes Gesicht rötete sich jäh.

»Wie schmeichelhaft für mich!«, sagte sie, und ihre Stimme war kaum mehr als ein Flüstern.

»Wie? Ach, du liebe Güte!« Peter zuckte zusammen. »Ich bin doch immer ein Elefant im Porzellanladen! So habe ich es doch gar nicht gemeint... Ich habe Molly wirklich niemals näher angesehen. Sie war für mich nichts weiter als eine Angestellte, die ihre Arbeit zu verrichten hatte. Liebling, es gibt für mich doch niemand auf der Welt außer dir! Das weißt du doch! Man sollte dieses dumme Geschöpf wirklich ein für alle Mal zum Schweigen bringen - ehe sie noch mehr Unheil anrichten kann...«

»Peter - um Gottes willen! So etwas darfst du doch nicht aussprechen!«, unterbrach ihn Jennifer entsetzt. »Bitte, versuch das Ganze doch zu vergessen. Ich vertraue dir ja! Ich habe dir immer vertraut. Und was Vater betrifft - ich lasse mir nicht einfach irgendeinen anderen Mann aufzwingen. Wir werden im Oktober heiraten - genau, wie es geplant war.«

Einige Minuten herrschte Schweigen. Als Jennifer schließlich benommen ihren Kopf zurückbog, war ihr hübsches Gesichtchen dunkelrot, und ihre Augen funkelten.

»Peter - war das ein Kuss!«, stieß sie atemlos hervor. »Es ist mir vollkommen gleichgültig, was das verrückte Ding über dich erzählt! Aber sie soll sich nur hüten, mir über den Weg zu laufen.«

Jennifer atmete heftig, und unter ihrem leichten Sommerkleid zeichnete sich jede Bewegung ihres jungen Körpers deutlich ab. Peter blickte auf ihr erhitztes Gesicht herunter... Noch nie war sie ihm so schön vorgekommen... so begehrenswert. Ihre leicht geöffneten Lippen bebten leicht... ihre Augen strahlten. Alles an ihr strömte Jugend aus, Frische und Wärme.

Plötzlich schien sie zu merken, wie fest Peter sie im Arm hielt - sie stemmte sich mit aller Kraft gegen seine Brust.

»Liebling - bitte nicht!«, flüsterte sie. »Nicht doch, es ist schon schrecklich spät.« Sie machte eine Pause und sah ihm fest in die Augen. »Ich glaube dir... wirklich.«

Sie drehte sich um und rannte davon. Ihr kleiner Hund hüpfte fröhlich bellend neben ihr her. Mit einem Ruck riss sie die Tür ihres kleinen Wagens auf, schwang sich hinein, startete... und war verschwunden. Peter sah ihr nach, mit dem bedrückenden Gefühl, nicht so ganz aufrichtig gegen sie gewesen zu sein. »

Gewiss, es stimmte, dass niemals irgendwelche *Beziehungen* zwischen ihm und Molly Liskern bestanden hatten... er hatte niemals irgendetwas für sie empfunden«, das schon... Aber es war nicht abzustreiten, dass sie ihn häufig - wenn sie beide allein in der Praxis gewesen waren - unzweideutig aufgefordert hatte, sie zu küssen. Neulich hatte sogar etwas in Mollys frechen Augen gelegen, das noch mehr versprochen hatte als nur einen Kuss... Trotz allem hatte Peter keinerlei Anlass, sich irgendwie schuldig zu fühlen. Er hatte Mollys Annäherungsversuche kurz und unmissverständlich zurückgewiesen... Und das war auch der wirkliche Grund - wurde ihm jetzt klar -, weswegen sie so Gift und Galle gegen ihn gesprüht hatte, eine widerwärtige kleine Hexe!

Peter ging wieder ins Haus, zurück in sein Laboratorium... Es war jetzt genau vierzehn Minuten nach zehn.

Vier Minuten später - zehn Uhr achtzehn - klingelte das Telefon.

Um diese Zeit wurde im Allgemeinen nicht mehr in Peters Praxis angerufen, und er fragte sich verwundert, wer es wohl sein könnte. Als er den Hörer abnahm, erklang eine heisere, gespannte Stimme.

»Spreche ich mit Doktor Conway?«

»Ja, bitte?«

»Bitte, entschuldigen Sie die späte Störung, Doktor Conway, aber es handelt sich um einen dringenden Fall. Hier ist George Trevelyan vom *Long Reach Hof*«, erklärte der nächtliche Anrufer. »Es handelt sich um eine Stute von mir. Mein Wagen hatte - als ich ihn eben in die Garage fahren wollte - eine Fehlzündung - und Stella bäumte sich vor Schrecken in ihrem Stall auf. Dabei hat sie sich übel an der Flanke verletzt. Wäre es möglich, jetzt gleich noch herauszukommen?«

»Selbstverständlich«; erwiderte Peter sofort. »Zum *Long Reach Hof*? Der liegt doch an der Straße nach Penro, nicht wahr?«

»Ja. Knapp drei Kilometer hinter Tregissy.«

»Gut, ich bin in zehn Minuten da.«

Peter legte auf und griff nach seiner Tasche. Dann lief er zur Garage hinüber und fuhr seinen Hillman-Minx heraus. Eine Minute später hatte er das Stadtzentrum erreicht und hielt in Richtung Penro. *Tipley End*, wo Peter lebte, war der südliche Vorort des Städtchens und lag direkt an der Straße, die nach St. Hawes und an die Küste führte.

Als Peter die Stadt durchquerte und von der stillen Hauptstraße abbog, sah er im Vorbeifahren nur noch zwei, drei erleuchtete Fenster. Dann befand er sich auf einer der schmalen Landstraßen, die für Cornwall so charakteristisch sind, eine dieser Chausseen, die an beiden Seiten hohe, grasbewachsene, von Flecken gekrönte Böschungen haben. Vor langer Zeit für schmale, hochrädrige Pferdefuhrwerke gebaut, waren sie für unser Jahrhundert mit seinem Verkehr und seinen schnellen Autos unzureichend.

Peter war guter Dinge, als er so dahinrollte. Wieder ein neuer Klient. Er hatte im Vorbeifahren von der Chaussee aus oft die imposanten Gebäude von *Long Reach* liegen sehen. Aber dies war das erste Mal, dass man ihn aus beruflichen Gründen dorthin berief. Wenn Mr. Trevelyan mit seiner Behandlung der verletzten Stute zufrieden war, konnte Peter mit größter Wahrscheinlichkeit damit rechnen, dass ihm in Zukunft die Gesamtbetreuung des Viehbestandes überlassen wurde.

Peter brauchte nicht einmal zehn Minuten, um sein Ziel zu erreichen. Die hohe Böschung an beiden Seiten der

Straße war in ebenerdige Hecken übergegangen, und er konnte die dunklen Umrisse des Gutshauses vor sich liegen sehen - keine hundert Meter entfernt auf der linken Seite. Er bremste und schaltete den Motor ab. Ein großes Tor versperrte ihm den Weg zur Auffahrt; er versuchte es zu öffnen - aber es war verschlossen.

Peter hatte seinen Wagen gut auf die Seite gefahren und ließ ihn jetzt dort auf dem Bankett stehen. Er sprang über das Tor und lief eilig die Auffahrt hinauf. Er war erstaunt, nirgendwo im Haus ein erleuchtetes Fenster zu sehen. Der große, dunkle Komplex lag vollkommen verschlafen vor ihm. Als er die altmodische, säulengestützte Veranda erreicht hatte, fiel ihm die absolute Stille auf, die über dem ganzen Wohnhaus lag. Er suchte vergeblich nach einer Klingel oder einem Klopfer und hämmerte schließlich mit der Hand gegen die Tür; zunächst mit den Knöcheln und später, energischer, mit der ganzen Faust.

Aber das Haus blieb dunkel und still wie zuvor...

»Eigenartig!«, murmelte Peter mit gerunzelter Stirn vor sich hin.

Es war doch anzunehmen, dass der Bauer nach diesem Unfall seine Frau aufweckte, damit sie den Tierarzt so schnell wie möglich zu ihm führte, wenn er kam. Aber offensichtlich war Mr. Trevelyan nicht auf diese Idee gekommen. Möglich, dass er wegen seiner verletzten Stute so in Sorge war, dass er es nicht gewagt hatte, den Stall zu verlassen. An eines dachte Peter im Augenblick allerdings nicht, nämlich, dass das Telefon wohl kaum im Stall angebracht sein dürfte.

Er trommelte abermals gegen die Tür, lauter, mit aller Kraft. Nichts rührte sich. Er trat unter dem Vordach zurück, so dass er die Vorderfront des Hauses überblicken konnte, alle Fenster lagen dunkel und verschlafen da.

Daraufhin ging er einen kleinen, gepflasterten Weg, der um das Wohnhaus herumführte, entlang und betrachtete den rückwärtigen Teil des Hauses. Aber auch hier war alles finster und ruhig. Nicht > das kleinste Licht, außer dem blassen Schein der Sterne am Himmel. Allmählich begann er sich wirklich zu wundern.

»Mr. Trevelyan!«, rief er laut.

Aber nur das Echo seiner eigenen Stimme wurde von der Scheune hinter dem Gemüsegarten zurückgeworfen - kein anderer menschlicher Laut. Die Stille der Nacht, nur unterbrochen von ihren, gewohnten Geräuschen - dem schläfrigen Grunzen der Schweine im Stall, dem leisen Flattern sich unruhig im Schlaf bewegender Hühner, und hin und wieder dem Stampfen eines Pferdehufes im Stroh - umgab ihn. Und nicht einmal ein Hund, der erbost über den Fremdling in der Nacht anschlug - fiel Peter plötzlich auf. Einen Bauernhof ohne Hund - das gab es doch überhaupt nicht.

Er rief abermals, dann ging er durch den Küchengarten auf die dunklen Umrisse der Stallungen zu. Er klinkte die obere Hälfte einer der Türen auf und schaute hinein. Auch hier war alles vollkommen dunkel, aber er konnte das leise Scharren der Pferde in ihren Boxen hören. Er sah noch in mehrere Ställe hinein - überall dasselbe...

»Zum Teufel noch mal!«, schimpfte er wütend vor sich hin.

Ganz offensichtlich gab es überhaupt keine verletzte Stute - nichts. Irgendein verdammter Spaßvogel hatte es für einen guten Witz gehalten, ihn anzurufen und hier herauszujagen. Er überlegte sekundenlang, ob er irgendetwas falsch verstanden haben könnte, oder ob er vielleicht zu einem falschen Hof gefahren war... aber nein - das war vollkommen ausgeschlossen. Nein, nein... dies war schon der *Long Reach Hof...* ganz gewiss. Er war schließlich oft genug bei Tag hier vorbeigefahren. Und man hatte ihn auch hierher bestellt.

Trotz alledem war es verwirrend, dass so überhaupt keine Menschenseele hier sein sollte. Er wusste, dass George Trevelyan mit seiner Frau hier lebte. Eigenartig, dass sie nicht zu Hause waren. Wahrscheinlich gab es eine ganz simple Erklärung für alles. Möglich, dass Mr. und Mrs. Trevelyan zu Besuch bei Freunden waren. Es war ja noch nicht allzu spät. Vielleicht waren sie nur noch nicht wieder heimgekommen. Und vermutlich wohnte das Gesinde in eigenen kleinen Katen, ein Stückchen vom Hauptgebäude entfernt.

»Ja - so wird es wohl sein!«, murmelte Peter halblaut. Irgendjemand muss gewusst haben, dass die Trevelyans, heute Abend nicht zu Hause sind und hat sich daraufhin einen Spaß mit mir erlaubt. Ein idiotischer Trick - und ich Narr bin prompt darauf hereingefallen!'

Er hatte allen Grund, wütend zu sein. Denn es bestand doch wohl wenig, wenn nicht gar keine Aussicht, herauszufinden, wer hinter diesem albernen Scherz steckte. Peter ging zum Haupttor zurück, setzte mit einer Flanke hinüber, stieg in seinen Wagen und drehte verärgert den Zündschlüssel herum. Er fuhr schnell und in äußerst gereizter Stimmung nach Hause. In Tipley End angekommen, stellte er den Wagen direkt in die Garage - er hatte die Türen vorher gleich offenstehen lassen. Er stieg aus und schaltete die Garagenbeleuchtung ein. Dann wollte er die Türen zumachen. In diesem Augenblick schlug die Kirchturmuhr von Tregissy - ihr Klang hallte deutlich durch die Stille der Nacht -, es war genau elf Uhr.

Im Innern der Garage gab es zwei Lampen, eine davon über der Werkbank, und außerdem war noch eine draußen, über der Tür angebracht. Der Lichtschein von dieser äußeren Lampe fiel direkt auf den Kofferraum des Wagens... Und jetzt - zum ersten Mal - bemerkte Peter das blaugetupfte Stückchen Stoff, das unter dem Deckel des Kofferraumes heraushing.

Er hatte dieses Stückchen Stoff noch niemals vorher gesehen. Und es hatte überhaupt nichts in seinem Kofferraum zu suchen. Verblüfft ging er hinüber und klappte den Deckel hoch... dann starrte er mit fassungslosem Entsetzen auf die zusammengekrümmte Gestalt eines jungen Mädchens - eines Mädchens in einem blaugetupften Sommerkleid - die vor ihm in seinem Kofferraum lag.

Peter blickte auf das Gesicht... er erkannte es sofort, trotz der grauenhaften Verfärbung und der fürchterlich verzerrten Züge...

»Großer Gott! Molly Liskern!«, flüsterte er entsetzt.

Im Unterbewusstsein hörte er näher kommende Schritte, aber er war viel zu benommen, um irgendwie darauf zu reagieren.

Zweites Kapitel

Ganz allmählich erwachte Peter Conway aus seiner lähmenden Erstarrung. Sein Gehirn begann langsam wieder zu arbeiten. Molly Liskern... Molly Liskern, das Mädchen, das bei ihm angestellt gewesen war... das Mädchen, um dessentwillen ihn Jennifer erst vor wenigen Stunden zur Rechenschaft gezogen hatte... dieses Mädchen war tot... erwürgt! Und es lag hier vor ihm, im Kofferraum seines eigenen Autos!

Wann war es geschehen?...

Wie kam es dorthin?...

Wo war es hineingekommen?...

Auf alle drei Fragen gab es überhaupt nur eine Antwort. Er hatte seinen Wagen am Straßenrand vor dem Tor des *Long Reach Hofes* abgestellt... und dort hatte er unbeaufsichtigt gestanden, während er, Peter, mindestens zehn Minuten lang das Terrain sondiert hatte. In dieser kurzen Zeit musste man die Leiche in seinem Kofferraum abgeladen haben. Die Gebäude des Bauernhofes standen gute neunzig Meter von der Chaussee entfernt, und diese war um solch eine späte Stunde verlassen...

Plötzlich fiel Peter etwas ein. Der Telefonanruf! Es war kein Zufall, dass Mollys Mörder seinen Wagen gefunden und die Leiche darin versteckt hatte. Der Teufel musste seine Hand im Spiel haben, dass Peters Wagen ausgerechnet um diese Zeit dort, an diesem einsamen Platz gestanden hatte; unbewacht, da er auf der

Suche nach dem Bauer gewesen war! Dies also war die Erklärung für den rätselhaften Telefonanruf... es war keineswegs ein dummer Scherz gewesen... oh, nein... es war ein klug ausgetüftelter Plan!

Verteufelt schlau ersonnen! Der unbekannte Mörder musste genau gewusst haben, dass die Trevelyans nicht zu Hause waren, und dass Peter kostbare Minuten damit verlieren würde, dahinterzukommen, dass niemand da war und man ihm einen dummen Streich gespielt hatte. Und ebenso wenig war es ein Zufall, dass ein Stückchen von Mollys Kleid unter dem geschlossenen Deckel des Kofferraumes hervor sah. Man hatte es absichtlich so eingeklemmt, damit es Peter ins Auge fiel. Er sollte es bemerken! Aber nicht sofort. Wenn er in der Dunkelheit nach seiner vergeblichen Suche auf dem Hof zu seinem Wagen zurückkehrte, konnte ihm noch nichts Ungewöhnliches auffallen.

Aber später, wenn er wieder zu Hause war! Dann musste die Lampe über der Garagentür genau den Kofferraum und das verräterische Stück Stoff beleuchten - nachdem er den Wagen abgestellt hatte. Peter würde aufmerksam werden und sich überzeugen, was los sei. Ohne den hervorhängenden Stofffetzen hätte es für ihn keinen Anlass gegeben, den Kofferraum zu öffnen, zumindest nicht mitten in der Nacht. Frühestens am nächsten Morgen würde er die Leiche entdeckt haben. Und vielleicht noch nicht einmal dann. Er ging oft tagelang nicht an seinen Kofferraum. Also bezweckte der Mörder - aus irgendeinem, Peter unerklärlichen Grund -, dass die Leiche sofort gefunden würde, wenn er zu Hause ankam.

Die Schlussfolgerung, dass der Mörder so genau über ihn Bescheid wusste, versetzte Peter einen neuen Schock... Der Unbekannte musste alles kennen, seine Garage, seinen

Wagen, seine Angewohnheiten... schlechthin alles. Eine solche Anhäufung von Zufällen, wie sie hier vorlag, gab es einfach nicht.

Plötzlich riss ihn ein Geräusch hinter seinem Rücken in die fürchterliche Wirklichkeit zurück. Er fuhr herum und starrte - am ganzen Körper zitternd - entsetzt zur Tür. Er blickte einem vollkommen Unbekannten ins Gesicht. Vor ihm, im vollen Schein der Lampe, stand ein gutangezogener Mann von etwa dreißig Jahren, mit einem ruhigen, freundlichen Gesicht, der einen jungen Cockerspaniel auf dem Arm hielt. Der blaue, mit einem Gürtel um die schmalen Hüften eng zusammengezogene Regenmantel sah elegant und teuer aus; der fremde trug keinen Hut und seine Augen, dunkle, ausdruckslose Augen, lagen voll verwunderter Belustigung auf Peter.

»Sind Sie Doktor Conway?«, erkundigte er sich höflich.

»Ja.« Peters Stimme klang ihm wie ein heiseres Krächzen in den Ohren.

»Ich frage mich schon eine ganze Weile, wie lange Sie wohl noch so versteinert dastehen und in Ihren Kofferraum starren würden«, meinte der andere lachend. »Ich wollte Sie...« Jäh brach er ab und trat einen Schritt näher heran. »Oh - hallo!«, rief er mit scharfer Stimme. »Zum Teufel! Was haben Sie mit dem Mädchen gemacht?«

»Nichts!«, gab Peter verzweifelt zurück. »Ich habe überhaupt nichts mit ihr gemacht. Sie ist tot. Ich habe sie vor ein paar Minuten so gefunden. Ich... ich traute meinen Augen kaum. Sie ist erwürgt worden. Irgendjemand muss ihre Leiche in meinen Koffer...«

»Na, na - nun beruhigen Sie sich erst mal!«, unterbrach ihn der Fremde. »Sind Sie denn ganz sicher, dass sie tot ist?«

»Sehen Sie sich sie doch an! Da, ihr Gesicht...«

»Ja, sie ist *allerdings* tot, darüber kann kein Zweifel bestehen«, meinte der Fremde nach einem kurzen Augenblick. »Pech für Sie, dass ich gerade in diesem Augenblick auftauchen musste - wie?«

»Was wollen Sie damit sagen?«, gab Peter außer sich, fast schreiend, zurück. »Ich habe sie nicht umgebracht! Ich muss sofort die Polizei benachrichtigen. Können Sie einen Augenblick hierbleiben, während ich ins Haus gehe, um zu telefonieren...?«

»Halt, Mr. Conway, einen Augenblick!«, fiel ihm der Unbekannte abermals ins Wort. »Ich habe keine Lust, in solch eine Sache verwickelt zu werden. Ich bin hierhergekommen, weil ich Ihnen meinen jungen Hund hier zeigen wollte - das ist alles. Er frisst überhaupt nichts... rührt einfach nichts an... das kann nicht mehr so weitergehen mit ihm. Aber ich glaube, ich gehe jetzt lieber wieder, was meinen Sie?«

»Nein, bitte nicht. Sie waren hier, als ich Mollys Leiche entdeckt habe, und...«

»Ach - Sie kennen das Mädchen?«

»Natürlich kenne ich sie. Schließlich war sie bis vor ein paar Tagen bei mir angestellt, sie war meine Sprechstundenhilfe. Sie heißt Molly Liskern, und sie stammt hier aus dem Ort.« Peter sprach immer hastiger, seine Worte überschlugen sich fast - er war kurz davor, in Panik zu geraten. »So hören Sie doch! Gegen ein Viertel nach zehn bekam ich einen Telefonanruf... irgendjemand, der vorgab, Mr.

Trevelyan vom *Long Reach Hof* zu sein, war am Apparat. Ich möchte bitte sofort kommen, um mir eine verletzte Stute anzusehen. Daraufhin fuhr ich gleich los...«

»Kennen Sie diesen Mr. Trevelyan?«

»Nein - aber das hat gar nichts mit der Sache zu tun. Als ich draußen ankam, stellte ich fest, dass man mich zum Narren gehalten hatte. Weit und breit war nichts von einer verletzten Stute zu sehen, und Mr. Trevelyan war obendrein gar nicht zu Hause. Es war überhaupt niemand da. Ich dachte, ich sei einem üblen Scherz irgendeines albernen Narren zum Opfer gefallen... bis eben... bis ich den Kofferraum aufmachte.«

»Ich verstehe nicht ganz...«

»Aber das ist doch ganz offensichtlich! Der Bauernhof liegt etwa hundert Meter von der Chaussee entfernt. Das Haupttor war verschlossen, und ich ließ meinen Wagen draußen stehen. Er hat mindestens zehn Minuten dort gestanden und in dieser Zeit - während ich nach Mr. Trevelyan suchte - muss irgendjemand die Leiche in meinen Kofferraum gelegt haben.«

Der Fremde machte ein ziemlich skeptisches Gesicht.

»Glauben Sie, dass die Polizei Ihnen das abnimmt?«, fragte er. Peter setzte sich in Bewegung und wollte sich an ihm vorbei aus der Tür drängen.

»Warum sollte sie daran zweifeln?«

»Hören Sie, mein Guter«, sagte der Fremde und ergriff Peters Arm. »Was Sie jetzt brauchen, ist ein Cognac. Ich nehme an, Sie haben irgend so etwas im Haus?« Mit der freien Hand schlug er den Deckel vom Kofferraum herunter und schob Peter dann aus der Garage. »Um ehrlich zu sein, muss ich zugeben, dass ich jetzt auch nichts gegen einen Schluck einzuwenden hätte.«

Peter war von den grauenhaften Ereignissen, die so unvermutet über ihn hereingebrochen waren, so verwirrt, dass er nicht den geringsten Widerstand leistete. Im Gegenteil, er fand den Vorschlag eigentlich gar nicht so übel. Er nahm den Fremden mit in sein kleines Häuschen, schaltete im Wohnzimmer Licht ein, und holte die Whiskyflasche aus dem Schrank. Schweigend tranken sie ihre Gläser aus.

Während sein nächtlicher Besucher ihre Gläser nachfüllte, stolperte Peter zu einem Sessel hinüber, taumelte dabei heftig gegen den Tisch und fiel dann kraftlos in die Kissen. Der Mann setzte seinen jungen Cockerspaniel auf einen anderen Sessel, wo dieser sich zufrieden zusammenrollte und sofort friedlich zu schnarchen begann. In Peters Kopf wirbelten die Gedanken und seine ganze, riesige Gestalt zitterte immer noch heftig. Irgendwie, sich mühsam aus dem Unterbewusstsein herauf drängend, beunruhigte ihn dieses Zittern außerordentlich. Er hätte es nie für möglich gehalten, dass ein solcher Schock einen großen, kräftigen, jungen Mann wie ihn, so völlig aus der Fassung bringen könnte. Und als sein Begleiter ihm das wieder gefüllte Glas in die Hand drückte, vermochte er nichts als Molly Liskerns armes, entstelltes Gesicht vor sich zu sehen.

»Wie geht es? Besser, Mr. Conway?«, erkundigte sich der Fremde.

»Nein, ich glaube nicht«, gab Peter heiser zurück. »Wer sind Sie eigentlich?«

»Ist das so wichtig? Ich heiße Paul Blair, und ich wohne im *Schwarzen Falken* in St. Hawes. Dort hat man mir auch

Ihre Adresse gegeben und mir gesagt, dass Sie ein guter Tierarzt wären - deshalb bin ich. ja hier. Ich habe mir da anscheinend einen ziemlich ungünstigen Augenblick ausgesucht.« Der Mann war vollkommen gelassen und ihn schien nichts so leicht aus der Ruhe bringen zu können. »Aber andererseits ist es vielleicht ganz gut, dass ich gerade in diesem Augenblick gekommen bin, oder? Ist sonst noch jemand hier im Haus?«

»Nein.«

»Sie wohnen allein hier?«

»Ja.«

»Haben Sie denn keine Haushälterin?«

»Mrs. Liskern kommt tagsüber und hält alles in Ordnung... Sie ist die Mutter von Molly. Ach du lieber Gott, sie wird wahnsinnig werden, wenn sie hört, dass...«

»Das glaube ich auch. Aber bleiben wir lieber bei Ihrem augenblicklichen Problem. Dieses Mädchen war also bei Ihnen beschäftigt, wenn ich richtig verstanden habe. Hatten Sie mir nicht draußen in der Garage erzählt, dass die Kleine bis vor ein paar Tagen Ihre Assistentin war? Das heißt also, Sie haben ihr erst vor kurzem gekündigt?«

»Ja. Sie hat angefangen, unerhörte Geschichten über mich zu erzählen... Du meine Güte!« Peter sah plötzlich ganz bestürzt aus. »Ich hatte eine ziemlich unerfreuliche Auseinandersetzung mit ihr und warf sie in einem Wutanfall hinaus. Die Polizei wird doch nicht etwa daraus irgendwelche falschen Schlüsse ziehen... was meinen Sie?«

Paul Blairs Gesicht wurde unvermittelt ernst und sorgenschwer.

»Ich sage es bestimmt nicht gern, Mr. Conway, aber um ganz ehrlich zu sein, klingt diese Geschichte von dem vorgetäuschten Anruf, Ihrer Fahrt zu dem verlassenen Gehöft usw... nun... zumindest ziemlich mager Können Sie wenigstens irgendwie beweisen, dass Sie tatsächlich zu diesem Bauernhof gefahren sind?«

Peter erhob sich mit einer schwerfälligen Bewegung aus seinem Sessel und stand auf unsicheren Beinen da.

»Nein, ich fürchte, das kann ich nicht«, sagte er und fühlte, wie die Panik aufs Neue von ihm Besitz ergriff. »Aber es stimmt! Ich war dort! Ich schwöre! ich habe keine Ahnung gehabt, dass Molly tot war, bis ich sie in meinem Kofferraum entdeckte. Ich würde den Deckel ja gar nicht aufgemacht haben, wenn nicht ein Zipfel von ihrem Kleid herausgegangen hätte.«

Blair nickte nachdenklich.

»Ich glaube Ihnen ja, Mr. Conway«, meinte er in ermutigendem Ton. »Ich habe ja gesehen, wie erschrocken Sie waren, als Sie den Kofferraum öffneten. Ich war gerade angekommen und stand unmittelbar hinter Ihnen. Sie würden nicht so reagiert haben, wenn Sie gewusst hätten, dass die Leiche des Mädchens dort eingeschlossen war.«

»Gottlob! Das ist doch immerhin etwas!«

»Erhoffen Sie sich nicht zu viel davon. Verlassen Sie sich nicht auf mich, falls Sie beabsichtigen, die Polizei zu benachrichtigen«, raubte ihm Blair sofort wieder seine Hoffnung. »Es würde keinerlei Hilfe für Sie bedeuten, wenn ich aussagen würde, was ich gesehen habe. Sie sind in einer verteufelten Lage! Und je eher Sie das einsehen, desto besser für Sie.«

»Aber wenn ich der Polizei die Wahrheit sage...«

»Was können Sie ihr denn schon sagen? Dass Sie auf irgendeinen dummen Streich hin zu dem Bauernhof gefahren sind«, unterbrach ihn Blair. »Aber wie Sie doch eben selbst zugeben mussten, haben Sie nicht die geringste Möglichkeit, das zu beweisen. Was meinen Sie, was die Polizei davon halten wird? Sie wird annehmen, dass Sie diese ganze Fahrt zu dem Bauernhof erfunden haben, um eine Erklärung für Ihre Abwesenheit von zu Hause zu haben. Die Polizei wird vermuten, dass Sie sich mit dem Mädchen verabredet haben, sie erdrosselten und dann im Kofferraum Ihres Wagens nach Hause brachten. Ich würde Ihnen raten, sich jetzt endlich zusammenzureißen und den Dingen ins Gesicht zu sehen, Mr. Conway!« Peter starrte den Fremdling an und empfand nichts als vollkommene Verzweiflung und Hilflosigkeit. Es war nur Blairs ruhiger Sachlichkeit und seiner ungekünstelten Freundlichkeit zu verdanken, dass er nicht von Panik übermannt wurde.

»Ich versuche die Dinge so zu sehen, wie die Polizei sie sehen wird«, fuhr Blair fort, als Peter beharrlich schwieg. »Sie sagten mir bereits, dass Sie mit dem Mädchen nicht gerade auf gutem Fuße standen... ja, dass Sie ihr sogar in einem Wutanfall gekündigt haben. Es dürfte Ihnen klar sein, dass Sie die Polizei sofort verhaften wird, wenn Sie ihr diese primitive Wahrheit vorsetzen.«

Peter taumelte unsicher durch das Zimmer, wobei er gegen zahlreiche Möbelstücke stieß und wild mit den Armen ruderte. Sein gesundes, frisches Gesicht war, dunkelrot angelaufen, und seine Augen flackerten unstet.

»Wenn ich der Polizei nicht die Wahrheit erzählen soll - was in Gottes Namen soll ich ihr dann erzählen?«

»Gar nichts.«

»Was? - Was soll ich ihr sagen... gar nichts?«

»Ich persönlich nehme es Ihnen ja ab, dass Sie zum Narren gehalten worden sind, Mr. Conway«, erklärte Blair eindringlich. »Ich glaube auch, dass man Ihnen die Leiche des jungen Mädchens in den Kofferraum gelegt hat, als Sie zum Bauernhaus hinübergegangen waren... Ganz so, wie Sie es mir erzählt haben. Alles deutet ja darauf hin. Der Mörder hat Ihnen eine Falle gestellt - und Sie sind prompt hineingetappt. Ich werde niemals vergessen, wie fassungslos Sie waren, als Sie die Leiche entdeckten. Sie hatten in dem Moment ja nicht einmal die geringste Ahnung, dass ich unmittelbar hinter Ihnen stand. Und ich will versuchen, Ihnen zu helfen.«

Abermals war es lediglich der gelassenen und sicheren Art und Weise, wie Blair auf. Peters verzweifelte Lage reagierte, zu verdanken, dass dieser nicht vollkommen die Nerven verlor. Aber die Vorstellung, dass er sein entsetzliches Geheimnis für sich behalten müsste, erfüllte ihn mit Grauen. Das war doch ganz unmöglich! Das konnte er nie. Was sollte er denn mit Mollys Leiche anfangen?

»Es ist verdammt anständig von Ihnen, Mr. ... wie sagten Sie doch gleich, war Ihr Name? Blair? Es ist verdammt anständig von Ihnen, mir helfen zu wollen. Aber wie, zum Teufel, stellen Sie sich das eigentlich vor? Es gibt nur einen Ausweg, nämlich die Polizei anzurufen und...«

»Und wegen Mordes an dem jungen Mädchen verhaftet zu werden«, unterbrach ihn Blair scharf. »Glauben Sie mir, mein Junge, so wird es bestimmt kommen. Und dann kann ich Ihnen nicht helfen... Was ich auch tun würde, es würde die Verdachtsmomente gegen Sie nur noch verdichten.«

»Aber wenn Sie der Polizei sagen, wie entsetzt ich war, als ich meinen Kofferraum aufmachte...«

»Keiner würde das geringste darauf geben«, entgegnete der andere, indem er Peter abermals ins Wort fiel. »Ganz abgesehen davon, dass ich nicht die geringste Lust verspüre, mit der Polizei in Berührung zu kommen - besonders, wenn es sich um einen Mord handelt -, würde Ihnen meine Zeugenaussage mehr schaden als nützen. Ich wäre verpflichtet, bei der Wahrheit zu bleiben, und das würde keinerlei Hilfe für Sie bedeuten. Ich mache zur Zeit eine Woche Ferien in St. Hawes und ich habe keine Lust, mir diese zu verderben.«

Peter hatte das Gefühl, gleich zu ersticken.

»Schön... was, zum Teufel, soll ich dann tun?«, fragte er verwirrt.

»Niemand, außer uns beiden, kennt die Wahrheit«, gab Blair zurück. »Ein anderer, Unbekannter, hat das Mädchen umgebracht und Ihnen die Leiche aufgehalst. Müssen Sie denn unbedingt so dumm sein, auf diesen Trick hereinzufallen? Überlegen Sie doch, niemand außer uns weiß davon. Sie brauchen doch nichts weiter zu tun, als die Leiche irgendwo anders hinzuschaffen und schon sind Sie aus dem Schlamassel heraus.«

»Ja, mein Gott - das stimmt! Tatsächlich, da haben Sie ja recht!«, rief Peter aus und klammerte sich mit verzweifelter Hoffnung an diesen Strohhalm. »Aber wie? Es ist ja grauenerweckend, so darüber zu sprechen, die Leiche des armen jungen Mädchens zu verscharren...«

»Grauenhaft oder nicht. Es ist Ihre einzige Chance, nicht wegen Mordverdachts verhaftet zu werden«, fuhr ihn Blair heftig an, der allmählich Zeichen von Ungeduld zu zeigen begann. »Dabei fällt mir ein - haben Sie irgendeinen Verdacht, wer das Mädchen wirklich ermordet haben könnte? Offensichtlich hatte doch jemand einen gerechten Zorn auf die kleine Person... jemand, der obendrein wusste, dass Sie mit ihr gestritten hatten.«

»Sie war eine bösartige kleine Hexe. Ich würde sagen, dass es eine ganze Menge Leute gab, die einen erheblichen Zorn auf sie hatten«, erwiderte Peter. »Sie kennen ja die näheren Umstände nicht, Mr. Blair. Nachdem ich sie hinausgeworfen hatte, lief sie schnurstracks in die Stadt und verbreitete die tollsten Lügengeschichten... teilweise auch über mich.«

»Wodurch Ihre Lage nur noch schlimmer wird, Mr. Conway«, konnte sich der fremde nicht enthalten festzustellen. »Ich kann Ihnen nur wiederholen, der einzige Rat, den ich Ihnen geben kann, ist, die Leiche so schnell wie möglich fortzuschaffen. Wahrscheinlich bin ich ein Narr, mich in solche Dinge einzumischen, aber ich kann den Gedanken nicht ertragen, Sie wegen Mordverdachts verhaftet zu sehen... Wo ich doch ganz genau weiß, dass Sie unschuldig sind. Ich habe nämlich schon vorher von Ihnen gehört, Conway«, fuhr er eindringlich fort.

»Von mir... gehört?«

»Ja. Zum Beispiel von Ezra Kettleby, dem Wirt des *Schwarzen Falken* in St. Hawes. Dort wohne ich nämlich. Kettleby hat mir viel über Sie erzählt.«

»So? Was denn?«

»Er ist ein guter Freund von Ihnen, nicht wahr?«

»Sozusagen.«

»Er hat mir erzählt, dass Motorboote Ihre große Leidenschaft sind...«

»Was haben denn um Himmels willen Motorboote mit dieser grauenhaften Angelegenheit zu tun?«, fuhr Peter hitzig auf. »Der alte Ezra ist ein geschwätziger Idiot. Motorboote sind noch nie eine Leidenschaft von mir gewesen.«

»Aber ich denke, Sie besitzen eines, oder nicht?«

»Quatsch - kein Motorboot. Eine Segeljacht.«

»Ist das nicht genau dasselbe? Ich bin auf dem Wasser nicht besonders gut zu Hause. Jedenfalls sagt Kettleby, dass Ihr Boot das schmuckste von ganz St. Hawes ist.«

»Das kann schon stimmen«, gab ihm Peter ungeduldig recht. »Das ist nun mal mein Hobby. Ich finde es herrlich, aufs offene Wasser hinauszusegeln... Aber wir sollten unsere Zeit lieber besser nützen, als hier über meine *Wassernixe* zu schwatzen. Ich kann einfach an nichts anderes denken, als an Molly da draußen...« Er brach ab und deutete mit einer Kopfbewegung zum Fenster hinüber. »Was soll denn nur mit ihr werden? Ich bin immer noch der Ansicht, dass es am besten wäre, die Polizei anzurufen.«

»Wie steht es mit Ihrer Jacht - ist sie startklar?«

»Ja>- natürlich. Sie liegt am südlichen Anlegesteg in St. Hawes vertäut.«

Paul Blair sah auf die Uhr.

»Bald Mitternacht«, murmelte er. »Wir haben eine Menge kostbare Zeit vergeudet. Laufen so spät noch viele Leute im Hafen herum?«

»Nein. Jetzt wird keine Menschenseele mehr auf sein.«

»Kann man mit dem Wagen bis an diesen südlichen Anlegesteg heranfahren?«

»Ja. Zumindest bis zum Kai, direkt davor.«

»Dann schlage ich vor, dass wir jetzt schleunigst in Ihren Wagen steigen, Conway, und nach St. Hawes fahren«, kommandierte Blair bestimmt. »Wenn Sie tatsächlich der

Ansicht sind, dass um diese Zeit kein Mensch mehr am Hafen herumläuft, bin ich bereit, Ihnen zu helfen, die Leiche des Mädchens auf Ihr Boot zu schaffen. Kettleby hat mir erzählt, dass Sie oft des Nachts noch hinaussegeln, wenn gutes Wetter ist. Und das Wetter könnte gar nicht besser sein, als

heute Nacht. Selbst wenn noch jemand auf sein sollte und merkt, dass Sie das Boot flott machen, so würde sich doch niemand etwas dabei denken - oder?«

»Nein. Alle in St. Hawes kennen mich.«

»Dann sollten wir wirklich endlich handeln, statt nur zu diskutieren.«

»Aber... aber, ich verstehe gar nicht...«, protestierte der junge Tierarzt schwach. Seine ehrlichen, gutmütigen blauen Augen weiteten sich vor Entsetzen. »Das heißt, ich... ich glaube, ich verstehe schon. Aber das ist doch Wahnsinn! Sie wollen doch nicht etwa, dass wir Mollys Leiche hinausfahren und ins Wasser versenken?«

»Genau das!«

»Nein, einem so kaltblütigen Vorschlag könnte ich niemals zustimmen, ich...«

»Ganz wie Sie wollen!«, fuhr ihn Blair kurz an. »Herr im Himmel, es ist doch nicht zu glauben! Da mache ich, als vollkommen Fremder und Außenstehender Ihnen einen Vorschlag, wie Sie Ihren Hals aus der Schlinge ziehen können und bin sogar bereit, Ihnen zu helfen - und Sie nennen das kaltblütig! Sehen Sie denn immer noch nicht ein, dass es keine andere Chance für Sie gibt, diesem sorgfältig ausgetüftelten Plan dieses Verbrechers zu entgehen? Dieses Kerls, der Sie für den Mord büßen lassen will? Begreifen Sie doch endlich, dass es keinen anderen Ausweg gibt! Aber so... Das Mädchen ist eben einfach verschwunden; die Leiche wird wochenlang nicht gefunden werden; vielleicht wird sie sogar niemals an Land getrieben. Die Strömungen draußen im Fahrwasser sind unberechenbar. So - und nun sollten Sie sich endlich entscheiden, so oder so... Ich habe es nämlich allmählich satt.«.

»Oh, entschuldigen Sie... Ich wollte Sie nicht verärgern... kann mich nur einfach nicht an den Gedanken gewöhnen... das ist alles!«, rief Peter mit heiserer Stimme. »Warum wollen Sie mir überhaupt helfen?«

»Weil ich vorhin, als ich Sie so vollkommen entsetzt in den Kofferraum Ihres Wagens starren sah, die Überzeugung gewonnen habe, dass Sie den größten Schock Ihres Lebens erlebt hatten«, gab Blair zurück. »Es ist mir ein unerträglicher Gedanke, dass Sie womöglich Ihren Hals für den Mord an diesem Mädchen hinhalten sollen. Schau'n Sie, Conway, ich bin sicher, dass Sie nichts mit der Sache zu tun haben? Aber die Polizei würde Ihnen kein Wort von Ihrer Geschichte glauben. Und was würde passieren, wenn Sie der Polizei von mir erzählen? Man würde mich verhören - das steht fest. Und was könnte ich dann aussagen? Dass ich Sie mit der Leiche des Mädchens im Wagen nach Hause kommen sah?«

»Oh, mein Gott!«

Peter hatte das Gefühl, als ob sich das Netz immer enger um ihn zusammenzöge. Panik erfasste ihn, und er begann am ganzen Körper zu zittern. Er sah seine verzweifelte Lage in ihrer ganzen Wirklichkeit.

Und dieser zufällige Besucher, dieser Feriengast aus Sf. Hawes, der da mit seinem jungen Hund auf dem Arm hereinspaziert kam, bot ihm hier einen Ausweg. Mehr noch, Blair war sogar bereit, ihm zu helfen. Er war willens, das große Risiko auf sich zu nehmen, die Leiche nach St. Hawes und dort auf das Segelboot zu transportieren. Obgleich er vor Angst und Verwirrung nahezu unfähig war, seinen Verstand zu gebrauchen, wunderte sich Peter doch, dass irgendein Mann auf der Welt so selbstlos sein sollte, seine eigene Sicherheit in dieser Art und Weise aufs Spiel zu setzen... Allerdings nicht lange... Dann fand Peters kritischer Verstand auch bald den wunden Punkt heraus. Blair handelte keineswegs so selbstlos, wie es im ersten Augenblick schien. Im Gegenteil, er verfolgte schon seine eigenen Zwecke damit. Wie sah es denn für ihn aus, wenn Peter - wie er es anfangs beabsichtigt hatte - die Polizei benachrichtigte? Gleichgültig, ob die Polizei nun Peter seine Geschichte glaubte oder nicht - auf jeden Fall würde sie Blair zu der Sache vernehmen; er würde, wenn auch nur am Rande, mit hineingezogen werden.

Also war er keineswegs ein uneigennütziger Freund. Seltsamerweise fühlte Peter sich bei dieser Überlegung plötzlich sehr viel wohler. Die ganze Haltung des Mannes wurde ihm viel verständlicher. Außerdem konnte es ja sein, dass er irgendeinen persönlichen Grund - einen zwingenden Grund - hatte, unter allen Umständen zu vermeiden, in einen Mordfall verwickelt zu werden.

»Ja, es dürfte keine allzu großen Schwierigkeiten machen«, sagte Peter plötzlich aus seinen Gedanken heraus und zwang sich, seine innere Erregung zu unterdrücken und ruhig zu sprechen. »Wir haben ja noch keine Saison, und St. Hawes dürfte um diese späte Stunde schon schlafen. Ich nehme mein Boot öfter des Nachts heraus… niemand wird mir daher die geringste Beachtung schenken.«

»Eben, genauso habe ich es mir ja vorgestellt«, nickte Blair zufrieden. »Wenn wir erst alles hinter uns haben, werden Sie mir dankbar sein, Conway. Warum wollen Sie sich eine Menge unerfreulicher Untersuchungen und Verhöre aufhalsen und dem wirklichen Mörder damit noch einen Gefallen tun? So… wäre alles soweit klar? Ich bin zwar ein Idiot, mich auf die Sache einzulassen, kann ich nur immer wieder sagen, aber es wird schon nicht allzu gefährlich werden. Wie wäre es mit noch einem Gläschen, ehe wir uns auf den Weg machen?«

Peter schüttelte sich und versuchte, seine lähmenden Gefühle abzuwerfen.

»Nein, nein. Wir wollen lieber gleich aufbrechen«, antwortete er rau.

Sie gingen nach draußen und Peter stellte verwundert fest, dass er schwankte, als ob er betrunken wäre.

Jetzt, wo es wirklich so weit war, erfasste ihn die Panik erst so wirklich. Trotz aller Bemühungen war er außerstande, das Zittern seines Körpers zu unterdrücken und unfähig, einen klaren Gedanken zu fassen. Als er in seinen Wagen stieg, lief ihm ein kalter Schauer den Rücken herunter. Vermutlich würde er ohne Blairs beruhigende Nähe den ganzen Plan doch noch über den Haufen geworfen haben, und einfach umgekehrt sein.

Es war fast Mitternacht. Kein Mensch war mehr unterwegs… ganz besonders hier in diesem verschlafenen kleinen Vorort. Der Hillman-Minx stand noch genauso in der Garage, wie Peter ihn dort abgestellt hatte. Er kletterte hinter das Steuer, und Blair setzte sich neben ihn. Es schien Peter vollkommen ungereimt, dass dieser Mann seinen kleinen Cocker-Spaniel so behutsam im Arm hielt und zärtlich streichelte.

Peters Hände bebten derart, dass er einige Sekunden brauchte, bis es ihm gelang, den Schlüssel ins Zündschloss zu stecken. Kalter Schweiß stand ihm auf der Stirn. Er verfluchte sich innerlich, dass er ein solcher Schwächling war. Er, der stets so stolz auf seinen großen, stämmigen Körperbau und seine sportlichen Leistungen gewesen war, benahm sich wie ein verängstigtes Kind.

»Ganz ruhig, Conway«, erklang die energische, beherrschte Stimme Blairs neben ihm. »Alles ist in bester Ordnung.. Es sind nur Ihre Nerven. Wir machen jetzt eine gemütliche, kleine Spazierfahrt. Nichts weiter. Sie werden sich gleich besser fühlen.«

Endlich lief der Motor, und Peter schaltete mit einiger Mühe den Rückwärtsgang ein. Behutsam setzte er den Wagen rückwärts aus der Garage heraus... ein Manöver, das er sonst mit äußerster Eleganz und Routine erledigte. Minuten später fuhren sie die verlassen daliegende Landstraße entlang. Nach einem Kilometer hatte Peter die Gabelung erreicht und bog in Richtung St. Hawes ab. Er brauchte nicht erst nach Tregissy hineinzufahren, und jetzt war er ausgesprochen dankbar dafür.

Plötzlich gewann Peter seine Selbstbeherrschung zurück.

Vielleicht kam es daher, dass er endlich etwas tun konnte - dass er handelte. Seine Panik ließ nach, und er hörte endlich auf zu zittern. Er wurde wieder Herr seiner selbst und vermochte klar zu denken.

War es nicht eine entsetzliche Dummheit von ihm, hier mit Mollys Leiche - auf den Rat eines ihm völlig Fremden hin - durch die Gegend zu fahren? Wäre es nicht viel vernünftiger gewesen, sofort die Polizei anzurufen und ihr die einfache, schlichte Wahrheit zu sagen? Musste Blairs Vermutung, dass man ihn - Peter - so kurzerhand auf den bloßen Verdacht hin verhaften würde, denn überhaupt stimmen?

»Hören Sie, Mr. Blair...«, sagte er aus seinen Überlegungen heraus.

»Schweigen Sie! Konzentrieren Sie sich lieber auf die Straße!«, unterbrach ihn dieser grob. »Sie fahren reichlich schnell. Nehmen Sie lieber etwas Gas weg. Diese Chausseen in Cornwall sind verdammt gefährlich.«

»Ich wollte ja auch nur sagen...«

»Schweigen Sie und fahren Sie.«

Peter war empört über den Ton, den der Fremde ihm gegenüber anschlug. Er war nicht mehr benommen und gefügig wie vorhin. Siedend heiß stieg die Erkenntnis in ihm auf, dass er im Begriff stand, sich wie ein Geistesschwacher zu benehmen. Er kuppelte aus und trat mit dem anderen Fuß mit aller Kraft auf das Bremspedal.

In diesem Moment bemerkte er den schwachen Lichtschein, der sich dort, ein Stückchen weiter vorn, hin und her bewegte. Vermutlich jemand, der mit einer Taschenlampe leuchtete. Dann, in der nächsten Sekunde erfassten die hellen Scheinwerfer seines Wagens die Gestalt eines uniformierten Polizisten, der sein Rad neben sich herschob und mit einer Taschenlampe Blinkzeichen gab.

Augenblicklich empfand Peter wieder die gleiche wilde Angst wie vorhin. Der unwiderstehliche Drang, einfach den Gang einzuschalten, Gas zu geben und mit voller Geschwindigkeit an dem signalisierenden Polizisten vorbeizuschießen, erfasste ihn. Aber er war unfähig, sich zu rühren und diesem Impuls nachzukommen.

»Halt!«, zischte eine Stimme dicht neben seinem Ohr.

»Wie?«

»Sie sollen anhalten! Verdammt noch mal!«

Peter bremste hart und würgte fast den Motor ab.

»Was wollen Sie denn machen?«, fuhr er erregt auf.

»Es ist nicht nötig, dass ich gesehen werde... Wimmeln Sie den Kerl ab... Ich warte hier auf Sie.«

Blair stieß seine Anweisungen klar, aber hastig hervor. Gleichzeitig öffnete er die Tür und schlüpfte hinaus in die Nacht; den jungen Hund hielt er dabei fest im Arm. Er bewegte sich so lautlos und behutsam, dass Peter hätte glauben können, der Mann habe niemals neben ihm gesessen. Der Polizist konnte, geblendet durch die starken Scheinwerfer, nicht sehen, was hier vor sich ging. Peter wurde es fast übel, als er nun allein im Wagen wartete, bis der Beamte herangekommen war... Er war ganz allein... Bis auf den stillen Fahrgast hinten im Kofferraum...

»Ich dachte mir schon, dass Sie es sein müssten, Mr. Peter«, begrüßte ihn eine wohlbekannte Stimme etwas außer Atem. »War doch ganz unverkennbar Ihr Motorgeräusch. Hat einen netten, gleichmäßigen Ton, Ihr Wagen.«

»Was ist denn, Cobley?«

Peter war selbst erstaunt, dass seine Stimme so ruhig und nahezu normal klang. Er hatte gefürchtet, nichts als ein heiseres Krächzen hervorbringen zu können. Er erkannte augenblicklich die massige, gemütliche Gestalt des alten F. C. Cobley. Schließlich kannte er ihn schon von frühester Kindheit an, und er empfand diesen Gedanken als ausgesprochen tröstlich. Peter hatte seine Tante in den Schulferien oft besucht und sich dabei mit dem gutmütigen Wachtmeister angefreundet. Alle Kinder mochten ihn ausgesprochen gern und nannten ihn damals zutraulich *Onkel Tom*... obgleich der Polizist eigentlich Edward Cobley hieß.

»Es ist wegen dieses Mädchens, wegen Molly Liskern«, erklärte Cobley schwerfällig. »Sie sind ihr nicht vielleicht zufällig begegnet?«

Eine tödliche Frage.

»Wie kommen Sie darauf, dass ich ihr begegnet sein soll?«, fragte Peter mit gespannter Stimme zurück.

»Ihre Mutter ist in allergrößter Sorge«, sprach der Polizist weiter. »Irgend so ein Wichtigtuer ist da bei Mrs. Liskern aufgekreuzt und hat ihr erzählt, er habe das Mädchen draußen, am Stadtrand von Penro, aus einem Gasthaus kommen und zu einem Fremden in den Wagen steigen sehen. Dabei hatte Molly ihrer Mutter versprochen, gegen zehn zu Hause zu sein. Als sie um elf immer noch nicht da war, kam Mrs. Liskern dann zu mir gelaufen, um mir ihr Leid zu klagen.«

»Na, Sie wissen doch selbst, wie Molly ist«, meinte Peter und bemühte sich angestrengt, seine Worte beiläufig klingen zu lassen. »Ich für meine Person habe schließlich Ärger genug mit ihr gehabt, meinen Sie nicht auch? Nein, ich bin ihr nicht begegnet.«

»Nun, ich dachte nur, ich frage auf alle Fälle mal, Sir. Entschuldigen Sie, dass ich Sie angehalten habe«, erwiderte Cobley. »Ein tolles Flittchen, diese Molly. Sie haben es ganz richtig gemacht, Mr. Peter, ich meine, als Sie sie an die Luft gesetzt haben. Sie taugt nun mal nichts. Hat es nie in irgendeiner Stelle länger als ein paar Wochen ausgehalten.«

»Ja, ja!«, gab Peter ungeduldig zurück.

Es war ihm vollkommen bewusst, dass er mit einer unzweideutigen Lüge geantwortet und damit alle Brücken hinter sich abgebrochen hatte. Jetzt gab es kein Zurück mehr für ihn.

»Es ist gar nicht abzusehen, was dieses unvernünftige Ding noch alles anstellen wird«, fuhr Cobley gemütlich fort und schnaubte, um seine Worte zu unterstreichen, kräftig durch die Nase. »Eine dumme kleine Gans, die sie nun mal ist. Sie wird mitten in den schönsten Schwierigkeiten stecken, ehe sie sich's versieht... Na ja, Sie wissen schon, was ich mit Schwierigkeiten meine, Mr. Peter.«

Cobley hatte endlich alles gesagt, was er auf dem Herzen hatte, und trat vom Wagen zurück, um Peter den Weg freizugeben. Dieser gab Gas und fuhr mit quietschenden Reifen an - er vergaß sogar, das freundliche *Gute Nacht* des alten Polizisten zu erwidern.

Sein Kopf war jetzt vollkommen klar und seine Gedanken arbeiteten scharf. Er bebte zwar am ganzen Körper - aber diesmal war es ein anderes Beben. Dieses Mal zitterte er vor unterdrückter Erregung. Molly Liskern war gesehen worden, als sie zu einem Unbekannten in den Wagen stieg. So hatte Cobley eben gesagt - und diese Worte brannten in Peters Gehirn.

Dieser Unbekannte war auch ihr Mörder - davon war Peter überzeugt. Er hatte sie gewürgt und dann zum *Long Reach Hof* gefahren, wo er ihre Leiche dort in den Kofferraum von Peters Auto legte.

Ein Unbekannter! Wer konnte dieser Unbekannte sein? Blair? Der Mann, der ihn veranlasst hatte, sich wie ein Geistesgestörter zu verhalten. Und der sich jetzt dort, wenige Meter zurück, hinter der Hecke verbarg und auf Peter wartete? Dieser Mann war ein Unbekannter! Plötzlich fragte sich Peter verwundert etwas - was ihm eigentlich schon lange hätte auffallen müssen. Wie, zum Teufel, war Blair vom *Schwarzen Falken* in St. Hawes, wo er seinen Angaben nach wohnte, bis nach Tregissy zu Peter gekommen? Zu Fuß? Peter hatte nichts von einem Wagen bemerkt. Andererseits war es mehr als unwahrscheinlich, dass dieser Mr. Blair zu Fuß gekommen sein sollte - immerhin waren es fast sechseinhalb Kilometer bis nach St. Hawes.

Peter überlegte jetzt scharf und logisch. Nichts einfacher für Blair, als mit dem Wagen zu kommen, diesen ein paar hundert Meter vor Peters Haus abzustellen und das letzte Stück Weg zu Fuß zu kommen.

War Blair der Mörder?

War sein Vorschlag, Mollys Leiche aufs offene Meer hinauszufahren und dort zu versenken, ein Teil seines wohlüberlegten Planes? Zum ersten Mal betrachtete Peter das Verhalten Blairs kritisch und voller Misstrauen. Was für ein Idiot war er, nicht früher zu merken, dass Blairs ganzes Verhalten einen bestimmten Zweck verfolgte!

In diesem Augenblick fasste Peter den Entschluss, sich endgültig von diesem Mann zu distanzieren. Von diesem Mr. Blair, der dort hinter der Hecke saß und darauf wartete, dass Peter umkehrte und ihn wieder auflas...

Den Teufel werde ich tun! dachte Peter grimmig. Soll er bleiben wo der Pfeffer wächst! Warum hat er denn einen solchen Schreck bekommen, als er Cobleys Uniform auftauchen sah? Warum wollte er unter keinen Umständen von dem Landpolizisten gesehen werden? Herr im Himmel - was für ein verdammter, einfältiger Narr bin ich doch gewesen! Gewesen, schön... aber jetzt ist endgültig Schluss damit!

Peter fuhr langsam weiter. Er dachte gar nicht daran, umzukehren und zurückzufahren. Nach etwa einem Kilometer musste dort vorn eine Abzweigung kommen. Ein Feldweg, der auf Umwegen auch nach Tregissy führte. Er würde dort einbiegen und dann in einem Halbkreis nach Hause fahren.

Dann fiel ihm plötzlich seine entsetzliche Last im Kofferraum wieder ein. Er hatte sie niemals ganz vergessen, nur den Gedanken daran mit aller Kraft zu unterdrücken versucht. Jetzt jedoch füllte dieser wieder sein ganzes Denken aus und drängte ihn zur Eile, zum Handeln... trieb... hetzte ihn. Er hatte den alten Wachtmeister angelogen. Damit hatte er seine Lage, wenn überhaupt möglich, nur noch verschlimmert. Wenn er jetzt noch zur Polizei ging - wie wollte er dann seine Lüge Cobley gegenüber erklären? Warum hatte er nicht gleich, dort an Ort und Stelle, dem ihm bekannten Polizisten von der Leiche des Mädchens in seinem Kofferraum berichtet?

Von neuem überflutete ihn eine Welle der Panik. Ohne nachzudenken, folgte Peter einem plötzlichen Impuls und brachte den Wagen an einer Stelle zum Stehen, wo die Chaussee statt von den gewohnten hohen Graswällen von dichten, wilddurchwucherten Hecken eingefasst wurde.

Er musste die Leiche loswerden! Jetzt sofort! Hier! Schnell!

Stereotyp, hämmernd, dröhnte dieser Gedanke in seinem Kopf... Er riss mit einem Ruck die Tür auf, sprang auf die Straße und ging um den Wagen herum. Er warf einen hastigen Blick auf die Chaussee. Leer. Niemand war zu sehen. Nichts als die Stille der lauen Nacht. Sein Herz schlug dumpf. Er atmete hastig. Feine Schweißbäche rannen ihm von der Stirn und brannten in den Augen.

Im Begriff, den Kofferraum zu öffnen, zögerte er. Sein Magen krampfte sich zusammen. Abermals schweifte sein Blick die Straße entlang - hinauf und hinunter.

»Verflucht!«, murmelte er und biss die Zähne zusammen.

Mit einem Ruck klappte er den Deckel hoch, griff in den Kofferraum und hob den schlaffen, leblosen Körper des Mädchens heraus. Seine Hand berührte ihren Hals, dicht unter den weichen Haaren - er war eisig kalt. Peter schauderte zusammen.

Peter war groß und kräftig. Mühelos hob er das Mädchen heraus - sie war ohnehin ein mageres, kleines Ding -, dann drängte er sich durch die dichte Hecke und legte seine grausige Last behutsam ins Gras. Ohne noch einen Blick zurückzuwerfen, eilte er auf die Chaussee zurück.

Keine zehn Sekunden später ließ er den Motor an und war in der Nacht verschwunden.

Drittes Kapitel

Ein klarer, sonniger Morgen...

Peter Conway war schon früh auf den Beinen. Er hatte es einfach nicht mehr im Bett ausgehalten. Hinter ihm lag eine schlaflose Nacht. Gequält von Ängsten und Zweifeln hatte er keine Ruhe gefunden. Als er, kurz nach Mitternacht, zu Hause angekommen war, hatte er noch lange aufgesessen und gewartet, dass Blair wieder aut tauchen würde. Erst als es zwei Uhr wurde und der Mann immer noch nicht erschienen war, wagte Peter es, zu Bett zu gehen. Er war überzeugt, nicht eine Sekunde geschlafen zu haben. Tatsächlich jedoch war er immer wieder in einen unruhigen Halbschlaf versunken, bis ihn der erste Hahnenschrei weckte.

Jetzt lief er, vollständig angezogen, in seinem Laboratorium auf und ab, und konnte an nichts anderes denken, als an die Vorfälle des vergangenen Abends Jede Minute musste Mrs. Liskern eintreffen. Schon der Gedanke, ihr gegenübertreten zu müssen, erfüllte ihn mit Entsetzen, und Blair, wo blieb Blair? Dass er letzte Nacht nicht noch einmal aufgetaucht war, bewies nur, wie recht Peter mit seiner Überlegung hatte, dass der seltsame Fremde keineswegs sein Freund war - wie er vorgegeben hatte. Je länger Peter über diesen Mann nachdachte, desto verwirrter wurde er.

Er hörte draußen Schritte näherkommen und ging zur Tür. Mrs. Ada Liskerns rundliche Gestalt watschelte behäbig wie eine Ente auf die Hintertür zu. Als sie Peter erblickte, blieb sie erstaunt stehen.

»Nanu, guten Morgen, Sir... Sie sind aber mächtig früh auf heute«, sagte sie nervös. »Was für ein schöner Morgen! Wird ein sonniger Tag werden, und das so mitten in der Woche. Am Wochenende regnet es dafür dann bestimmt wieder. Sie haben nicht zufällig etwas von meiner Molly gehört, Sir?«

Peter bemühte sich, seine Stimme natürlich und sorglos klingen zu lassen.

»Warum sollte ich etwas von Molly gehört haben?«, fragte er. »Ach ja - jetzt fällt es mir wieder ein! Vergangene Nacht bin ich noch Cobley begegnet und da sagte er mir irgend so etwas, als ob Ihre Tochter mit einem Mann in Penro verschwunden wäre. Ist sie denn letzte Nacht etwa gar nicht nach Hause gekommen?«

»Der Teufel soll das Mädchen holen! Das erste Mal, dass sie mit die ganze Nacht fortgeblieben ist. Die ganze Nacht, stellen Sie sich das vor!«, schimpfte Mrs. Liskern ärgerlich. »Eigensinnig und dickköpfig, das ist sie - jawohl. Bringt sich immer wieder in Schwierigkeiten. Und diesmal sieht es wirklich böse aus. Der werde ich aber gründlich meine Meinung sagen, wenn sie wiederkommt! Darauf können Sie sich verlassen, Sir!«

Die Frau sperrte die Hintertür auf und machte sich daran, das Frühstück zuzubereiten. Peter hatte das Gefühl, als ob seine Kehle zugeschnürt wäre. Molly lag tot hinter einer Hecke an der Chaussee nach St. Hawes - und niemand außer ihm ahnte etwas davon. Was würde ihre Mutter empfinden, wenn sie die grauenhafte Nachricht erfuhr? Im Augenblick war sie lediglich ärgerlich und erbost, weil sie glaubte, dass ihre Tochter mit irgendeinem Mann auf und davongegangen wäre.

Endlich entschloss er sich, hineinzugehen und zu frühstücken. »Fühlen Sie sich heute Morgen nicht wohl, Sir?«, fragte Mrs. Liskern besorgt, als sie die Platte Speck und Eier vor ihn hinstellte. »Sie sehen direkt krank aus.«

»Danke, es geht mir ausgezeichnet.«

»Sie sind ganz blass, Mr. Peter... wirklich, Sie sehen ganz blass aus«, ließ die Frau sich nicht beruhigen und musterte ihn Besorgt. »Sicher sind Sie wieder erst so schrecklich spät zu Bett gegangen, ganz bestimmt. Sie sollten nicht immer so lange arbeiten, Sir. Ich habe wohl gehört, was die Leute sagen. Bis in die frühen Morgenstunden brennt bei Ihnen immer das Licht. Sir, sagen sie. Es ist ungesund, immer so lange über den Büchern zu sitzen, glauben Sie mir.«

Peter quälte sich ein verzerrtes Lächeln ab.

»Ich habe nicht die Absicht, den Rest meines Lebens als gewöhnlicher kleiner Tierarzt auf dem Lande zu verbringen, Mrs. Liskern«, meinte er leichthin. »Forschungsarbeiten... das ist mein wirkliches Interesse. Es gibt noch unendlich viel zu erforschen über die Krankheiten der Tiere und deren Erreger. Es geht nicht nur darum, Seuchen zu bekämpfen, Bisse zu verbinden und jungen Hunden Kalk und Vigantol zu verordnen oder Spritzen gegen Staupe zu geben.«

»Natürlich, Sie müssen das ja selbst am besten wissen, Sir; aber ich muss trotzdem noch mal sagen, ich finde, Sie sehen ausgesprochen schlecht aus heute Morgen.« So leicht ließ Mrs. Liskern sich nicht abschütteln, wenn sie etwas auf dem Herzen hatte. »Na ja. Ich bin gerade die Richtige, um Ihnen hier groß Vorhaltungen zu machen, was? Wo ich selbst die ganze Nacht kein Auge zugetan habe. Ich sehe heute bestimmt nicht viel besser aus als Sie. Na, warten Sie nur ab - diese Molly soll mir bloß in die Finger kommen!«

Peter seufzte erleichtert auf, als die Frau endlich ging. Es war ihm unmöglich, ihr in die Augen zu sehen. Er beendete hastig sein Frühstück und war froh, als er wieder in die Abgeschlossenheit seines Laboratoriums zurückkehren konnte.

Er war so ärgerlich auf sich selbst, dass alle Schimpfworte, die er kannte, nicht ausgereicht hätten, um seinem Herzen Luft zu machen. Was für ein einfältiger, hoffnungsloser Dummkopf war er letzte Nacht gewesen! Hätte er doch um Himmels willen sofort die Polizei informiert, nachdem er Mollys Leiche im Kofferraum seines Wagens gefunden hatte - so, wie es anfangs seine Absicht gewesen war. Jetzt war es zu spät und er musste die Suppe auslöffeln, die er sich eingebrockt hatte. Nur dem unerwarteten Auftauchen dieses Fremden, dieses Blair, war es zuzuschreiben, dass er seine Pflicht als gewissenhafter und verantwortungsbewusster Staatsbürger nicht nachgekommen war.

Warum hatte er nur auf Blair gehört? Er musste vollkommen verrückt gewesen sein, überhaupt auf Blairs Vorschläge einzugehen. War Blair der Mörder? Auf den ersten Blick schien es vollkommen widersinnig. Warum sollte Blair - wenn er der Mörder des Mädchens war - ihre Leiche in Peters Kofferraum getan haben? Besaß Blair selbst einen Wagen und war damit nach *Tipley End* gefahren, um dort Peters Ankunft abzuwarten? Das schien noch unwahrscheinlicher! Schließlich bestand nicht der geringste Grund für Blair, sich überhaupt zu zeigen. Und warum hätte er Peter zu überreden versuchen sollen, sich auf diese verrückte Fahrt nach St. Hawes einzulassen? Der bloße Gedanke an Blairs Vorschlag, Mollys Leiche mit seiner Segeljacht aufs offene Meer hinauszufahren und dort zu versenken, erfüllte Peter mit neuem Entsetzen. Es war ihm vollkommen unverständlich und ließ ihn an seinem klaren Menschenverstand zweifeln, dass er sich jemals - selbst im Zustand höchster Panik - auf einen derartigen Vorschlag hatte einlassen können.

Glücklicherweise ertönte in diesem Augenblick die Klingel der Praxistür und riss den jungen Tierarzt gewaltsam aus seinen düsteren Grübeleien. Es war Mrs. Stokes, die Besitzerin des kleinen Kolonialwarenladens am Ende der Straße. Sie brachte ihre Katze, die sich einen Dorn in die Pfote getreten hatte. Peter hatte das Tier noch nicht ganz fertig behandelt, als schon der nächste Patient gebracht wurde; ein Neufundländer, der eine tüchtige Beißerei hinter sich hatte und aus zahlreichen Wunden blutete. Seine Herrin platzte sofort mit der Neuigkeit, dass Molly Liskern verschwunden wäre, heraus, und erkundigte sich im Ton zudringlichster Neugierde, wie es denn der armen Mutter ginge.

»Sie putzt doch bei Ihnen, nicht wahr, Doktor Conway? Und Molly war auch bei Ihnen angestellt, nicht wahr... bis Sie sie hinausgeworfen haben? Oh, ich bin ihr oft begegnet... immer. dunkelrot geschminkte Lippen und blaubemalte Augenlider... ein schrecklich aufdringlich zurechtgemachtes Mädchen! Die Röcke reichten ihr kaum bis ans Knie, und diese albernen, bleistiftdünnen, viel zu hohen Hacken!«

Peter musste noch eine Menge ähnliches Geschwätz über sich ergehen lassen, während er die Wunden des

Hundes sorgfältig reinigte und verband. Es trug nicht gerade zu seinem Wohlbefinden bei, ständig an Molly Liskern erinnert zu werden.

Als die Frau mit ihrem Neufundländer endlich abgefertigt und gegangen war, fasste Peter abrupt einen Entschluss. Er konnte diese Ungewissheit einfach nicht länger ertragen. Wenn Blair nicht zu ihm kam, würde er eben Blair aufsuchen. Er musste herausfinden, was für ein Spiel der Mann gespielt hatte. Vor allem interessierten ihn Blairs Vorschläge, was sie unternehmen sollten, wenn Mollys Leiche gefunden würde.

Er erklärte Mrs. Liskern, zu einem dringenden Fall nach auswärts gerufen worden zu sein, und ging zur Garage. Gleich darauf fuhr er die Straße nach St. Hawes entlang. Sobald er unterwegs war, fühlte er sich wieder besser. Die Ungewissheit war einfach zu viel für seine Nerven. Er musste Blair unter allen Umständen sprechen.

Als er an der Stelle vorbeifuhr, wo er letzte Nacht Mollys Leiche hinter der Hecke versteckt hatte, lief ihm ein kalter Schauer den Rücken hinunter. Die Chaussee lag still und verlassen da, und er hätte sich kein friedlicheres Bild denken können, als die einsamen Felder, die Hecke und das graue Band der Straße im Schein der strahlenden Morgensonne dieses warmen Maitages. Als er jedoch an das, was dort hinter der Hecke verborgen lag, dachte, hatte er das Gefühl, als ob ihm sein Kragen zu eng würde und er jede Sekunde ersticken müsste.

Könnte er doch nur die Zeit zurückdrehen. Wenn es doch nur noch einmal vergangene Nacht wäre. Er musste wirklich vollkommen wahnsinnig gewesen sein! Wie lange würde es wohl noch dauern, bis die Leiche des Mädchens entdeckt werden würde? Einen Tag?... zwei?... eine Woche? - Entsetzliche, neue Ungewissheit!

Endlich hatte Peter den malerischen kleinen Sommerkurort St. Hawes, an der Mündung des Hal-Flusses, erreicht. Als er durch die winkeligen, alten Gassen fuhr, sah er überall die ersten Anzeichen dafür, dass das Städtchen aus seinem Winterschlaf erwachte. Vereinzelte frühe Feriengäste waren schon eingetroffen, und im Hafen tanzten bereits die Masten der ersten Segelboote vor dem leuchtend blauen Himmel auf und ab. Das behäbige Fährboot, welches das stille St. Hawes mit der geschäftigen Großstadt Hal- mouth verband, legte gerade ab und glitt schwerfällig auf den breiten Fluss hinaus. Es war eine farbenfrohe und vergnügte Kulisse, die sich vor Peters Augen auftat.

Er parkte seinen Wagen vor dem *Schwarzen Falken* und stieg aus. Das alte und berühmte Gasthaus stand ganz in der Nähe des Kais. Früher, in rauer Vergangenheit, war diese Schenke ein Treffpunkt für Schmuggler gewesen; heute war es ein gutbürgerliches, wohlrenommiertes Hotel am Hafen. Das Haus wurde ausgezeichnet von dem wohlbeleibten, jovialen Ezra Kettleby geführt; einem Mann von etwa fünfzig Jahren, der einen dichten, schwarzen Bart trug und dessen Augen verschmitzt und gutgelaunt in die Gegend funkelten. Kettleby begrüßte Peter laut und herzlich.

»Jetzt ist es ja bald wieder so weit, dass Sie öfter hier herunterkommen, was, Mr. Conway«, sagte er und deutete in Richtung Hafen. »Ihr Boot ist in letzter Zeit nicht allzu viel herausgekommen«, schwätzte er gesprächig weiter.

»Der Sommer fängt ja auch gerade erst an, Mr. Kettleby.«

»Da haben Sie leider nur allzu recht, mein Freund. Die Feriengäste kommen auch von Jahr zu Jahr später«, gab der Gastwirt bedauernd zurück. »Gerade gestern hab ich doch zu meiner Frau gesagt, wir werden wohl kaum mehr als ein halbes Dutzend Gäste zu sehen bekommen vor Anfang Juli. Vielleicht, dass der eine oder andere schon im Juni kommt, aber allzu viele werden es ganz sicher nicht werden. Vor August haben wir das Haus bestimmt nicht voll.«

»Ja, und im August kommen dann dafür alle auf einmal, und dann gibt es in ganz St. Hawes kein freies Bett mehr«, stimmte Peter dem Wirt zu und folgte ihm in die Schankstube. Dort bestellte er sich ein Bier. »Eigentlich schaue ich heute Morgen nur herein, weil ich Mr. Blair sprechen wollte.«

»Wen, Sir?«

»Blair. Paul Blair. Er wohnt doch bei Ihnen, oder nicht?«

»Bei uns im *Schwarzen Falken* wohnt kein Mr. Blair, Sir«, erwiderte Kettleby und schüttelte nachdrücklich den Kopf. »Haben Sie den Namen auch richtig verstanden?«

»Doch, doch. Er ist ein Mann von etwa dreißig Jahren, gut aussehend, sehr elegant angezogen, mit einem jungen Cocker-Spaniel«, beschrieb ihn Peter. »Er war gestern Abend bei mir, um mir den Hund zu zeigen... Soweit ich mich erinnere, sagte er, er wohne bei Ihnen im *Schwarzen Falken*.«

»Die einzigen Gäste, die wir zurzeit haben, sind Mr. und Mrs. Gordon. Ein nettes, älteres Ehepaar aus Luton, die schon seit Jahren immer im Mai kommen. Außer ihnen wohnt zur Zeit niemand bei uns.« Der Gastwirt warf Peter einen scharfen, prüfenden Blick zu. »Fehlt Ihnen etwas, Sir? Sie sehen so elend aus. Irgendwie abgespannt.«

»Danke, ich bin ganz in Ordnung. Wahrscheinlich habe ich in letzter Zeit etwas zu viel gearbeitet«, meinte Peter leichthin, nachdem er hastig einen großen Schluck aus seinem Glas genommen hatte. »Ein ausgezeichnetes Bier, das Sie hier haben«, fuhr er dann fort. »Was gibt's sonst Neues, Mr. Kettleby?«

»Nichts Besonderes. Um diese Jahreszeit ist ja noch nicht viel los.«

Peter schwieg. Ihm waren Ezra Kettlebys besorgte Blicke ausgesprochen unangenehm. Aber eines war jetzt ganz offensichtlich, Blair hatte ihn letzte Nacht angelogen. Erbittert gestand Peter sich ein, dass er das ja eigentlich schon erwartet hatte. Er machte noch ein paar ganz allgemeine Bemerkungen über das Wetter, irgendwelche Bekannte, und dann verabschiedete er sich.

Das jedenfalls stand für ihn fest... wenn auch reichlich spät... dass Blair überhaupt nicht in St. Hawes zu finden war. Er hatte Kettleby den Unbekannten genau beschrieben, und wenn dieser ihm schon einmal irgendwo begegnet wäre, hätte er es sicher erwähnt. Momentan gab es ja kaum noch Kurgäste in St. Hawes.

Es sieht ganz so aus, als ob Blair der Mörder wäre! dachte Peter grimmig, als er langsam nach Hause fuhr. Warum hätte er mir sonst so viele Lügen erzählen sollen? Weshalb behauptete er, im *Schwarzen Falken* zu wohnen? Verdammt undurchsichtig, das Ganze. Woher wusste Blair, der doch hier in der Gegend vollkommen fremd war, so genau über mich und meine Lebensgewohnheiten Bescheid? Und weshalb wollte er mich unbedingt in diese Angelegenheit hineinziehen?

Peter wusste keine Antwort auf diese Fragen. Im Gegenteil. Je mehr er darüber nachgrübelte, desto besorgter und unsicherer wurde er. Als er sich der Stelle näherte, wo er gestern Nacht Mollys Leiche abgeladen hatte, begann sein Herz plötzlich wie wild zu schlagen. Keine fünf Meter von dieser Stelle entfernt stand ein Fahrrad gegen die Hecke gelehnt. Instinktiv trat Peter das Gaspedal durch, so dass der Wagen mit höchster Geschwindigkeit vorbeibrauste. Er meinte gesehen zu haben, wie sich mehrere Gestalten hinter der Hecke bewegten - aber ganz sicher war er nicht. Der Schreck war ihm mächtig in die Glieder gefahren. War die Leiche etwa schon entdeckt worden?

Als er in die sonst so verschlafene Kleinstadt Tregissy - mit ihrer breiten Hauptstraße und der großen grünen Rasenfläche in der Mitte - mit den kleinen Geschäften, dem roten Schulgebäude und den beiden Kirchen einfuhr, konnte es über diesen Punkt keinen Zweifel mehr geben. Die meisten Einwohner von Tregissy nannten es *das Dorf* - obwohl es vom Verwaltungsbezirk als Stadt eingestuft war. Überall standen die Leute in kleinen Gruppen herum und steckten die Köpfe zusammen. Unterdrückte Erregung und Spannung lagen in der Luft. Das war wirklich unmissverständlich.

Da er nun einmal bis nach Tregissy hineingefahren war, musste er auch irgendeinen Einkauf vortäuschen, sagte sich Peter. Also hielt er vor dem Postamt an und ging hinein, um sich ein paar Briefmarken zu holen. Mrs. Penney, die hagere, weißhaarige Postbeamtin, sah erregt und aufgelöst aus. Sie reichte Peter die Marken mit vor Aufregung zitternden Händen über den Schalter.

»Hier, bitte - oh, Doktor Conway, haben Sie es schon gehört?«, flüsterte sie mit funkelnden Augen.

»Gehört? Was gibt es denn so Interessantes zu hören?«, fragte Peter und bemühte sich, recht erstaunt auszusehen. »Sie sind ja ganz aufgeregt, Mrs. Penney.«

»Dann wissen Sie also noch nichts!«, rief die Postbeamtin, und ihre Stimme bebte vor Sensationslust. »Es ist wegen dieses Mädchens, wissen Sie, wegen dieser Molly Liskern. Oh, es ist entsetzlich! Man hat sie gefunden.«

»Und was ist daran so Entsetzliches?«

»Sie ist ja tot!«

»Oh, das tut mir leid. Ein Unfall?«

Peter strengte sich an, genügend Teilnahme in seinen Ton zu legen. Mrs. Penney beugte sich weit über die Theke nach vorn. Ihr ältliches, faltiges Gesicht zuckte vor Erregung.

»Es heißt, dass sie erwürgt worden sein soll«, flüsterte sie heiser. »Man hat es mir eben erst erzählt. Einer von Mr. Freemans Leuten vom *Tipley Hof* hat die Leiche des armen Mädchens gefunden. Der Knecht ist sofort zu Ned Cobley gelaufen und hat es gemeldet. Wer hätte so etwas gedacht? Wenn sie auch immer ein dummes, unvernünftiges junges Ding war. Was sage ich - das wissen Sie ja selbst, Doktor Conway. Aber gleich so etwas.«

»Erwürgt?«, fragte Peter und machte ein entsetztes Gesicht. »Das ist ja schrecklich!«

So gut wie möglich Überraschung und Grauen vortäuschend, machte Peter, dass er Mrs. Penneys neugierigen Blicken entkam. In ziemlich erregtem Zustand stieg er wieder in sein Auto. Eigentlich war er fast froh, dass die Leiche so bald gefunden worden war. Damit war wenigstens ein Teil der zermürbenden Spannung von ihm genommen.

Jetzt fuhr Peter wirklich nach Hause. Unterwegs dachte er an Molly und an Paul Blair... und nicht zuletzt an Jennifer. Was sollte er nur Jennifer sagen? Sie war ein scharfsinniges, intelligentes Mädchen, das sich nicht leicht ein X für ein U vormachen ließ. Sie würde nicht lange brauchen, um dahinter zu kommen, dass mit ihm etwas nicht stimmte. Wenn er sich doch nur etwas besser zusammennehmen könnte und nicht solch einen verstörten Eindruck machen würde! Aber sogar Mrs. Liskern und Ezra Kettleby war es ja aufgefallen, wie elend er aussah. Er musste sich jetzt wirklich anstrengen, mehr Selbstbeherrschung zu zeigen.

Das war leichter gesagt als getan. Als er knirschend über den Kies vor seinem Häuschen fuhr, hatte er das unangenehme Gefühl, als ob ihm noch eine Menge Unruhe und Ärger bevorstünden.

P. C. Cobley stand auf der Wiese an der Landstraße, die nach St. Hawes führte, und blies gedankenvoll große Rauchwolken vor sich hin. Er starrte auf die mitleiderregende, zusammengekrümmte Leiche von Molly Liskern herunter. Dann hob er den Blick und sah den jungen, braungebrannten Landarbeiter an seiner Seite an.

»Sie brauchen mich gar nicht so anzusehen, Ned Cobley«, fuhr der Mann auf. »Ich habe nichts damit zu tun. Ich habe sie bloß gefunden, als ich über die Wiese ging.«

»Ruhig Blut, Jack!«, brummte der Wachtmeister. »Ich habe ja auch gar nichts gesagt. Das arme Ding! Furchtbar -

ich hätte nie gedacht, dass es eines Tages so ein Ende mit ihr nehmen würde. Sieht ganz so aus, als ob sie erwürgt worden wäre.«

»'s ist ja überhaupt nur Zufall, dass ich sie gefunden habe«, erklärte Jack Smiles. »Hier komme ich ja höchstens einmal im Monat vorbei. Also, ich geh über die Wiese und da seh ich irgendwas Buntes neben der Hecke schimmern. Als ich ein Stückchen weiter geh, erkenne ich, dass es ein Kleid ist. Na, ich geh nun ganz dicht ran und da finde ich also Molly. Sie könnte glatt wochenlang hier gelegen haben, ohne...«

»Das ist höchst unwahrscheinlich«, unterbrach Cobley diesen Redeschwall. »Sie liegt ja direkt hinter der Hecke. Irgendjemand würde sie schon gefunden haben.«

»Na ja vielleicht haben Sie recht, Ned«, stimmte der Mann widerstrebend zu. »Also, wenn Sie mich fragen, so hat Molly alles getan, dass es eines Tages soweit kommen musste. Sie war immer ein verflixt leichtlebiges Ding. Sie muss da irgendeinem Burschen in die Hände gefallen sein, der ihr zunächst einmal schön getan hat. Als er dann ernst machen wollte, hat sie sich wohl zu wehren versucht, und da hat er sie wahrscheinlich am Hals gepackt.«

»Sie haben sie doch nicht etwa angerührt?«, fragte der Polizist in scharfem Ton.

»Ich? Bestimmt nicht!«

»Vielleicht sind Fingerabdrücke oder sonst irgendwelche Spuren vorhanden«, äußerte sich Cobley unbestimmt. »Das überlasse ich lieber dem Inspektor. Mit einem Mordfall habe ich noch nie etwas zu tun gehabt.«

»Armes Ding, sie muss sich verzweifelt gewehrt haben...«

»Gebrauchen Sie doch Ihre Augen, Jack! Sie hat sich überhaupt nicht gewehrt... zumindest nicht hier«, fiel ihm Cobley belehrend ins Wort. »Sehen Sie doch das Gras an, es steht überall hoch und unberührt. Daran können Sie erkennen, dass...«

Er brach ab, als ein Wagen mit quietschenden Bremsen unmittelbar hinter der Hecke anhielt. Cobley wandte sich um und sah Inspektor Powells hochgewachsene, breitschultrige, straff aufgerichtete Gestalt aus dem Penroer Polizeiauto steigen. Ein Sergeant begleitete ihn.

»Hier Bitte, durch diese Lücke, Sir!«, forderte Cobley den Inspektor auf, und bog die Zweige auseinander.

Bevor er sich von seiner kleinen, dörflichen Polizeistation aus hierher auf den Weg gemacht hatte, hatte Cobley das Revier in Penro angerufen. Das war die Erklärung, warum Inspektor Powell so schnell auf dem Schauplatz der Tragödie erschien.

Powell mochte etwa fünfzig Jahre alt sein. Seine Schläfen waren ergraut. Er hatte ein scharfgeschnittenes, energisches Gesicht mit einem beherrschten, fast unbeteiligten Ausdruck. Diese Unbeteiligt- heit war jedoch irreführend, denn der Inspektor war ein scharfsinniger, praktischer Mann.

»Scheußliche Sache!«, meinte er, während er sich umsah. »Ist das Mädchen hier aus der Umgebung? Das übliche Motiv, vermute ich. Wissen Sie irgendetwas über sie?«

»Jawohl, Sir. Kenne das Mädchen von klein auf«, gab Cobley zurück. »Ihre Mutter kam letzte Nacht vollkommen aufgelöst zu mir und erklärte, dass das Mädchen nicht nach Hause gekommen wäre, obwohl sie es versprochen hatte. Ich dachte mir nichts weiter dabei. War immer ein bisschen leichtsinnig, diese Molly Liskern. Seit sie von der Schule herunter ist, stolperte sie immer von einer Schwierigkeit in die andere.«

»Aha, eine von der Sorte also, wie?«, äußerte der Inspektor steif.

»Ich würde sagen, sie ist seit neun, zehn Stunden tot, Sir... Das würde bedeuten, dass sie vor Mitternacht erwürgt wurde, Sir«, erläuterte der Wachtmeister wichtig weiter. »Jack Smiles hier hat sie gefunden, vor knapp einer halben Stunde. Ich war gerade dabei, Jack zu erklären, dass das arme Mädchen sich kaum gewehrt haben dürfte. Sehen Sie das Gras, Sir. Überall steht es gleich hoch. Nirgendwo ist es niedergetreten. Ich bin nicht näher herangetreten, damit keine Spuren verwischt werden.«

Inspektor Powell nickte zustimmend.

»Sehr klug von Ihnen, Cobley«, sagte er. »Sie haben scharfe Augen. Wenn es einen Kampf gegeben hätte, würde das Gras niedergetreten und verwüstet sein. Das bedeutet also, dass sie irgendwo anders getötet wurde. Es erscheint mir sehr unwahrscheinlich, dass sie sich überhaupt gewehrt haben soll.«

»Das dachte ich mir auch schon, Sir«, stimmte Cobley zu. »Ich habe die Leiche bisher noch nicht angerührt, aber wenn Sie genau li in sehen, werden Sie deutliche Quetschungen an beiden Armen erkennen. Es sieht ganz so aus, als ob man sie mit einem Wagen hierhergefahren und hinter die Hecke geworfen hätte.«

»Zweifelsohne ist das die Erklärung. Wir wollen sie nicht berühren. Der Doktor muss gleich kommen. Er wird uns dann sagen, wie sie gestorben ist... und ob sie missbraucht wurde.« Der Inspektor rieb sich nachdenklich das

Kinn. »Sie sagten vorhin, die Mutter des Mädchens habe sich letzte Nacht Sorgen gemacht. Gab es irgendeinen besonderen Grund?«

»Ja, Sir. Normalerweise würde Mrs. Liskern sich wohl keine Sorgen gemacht haben, denn Molly war ein eigenwilliges Ding«, erklärte Cobley gedankenvoll. »Aber letzte Nacht hat man ihr da irgend so eine Geschichte erzählt. Molly soll mit einem unbekannten Mann in ein Auto eingestiegen sein, irgendwo vor einer Wirtschaft, draußen am Stadtrand von Penro. Deshalb war Mrs. Liskern beunruhigt. Sie kam zu mir und bat mich, etwas zu unternehmen. Aber was sollte ich denn machen, Sir? Ich konnte doch nur meine Augen offenhalten. Wer konnte denn ahnen, dass das junge Ding ein solches Ende nehmen würde?«

»Um welche Zeit hat man das junge Mädchen mit dem Unbekannten in den Wagen steigen sehen?«

»Ich glaube, kurz vor der Polizeistunde.«

»Hatten Sie letzte Nacht Dienst?«

»Ja, Sir. Bis Mitternacht. Als Mrs. Liskern gegangen war, fuhr ich mit meinem Fahrrad los... meine übliche Runde.«

»Haben Sie irgendeinen fremden Wagen bemerkt?«

»Nein, Sir. Nach elf schläft hier alles«, antwortete Cobley und schüttelte verneinend den Kopf. »Ich bin überhaupt nur einem einzigen Wagen begegnet... und das war kurz vor Mitternacht, als ich schon auf dem Heimweg war. Das war der Wagen von dem jungen Peter Conway.«

»Wer ist das?«

»Unser Tierarzt, Sir. Netter junger Bursche. Er wird wohl leider nicht mehr lange hierbleiben... Er ist zu tüchtig...«

Plötzlich brach er ab, als ob ihm etwas einfiele. Powell warf ihm einen scharfen Blick zu.

»Nun? Ist Ihnen etwas eingefallen, Cobley?«

»Es ist wahrscheinlich gar nicht wichtig, Sir«, erwiderte der Wachtmeister unbehaglich. »Trotzdem ist es eigenartig. Gestern dachte ich mir nichts Besonderes dabei...«

»Sprechen Sie nicht in Rätseln. Was ist Ihnen denn jetzt eingefallen?«

»Nun, jetzt, wo ich darüber nachdenke, Sir, meine ich, Conways Stimme hätte ziemlich nervös geklungen. Ich meine, als ich ihn fragte, ob er zufällig Molly Liskern begegnet sei«, meinte Cobley stirnrunzelnd. »Er sprach mit so sonderbarer Stimme. Ja, das tat er wirklich. So, als ob er schrecklich erregt wäre. Er sah auch ganz elend aus.« Der freundliche alte Landpolizist zuckte hilflos die Achseln. »Aber er kann nichts damit zu tun haben... nein, unser Mr. Peter hat mit so was nichts zu tun. Oh, ich kenne ihn, seit er ein kleiner Junge war- Seine Tante lebte in Tregissy - sie ist erst vor kurzem gestorben - und Mr. Peter hat oft seine Sommerferien hier verlebt. Jeder im Dorf kannte ihn. Er war wie einer von uns. Und als er sich hier niederließ und seine Praxis aufmachte, haben wir uns alle gefreut. Es gibt wenige wie unseren Doktor Conway.«

»Hat er gesagt, wohin er unterwegs war?«

»Nein, Sir. Aber ich schätze, dass er zu irgendeinem dringenden Fall wollte. Bedenken Sie, es war ja schon fast Mitternacht!«

»Jedenfalls haben Sie ihn, kurz nachdem Ihnen gemeldet worden war, dass das junge Mädchen verschwunden sei, auf dieser Chaussee hier gesehen. Er könnte also ohne weiteres etwas bemerkt haben. Es kann nichts schaden, einmal mit dem jungen Mann zu sprechen. Er ist Tierarzt, sagten Sie? Wie lange lebt er schon hier? Und wer hatte vor ihm hier die Praxis?«

»Der alte Doktor Craddock... er hat seine Praxis an Mr. Peter verkauft«, erklärte Cobley. »Viel war allerdings nicht mehr los damit. Der alte Craddock ließ sie ziemlich verkommen. Die meisten Leute brachten ihre kranken Tiere zum Tierarzt nach Penro. Das heißt, bis Mr. Peter ihnen bewiesen hatte, dass er sein Fach verstand und ein zuverlässiger Bursche war. Er hat sich mit der Zeit eine erstklassige Praxis aufgebaut. Und alle mögen ihn gut leiden.« Zu einer weiteren Unterhaltung kam es nicht mehr, denn in diesem Augenblick traf die Ambulanz ein, und gleichzeitig der Arzt. Es war der Polizeiarzt aus Penro. Die anderen beobachteten ihn respektvoll, während er eine erste, oberflächliche Untersuchung der Leiche, vornahm.

»Über die Todesursache kann keinerlei Zweifel bestehen, Inspektor... Das Mädchen ist mit seinem eigenen Schal erdrosselt worden«, erklärte der Doktor wenige Minuten später. »Nach den Quetschungen und blauen Flecken an Armen und Beinen zu schließen, muss sie verzweifelt um ihr Leben gekämpft haben. Keine angenehme Art zu sterben. Für ein Sexualverbrechen liegen keine Anzeichen vor. Das ist ihr wenigstens erspart geblieben.«

»Um welche Zeit, schätzen Sie, Doktor, ist der Tod eingetreten?«

»Das ist schwer zu sagen. Es war letzte Nacht ziemlich kalt, und die Temperatur spielt bei der Zeitberechnung eine entscheidende Rolle. Ohne mich jetzt schon festlegen zu wollen, würde ich sagen,- dass sie kaum vor elf und bestimmt nicht später als zwei Uhr früh gestorben sein dürfte.«

»Das ist reichlich unbestimmt«, brummte der Inspektor unzufrieden. »Ich persönlich halte den früheren Zeitpunkt für wahrscheinlicher. Ich würde sagen, etwa gegen elf Uhr.«

»Genaueres erfahren Sie aus meinem vollständigen Bericht nach der Sektion«, erklärte der Arzt knapp. »Hier ist für mich im Augenblick nichts mehr zu tun. Da kommt ja noch ein Wagen. Das wird wohl die technische Abteilung und der Fotograf sein, schätze ich. Es werden noch Aufnahmen von der Leiche gemacht, oder nicht?«

Gleich nachdem der Arzt fortgefahren war, erschienen mehrere Polizeibeamte auf dem Schauplatz. Die Routinearbeit begann. Zunächst wurde die Leiche von allen Seiten und aus den verschiedensten Winkeln aufgenommen. Dann wurde sie auf mögliche Fingerabdrücke hin untersucht. Anschließend wurde jeder Zentimeter Boden im näheren Umkreis nach etwaigen Spuren durchforscht. Inspektor Powell überließ diese Arbeiten seinem Stab.

»Das kann hier noch eine ganze Weile dauern, Cobley«, meinte er, nachdem er eine Zeitlang kritisch zugesehen hatte. »Hier bin ich wohl überflüssig. Zeigen Sie mir doch jetzt bitte den Weg zu diesem Tierarzt. Ich möchte mich gern mal mit ihm unterhalten. Wie war doch sein Name... ach ja, Conway, nicht wahr?«

Als er zu Hause ankam, stellte Peter mit Erleichterung fest, dass keine vierbeinigen Patienten auf ihn warteten. Er musste sich jetzt zusammennehmen. So konnte es nicht weitergehen - er musste wieder einen normalen Eindruck auf die Leute machen. Er glaubte kaum, dass die Polizei ihn mit Molly Liskerns Tod in Zusammenhang bringen würde, um ihm Fragen zu stellen. Er rechnete auch nicht damit, deswegen vernommen zu werden. Umso mehr erschrak er, als er durch das Fenster seines Untersuchungszimmers plötzlich einen Polizeiwagen mit zwei uniformierten Beamten in die Auffahrt einbiegen sah.

»Du lieber Gott! Doch nicht jetzt schon?«, flüsterte er entsetzt.

All seine Bemühungen, gelassen und normal zu erscheinen, waren umsonst. Seine Reaktion beim Eintritt Inspektor Powells und P. C. Cobleys war keineswegs unbefangen - im Gegenteil. Er hatte sich schnell an seinen Schreibtisch gesetzt. Seiner Meinung nach hob er, als die beiden Beamten eintraten, überrascht den Kopf von seinen Büchern und sah ihnen mit einem Ausdruck höflichen Erstaunens entgegen. Das war allerdings nur seine eigene Meinung. Das Bild, das sich den beiden Polizeibeamten tatsächlich bot, war ein fassungsloses Gesicht, aus dem ihnen vor Schreck geweitete Augen entgegenstarrten. Man hätte meinen können, der junge Arzt sähe sich plötzlich zwei Gespenstern gegenüber. Dicke Schweißperlen bildeten sich auf seiner hohen, jungen Stirn.

»Doktor Conway?«, fragte Powell kühl.

»Ja bitte - der bin ich«, erwiderte Peter und stand gemächlich auf. »Worum handelt es sich... Verzeihung!«

Wieder einmal lief alles verkehrt. Peter hatte sich ganz langsam und gleichmäßig erheben wollen, aber seine Bewegungen glichen eher denen eines aufgeschreckten Kaninchens, als er hochsprang. Sein Stuhl fiel schwungvoll hintenüber und mit lautem Krach zu Boden. Und nicht genug damit, er beugte sich selbst viel zu weit nach vorn, stützte sich schnell auf den Tisch und warf dabei eine Blumenvase um, so dass das Wasser sich in hohem Bogen über seine Bücher und Papiere ergoss.

»Wie ungeschickt von mir«, meinte er mit krampfhaftem Lächeln. »Guten Morgen, Onkel Tom Cobley! Ich wusste gar nicht, dass Sie einen Hund haben. Mein Gott, Sie machen ja beide so ernsthafte Gesichter. Ist irgendetwas nicht in Ordnung?«

»Nehmen Sie ruhig wieder Platz, Mr. Conway... Das Wasser können Sie ja später aufwischen«, sagte der Inspektor. »Ich habe gehört, dass bei Ihnen bis vor kurzem ein Mädchen namens Molly Liskern beschäftigt war?«

»Oh, ja. Scheußliche Geschichte. Ich habe im Dorf schon davon gehört.« Peter ließ sich schwerfällig wieder in seinen Stuhl fallen, nachdem er diesen aufgerichtet hatte, und zog ein Päckchen Zigaretten aus der Tasche. »Mrs. Penney, die Postbeamtin, hat es mir erzählt. Sie ist tot aufgefunden worden, nicht wahr? Nicht Mrs. Penney... ich meine, Molly.« Er atmete heftig. »Ich fürchte, ich kann Ihnen nicht viel über Molly erzählen... wenn Sie deswegen hier sein sollten.«

Der Inspektor kannte Peter nicht und schon gar nicht so lange und gut, wie P. C. Cobley. Trotzdem war die Nervosität des jungen Mannes nicht zu übersehen. Wenn Peter beabsichtigt hätte, den beiden Beamten einen Schuldigen vorzuspielen - er hätte es nicht besser machen können. Sogar der einfache, ihm freundlich gesinnte Cobley war unangenehm überrascht.

»Sie waren letzte Nacht noch spät unterwegs, Herr Doktor, mit dem Wagen... Wahrscheinlich wollten Sie nach St.

Hawes?«, begann der Inspektor. »Zumindest fuhren Sie gegen Mitternacht die Straße nach St. Hawes entlang. Mussten Sie noch zu einem dringenden Fall?«

»Ja, Das heißt - nein.«

»Wie bitte? Wie soll ich das verstehen?«

»Um ehrlich zu sein, fühlte ich mich letzte Nacht nicht recht wohl«, meinte Peter und bemühte sich krampfhaft, ruhig zu sprechen. »Ich dachte, ein bisschen frische Luft würde mir guttun,

Sir.«

»Im geschlossenen Wagen, Doktor?«

»Ich war ja unterwegs nach St. Hawes... Ich dachte, ich könnte mein Boot nehmen und ein wenig hinaussegeln,«

»Und taten Sie das auch?«

»Nein. Ich entschloss mich plötzlich anders.«

»Warum?«

»Nun, ich kann doch meine Meinung ändern, wenn es mir passt. Oder etwa nicht?«, gab Peter, mit einem kläglichen Versuch geistreich zu sein, zurück. »Als ich bereits den halben Weg zurückgelegt hatte, fand ich die Idee plötzlich ziemlich dumm, hatte einfach keine Lust mehr und kehrte um. Das ist alles.«

»Wissen Sie übrigens schon, dass Molly Liskerns Leiche hinter einer Hecke an der Landstraße nach St. Hawes gefunden wurde? Ausgerechnet nur anderthalb Kilometer von der Stelle entfernt, wo Sie vergangene Nacht von Wachtmeister Cobley angehalten wurden?«

»Nein, das wusste ich noch nicht... Ich meine, ich habe schon davon gehört, dass sie irgendwo in der Nähe der Chaussee nach St. Hawes gefunden wurde, aber ich wusste nicht genau, wo. Was hat das alles zu bedeuten? Sieglauben doch nicht etwa, ich wüsste irgendetwas über den Tod des Mädchens?«

Inspektor Powells Gesicht blieb vollkommen ausdruckslos.

»Ich hatte gehofft, Doktor, dass Sie vielleicht einem Wagen begegnet wären... man weiß, dass Miss Liskern kurz nach halb elf mit einem unbekannten Mann in der Nähe von Penro fortgefahren ist. Zumindest lauten unsere Informationen so. Bisher wissen wir noch nicht, ob diese Informationen stimmen. Haben Sie nicht zufällig ein Auto gesehen während Ihrer Spazierfahrt?«

»Nein. Ich habe außer Cobley hier niemand gesehen.«

»Danke, Doktor. Würde es Ihnen etwas ausmachen, wenn ich mir Ihren Wagen ansähe? Es ist doch wahrscheinlich der dort draußen, nicht wahr?«

»Ja. Aber warum zum Teufel wollen Sie ihn ansehen...? Du großer Gott! Sie glauben doch nicht etwa...?«

»Lediglich eine Formsache, Herr Doktor.«

»Natürlich können Sie sich den Wagen ansehen, wenn Sie wollen. Bitte, kommen Sie.«

Er führte sie hinaus, und auf seinem Gesicht lag ein herausfordernder Ausdruck. Ostentativ riss er alle vier Türen auf und trat betont respektvoll einen Schritt zurück, während die beiden Beamten mit ihrer Inspektion begannen.

Dann ging er nach hinten und öffnete den Deckel des Kofferraumes... Und das erste, was er in dem leeren Kofferraum erblickte, war ein kleiner, goldener Ohrring mit einem funkelnden Stein...

Viertes Kapitel

Am nächsten Morgen in aller Frühe, es war Donnerstag, stiegen auf dem Bahnhof von Penro zwei Fremde aus dem Londoner Zug. Sie wurden von Inspektor Powell abgeholt, der sie mit einer wohlabgewogenen Mischung von Respekt und Reserviertheit begrüßte. Der Inspektor hielt es für vollkommen überflüssig, dass der Polizeidirektor sich an Scotland Yard um Hilfe gewandt hatte.

Als er den Mann, den Scotland Yard zur Untersuchung des Falles geschickt hatte, aussteigen sah, war er mehr denn je überzeugt davon, dass sein Polizeidirektor damit einen verhängnisvollen Irrtum begangen hatte... Chefinspektor William Cromwell war keine sehr eindrucksvolle Erscheinung.

Mit seinem zerdrückten blauen Serge-Anzug und dem formlosen weichen Hut sah er eher wie ein kleiner Vertreter aus - und zwar wie einer, der nicht gerade von geschäftlichen Erfolgen gekrönt war. Das unrasierte, von tiefen Falten zerfurchte Gesicht des Chefinspektors trug einen griesgrämigen Ausdruck. Seine buschigen Augenbrauen waren schlechtgelaunt zusammengezogen und der strahlende, sonnige Morgen schien nicht den geringsten Eindruck auf ihn zu machen.

»Es gibt nichts Schlimmeres, als des Nachts reisen zu müssen!«, grollte er, als Powell sich vorgestellt hatte. »Zuerst möchte ich mich jetzt einmal waschen und rasieren. Ich hoffe, Sie haben irgendwo Zimmer für uns reserviert?«

»Selbstverständlich, Mr. Cromwell. Es sind sehr nette Zimmer im *Hotel Lamm* reserviert. Ich glaube, Sie werden zufrieden sein. Mrs. Winters ist eine ausgezeichnete Köchin, sie wird Sie bestens versorgen.«

»Essen ist für mich nicht so wichtig«, erklärte der Inspektor grämlich. »Ich muss mich mit meinem Magen sehr vorsehen und darauf achten, was ich esse, übrigens, das ist Sergeant Lister.«

Sergeant Lister lächelte verbindlich, als Powell ihm die Hand gab. Seine ganze Erscheinung stand im krassen Gegensatz zu Cromwell. So streng und unzugänglich der Chefinspektor schien, so freundlich und zuvorkommend trat der junge Sergeant auf. Und gönnte Cromwell seiner äußeren Erscheinung offensichtlich nicht die geringste Aufmerksamkeit, so war Johnny Lister die wandelnde Reklame für *Savile Row*. Mit anderen Worten – sie stellten ein ideales Paar dar. Sie waren so von Grund auf verschieden, dass sie ein ausgezeichnetes Team ergaben, und sie hatten in gemeinsamer Arbeit schon unzählige Mordfälle erfolgreich gelöst und waren darüber fast berühmt geworden.

»Geben Sie nicht allzu viel auf Mr. Cromwells Worte«, meinte Johnny mit einem Augenzwinkern. »Nach einer Nachtfahrt ist er immer so schlecht gelaunt. Und was seinen Magen betrifft, nun, ich kann Ihnen versichern, dass ich Zeuge war, wie er zentimeterlange Stahlnägel und Glasscherben verspeist hat, ohne die geringsten Beschwerden davon zu bekommen. Falls Sie daran gedacht haben sollten, uns im *Lamm* ein Frühstück richten zu lassen, und Sie im Moment nichts Wichtigeres vorhaben, als uns dabei Gesellschaft zu leisten, werden Sie sich leicht von der Richtigkeit meiner Worte überzeugen können.«

»Ja, das Frühstück für Sie ist bereits bestellt«, antwortete Powell und wusste offensichtlich nicht recht, wie er auf

Johnnys spaßhaften Ton eingehen sollte. »Ich dachte, ich könnte Ihnen, während Sie frühstücken, die näheren Umstände dieses Falles vortragen, Mr. Cromwell. Das war jedenfalls der Vorschlag des *Big Boss*... Oh, ich bitte um Entschuldigung. Ich beziehe mich im Augenblick auf unseren Polizeidirektor. Es war seine Idee, Scotland Yard zuzuziehen. Sie werden ihn im Laufe des Vormittags kennenlernen.«

Johnny begann so etwas wie Zuneigung für den Inspektor mit dem unbeweglichen Gesicht zu empfinden, der sich so gerade hielt, als ob er einen Stock verschluckt hätte. Jemand, der von seinem Polizeidirektor in dieser Weise sprach, besaß immerhin Humor.

Powells Wagen wartete vor dem Bahnhof, sie stiegen ein, und gleich darauf fuhren sie durch die wundervolle Landschaft von Cornwall nach Tregissy hinunter. Die Fahrt dauerte nicht lange. Und sogleich, nachdem sie angekommen waren, wurden sie in den Speiseraum des *Hotel Lamm* geführt.

Ein altmodisches, schlichtes Haus, das behäbige Gemütlichkeit ausstrahlte, und dessen Ruhm mehr als zwei Jahrhunderte zurückreichte. Sogar Cromwell konnte ein zustimmendes Brummen nicht unterdrücken, als er in den malerischen Speisesaal mit seinen holzgetäfelten Wänden und der von Eichenbalken getragenen Decke geleitet wurde.

»Dieser Mord an dem jungen Mädchen ist in der Tat ziemlich undurchsichtig«, begann der Inspektor, sowie sie sich gesetzt hatten. Dann verbreitete er sich ausführlich, aber präzise über die wenigen bisher bekannten Einzelheiten. »Es scheint kein logisches Motiv zu geben. Sie war ein ziemlich eigenwilliges und leichtlebiges Geschöpf, aber niemand hatte Grund, sie zu töten. Sie ist erwürgt worden, wurde aber nicht missbraucht. Ich meine, so, wie es oft bei dieser Art Verbrechen der Fall ist. Die Sache ist nicht so kompliziert, dass man Scotland Yard bemühen müsste, habe ich zum *Big Boss* gesagt. Hoffentlich haben Sie sich nicht wegen eines ganz simplen Mordfalls hier herunter bemüht.«

»Mord ist nun einmal Mord, ganz gleich, von welcher Seite Sie die Sache betrachten, Inspektor«, erwiderte der Mann, den seine Kollegen *Ironsides* nannten. »Der Tod dieses Mädchens hat nun einmal ein Interesse erweckt, das über den lokalen Bereich hinausgeht. Sind Ihnen die Londoner Reporter vorhin nicht aufgefallen, die in Penro ausgestiegen sind? Gleich vier. Es kann nicht mehr lange dauern, bis sie uns belästigen werden... und ich glaube sicher sein zu können, dass sich bereits eine Horde lokaler Reporter hier im Städtchen herumtreibt. Mord... und ganz besonders Mord an einem jungen und hübschen Mädchen... ergibt immer einige Tage Schlagzeilen für die Zeitungen. Sie sagten eben, dass dieses Mädchen, diese Molly Liskern, nicht missbraucht wurde? Ist es nicht anzunehmen, dass der Mörder im Begriff stand, ihr Gewalt anzutun und dass sie beim Versuch, sich zu wehren, getötet wurde?«

»Natürlich, Sir. Diese Möglichkeit haben wir auch schon in Betracht gezogen. Und ich halte es auch für mehr als wahrscheinlich, dass es sich so abgespielt hat«, stimmte Powell zu. »Also haben wir es mit einem Sexualverbrecher zu tun. Das Mädchen war eines von jener Sorte, das für so etwas unbedingt in Frage käme.«

»Sie meinen, sie war Männern gegenüber sehr entgegenkommend?«

»Ihr Ruf ist nicht allzu gut«, antwortete der Inspektor langsam. »Bis vor kurzem arbeitete sie bei einem jungen Mann namens Peter Conway. Er ist der hiesige Tierarzt und lebt draußen in *Tipley End*. Die Mutter des Mädchens, Mrs. Liskern, führt Conway den

Haushalt. Nun, er hat Molly Liskern hinausgeworfen, weil sie boshafte Geschichten über ihn verbreitet hat. Ich würde sagen, dass boshaft noch sehr milde ausgedrückt ist. Sie hat allen Leuten erzählt, sie wäre seine Geliebte - während er behauptet, dass das glatt erfunden ist. Jedenfalls bekam er einen Wutanfall - was ich, nebenbei gesagt, verstehen kann - und warf sie auf der Stelle hinaus. Ich glaube ihm das übrigens, den er ist mit Miss Jennifer Perryn, der Tochter des hier ansässigen Gutsbesitzers, verlobt. Es ist kaum anzunehmen, dass er sich dann mit so einem kleinen Flittchen, wie diesem Liskern-Mädchen, abgeben würde. Was denken Sie?«

»Eine kleine Dirne also, wie? Das wollten Sie doch damit sagen, oder?«

»Na ja. Zumindest war sie Männern gegenüber sehr entgegenkommend«, entgegnete Powell steif. »Mir ist da so allerhand zu Ohren gekommen. Viel war sie jedenfalls nicht wert. Bevor der junge Conway sie auf Bitten ihrer Mutter hin eingestellt hat, arbeitete sie als Sprechstundenhilfe bei Doktor Grant. Er musste ihr kündigen, weil sie sich den männlichen Patienten gegenüber unmöglich und aufdringlich benahm. Davor war sie Hausmädchen bei Lady Perryn auf *Tregissy Hall*. Lady Perryn warf sie hinaus, als sie das Mädchen beim Stehlen überraschte. Keine große

Sache... nur ein geringfügiger Diebstahl. Aber alles in allem taugte sie eben nicht viel.«

»Und vollkommen unzuverlässig«, äußerte sich Cromwell mürrisch. »Ich fürchte, dass es mehr als genug von dieser Sorte gibt.« Er unterbrach sich und lud seine Gabel bedächtig hoch voll. »Dieser Speck ist übrigens ausgezeichnet. Wüsste nicht, wo ich schon besseren gegessen hätte. Die Eier sind frisch und genau richtig lange gebraten - exzellent.«

Das Frühstück hatte seine gewohnte lindernde Wirkung auf den Chefinspektor ausgeübt, und er sah zufrieden und nahezu gutgelaunt aus. Powell hatte das Paar von Scotland Yard verstohlen beobachtet, während es frühstückte. Und er war erstaunt und tief beeindruckt über die Mengen, die der kränkliche Cromwell zu verspeisen in der Lage war. Hin und wieder war Johnny Lister dem fassungslosen Blick des Inspektors begegnet und dann hatte er vielsagend mit dem Auge gezwinkert.

»Der Kaffee ist heiß und genau so stark, wie er sein muss«, fuhr Ironsides anerkennend fort. »Das findet man nicht allzu oft in Kleinstadthotels. Also, Mr. Powell, ich werde mich jetzt waschen und rasieren und dann stehe ich Ihnen voll und ganz zur Verfügung. Wo befindet sich die Leiche des Mädchens übrigens zur Zeit?«

»Sie ist ins Kreiskrankenhaus nach Penro überführt worden. Dort nimmt unser Polizeiarzt, Doktor MacAndrews, die Leichenöffnung vor. Er hat sie, um genau zu sein, glaube ich, letzte Nacht schon vorgenommen, und ich warte bereits auf seinen Bericht. Die Kleidungsstücke und persönlichen Gegenstände der Toten habe ich heute früh hierhergebracht; ich dachte, Sie würden sie vielleicht sehen wollen. Sie liegen für Sie auf dem Polizeirevier bereit.« Zwanzig Minuten später traf Cromwell unten in der Halle wieder mit Powell zusammen. Inzwischen hatte er sein Schlafzimmer einer Inspektion unterzogen - die zu seiner. Zufriedenheit ausgefallen war. Johnny Lister war schon vorher heruntergekommen, und die beiden Beamten von Scotland Yard gingen, ohne weitere Zeit zu verlieren, mit Powell direkt zu dem Schuppen hinter dem Polizeirevier. Dort lagen Molly Liskerns Habseligkeiten auf einer Bank ausgebreitet. Das Revier befand sich in einem gemütlichen, kleinen Haus, das von Sergeant Hunter bewohnt wurde, dem die örtliche Polizei unterstand, während Inspektor Powell ja aus Penro kam.

»Ich fürchte, Sie werden nicht allzu viel finden, Mr. Cromwell«, meinte Powell. »Nur der übliche Kram. Nichts, was uns weiterhelfen könnte. Das Kleid des Mädchens ist stellenweise beschmutzt, aber das ist ja nicht erstaunlich.«

Cromwell schwieg. Er hatte Mollys blaugetupftes Kleid aufgenommen und betrachtete es eingehend von allen Seiten. Wie der Inspektor schon gesagt hatte, war es verschmutzt und zerdrückt.

»Was hat das zu bedeuten, Old Iron?«, fragte der Sergeant. »Hier, sieh doch, diese vertrockneten Blätter, die am Stoff hängen.« Er deutete auf das Kleid. »Einwandfreie Reste halb vermoderter Blätter«

»Jawohl, mein Sohn - das ist vollkommen richtig.«

»In den Schuhen haben wir ebenfalls modrige Blattreste gefunden«, bestätigte Powell. »Das lässt vermuten, dass das Mädchen im Wald ermordet wurde. Wir wissen, dass ihre Leiche mit einem Auto zu der Wiese, wo wir sie gefunden haben, transportiert wurde und dort muss man sie hinausgeworfen haben...«

»Haben Sie irgendeine Vorstellung, in welchem Wald das passiert sein konnte?«

»Nun, in gewisser Weise schon. Der einzige Wald in der näheren Umgebung, wo es eine Menge Laub gibt, Mr. Cromwell, ist der Drury Forst; er liegt zwischen Tregissy und Penro. Ich habe dort gestern Abend stundenlang alles genau absuchen lassen und heute Morgen wieder, so wie es hell wurde - aber bisher erfolglos.«

Cromwell drehte die billige Kette, welche Molly getragen hatte, nachdenklich in den Händen. An der Stelle auf dem Tisch, wo er sie aufgenommen hatte, lag jetzt noch ein einzelner Ohrring mit einem roten Stein.

»Nur ein Ohrring? Wo ist der zweite?«

»Wir haben nur den einen gefunden, Sir. Vermutlich hat sie den anderen verloren, als sie um ihr Leben kämpfte. Wir haben das Gras im Umkreis der Leiche gründlich abgesucht, aber keine Spur von einem zweiten Ohrring. Sie muss ihn woanders verloren haben.« Cromwell nickte geistesabwesend. Er griff nach einer Plastikhandtasche, die unter dem Körper der Ermordeten gelegen hatte. Die Handtasche enthielt die üblichen Utensilien, die Frauen so im Allgemeinen mit sich herumtragen... eine Puderdose, Lippenstift, Wimperntusche und Augenbrauenstift. Außerdem zwei Pfundnoten, drei Zehnschillingscheine, ein paar kleine Silbermünzen und einen Fahrschein für den Bus. Letzterer war eine Woche alt, wie Cromwell aus dem Datumsstempel ersehen konnte, und für eine Fahrt von Tregissy nach Penro geknipst. Der Chefinspektor drehte ihn um, betrachtete gedankenverloren die Rückseite und hob das Billett plötzlich näher an die Augen.

»Was ist das?«, fragte er scharf.

Er ging damit ans Fenster, um besser sehen zu können. In ganz dünner Bleistiftschrift waren oben auf dem schmalen, weißen Rand etliche Buchstaben und ein paar Zahlen zu erkennen.

»KVG 777«, entzifferte er laut. »Das muss die Nummer eines Autos sein. Es sieht genauso aus, als ob das Mädchen sie, der Sicherheit halber, dort notiert hätte.«

Inspektor Powell war wütend - und zwar auf sich selbst.

»Ich habe mir den Fahrschein auch schon angesehen, Mr. Cromwell. Aber ich muss zugeben, dass ich die dünne Bleistiftschrift nicht bemerkt habe«, erklärte er unbehaglich. »Ist aber auch kaum zu sehen, nicht wahr? Auch ist das Licht hier drinnen sehr schlecht.«

»Deshalb bin ich ja auch zum Fenster hinübergegangen, um besseres Licht zu haben.«

»Ich möchte nur wissen, warum sich das Mädchen die Nummer notiert hat«, überlegte der Inspektor laut. »Aber vielleicht hat es auch gar nichts zu bedeuten.«

»Ebenso gut kann es aber auch von größter Wichtigkeit sein«, widersprach Cromwell. »Wir müssen feststellen, wem das Auto mit dieser Nummer gehört... und zwar so schnell wie möglich. Es handelt sich um ein Londoner Kennzeichen - keines aus Cornwall. Wenn Sie das bitte veranlassen wollen, Inspektor?«

»Selbstverständlich, Mr. Cromwell, sofort.«

Kurz danach verließen sie gemeinsam den Schuppen. Auf dem Weg zur Polizeistation erkundigte sich Cromwell, ob es bisher irgendwelche Verdächtige gäbe.

»Nein, niemand, Sir. Wenn wir nicht den jungen Conway, den Tierarzt, als solchen bezeichnen wollen - und das ist mehr als unwahrscheinlich. Ich habe ihm gestern ein paar Fragen gestellt, und ich muss sagen, dass mir sein Verhalten gar nicht gefallen hat. Er machte einen ziemlich verstörten Eindruck.«

Powell beschrieb, wie Wachtmeister Cobley Peter auf der Chaussee nach St. Hawes getroffen hatte; und zwar ziemlich spät, Dienstagnacht, und kaum anderthalb Kilometer von der Stelle entfernt, wo später die Leiche des Mädchens gefunden wurde.

»Das muss ja nicht unbedingt etwas zu bedeuten haben, Mr. Cromwell, aber Cobley sagt, der junge Mann hätte so merkwürdig ausgesehen«, fuhr der Inspektor fort. »Daraufhin habe ich mich gestern etwas mit ihm unterhalten, und ich muss schon sagen, er war reichlich nervös. Ich habe mir schließlich auch seinen Wagen angesehen, aber es war dort nichts Besonderes zu finden.«

»Zu gegebener Zeit werde ich mich einmal selbst mit dem jungen Mann unterhalten«, meinte Ironsides dazu, als sie die kleine Polizeistation betraten. »Aber zuerst möchte ich gern einmal die Mutter des Mädchens sprechen. Wenn Sie so freundlich sein wollen, mich zu ihrem Häuschen zu fahren...«

»Das hat wenig Sinn, Sir... jedenfalls nicht um diese Zeit«, unterbrach ihn Powell. »Jetzt ist sie draußen bei Conway. Sie arbeitet vormittags immer dort, bis etwa mittags. Dabei fällt mir übrigens ein, dass ich es für nötig hielt, das Zimmer des Mädchens abzusperrenden Schlüssel habe ich mitgenommen - gleichzeitig verbot ich Mrs. Liskern, dort irgendetwas anzufassen,«

»Sehr klug von Ihnen, Mr. Powell«, lobte Cromwell zustimmend. »Vermutlich wollten Sie die Frau warnen, weil Sie befürchteten, dass sie mit einem anderen Schlüssel hineingehen würde, wie? Frauen bringen so etwas ohne weiteres fertig. Schicken Sie doch bitte jemand zu Conways Haus und lassen Sie Mrs. Liskern bitten, gleich nach Hause zu gehen. Sobald sie zu Hause angekommen ist, benachrichtigen Sie mich.«

Der Inspektor schickte P. C. Cobley nach *Tipley End*. Während sie auf die Rückkehr des Wachtmeisters warteten, brachte ihnen einer von Powells Leuten das Ergebnis der Obduktion aus Penro.

»Hm, genau, wie wir es erwartet haben«, murmelte Cromwell, während er den Bericht sorgfältig durchlas, »Mit ihrem eigenen

Schal erwürgt... Quetschungen an Armen und Beinen... eine hässliche Schramme auf der linken Gesichtshälfte. Das Mädchen wurde offensichtlich in einen Kampf verwickelt und kämpfte um ihr Leben. Sonst war sie nicht berührt oder verletzt... ein kräftiges Mädchen und kerngesund... Hallo! Sieh mal einer an!« Die Stimme des Chefinspektors wurde noch knapper und messerscharf. »Sie befand sich seit sechs Wochen in anderen Umständen.«

»Mein Gott!«, stieß Powell verblüfft hervor.

»Das wirft ein anderes Licht auf die Dinge, was?«, schloss Ironsides. »Damit dürfte das Mordmotiv allerdings klar auf der Hand liegen. Irgendjemand hatte allen Grund, sie aus dem Weg zu räumen.«

Sonst stand nichts von Bedeutung in dem Bericht. Inspektor Powell las ihn anschließend durch und in diesem Augenblick erschien - völlig außer Atem - Wachtmeister

Cobley und meldete, dass Mrs. Liskern zu ihrer Wohnung gebracht worden sei.

»Schön, dann wollen wir uns sofort auf den Weg machen«, beschloss Cromwell kurz.

Das Häuschen der Frau lag in Richtung *Tipley End*. Es war das letzte in einer Reihe strohgedeckter Hütten mit liebevoll gepflegten kleinen Vorgärten. Mrs. Liskern erwartete sie bereits in der offenen Haustür. Sie sah verweint, aber in ihr Schicksal ergeben, aus.

»Bitte, treten Sie ein, Sir«, sagte sie, nachdem der Chefinspektor sich vorgestellt hatte. »Ich hoffe, Sie benötigen mich nicht allzu lange. Ich bin gerade erst halb mit Mr. Peters Küche fertig. Die Arbeit muss getan werden, ganz egal, was passiert. Was wollen Sie von mir wissen, Sir?«

Sie gingen alle in das winzig kleine, blitzsaubere Vorderzimmer mit seinen altmodischen Möbeln und Chintzvorhängen. Ein aufdringlicher Geruch von Bohnerwachs und Möbelpolitur kämpfte vergeblich gegen die schlechte Luft an und legte sich allen sofort schwer auf die Lunge.

»Es tut mir leid, Ihnen jetzt auch noch einige Fragen über Ihre Tochter stellen zu müssen, Mrs. Liskern, und ich möchte Ihnen als erstes mein aufrichtiges Beileid aussprechen. Wenn Sie uns in irgendeiner Weise behilflich sein könnten...«

»Ich? Ich kann Ihnen nicht helfen, Sir. Molly war immer ein schwieriges Kind, und ich habe ihr mehr als einmal gesagt-ich weiß gar nicht wie oft dass es noch einmal ein schlimmes Ende mit ihr nehmen würde«, antwortete die Frau. »Aber Mord - das hätte ich mir nie träumen lassen. Sie war immer unnütz, das Mädchen. Es ist zwar meine eigene Tochter, aber ich muss das leider trotzdem sagen.

Was erwartete sie sich nur davon, fremden Männern den Kopf zu verdrehen? Einer von ihnen musste doch früher oder später zu faulen Tricks übergehen.«

»Dann wussten Sie also, in was für einem Zustand sie sich befand?«

»Zustand, Sir? Was für ein Zustand?«, fragte Mrs. Liskern verwirrt. »Sie hat sich gewehrt, nicht wahr? Darum wurde sie auch umgebracht, das arme Ding, und das spricht doch höchstens für sie.«

»Ich glaube nicht, dass sie Dienstagabend ermordet wurde, weil sie Widerstand leistete«, meinte Cromwell behutsam. »Sie wurde getötet, weil sie es versäumte, vor sechs oder sieben Wochen Widerstand zu leisten. Wir haben gerade den Bericht der Obduktion bekommen; Und es tut mir außerordentlich leid, aber ich muss Ihnen sagen, dass Ihre Tochter sich in anderen Umständen befand.«

Es war unzweifelhaft - das ließ der entsetzte Ausdruck ihrer Augen deutlich erkennen -, dass dieser Schock die Frau vollkommen unvorbereitet traf. Sie fiel auf einen Stuhl und starrte ihre Besucher unentwegt mit leeren, ausdruckslosen Augen an, als ob sie einen Schlag erhalten hätte. Dann, plötzlich, flammte ehrliche Wut in ihren Augen auf.

»Diese Dirne!«, kreischte sie. »Diese hinterlistige, verlogene, kleine Dirne. Als ob ich sie nicht oft genug gewarnt hätte! Immer wieder habe ich ihr gesagt, dass sie noch einmal in ernsthafte Schwierigkeiten geraten würde... So ist es fast schon besser, dass sie tot ist. Ich bin in der Beziehung altmodisch, und ich will nicht, dass ausgerechnet meine Tochter... Ich bin mein ganzes Leben ehrsam und solide gewesen, jawohl. Und ich habe mich ehrlich bemüht, sie ebenso großzuziehen. Aber sie war schlecht und eigensinnig...«

Die unglückliche Frau brach plötzlich ab und fing an, laut zu schluchzen. Ganz offensichtlich hatte sie nicht die geringste Ahnung von Mollys Zustand gehabt.

»Ich weiß es, ich weiß es ganz genau, wer es getan hat!«, jammerte sie weiter, ohne ihr tränenüberströmtes Gesicht zu verbergen, das einen ausgesprochen gütigen Ausdruck trug. »Das kann nur dieser ekelhafte alte Teufel in St. Hawes gewesen sein! Dieser Kapitän Goole! Weshalb wäre sie denn sonst letzte Woche des Nachts zu ihm gelaufen und hafte ihn um Geld gebeten? Und warum hat er sie denn hinausgeworfen, dieser alte, versoffene Schuft?«

Cromwell sah Inspektor Powell fragend an.

»Kapitän Simeon Goole ist ein pensionierter Kapitän der Handelsmarine, der in St. Hawes wohnt«, erläuterte Powell. »Soviel ich gehört habe, ist er sozusagen eine lokale Sehenswürdigkeit. Es stimmt tatsächlich, dass die Tochter ihn letzte Woche in seinem Haus aufgesucht und um Geld gebeten hat. Er hat sie einfach auf die Straße geworfen... dafür gibt es verschiedene Zeugen... Daraufhin hat sie ihn mit den übelsten Schimpfworten überschüttet und behauptet, er hätte sie missbraucht. Es hat eine ganz hübsche Szene in jener Nacht gegeben.«

»Er hat sie umgebracht... Er hat sie umgebracht!«, rief Mrs. Liskern gellend aus. »Warum verhaften Sie ihn denn nicht? Er ist der Kerl, der mir meine Tochter genommen hat!«

»Wenn dieser Mann Ihre Tochter tatsächlich ermordet hat, Madam, dann wird er dafür hängen«, versuchte Cromwell sie geduldig zu beruhigen. »Bitte, versuchen Sie doch, sich zu beruhigen. Wir können niemand verhaften, ehe wir nicht genügend Beweismaterial in Händen haben. Außerdem haben Sie doch selbst zugegeben, dass es noch andere Männer im Leben Ihrer Tochter gegeben haben muss.«

Diesem Argument musste Mrs. Liskern sich notgedrungen beugen. Sie begann ruhiger zu werden. Cromwell erklärte ihr kurz, dass er gern Mollys Zimmer sehen würde. Dann kletterten er und Johnny die schmale, steile Treppe des winzigen Häuschens hinauf. Powell blieb zurück, um sich der verstörten Mutter anzunehmen.

»Ich kann nicht verstehen, wieso manche Frauen so völlig außer sich geraten, wenn sie erfahren, dass ihre leichtsinnigen Töchter sich in Schwierigkeiten gebracht haben?«, grollte der Chefinspektor, während er mit dem Schlüssel, den Powell ihm ausgehändigt hatte, die Tür aufschloss. »Sie wissen ganz genau, dass so etwas heutzutage jeden Tag passiert«, grollte der Chefinspektor ärgerlich. »Aber auf die Idee, dass ihrer eigenen Tochter so etwas auch mal zustoßen könnte, kommen sie nicht.«

Er drückte die Klinke herunter und betrat das Mansardenzimmer, welches Mollys Schlafzimmer gewesen war; es lag ganz am Ende des Ganges. Auf den ersten Blick erkannte Cromwell, dass hier seit dem Tod des Mädchens nichts berührt worden war. Das Mansardenzimmerchen befand sich in einem Zustand wüster Unordnung; Kleidungsstücke und Toilettenartikel lagen über den ganzen Raum verstreut, teilweise sogar auf dem Fußboden.

In einer Untertasse, die als Aschenbecher diente, lagen unzählige Zigarettenstummel. Die hölzerne Tischplatte und der überladene Toilettentisch wiesen vielfältige schwarze verkohlte Brandstellen auf. Der Chintz, mit dem der - offensichtlich niemals benutzte - Kamin verkleidet war, hing von oben bis unten voll von Postkarten, hauptsächlich mit Filmstars. Cromwell unterzog das vielsagende Bilderbuch einer flüchtigen Musterung.

Schnappschüsse von ein, zwei Freundinnen und Aufnahmen von etlichen Männern ergänzten die Auswahl. Ein besonders eindrucksvolles Foto trug eine Widmung, die mehr als bezeichnend für Mollys Niveau und das ihrer Freunde war. »Denke daran, die nächste bist Du, Schatz - von Deinem Bert«, stand in geschnörkelten Buchstaben quer über eine Ecke.

»Nicht sehr aufschlussreich - schade, Johnny«, meinte Ironsides, nachdem er sämtliche Schubladen des Toilettentisches und der altmodischen Kommode gründlich durchsucht hatte. »Eigentlich hatte ich gehofft, Liebesbriefe oder sonst irgendetwas, was Rückschlüsse auf das Privatleben des Mädchens zulässt, zu finden. Aber - so gut wie gar nichts. Dass sie schlampig und schmutzig war, ist offensichtlich...« Er brach plötzlich ab und pfiff leise durch die Zähne. »Ei - sieh mal einer an! Was haben wir denn hier?«

Cromwell zog unter einem Stoß billiger, reichlich durchsichtiger Dessous in der untersten Schublade der Kommode eine goldene Armbanduhr mit massivem Goldarmband hervor. Er ging damit ans Fenster, um seinen Fund dort eingehend zu betrachten.

»Ach, bestimmt bloß eins von diesen billigen, unechten Dingern, Old Iron«, warf Johnny nachlässig hin. »Sehen auf den ersten Blick wie Gold aus, aber...« -

»Diese, mein Sohn, sieht nicht nur wie Gold aus - sie ist es auch... und zwar achtzehnkarätiges; das Armband ebenfalls. Schweizer Fabrikat... erstklassig verarbeitet. Diese Uhr muss ihre siebzig bis achtzig Pfund wert sein.«

»Kaum zu fassen!«

»Wohl kaum ein Geschenk von der Art, wie man es bei einem Mädchen wie Molly Liskern zu finden erwartet«, fuhr Cromwell fort. »Offensichtlich wagte sie es nicht, die Uhr zu tragen, und ich bezweifle sehr, ob ihre Mutter etwas davon ahnte, dass Molly sie besaß.«

Johnny musterte die Uhr kritisch von allen Seiten. Es war ein ganz besonders hübsches Stück mit einer auffallend schönen Gravur.

Also war die Durchsuchung von Mollys Zimmer doch nicht so ganz ergebnislos verlaufen...

Als die beiden Beamten von Scotland Yard wieder unten ankamen, hatte sich Mrs. Liskern inzwischen etwas beruhigt. Sie entschuldigte sich sogar wegen ihres Temperamentsausbruchs von vorhin. Die Frau schien ihren Schock überwunden zu haben.

»Mrs. Liskern, können Sie mir sagen, ob Ihre Tochter irgendwelche Freunde hatte, die ihr besonders nahestanden?«, erkundigte sich Cromwell. »Lassen wir diesen Captain Goole aus St. Hawes einmal aus dem Spiel. Gibt es nicht vielleicht irgendeinen anderen jungen Mann? Jemand, mit dem sie besonders intim war...?«

»Nein, Sir. Molly war zu allen gleich nett und entgegenkommend. Wenn sie doch nur irgendeinen ordentlichen soliden jungen Burschen geheiratet hätte, Sir.«

»Mrs. Liskern, bitte, denken Sie doch einmal genau nach.«

»Meine Molly war kein Mädchen, das sich ihrer Mutter anvertraute. Nein, Sir, das war sie nicht«, erklärte die Frau grollend. »Ich habe sie oft genug nach ihren Freunden gefragt. Aber sie wurde dann höchstens unverschämt und erklärte mir, ich solle mich um meine eigenen Angelegenheiten kümmern. Sie können sich nicht vorstellen, wieviel Ärger ich mit ihr hatte - nein!«

»Hat sie Ihnen dies hier schon mal gezeigt...?«

Cromwell zog die goldene Armbanduhr aus der Tasche und hielt sie Mollys Mutter direkt unter die Nase. Zunächst war ihr Gesicht völlig leer - aber dann trat ein Ausdruck entsetzlicher Furcht in ihre Augen. Sie griff nach Cromwells Handgelenk und umklammerte es eisern - gleichzeitig versuchte sie mit der anderen Hand, ihm die Uhr zu entreißen.

»Mein Gott! Bitte nicht!«, flüsterte sie völlig gebrochen.
»Ich sehe, Sie kennen die Uhr, Mrs. Liskern?«
»Ja, sie gehört Lady Perryn!«
»Sind Sie sicher?«

»Ich wusste ja, dass Molly der Dame ein paar Kleinigkeiten entwendet hatte... deshalb wurde ihr ja auch gekündigt... aber dass sie wirklich stehlen würde, nein, das hätte ich nie geglaubt!« versicherte Mrs. Liskern atemlos, und langsam verwandelte sich der Schmerz in ihren Augen wieder in Zorn. »Die Uhr da muss schrecklich viel Geld gekostet haben. Und Molly - meine Molly - hat sie gestohlen! Oh, wie konnte sie nur so schlecht sein!«

»Wieso sind Sie so sicher, dass es Lady Perryns Uhr ist, Mrs. Liskern?«

»Ich habe sie doch - es kann noch keine drei Monate her sein - am Handgelenk von der Lady gesehen. Damals, als ich Molly zu dem Schloss hinaufbrachte, um ihr die Stelle als Zimmermädchen zu besorgen. Eine Uhr wie diese erkennt man sofort wieder... so ein schönes Stück, Sir! Sie muss aus echtem Gold sein, nicht wahr?«

»Ja, sie ist wirklich echt.«

»Dann muss es auch gewiss die Lady Perryns sein. Ja, ja, ich erkenne sie doch wieder. Bestimmt, Sir, ich erkenne sie. Molly muss sie während ihrer Dienstzeit auf dem Schloss gestohlen haben - mein Gott!«

Cromwell warf Inspektor Powell einen Blick zu, dieser schüttelte aber nur den Kopf.

»Lady Perryn hat uns niemals gemeldet, dass ihr eine Uhr abhandengekommen wäre, Sir«, antwortete er auf die unausgesprochene Frage.

»Sie hat sie mir nie gezeigt, meine Molly... nein, das hat sie nicht gewagt«, jammerte Mrs. Liskern außer sich. »Oh, und ich dachte, sie hätte damals nur ein paar Kleinigkeiten entwendet, so Sachen vom Büfett oder auch mal eine Flasche Parfüm. Aber eine so wertvolle Uhr zu stehlen! Nein, Sir, das war wirklich schlecht!«

»Ich nehme an, Sie haben nichts dagegen, dass wir die Uhr mitnehmen?«, meinte Ironsides. »Inspektor, bitte schreiben Sie Mrs. Liskern doch eine kleine Bestätigung aus.«

Fünf Minuten später bestiegen die beiden Beamten von Scotland Yard schweigend den Dienstwagen Inspektor Powells. Cromwell hatte beschlossen, sofort nach *Tregissy Hall* zu fahren. Er wollte Lady Perryn um eine kurze Unterredung bitten. Je früher die Frage der Uhr geklärt war, desto besser.

Tregissy Hall war ein schönes Schloss im Elisabethanischen Stil, das ganz in der Nähe des Städtchens auf dem ausgedehnten eigenen Grund und Boden der Perryns stand. Die weiten Rasenflächen und die Blumenrabatten waren gepflegt und prangten im Schein der strahlenden Maisonne in den schönsten Farben.

»Sir Nicholas ist der größte Grundbesitzer hier in der Gegend«, erläuterte Powell. »Nicht, dass Titel und Grundbesitz heutzutage noch eine allzu große Rolle spielen. Aber die Perryns sind eine uralte Familie, und sie bemühen sich, die alte Tradition aufrechtzuerhalten. Ich glaube, ich hatte Ihnen schon erzählt, dass die Tochter mit dem jungen Peter Conway verlobt ist, oder irre ich mich?«

Cromwell gab keine Antwort.

Der Polizeiwagen fuhr in einer eleganten Schleife die verhältnismäßig enge Einfahrt hinauf, und der Inspektor blickte nachdenklich auf die Rover-Limousine, die auf dem Kies vor dem Haus abgestellt war. Johnny Lister sah voll Staunen, wie das sonst so unbewegliche Gesicht des Chefinspektors einen ungläubigen Ausdruck annahm.

»Ist das der Wagen von Sir Nicholas Perryn?«, erkundigte er sich zweifelnd bei Inspektor Powell.

»Wieso? Gewiss! Er kommt damit oft nach Penro herein.«

»Dann sehen Sie sich mal das amtliche Kennzeichen an.«

»KVG 777. Ich verstehe nicht, wieso... Oh - natürlich! Ich scheine ein Brett vor dem Kopf zu haben! Ist das nicht die Nummer, die auf dem Autobus-Billett stand, das wir in Molly Liskerns Handtasche gefunden haben, Sir?«

»In der Tat. Und ich möchte nur wissen, weshalb sich das junge Mädchen ausgerechnet diese Nummer notiert hat«, gab Cromwell. mit zusammengekniffenen Lippen zurück, »Ich muss sagen, dass ich sehr begierig bin, mir Sir Nicholas' Rover einmal näher anzusehen.«

Fünftes Kapitel

Abermals war Inspektor Powell unzufrieden mit sich - und zwar, weil ihm das Kennzeichen des Rover nicht von selbst aufgefallen war, sondern ihm Cromwell zum zweiten Mal hatte auf die Sprünge helfen müssen. Gewiss, er hatte den luxuriösen Wagen oft genug in Penro gesehen; aber er hatte ja niemals Anlass gehabt, auf das polizeiliche Kennzeichen zu achten.

»Und was schließen Sie daraus, Sir?«, fragte er, ohne eine Miene zu verziehen. »Warum, um Himmels willen, sollte Molly Liskern sich die Nummer aufgeschrieben haben?«

»Ist schon gut, Inspektor«, brummte Cromwell mürrisch.

Er hatte nicht die geringste Lust, sich in müßigen Vermutungen zu ergehen. Schon gar nicht, wenn ein paar Worte von Sir Nicholas Perryn höchstwahrscheinlich des Rätsels Lösung bringen würden. Er stieg die Stufen zur massiven Eingangstür hinauf und läutete, und war ziemlich verblüfft, als ein wohlbeleibter, würdevoller Butler ihnen öffnete. Butler waren heutzutage wahrhaft eine, Seltenheit...

»Ist Sir Charles zu Hause, Paddon? Wir hätten ihn gern einen Augenblick gesprochen«, erklärte Powell in streng dienstlichem Ton, »Dies ist Chefinspektor Cromwell und dies ist sein Assistent, Sergeant Lister. Die Herren kommen von Scotland Yard. Würden Sie uns bitte melden.«

Wenn ein so stoisches Gesicht wie das des Butlers überhaupt eine Gefühlsregung zeigen konnte, hätte man sagen können, dass er über dieses Massenaufgebot an Polizei in seinem Haus doch schockiert war. Trotzdem bat er die Beamten in höflichem Ton einzutreten. Er ließ sie in der kühlen, riesigen Halle, an deren Wänden ein nachgedunkeltes Familienporträt dicht neben dem anderen hing, zurück, und ging mit gemessenen Schritten auf eine Tür im Hintergrund zu. Nach knapp einer Minute erschien er wieder, und bat sie formvollendet, ihm zu folgen.

Er führte sie in die Bibliothek... einen großen, schön geschnittenen und trotz seiner hohen, dunklen Eichenbalkendecke gemütlichen Raum. Die schmalen, bis zum Boden reichenden französischen Fenster gaben den Blick auf die wohlgepflegten grünen Rasenflächen frei. Jetzt strömte helles Sonnenlicht in dicken, goldenen Strahlenbündeln herein. Die Wände waren bis zur Decke mit Bücherregalen vollgestellt. Von einem löste sich nun Sir Nicholas und kam ihnen entgegen, um sie zu begrüßen. Lady Perryn saß am Fenster und strickte still vor sich hin.

»So, so! Was hat denn das zu bedeuten?«, begrüßte er sie jovial. »Guten Morgen, Powell. Scotland Yard, so, so. Geht um das arme Mädchen, das ermordet wurde, was? Ich wüsste allerdings nicht, wie ich Ihnen da behilflich sein könnte...«

Er brach plötzlich ab, als ob er mitten in seinem Redeschwall unsicher geworden wäre. Stattdessen fixierte er Cromwell mit seinen eindringlichen, graublauen Augen. Powell beeilte sich, seine Londoner Kollegen vorzustellen. Währenddessen hatte Johnny Lister genügend Gelegenheit, Sir Nicholas und seine Gemahlin - prüfend zu betrachten.

Vor sich sah er einen hochgewachsenen, gutaussehenden Mann von etwa fünfzig Jahren, mit einem vollen, glattrasierten Gesicht und einer gesunden, von der Luft gebräunten Hautfarbe; über dem vollen Mund saß ein kleiner, grauer Schnurrbart. Man hätte fast sagen können, er habe eine Glatze, so weit am Hinterkopf begann sein Haarwuchs; dafür standen die wenigen Haare, die er noch hatte, wirr und strubbelig hoch, was ihm eine gewisse Ähnlichkeit mit einer Kasperlpuppe verlieh. Seine Stimme war rau, aber herzlich, und Johnny entschied, dass in den grauen, wachsamen Augen des Mannes Intelligenz und Verständnis lagen.

Lady Perryn musste mindestens zehn Jahre jünger als ihr Mann sein. Beide waren grundverschieden voneinander. Sie trug ein hochelegantes Frühjahrskostüm, war aber dabei ziemlich rundlich. Ihr wundervolles, blondes Haar war kunstvoll frisiert. Ihr Verhalten und ihre Bewegungen so verspielt und leicht - und dabei so unbeschwert ruhig wie das Dahinplätschern eines kleinen, fröhlichen Baches im hohen, dunklen Wald. Sie blieb sitzen, sah den Beamten aber mit einem freundlichen Lächeln entgegen, während diese ihr von ihrem Gatten vorgestellt wurden. Eine stille, zufriedene Frau - entschied Johnny - und obendrein nicht allzu intelligent.

»Wir waren natürlich erschüttert, als wir hörten, was dem armen Mädchen passiert ist«, erklärte ihr Nicholas soeben lautstark und schwungvoll. »War auch mal bei uns angestellt, als Zimmermädchen. Meine Frau hält sich Hunde. Verdammter Unsinn, sage ich, wenn Sie mich fragen, graben nur immer die Blumenbeete um.«

»Aber Nick...«, widersprach Lady Perryn in mildem Ton.

»Doch, das tun sie«, beharrte ihr Mann auf seinem scheinbar oft wiederholten Standpunkt. »Ich gebe ja zu, sie führen sich etwas besser auf, seit sie beim jungen Conway zur Dressur waren, aber... Dabei fällt mir übrigens ein, wie ist das mit Conway?« Er richtete seinen durchdringenden Blick auf Cromwell. »Mir ist das Gerücht zu Ohren gekommen, er soll irgendwie in diese Geschichte verwickelt sein. In diese Mordgeschichte, meine ich. Zum Teufel, ich hoffe, dass das nicht stimmt. Er ist nämlich mit meiner Tochter verlob?«

»Man sollte niemals allzu viel auf das Gerede der Leute geben«, erwiderte Ironsides geduldig. »Der Umstand, dass Conway vor ein, zwei Tagen mit Miss Liskern erregt gestritten hat, muss nicht unbedingt bedeuten, dass er auch etwas mit ihrem Tod zu tun hat.«

Sir Nicholas runzelte unwillig die Stirn und fuhr sich mit der Hand durch sein wirres Haar, womit er nur erreichte, dass es noch wilder zu Berge stand.

»Warum hat er denn mit ihr gestritten?«, fragte Sir Nicholas misstrauisch. »Das Mädchen hat doch im Gegenteil überall herumerzählt, dass sie außerordentlich nahe befreundet waren; heimliche Liebschaft in der Praxis nach den Dienststunden. Ich will da keineswegs den ersten Stein werfen, aber... Aber sie war ein ausgesprochen hübsches Mädchen, ziemlich leichtsinniges kleines Luder. Verdammt gefährlich, so ein Mädchen zu engagieren. Wie glauben Sie wohl, dass meiner Tochter zumute ist, bei all diesen gemeinen Geschichten, die im Dorf im Umlauf sind?«

»Nick, das ist doch völlig albern«, ermahnte ihn Lady Perryn in ihrer gelassenen, milden Art. »Jennifer vertraut Peter vollkommen... und ich auch. Deine Ablehnung entspringt reiner Voreingenommenheit.«

»Na ja, und wenn - ist das ein Wunder? Wer ist er denn schon, verdammt noch mal?«, knurrte Sir Nicholas unwillig und riss seine Augen in betonter Empörung kugelrund auf. »Ein ganz gewöhnlicher, kleiner Tierarzt. Das ist doch nicht im Entferntesten der Bursche, den ich für meine Tochter Jennifer ausgesucht hätte. Aber was hilft das alles! Was lässt sich ein junges Mädchen heutzutage denn schon noch sagen.«

»Aber Peter ist kein gewöhnlicher Tierarzt, Nick, das weißt du ganz genau«, widersprach Lady Perryn sanft aber bestimmt und legte diesmal ihr Strickzeug in den Schoß. »Eines Tages wird er sehr berühmt werden. Sicher, seine Praxis bildet nur seinen Lebensunterhalt, während er seinen Forschungsarbeiten nachgeht. Peter ist ein netter, ordentlicher Junge.«

»Nichts weiter als ein schwerfälliger Dummkopf ist er!«, fuhr Sir Nicholas bissig auf. »Kann nicht einmal vernünftig in ein Zimmer hereinkommen, der Bengel, ohne gleich ein halbes Dutzend Gegenstände umzuwerfen! Habe noch nie in meinem Leben so einen ungeschickten Tölpel gesehen. Möchte, zum Teufel, wissen, was Jennifer eigentlich an ihm findet...« Er brach ab. »Aber Sie sind ja nicht hierhergekommen, um sich meine Klagen über Conway anzuhören, Powell.« Er wandte sich Cromwell zu. »Welchem Umstand verdanke ich denn nun die Ehre Ihres Besuches?«

»Der Grund ist dies, Sir«, antwortete Ironsides, zog die goldene Armbanduhr aus der Tasche und ging damit zum Fenster hinüber, um sie Lady Perryn zu zeigen. »Haben Sie diese Uhr früher schon gesehen, Madam?«

Sie warf einen kurzen, flüchtigen Blick darauf, dann zuckte sie zusammen. Einen Moment lang war sie aus ihrer gewohnten Gleichmütigkeit aufgestört. Sie nahm Cromwell die Uhr aus der Hand, um sie eingehend von allen Seiten zu betrachten,

»Das ist doch nicht möglich! Das ist doch meine«, rief sie verblüfft aus,

»Wie lange vermissen Sie Ihre Uhr denn schon, Lady Perryn?«

»Mir ist noch gar nicht aufgefallen, dass sie fehlt. Ich glaubte, sie wäre oben in meinem Schmuckkasten. Wo, um alles in der Welt, haben Sie sie denn nur gefunden? Ich habe sie seit Monaten nicht mehr getragen.«

»Sind Sie dessen ganz sicher, Lady Perryn?«

»Natürlich! Das Armband ist mir zu eng, und ich hatte immer schon vor, es weiter machen zu lassen.« Sie brach plötzlich ab, und ihre sanften blauen Augen nahmen einen erstaunten Ausdruck an, »Wieso fragen Sie danach? Ausgerechnet jetzt? Wollen Sie damit etwa sagen, das ermordete Mädchen habe meine Uhr getragen?«

»Getragen hat sie sie nicht… aber sie hatte sie in ihrem Zimmer versteckt.«

»Das ist ja kaum zu glauben! Molly war also ein richtiger Dieb? Ich warf sie damals wegen kleinerer Diebereien hinaus, aber ich hätte es niemals für möglich gehalten, dass sie etwas wirklich Wertvolles stehlen könnte. Es ist zu traurig! In gewisser Weise war sie ein recht hübsches, liebenswertes kleines Ding.«

Während Lady Perryn mit der Uhr herumspielte und sie weiter in ihren pummeligen, weißen Händen drehte, drückte ihr Gesicht plötzlich Unsicherheit aus…zunächst nur zögernd, dann wurde es ganz deutlich davon überschattet.

»Eigenartig! Ich möchte nur wissen, ob dies wirklich meine Uhr ist!«, murmelte sie, ganz in Gedanken, laut vor sich hin. »Jetzt, wo ich sie mir genauer ansehe... kommt mir die Gravur etwas anders vor.« Sie blickte verständnislos zu Cromwell auf. »Aber das ist ja unmöglich. Es muss doch meine Uhr sein. Wo sollte das Mädchen sie denn sonst herhaben? Schließlich hat sie fast hundert Pfund gekostet.«

»Hundertundzwanzig, genau«, warf Sir Nicholas kurz ein.

»Würde es Ihnen sehr große Umstände bereiten, Lady Perryn, uns Gewissheit darüber zu verschaffen?«, fragte Ironsides. »Es würde Sie nur wenige Minuten kosten, wenn Sie so freundlich sein würden, in Ihr Zimmer hinaufzugehen und in Ihrer Schmuckkassette nachzuschauen.«

»Aber selbstverständlich - gern«, stimmte sie bereitwillig zu.

Während ihrer Abwesenheit hatte niemand viel Lust, sich zu unterhalten. Sir Nicholas räusperte sich zwar ein-, zweimal - als ob er zum Sprechen ansetzen wollte, aber dann blieb er doch schweigsam. Er stand vor dem Kamin - eine hoch aufgerichtete, kräftige Gestalt im Harris-Tweed-Anzug - und klimperte mit ein paar losen Münzen in seiner Hosentasche herum. Einmal unterbrach Cromwell das Schweigen, um eine höfliche Bemerkung über den wundervoll gepflegten Garten zu machen; und Powell bemerkte, dass es für Anfang Mai heute ziemlich warm sei.

Als Lady Perryn zurückkehrte, hatte sie eine goldene Armbanduhr in der Hand. Sie sah erhitzt und erregt aus.

»Nun stelle sich das doch einer vor!«, rief sie verwirrt aus. »Die Uhr, die Sie mir gezeigt haben, Sir, ist doch nicht meine.« Sie sah Cromwell hilfesuchend an. »Hier bitte - diese ist meine. Und am eigenartigsten finde ich... es ist genau die gleiche... dasselbe Fabrikat, dieselbe Form... das einzige, woran man sie unterscheiden kann, ist eine geringfügige Verschiedenheit der Gravur.«

»Darf ich sie einmal sehen, Madam?«, bat Ironsides und nahm die Uhr entgegen. »Tatsächlich! Beachtlich! Das gleiche Markenzeichen auf dem Zifferblatt. Würden Sie es als zudringlich auffassen, Lady Perryn, wenn ich Sie frage, woher Sie Ihre Uhr haben?«

Sir Nicholas nahm ihr die Antwort ab.

»Ich habe sie meiner Frau letztes Jahr während eines Aufenthaltes in der Schweiz gekauft«, erklärte er. »Sie ist verzollt; ich zeige Ihnen gern die Quittung für den ungewöhnlich hohen Einfuhrzoll, den ich dafür bezahlen musste.« Er räusperte sich wütend. »Es ist eine Schande! - Wie dieses Mädchen zu einer ganz gleichen Uhr kommen konnte, ist mir rätselhaft, verdammt eigenartiger Zufall!«

Cromwell war nicht so sicher, dass es sich nur um einen Zufall handelte. Aber er äußerte sich nicht dazu. Sir Nicholas ging zu seinem Schreibtisch hinüber und wühlte in den Schubladen herum, bis er schließlich die erwähnte Zollbescheinigung zum Vorschein brachte. Der Chefinspektor sah diese sorgfältig durch.

»Besten Dank, Sir. Es ist alles vollkommen in Ordnung«, sagte er, als er die Quittung zurückgab. »Ich werde mich wohl anderswo nach der Herkunft der zweiten Uhr umsehen müssen. Mrs. Liskern, die Mutter des Mädchens, war ihrer Sache so absolut sicher. Sie meinte, dass Molly die Uhr Lady Perryn gestohlen haben müsste. Sie wird erleichtert sein, wenn sie erfährt, dass ihre Tochter nicht einen so schwerwiegenden Diebstahl begangen hat, wie sie schon fürchtete.«

Johnny Lister, der bisher noch kein Wort zu allem gesagt hatte, beobachtete unbemerkt und in aller Ruhe Lady Perryns plötzliches Erröten Und den nervösen, fast schuldbewussten Ausdruck, der sekundenlang auf ihrem Gesicht lag. Ob sie wohl annahm, dass ihr Gatte auf ihrer gemeinsamen Reise in die Schweiz zwei Uhren auf einmal gekauft hatte? Und dass es womöglich zu irgendeinem näheren Kontakt zwischen ihm und dem ermordeten Mädchen gekommen sein könnte? Noch vor wenigen Minuten hatte Sir Nicholas ja von Molly als von einem *ausgesprochen hübschen, ziemlich leichtsinnigen kleinen Luder* gesprochen und weiterhin erklärt, er hielte es für verdammt gefährlich, ein Mädchen wie sie zu engagieren. Vor nicht allzu langer Zeit hatte jedoch seine Frau Molly eingestellt. Ein reicher Großgrundbesitzer mit einem alten, traditionsreichen Namen... und Molly Liskern hatte sich in anderen Umständen befunden...

Johnnys anstößige Gedanken wurden von einer, der für Bill Cromwell so charakteristischen unerwarteten Fragen unterbrochen,

»Hätten Sie etwas dagegen, Sir, wenn ich mir Ihren Wagen einmal ansehen würde?«, fragte er aus heiterem Himmel.

»Meinen Wagen? Warum, zum Teufel?«

»Nur eine Routineangelegenheit, Sir,«

»Ich verstehe zwar nicht, was das mit Routine... Natürlich können Sie sich den Wagen ansehen«, gestattete Sir Nicholas ärgerlich. »Lassen Sie sich nicht aufhalten. Er steht draußen in der Auffahrt.«

Sir Nicholas ging mit langen Schritten durch die offenen Türen der sogenannten französischen Fenster hinaus.

Cromwell und die anderen folgten ihm, nachdem sie sich höflich von Lady Perryn verabschiedet hatten. Aber die Lady schien sehr neugierig zu sein, denn sie kam gleich hinterher.

Als Ironsides den Wagen erreicht hatte, war das erste, was er tat, den Kofferraum zu öffnen. Dann stand er regungslos da und starrte auf die Reste vertrockneter und vermoderter Blätter, die über den ganzen Boden des Kofferraumes verstreut lagen.

Peter Conway hielt sich in seinem Laboratorium auf, aber er arbeitete nicht. Er war viel zu nervös, um sich auf seine Versuche konzentrieren zu können. Bevor all dieses Unheil über ihn hereingebrochen war, hatte er mitten in einem außerordentlich komplizierten und spannenden Experiment gesteckt - jetzt aber konnte er ihm nicht mehr das geringste Interesse abgewinnen.

In einer Kleinstadt wie Tregissy verbreiten sich Neuigkeiten mit Blitzeseile, und Peter wusste bereits, dass am Morgen zwei der fähigsten Beamten von Scotland Yard angekommen waren. Es war furchtbar gewesen, Inspektor Powell mit seinem unbeweglichen Gesicht Rede und Antwort stehen zu müssen. Wie viel schwieriger würde es erst den Beamten von Scotland Yard gegenüber werden!

Peter musste unablässig an den Ohrring denken, den er im Kofferraum seines Wagens gefunden hatte. Es war ihm gelungen, das verdammte Ding an sich zu nehmen, bevor Powell oder Cobley es bemerkt hatten; aber er fühlte sich deswegen recht bedrückt und schuldbewusst. Ausgerechnet er musste noch wichtiges Beweismaterial unterschlagen - als ob er nicht so schon tief genug in der Tinte säße! Ihm wurde ganz heiß, wenn er an den Augenblick dachte, als er den Ohrring entdeckt hatte. Wenn Powell diesen an seiner Stelle gefunden hätte, würde er ihn sofort verhaftet haben - darüber konnte gar kein Zweifel bestehen. Peter hatte unheimliches Glück gehabt.

Powell war offensichtlich mit seiner Inspektion des Wagens zufrieden gewesen, wenn er auch nichts dazu geäußert hatte. Der Inspektor und Cobley hatte sich gleich darauf höflich verabschiedet und waren gegangen.

Aber jetzt... Scotland Yard! Nein, noch schlimmer, der berühmte Chefinspektor Cromwell... der gefürchtete ‚Ironsides'! Peter kannte den Ruf dieses hartnäckigen, eisernen Beamten nur zu gut, und die Aussicht auf ein Verhör durch diesen Mann erfüllte ihn schon jetzt mit Panik und Schrecken.

Als er das vertraute Brummen von Jennifer Perryns kleinem Mini-Cooper näherkommen hörte, erfüllten ihn höchst zwiespältige Empfindungen. Er ging zur Tür und beobachtete, wie das schlanke Mädchen graziös aus seinem Wagen stieg und auf das Haus zukam. Oh, Gott, wie hübsch sie war! Diese klare Schönheit ihres Gesichtes... die elastische Grazie ihrer Bewegungen... und wie bezaubernd sie heute wieder aussah, in ihrem weiten Schottenrock mit dem zartfarbenen Pullover. Ihr blondes, vom Wind zerzaustes Haar funkelte wie gesponnenes Gold. Aber auf ihrem Gesicht lag ein Ausdruck von Furcht und Sorge.

»Hallo, wie schön!« begrüßte Peter sie mit einer forcierten Fröhlichkeit, die allzu offensichtlich war. »Ich habe dich heute eigentlich gar nicht so zeitig erwartet...«

»Bitte, Peter«, unterbrach sie ihn. »Versuche nicht, mich zum Narren zu halten.« Sie sah zu ihm auf. »Bitte, sag mir doch, was ist denn los?«, kam sie sofort zur Sache. »Du kannst mir doch vertrauen, das weißt du doch, oder?«

»Wieso, was soll denn los sein? Wie kommst du darauf, dass...«

»Ich komme auf überhaupt nichts. Du bist mir gestern den ganzen Tag aus dem Weg gegangen. Du bist nervös und hektisch, seit die Leiche dieses armen Mädchens gefunden wurde... und obendrein haben wir Dienstagabend noch über Molly gesprochen.« Jennifer schauerte zusammen. »Sie muss kurz, nachdem ich dich allein gelassen habe, ermordet worden sein.«

Er versuchte sie zu täuschen.

»Wer würde denn nicht hektisch und nervös sein an meiner Stelle?« verteidigte er sich. »Has du nicht gehört, was die Leute tuscheln? Glaubst du vielleicht, ich habe nicht bemerkt, wie sie mich alle misstrauisch und furchtsam von der Seite ansehen? Jedermann weiß doch, dass ich Molly in einem Wutanfall hinausgeworfen habe. Und jetzt, wo sie tot ist, behaupten einige böswillige Klatschmäuler sofort, dass wir ein Verhältnis miteinander hatten. Sie behaupten ja sogar, dass ich Molly ermordet hätte, um sie zum Schweigen zu bringen.«

»Peter, reg dich doch nicht so auf...«

»Nichts als gemeine Lügen!«, tobte er außer sich weiter. »Ich habe das Mädchen überhaupt nicht angefasst. Das musst du mir glauben, Jennifer.«

»Ich glaube es dir ja«, versicherte sie beruhigend. »Wenn nicht, wäre ich ja nicht hier. Aber es gibt irgendetwas, was du mir verschweigst. Ich möchte jetzt wissen, was das ist. Du bist ja ganz krank vor Sorge. Liebling, bitte sag mir doch, was los ist.«

»Ich bin aufgeregt und wütend, das ist alles. Mich widert dieses ganz gemeine Geschwätz an... Verzeih, einen Augenblick, bitte.«

Das Telefon klingelte. Er ging ungeduldig zum Apparat und nahm ab.

»Tregissy 66«, sagte er kurz.

»Spricht dort Doktor Conway?« Die Stimme klang sanft und doch gleichzeitig schneidend - und obendrein nur zu bekannt. »Hier ist Blair. Ich möchte Sie sprechen...«

»Es tut mir leid, gnädige Frau, aber hier ist nicht die Post«, sagte Peter hastig. »Sie sind falsch verbunden.«

Er warf den Hörer auf die Gabel und zitterte am ganzen Körper. Er versuchte, ein gleichgültiges Gesicht zu machen, aber zu seinem Erstaunen blickte ihm Jennifer ziemlich irritiert und nachdenklich entgegen.

»Falsch verbunden«, äußerte er knapp. »Worüber sprachen wir doch gleich? Ach ja. Über diese Gerüchte...«

»Du hast *gnädige Frau* gesagt. Es klang aber ausgesprochen nach einer Männerstimme, Peter. Und warum warst du so unhöflich?«

»Verdammt noch mal! Ich möchte mich vielleicht auch einmal unterhalten, ohne immerzu gestört zu werden. Noch dazu, wenn wir beide über irgendetwas sprechen... Wieso hat es wie eine Männerstimme geklungen? Was soll das heißen? Natürlich war es die Stimme einer Frau. Sie dachte, sie spräche mit der Post...« Er brach unbehaglich ab. »Warum siehst du mich denn so seltsam an, Jennifer?«, fragte er.

»Weil ich ganz sicher bin, dass es eine Männerstimme war«, gab sie fest überzeugt zurück. »Du würdest doch nicht so zittern und so blass werden, wenn bloß falsch verbunden war. Peter, wer hat angerufen? Was soll die Geheimnistuerei?«

Er war ertappt. Er hätte von vornherein wissen müssen, dass Jennifer viel zu klug war, um sich durch solch primitive Lügen täuschen zu lassen. Er beschloss, mit dem Lügen aufzuhören. Zumindest Jennifer gegenüber. Sie war einfach zu redlich, zu vertrauensvoll...

»Bitte, Liebling, frag mich nicht«, bat er eindringlich und legte seine Hände-liebevoll auf ihre Schulter. »Ja, du hast recht, es ist etwas nicht in Ordnung mit mir. Aber ich kann es dir nicht sagen. Zumindest jetzt noch nicht. Aber ich schwöre dir, dass ich nichts Unrechtes getan habe.«

»Wer war der Mann?«

»Lass mich bitte erst nachdenken, Jennifer«, quälte er heiser heraus. »Ich erzähle es dir, ganz bestimmt - nur lass mir noch ein bisschen Zeit. Du hast mir so lange vertraut. Bitte, vertrau mir auch jetzt - noch eine ganz kleine Weile.«

Sie beobachtete ihn unsicher, und zum ersten Mal zeigten sich Anzeichen von Zweifel in ihrem bekümmerten Gesicht. Weshalb vertraute er sich ihr nicht an? War sie es vielleicht nicht wert? Was hieß das schon *heute noch nicht*... vielleicht *bald*?

»Gut, Peter, wie du willst!«, erklärte sie.

Und ohne ein weiteres Wort löste sie sich aus seinen Armen, wandte sich ab und ging in den Sonnenschein hinaus. Ohne sich noch einmal umzusehen stieg sie in ihr kleines Auto, und fuhr davon. Sie hörte genau, dass Peter hinter ihr herrief, aber sie nahm keine Notiz davon.

Zutiefst aufgewühlt raste sie in halsbrecherischem Tempo nach *Tregissy Hall* zurück. Jeder Nerv in ihr war bis zum äußersten gespannt. Furcht stieg in ihr auf. Peter - ihr Peter

- hatte irgendwie mit Molly Liskerns Tod zu tun. Davon war sie jetzt fest überzeugt. Aber wie weit ging das... trug er womöglich eine Schuld mit sich herum? Nein - das konnte sie einfach nicht glauben! Aber dieser Telefonanruf! Er musste doch etwas zu bedeuten haben. Etwas Düsteres... Unheilvolles... Dieser geheimnisvolle Anruf musste irgendwie mit Peters Unrast in Zusammenhang stehen und damit, dass er ihr den ganzen gestrigen Tag über aus dem Weg gegangen war.

Als sie zu Hause vorfuhr, sah sie verblüfft ihren Vater und ihre Mutter hinter dem Rover stehen. Und neben ihnen Inspektor Powell in Uniform sowie zwei weitere, ihr unbekannte Männer. Alle blickten gespannt in den geöffneten Kofferraum. Sie brachte ihren Wagen dicht daneben zum Stehen, sprang mit einem Satz heraus und eilte zu den anderen.

»Sir, sehen Sie diese halbvermoderten Blätter hier«, sagte der schlanke, hochgewachsene Ältere der zwei Fremden, gerade. »Können Sie mir erklären, wie Sie in Ihren Wagen kommen?«

Sir Nicholas, dessen Gesicht schon deutliche Anzeichen aufsteigender Ungeduld verriet, explodierte.

»Vermodertes Laub! Guter Gott! Was ist denn daran wohl so wichtig?« Offensichtlich hatte Sir Nicholas die Bedeutung dieses Fundes nicht begriffen. »Was soll ich Ihnen denn da groß sagen? Das ist ja wohl mehr als idiotisch!«

»Vielleicht ist es doch nicht ganz so idiotisch, wie Sie meinen, Sir«, entgegnete Ironsides finster. »Aber zweifelsohne haben Sie eine vollkommen alltägliche Erklärung dafür, dass...«

»Allerdings!«, unterbrach ihn Jennifer und baute sich angriffslustig vor ihm auf. »Daddy, reg dich doch nicht so auf. Es ist ja wohl nichts dagegen einzuwenden, dass wir etwas Laub vom *Drury Forst* im Wagen haben. Nicht anzunehmen, dass dir jemand einen Vorwurf deswegen machen wird.«»

Sir Nicholas sah äußerst erregt und verärgert aus. Woraufhin Jennifer ihr strahlendstes Lächeln aufsetzte und Cromwell verschwenderisch damit bedachte.

»Wirklich, es ist zwar albern«, fuhr sie lachend fort, »aber manchmal fahren Daddy und ich, mit Taschen und Körben zum *Drury Forst* heraus, um sie dort mit dem alten Laub, das unter den Bäumen liegt, zu füllen. Daddy sagt immer, das sei das beste zum Eintopfen von Blumen.« Sie lachte abermals auf. »Er könnte es sich bei Gott leisten, Wagenladungen davon zu bestellen. Aber er behauptet nun mal steif und fest, dass an unseres vom *Drury Forst* keines, das man kaufen könnte, heranreicht.«

Ihr Vater machte ein ungeduldiges Gesicht.

»Was soll denn daran so wichtig sein?«, wiederholte er unwillig. »Was soll denn überhaupt diese ganze Fragerei?«

Cromwell gab darauf keine Antwort. Stattdessen stellte er eine neue Frage.

»Können Sie mir sagen, Sir, wo Sie Dienstagabend zwischen halb zehn und elf gewesen sind?«

»Dienstagabend?«, wiederholte er und starrte den Inspektor eisig an. »Herr im Himmel! Was wollen Sie damit andeuten?«

In dem kurzen Schweigen, das folgte, bemerkte Johnny Lister erstaunt den Ausdruck grenzenloser Furcht auf Sir Nicholas' Gesicht. Dabei erinnerte sich der Sergeant plötzlich an die mysteriöse zweite goldene Armbanduhr, die irgendjemand Molly Liskern geschenkt haben musste. Irgendjemand... Wer? Trotz des warmen Sonnenscheins war es plötzlich, als ob ein kühler Luftzug über die Gruppe am Rover hinwegstriche.

»Ich deute überhaupt nichts an, Sir«, erklärte Bill Cromwell barsch. »Ich möchte lediglich wissen, wo Ihr Wagen Dienstagabend um die angegebene Zeit war. Das werden Sie ja wohl wissen, oder?«

Dem Chefinspektor fuhren - genau wie seinem Sergeant - die widerstreitendsten Gedanken durch den Kopf. Zunächst einmal hatte die Kennnummer des Rover auf dem Busfahrschein, den sie in der Handtasche des Mädchens gefunden hatten, gestanden. Der Rover musste also in irgendeiner Beziehung zu dem Mord stehen. Dazu kam noch das Laub... Zusammen konnte es schon kein Zufall mehr sein.

Ganz unvermittelt glättete sich Sir Nicholas' Stirn.

»Ganz egal, was Sie auch im Augenblick denken, Mr... eh... Cromwell, Sie irren sich.« Seine Stimme klang immer noch ausgesprochen empört. »Im Übrigen möchte ich hinzufügen, dass mir Ihr offizielles Kreuzverhör außerordentlich missfällt. Um Ihnen jedoch Genüge zu tun... mein Wagen stand am Dienstagabend von acht bis elf Uhr abgeschlossen auf dem Parkplatz des *Savoy Kino* in Penro.«

»Ach ja natürlich! Jetzt erinnere ich mich auch wieder!«, zwitscherte Lady Perryn strahlend.

Ironsides schenkte ihrem Einwurf nicht die geringste Beachtung.

»Sind Sie Ihrer Sache ganz sicher, Sir?«

»Zweifelsohne!«, gab dieser kurz angebunden zurück, und die Zornesröte stieg ihm bereits wieder ins Gesicht. »Colonel Webster und seine Frau waren am Dienstag bei uns zum Abendessen. Anschließend gingen wir gemeinsam ins Kino. Mrs. Webster hatte in London während der Saison ein sehr erfolgreiches Stück verpasst. Beim ersten Morgengrauen«, heißt es, glaube ich. Idiotischer Titel, und idiotischer Film. Gefiel mir gar nicht! Schrecklich langweilig! Die Damen waren hingerissen.«

»Sie waren also alle gemeinsam von halb neun bis um elf Uhr im Kino, Sir?«

»Ja. Was zum Teufel soll diese Fragerei?«

»Fahren Sie mit Chauffeur, Sir?«

»Ja, natürlich.«

»Fuhr er Sie auch am Dienstagabend?«

»Ja.«...

»Und wie wollen Sie sicher sein, dass Ihr Wagen nicht ohne Ihr Wissen benutzt wurde, während Sie im Kino waren?«, fragte Cromwell freundlich. »Sie saßen zwei und eine halbe Stunde im Kino...«

»Aha - ich begreife«, unterbrach ihn Sir Nicholas. Er runzelte die Stirn und dachte einen Augenblick nach. »Mir fiel da eben etwas ein... Aber nein, Sie irren. Jevons ist absolut zuverlässig. Er ist schon seit Jahren bei mir, und er würde es niemals wagen, den Wagen ohne meine Erlaubnis zu benutzen. Außerdem habe ich gesehen, wie er sich in, die vorderste Reihe - auf die billigsten Plätze setzte; mit seiner Schwester und seinem Schwager. Mein Wagen hat - darüber kann nicht der geringste Zweifel bestehen - die ganze Zeit über auf dem Parkplatz vor dem Kino gestanden.«

»Es tut mir außerordentlich leid, Sir Nicholas, Ihnen widersprechen zu müssen. Aber im Gegensatz zu Ihnen bin ich nicht so fest davon überzeugt«, entgegnete Ironsides kühl. »Im Gegenteil, ich habe den Verdacht, dass jemand Ihren Rover entwendet und zu einer Spazierfahrt benutzt hat, während Sie sich den Film ansahen. Und zwar benutzte, um Molly Liskerns Leiche von dem Platz, wo sie ermordet wurde, zu der Stelle, wo man sie später fand, zu transportieren.«

Falls Cromwell mit seinen Worten eine Sensation hervorrufen wollte, so konnte er mit dem Resultat zufrieden sein. Sir Nicholas Perryn und seine Frau standen wie versteinert da. Jennifer holte hörbar Atem und riss ihre blauen Augen in fassungslosem Staunen auf. Aber bevor auch nur einer von ihnen wieder zu sich kam und etwas sagen konnte, feuerte Cromwell schon seine nächste Frage ab.

»An was erinnerten Sie sich so plötzlich... vor wenigen Minuten, Sir?«

»Ich weiß im Augenblick... Oh, ja! Eine verdammt seltsame Sache«, meinte Sir Nicholas und sah ziemlich verwirrt aus. »Ich muss mich erst an den Gedanken gewöhnen... ich meine an das, was Sie gerade sagten... na ja, daran, dass jemand ausgerechnet meinen Wagen benutzt haben soll, um die Leiche dieses armen Mädchens... unglaublich! Tatsächlich - einfach: *idiotisch!*«

»Was wollten Sie doch noch sagen, Sir?«

»Ach ja. Sie wollten wissen, was mir so eingefallen ist, nicht wahr? Also, ich wunderte mich damals nach dem Kino, dass so viel Benzin verbraucht war. Als wir nach Penro hineinfuhren, befahl ich Jevons bei der Garage anzuhalten und den Tank füllen zu lassen. Ich passte auf und sah, dass die Nadel auf *voll* stand. Als wir dann nach Hause fuhren, war die Nadel ein gutes Stück gefallen. Ich wunderte mich, dass? wir für höchstens anderthalb Kilometer so viel verbraucht haben sollten. Ich nahm an, dass die Uhr kaputt war.«

»Haben Sie mit Ihrem Chauffeur darüber gesprochen?«

»Nein. Das ist schließlich sein Ressort.«

»Oh, wie grauenvoll ist das alles, Nick«, meinte Lady Perryn peinlich berührt. »Irgend so ein Schuft nutzt die Gelegenheit, während wir im Kino sind, aus, um unseren Wagen zu entwenden und dann damit...« Sie brach ab und sah Cromwell mit ihren einfältigen blauen Augen fragend an. »Woher wissen Sie das alles überhaupt, Chefinspektor?«,

»Ich weiß es nicht genau«, entgegnete dieser seufzend. »Das ist alles bisher lediglich eine Vermutung von mir, Mylady.«

Allmählich zeichnete sich eine gewisse Linie ab. Wenn der Rover
tatsächlich benutzt worden war, um Molly Liskerns Leiche von einem Ort zum anderen zu transportieren, so war es offensichtlich ohne Wissen des Besitzers geschehen.

»Ich hätte Ihrem Chauffeur gern ein paar Fragen gestellt, Sir«, sagte Ironsides.

»Selbstverständlich. Jennifer, sei so gut und hole ihn.« Sir Nicholas machte eine ungewisse Handbewegung zum rückwärtigen Teil des Schlosses hinüber. »Er muss irgendwo dort hinten sein.«

Das Mädchen ging augenblicklich und kehrte bereits wenige Minuten später mit einem Bauernburschen zurück, der Breeches und Gamaschen trug und, da er offensichtlich von der Arbeit kam, hemdsärmelig war. Das ehrliche, offene Gesicht blickte ihnen erwartungsvoll entgegen. Jevons, der etwa vierzig Jahre alt sein mochte, sah leicht besorgt aus.

»Ist irgendetwas nicht in Ordnung, Sir?«

»Nein, Jevons. Dies ist Chefinspektor Cromwell von Scotland Yard, der Ihnen gern einige Fragen stellen möchte«, erklärte Sir Nicholas und klapperte wieder mit dem Kleingeld in seiner Tasche herum. »Wegen des Wagens.«

Cromwell stellte seine Fragen knapp und präzise.

»Jawohl, Sir... Ich war gestern im Kino. Jawohl. Mit Mr. und Mrs. Lynn«, antwortete Jevons. »Das sind nämlich meine Schwester und mein Schwager, Sir. Und, jawohl, Sir, wir sind bis zum Ende der Vorstellung nicht aufgestanden oder hinausgegangen.«

»Ich bin sicher, dass Sie Zeugen dafür haben, Jevons. Sonst würden Sie nicht so prompt und sicher antworten«, meinte Cromwell und nickte zustimmend. »Danke, das wäre alles.«

»Eine verdammte Unverschämtheit! Ein Mörder fährt mit meinem Wagen spazieren!«, fluchte Sir Nicholas außer sich vor Wut. »Ja, da staunen Sie, Jevons! Aber genau das ist passiert. Deswegen diese ganze idiotische Fragerei! Stiehlt meinen Wagen, während wir im Kino sind und benutzt ihn, um Leichen damit zu transportieren!« Er starrte fasziniert in den offenen Kofferraum, als ob er erwarten würde, dass Molly Liskerns Geist jeden Augenblick daraus zum Vorschein kommen würde. »Sind Sie auch sicher, dass Sie den Wagen abgeschlossen haben?«

»Ich schließe immer ab, Sir, wenn ich ihn auf einem Parkplatz abstelle«, erwiderte der Chauffeur, der rot und erhitzt aussah. »Aber Autodiebe mühen sich doch nicht mehr erst lange mit Schlössern ab. Es ist ja leiht genug, sich Nachschlüssel zu verschaffen. Nanu, da soll mich doch der Teufel... Oh, ich bitte um Entschuldigung, Mylady. Aber jetzt habe ich endlich die Erklärung für eine Sache, die mir am Dienstagabend solches Kopfzerbrechen gemacht hat, Sir.«

»Kopfzerbrechen - weswegen?«, fragte Ironsides scharf.

»Also, wie wir aus dem Kino kamen und ich den Wagen anließ, Sir, da sprang er sofort an... ganz so, als ob der Motor noch warm wäre, Sir«, erklärte Jevons. »Was ja auch kein Wunder ist, wenn ihn tatsächlich jemand gestohlen und inzwischen gefahren hat... wie Sie sagen, Sir. Dann musste er ja noch ganz warm sein.« Jevons brach ab, weil sein Arbeitgeber ihn etwas fragte. »Nein, Sir«, beantwortete er diese Frage dann. »Ist das die Möglichkeit, das ist mir gar nicht aufgefallen, dass der Zeiger der Benzinuhr so gefallen war. Er hätte doch auf *voll* stehen müssen. Und Sie sagen, er zeigte nur noch knapp über *dreiviertel*? Du mein Gott, wenn man denkt, dass irgend so ein Schwein sich ausgerechnet unseren schönen Wagen genommen hat!«

Nachdem der Chauffeur entlassen war, hielt es der Chefinspektor für an der Zeit, nun ebenfalls zu fahren. Er wandte sich abschließend noch einmal an Sir Nicholas.

»Bisher habe ich noch keinen effektiven Beweis dafür, dass Ihr Wagen in der von mir angedeuteten Weise benutzt wurde. Aber es ist zumindest sehr wahrscheinlich«, sagte er. »Besten Dank für Ihr freundliches Entgegenkommen. Ich bedaure, dass ich Sie mit meinen Fragen belästigen musste, Sir, aber wenn es um Mord geht, können wir leider niemand auslassen.«

»Natürlich... natürlich«, brummte Sir Nicholas leicht verlegen. »Tut mir leid, dass ich vorübergehend etwas erregt war. Aber, zum Teufel, als Sie mit Ihren Fragen bezüglich meines Wagens anfingen... Warum hat man denn ausgerechnet meinen Wagen genommen? Das kann ich einfach nicht begreifen. Und wie sind Sie auf die Vermutung gekommen...?«

Cromwell verspürte keine Lust, die Neugierde des anderen zu befriedigen. Deshalb unterbrach er ihn kurzerhand, verabschiedete sich mit einem höflichen *Guten Morgen* und ging in Richtung auf den Polizeiwagen davon.

»Interessant, Johnny, interessant«, brummte er zufrieden, als Powell die Auffahrt hinunterfuhr. »Unser Mörder scheint ein genial veranlagter Gentleman zu sein... vielleicht zu genial. Immer gefährlich, Dinge zu kompliziert zu planen. Es sind eigentlich meist die ganz einfachen, fast primitiven Verbrechen, die uns die größten Rätsel aufgeben.«

»Sie sind also tatsächlich überzeugt davon, dass Sir Nicholas' Wagen gestohlen und benutzt worden ist, Mr. Cromwell?« fragte

Powell unschlüssig. »Ich gebe ja zu, dass das alte Laub im Gepäckraum verdächtig aussieht, aber ein Beweis ist es doch immer noch nicht.«

»Nein, ein Beweis ist es nicht«, stimmte Ironsides ihm zu. »Aber wenn noch hinzukommt, dass ausgerechnet dieser verdächtige Wagen in der in Frage kommenden Nacht zweieinhalb Stunden lang auf einem dunklen, unbewachten Parkplatz abgestellt war, darf man dem Ganzen doch schon einige Bedeutung - ja fast Beweiskraft - zumessen. Es wird zweifelsohne nicht allzu schwer sein, die eben gehörten Aussagen zu überprüfen. Offensichtlich hatte ja keine der in Frage kommenden Personen die Chance, das Kino während der kritischen Zeit zu verlassen. Nein, der Wagen wurde zweifelsohne von einem un$ bisher Unbekannten benutzt... von jemand, der ganz genau wusste, dass er für die zweieinhalbstündige Spielzeit des Films dort abgestellt sein würde.«

Inspektor Powell machte plötzlich einen erregten Eindruck. Es war das erste Mal, dass Chefinspektor Cromwell in diesem stets so beherrschten Gesicht eine Gefühlsregung wahrnahm. Das überraschte ihn.

»Da wäre übrigens noch etwas, was Sie wissen sollten, Mr. Cromwell«, sagte der Inspektor aus Penro eifrig. »Und zwar betrifft es dieses Laub. Mir fällt da eben ein, dass wir gestern, als wir den Kofferraum des Autos von dem jungen Doktor Conway untersuchten - wir, damit meine ich Cobley und mich -, ebenfalls kleine Erdkrumen bemerkten. Nur achteten wir gestern nicht weiter darauf. Jetzt allerdings... wenn ich es mir so überlege... nein... das war keine Erde. Es waren auch kleine Stückchen vertrockneter und fauler Blätter.«

»So. Und weiter?«, erkundigte sich Ironsides kurz.

»Nun ja, Sir. Wenn das Mädchen tatsächlich zunächst in den Rover der Perryns gelockt, dort ermordet und dann in Conways Hillman umgeladen wurde, so könnten an ihrem Kleid doch ohne weiteres kleine Blattteilchen hängengeblieben sein, die dann dort unbemerkt zurückblieben. Das wäre doch eine Erklärung dafür, wie die Blätter, welche wir.im Kofferraum des Hillman gesehen haben, hineingekommen sind... Mein Gott! Ob es womöglich Conway war, der Sir Nicholas' Wagen genommen hat?«

»Fahren wir zu Doktor Conway!«, befahl Cromwell grimmig.

Peter saß inzwischen zu Hause, tiefbekümmert und nervöser denn je. Entsetzlich, dass Jennifer so ohne Abschied einfach fortgefahren war. Er hatte Sorgen genug und doch nicht die geringste Ahnung, dass die winzigen Bröckchen verfaulter und vertrockneter Blätter in seinem Kofferraum irgendeine Bedeutung hatten... ja, dass sie ihm gerade in diesem Augenblick die gefürchtete Polizei auf den Hals hetzten. Hätte er es geahnt, wäre ihm ja noch reichlich Zeit geblieben, diese verräterischen Spuren zu beseitigen.

Sechstes Kapitel

Bill Cromwell war ganz in seine Gedanken versunken, als der Polizeiwagen durch Tregissy hindurch und die Straße nach *Tipley End* entlang fuhr. Die Untersuchungen über den Fall hatten eine völlig unerwartete Wendung genommen. Und zwar von dem Augenblick an, als Mrs. Liskern die goldene Armbanduhr als die Lady Perryns identifiziert hatte. Die Frau hatte sich zwar geirrt, aber es war diese Spur, die zu all den anderen, überraschenden Möglichkeiten geführt hatte.

»Wir müssen uns gelegentlich auch noch diesen Parkplatz da vor dem Kino in Penro ansehen«, meinte Ironsides aus seinen Überlegungen heraus. »Diese Parkplätze sind in allen kleinen Kreisstädten gleich. Kein Parkwächter... keine Beleuchtung... keinerlei Kontrolle. Jeder kann hineinspazieren, sich in aller Ruhe einen Wagen aussuchen und damit fortfahren. Wem sollte denn schon etwas auffallen?«

»Da haben Sie allerdings recht, Sir«, nickte Powell zustimmend. »Ich kenne den Parkplatz vor dem *Savoy*. Genau, wie Sie sagen. Kein Parkwächter und keinerlei Beleuchtung. Und Dienstagnacht war es ab zehn Uhr stockfinster. Man hätte ohne Schwierigkeiten mit einem fremden Wagen fortfahren und ihn später genauso gefahrlos wieder dort abstellen können. Die Zeit passt zudem ausgezeichnet. Vermutlich wurde das arme Mädchen zwischen zehn und elf ermordet.«

»Aber warum sollte der Mörder das Risiko eingehen, einen fremden Wagen dafür zu benutzen?«, wollte Johnny

Lister skeptisch wissen. »Das ist mir völlig unverständlich. Wo liegt denn da der Sinn?«

»Die Gründe dafür liegen tiefer, Johnny«, erklärte Cromwell milde. »So einfach ist die Sache nicht. Man hat Molly Liskern einen ganz speziellen Wagentyp und dessen Kennnummer gesagt und sie aufgefordert, nach diesem Ausschau zu halten. Eine andere Bedeutung kann die auf dem Bus-Billett notierte Nummer nicht haben. Mit anderen Worten, irgendjemand verabredete sich mit ihr an einem ganz bestimmten Ort und bat sie, auf diesen ganz bestimmten Wagen zu warten. Und zwar unbedingt zu einer ganz bestimmten Zeit.«

»Dann wären die Perryns, ohne es zu wissen, als Mithelfer missbraucht worden?«, meinte Johnny immer noch zweifelnd. »Lediglich als Vorsichtsmaßnahme, falls irgendetwas schiefgehen sollte. Nun ja, sinnvoller erscheint es so immerhin schon.«

»Unser Mörder ist ein außergewöhnlich scharfsinniger Bursche, Johnny. Das darfst du nicht vergessen«, betonte der Chefinspektor. »Hier handelt es sich nicht um einen plötzlichen Streit... nicht um einen Mord aus Affekt. Dieses Verbrechen wurde von langer Hand sorgfältig vorausgeplant. Molly Liskern ist mit unwahrscheinlicher Raffinesse in ihr Verderben gelockt worden.«

»Ja, da haben Sie, glaube ich, recht, Sir«, stimmte Powell zu. »Mir will nur eins nicht in den Sinn, und zwar... woher konnte der Mörder wissen, dass Sir Nicholas' Rover ausgerechnet an diesem Dienstagabend auf dem Parkplatz vor dem *Savoy* abgestellt sein würde? Wie konnte er ahnen, dass Sir Nicholas und seine Gäste bestimmt an diesem Tag- ins Kino gehen würden? Was ich sagen will, ist... er muss es doch schon vorher gewusst haben, denn sonst hätte er Molly doch niemals die Kennnummer des Rover gegeben.«

»Sie haben völlig recht. Offensichtlich hat man ihr diese Nummer schon im Laufe des Tages gegeben, sonst hätte sie sie ja nicht auf dem Busfahrschein notiert«, sagte Cromwell. »Wahrscheinlich ist die Erklärung dafür ganz einfach. Wenn Leute wie die Perryns sich dazu aufraffen, in ein Kleinstadtkino zu gehen, lassen sie sich im Allgemeinen Plätze reservieren. Es wäre gut, das einmal nachzuprüfen. Die Angestellten des Kinos wissen sicher darüber Bescheid.« Aber Johnny Lister war immer noch nicht zufrieden.

»Womit aber immer noch nicht geklärt wäre, weshalb der Mörder ein fremdes Auto dazu brauchte«, wandte er ein. »Und außerdem bleibt da ja auch noch Conways Wagen. Conway ist doch der Tierarzt, nicht wahr? Der Mann, dem Wachtmeister Cobley Dienstagnacht gegen zwölf auf der Chaussee nach St. Hawes begegnet ist. Was hat denn der mit der Sache zu tun? Es ist ja immerhin höchst unwahrscheinlich, dass der Mörder gleich zwei Wagen benutzt hat. Zum Teufel! Aber wenn er es tat und der zweite Wagen Conway gehörte, dann würde dies bedeuten, dass Conway der Mörder ist! Es klingt einfach zu phantastisch, dass zwei Wagen von - hochangesehenen Bürgern innerhalb von zwei Stunden ausgeliehen worden sein sollten. Jetzt begreife ich allerdings, Old Iron, dass du den jungen Conway einmal unter die Lupe nehmen willst.«

Zu weiteren Erörterungen blieb keine Zeit mehr; denn sie wären vor Peters Häuschen in *Tipley End* angekommen. Powell bog von der Landstraße in die kiesbelegte, winzige

Auffahrt ein und hielt neben dem Hillman-Minx.an, dessen Rot und Silbergrau im Sonnenschein funkelte. Peter hatte den Besuch der Beamten von Scotland Yard schon halb erwartet und war deshalb seelisch darauf vorbereitet. Er empfing sie in der Tür seines Laboratoriums. Sein Benehmen wirkte vollkommen natürlich. Trotzdem erkannte Cromwell an Peters nervös zuckendem Augenlid, an seinem blassen, verhärmten Gesicht, welches auf eine undefinierbare Art schuldbewusst wirkte, dass der junge Mann aufs äußerste beunruhigt war. Auf den ersten Blick hin machte er jedoch einen vollkommen. normalen Eindruck.

»Oh, guten Tag, Inspektor Powell«, grüßte Peter munter. »Was treibt Sie denn an diesem wundervollen Morgen zu mir heraus?«

Es hätte unbefangener klingen sollen und seine Stimme weniger verkrampft. Powell musterte ihn voller Misstrauen und machte die Herren in ausgesprochen verdrießlichem Ton miteinander bekannt.

»Was für eine Ehre für Tregissy!«, sagte Peter, als er den Londoner Beamten die Hände schüttelte. »Der berühmte *Ironsides* Cromwell persönlich! Na, bitte! Ich habe schon viel von Ihnen gehört, Chefinspektor. Tolle Sache, wie Sie den Llangethy-Fall in Wales aufgeklärt haben! Sie sind vermutlich hier, um Nachforschungen über den Tod von Molly Liskern anzustellen, stimmt's? Nun, wenn es überhaupt jemand gelingen sollte, diese Rätsel zu...«

»Besten Dank für Ihre Komplimente, aber lassen wir es damit gut sein, mein Junge«, fiel ihm Cromwell unbehaglich ins Wort. »Ich möchte Ihnen gern ein paar Fragen stellen. Aber ich mache Sie vorher darauf aufmerksam, dass Sie nicht verpflichtet sind, mir diese zu beantworten, wenn Sie nicht mögen.«

»Wieso? Ich beantworte Ihnen so viele Fragen, wie Sie wollen«, erwiderte Peter gefasst. »Molly war einige Wochen lang als Sprechstundenhilfe bei mir angestellt. Und ich muss sagen, dass sie recht tüchtig war, wenn auch ziemlich aufdringlich. Sie war nett zu Tieren und konnte gut mit ihnen umgehen... speziell mit Hunden.«

»Gut, Doktor. Auf Miss Liskern kommen wir dann noch zurück«, unterbrach ihn Ironsides. »Aus einem Bericht von Wachtmeister Cobley geht hervor, dass er Sie dienstagnachts noch ziemlich spät auf der Chaussee nach St. Hawes gesehen hat... nicht weit von der Stelle entfernt, wo am nächsten Tag die Leiche des Mädchens gefunden wurde. Ich wüsste nun gern, wohin Sie da noch unterwegs waren?«

»Nach St. Hawes.«

»Kurz vor Mitternacht?«

»Ja.

»Was wollten Sie dort?«

»Ich hatte vor, mein Boot flottzumachen und ein Stündchen hinauszufahren.«

»Taten Sie das?«

»Nein.«

»Und warum nicht?«

»Weil ich plötzlich keine Lust mehr hatte.«

»Gab es einen bestimmten Grund dafür?«

»Nun hören Sie mal, was soll das eigentlich alles?«, erkundigte sich Peter bestürzt. »Weshalb sollte ich nicht mein Boot für eine Stunde herausnehmen, wenn ich Lust dazu habe?«

»Aber Sie haben es gar nicht herausgenommen, Sir«, nagelte ihn Cromwell unnachgiebig fest. »Was veranlasste säe, plötzlich Ihre Meinung zu ändern? Können Sie sich erinnern, irgendeinem anderen Wagen auf der Straße begegnet zu sein?«

»Nein. Ich bin keinem Menschen begegnet, außer Onkel Tom.«

»Außer wem?«

»Cobley. Wir, das heißt alle, die wir ihn von Kind auf kennen, nennen ihn nur *Onkel Tom*.«

»So, so. Ich verstehe. Nachdem Sie ein paar Worte mit Cobley gewechselt hatten, entschlossen Sie sich plötzlich anders, gaben Ihre Fahrt nach St. Hawes auf und fuhren wieder nach Hause. Übrigens, was Ihr Boot betrifft, Sir, Sie müssen das Wasser ja leidenschaftlich lieben, wenn Sie sich mitten in der Nacht noch entschließen, hinauszufahren. Kommt es häufiger vor, dass Sie Ihr Boot nachts noch herausholen? Was ist es denn für eines... ein Motorboot?« Peter machte ein entrüstetes Gesicht.

»Ein Motorboot? - Du lieber Himmel - nein, Mr. Cromwell!«, protestierte er entsetzt. »Die schönste, wendigste Segeljacht, die im Hafen von St. Hawes zu finden ist. Keine andere reicht auch nur im Entferntesten an meine *Wassernixe* heran. Jedermann hier in der Gegend kennt sie...«

Peter hatte unbewusst zu seinem natürlichen Tonfall zurück - gefunden. Er konnte von seinem Hobby sprechen und das entspannte ihn. Der Chefinspektor ließ ihn ungestört reden.

»Mindestens zweimal in der Woche nehme ich mir die Zeit, segeln zu gehen. Und zwar am liebsten des Nachts.

Manchmal nehme ich ein, zwei Bekannte mit... aber am liebsten bleibe ich für mich allein. Jeder hat nun mal so seine Leidenschaft. Der eine Segelboote, der andere schnelle Wagen. Aber, glauben Sie mir, es geht nichts über das Gefühl, in einem schnittigen Boot über das Wasser zu fliegen. Lind gerade unsere Bucht hier ist einfach ideal für Nachtexkursionen. Hin und wieder wage ich mich sogar bis zum Kanal hinaus...«

»Wenn ich Sie so höre, gewinne ich die Überzeugung, dass Sie Ihrem Hobby viele schöne Stunden verdanken, Doktor«, meinte Ironsides trocken. »Aber wir sind etwas vom Thema abgekommen, meinen Sie nicht auch? Es ist Pech, dass Sie sich in der Mordnacht plötzlich anders entschlossen, und so zu der kritischen Zeit nicht draußen auf dem Wasser waren. Haben Sie das Mädchen übrigens am Dienstagabend noch gesehen?«

»Das ist eine ganz heimtückische Frage«, protestierte Peter. »Was wollen Sie damit andeuten? Nein, ich habe Molly Dienstagabend nicht gesehen...« Er platzte mit seiner Lüge hitzig heraus... viel zu hitzig, wie es den anderen schien. »Falls Sie mich etwa in Verdacht haben sollten, dass ich das Mädchen ermordet...«

»Von einem Verdacht war bisher nicht die Rede, Doktor«, unterbrach ihn Cromwell scharf. »Aber ich habe das Gefühl, dass Sie mir gegenüber nicht ganz ehrlich sind. Schließlich ist allgemein bekannt, dass das Mädchen die unglaublichsten Geschichten über Sie verbreitet hat... und dass Sie sie in einem Wutanfall hinausgeworfen haben... Ich würde mir jetzt gern einmal Ihren Wagen ansehen... Sie haben doch nichts dagegen?«

Die unerwartete Frage traf Peter wie ein Peitschenschlag. Augenblicklich fiel ihm wieder ein, was für eine grausige Last er Dienstagnacht darin befördert hatte... Mein Gott! Wie maßlos dumm hatte er sich verhalten. Furcht und Schrecken stiegen lähmend wieder in ihm auf.

»Sie... Sie wollen meinen Wagen sehen?«, flüsterte er heiser und schluckte krampfhaft. »Weshalb denn? Ich meine, da gibt es doch nichts Besonderes zu... Was hoffen Sie denn zu finden? Verdammt noch mal! Inspektor Powell hat ihn doch gestern schon untersucht, und nichts dabei entdecken können... und da kommen Sie nun heute auch noch!«

Als Cromwell, ohne sich weiter dazu zu äußern, schweigend zu seinem Hillman hinüberging und dort ohne zu zögern den Deckel des Kofferraumes hochklappte, spürte Peter das Blut in den Schläfen hämmern. Ein kalter Schauer lief ihm den Rücken hinunter. Es lag etwas Bedrohliches in der sicheren Art und Weise, wie der hochgewachsene Beamte von Scotland Yard sich sofort dem Kofferraum zugewandt hatte.

Lautlose Stille...

Ironsides und Johnny Lister brauchten sich nicht besonders anzustrengen, um die wohlbekannten, vertrockneten und vermoderten Blätter zu entdecken. Deutlich sichtbar hafteten sie auf der rauen Oberfläche der alten Kokosmatte, mit der der Kofferraum ausgelegt war. Johnny verspürte bei diesem Anblick eine grimmige Genugtuung und war verblüfft, als er sah, dass Cromwells finstere Züge sich im Gegenteil sogar entspannten. Und sein Blick war ausgesprochen milde, ja fast freundlich, als er sich jetzt zu Peter Conway umwandte.

»Hm - hm!«, brummte Ironsides versonnen.

Diese winzigen Spuren von Laub waren genau das, was er zu finden erwartet hatte... es waren die gleichen Teilchen, die an Molly Liskerns Kleid hängengeblieben waren, als ihre Leiche für kurze Zeit in dem über und über mit Laub verschmutzten Kofferraum von Sir Nicholas' Rover gelegen hatte. Und Cromwell erfasste mit seinem ausgeprägten Scharfsinn augenblicklich, dass Peter-falls er schuldig war - seihen Wagen mit äußerster Sorgfalt von diesen verräterischen Spuren gereinigt haben würde. Eine so elementare Vorsichtsmaßnahme würde nicht einmal ein Dummkopf außer Acht gelassen haben. Und Peter war nach Ironsides Überzeugung alles andere als ein Dummkopf. Peter war ein zutiefst verängstigter junger Mann... aber ein Dummkopf war er bestimmt nicht.

»Was überlegen Sie, Mr. Cromwell?«, erkundigte sich Powell flüsternd.

»Ich dachte nur, dass dieser Wagen uns viel Neues bietet, Inspektor«, gab Ironsides zurück, und öffnete dabei eine der Hintertüren, um einen flüchtigen Blick in den Fond zu werfen.

»Sie müssen verstehen, Doktor Conway, dass meine Fragen eine Routinesache und dass sie notwendig sind... Und wenn es nur wäre, um Sie aus dem Kreis der Verdächtigen auszuscheiden. Das Mädchen war nun einmal eine Zeitlang bei Ihnen angestellt... später verleumdete sie Sie auf das gemeinste... und dann wird sie erdrosselt aufgefunden, und ausgerechnet unweit der Stelle, an der Sie, Doktor Conway, Dienstagnacht nachweislich vorbeigekommen sind. Ich möchte jetzt von Ihnen wissen, wo Sie sich Dienstagabend... sagen wir... zwischen zehn und halb zwölf, aufgehalten haben.«

Auf diese Frage hatte Peter sich sorgfältig vorbereitet... denn sie hatte zwangsläufig eines Tages kommen müssen.

»Ich habe von neun bis zehn in meinem Laboratorium gearbeitet«, antwortete er daher wie aus der Pistole geschossen. »Zufällig weiß ich die Zeit ganz genau. Ich wurde nämlich gestört und...«

»Entschuldigen Sie, mein Junge. Sagten Sie eben, in Ihrem Laboratorium? Meinen Sie damit, dass Sie in Ihrer Praxis noch ein krankes Tier behandelten?«

»Nein, nein. Die Sprechstunde war schon zu Ende. Ich beschäftige mich des Abends mit kleinen Forschungsarbeiten. Da gibt es zum Beispiel bei Hunden noch unzählige Krankheiten, deren Erreger uns unbekannt sind. Ab und zu treten direkt Seuchen auf... eine davon kennen wir unter dem Namen *Tollwut*. Sie befällt junge Hunde eines ganzen Distriktes und breitet sich mit Windeseile aus.« Dies war eine Materie, die Peter von Grund auf beherrschte, und er sprach gewandt und sicher. Er baute seinen Vortrag knapp, klar und logisch auf. Cromwell hörte ihm eine Zeitlang geduldig zu.

»Gut, gut. Aber, Doktor...«

»Vor kurzem hat man herausgefunden, dass ein Medikament namens...« Peter war in seinem Element und nicht zu bremsen. »Ich arbeite seit Wochen an dieser Sache, wenn ich nur einmal ungestört experimentieren könnte; wenigstens für die abschließende Versuchsreihe. Ich glaube, ich hätte die Antwort schon gefunden.«

»Sehr interessant, Doktor Conway, ja, außerordentlich interessant. Und ich wünsche Ihnen guten Erfolg bei Ihrer

Arbeit«, meinte Cromwell. »Aber wir sind ziemlich weit von unserem eigentlichen Thema abgekommen. Um also zunächst noch einmal auf Dienstagabend zurückzukommen. Sie sagten, Sie wären um zehn Uhr bei Ihren Versuchen gestört worden. Von wem?«

»Von meiner Braut. Ich weiß die Uhrzeit so genau, weil ich erstaunt war, dass Jennifer noch so spät kam. Sie hatte ihren kleinen Pudel mit.«

»War er krank?«

»Wie bitte? Oh, nein. Sie kam nur so... ein kleiner Besuch eben.«

»Wenn ich richtig informiert bin, sind Sie mit Miss Jennifer Perryn verlobt, nicht wahr? Wie kam sie denn hierher?«

»Mit ihrem kleinen Mini-Cooper.«

»Da der Pudel Ihrer Braut gesund war, muss sie einen dringenden Grund gehabt haben, Sie noch so spät abends aufzusuchen, Doktor Conway. Habe ich recht?«, fragte Ironsides.

»Ja. Das stimmt. Aber er war persönlicher Natur.«

»Mit anderen Worten, Sie ziehen es vor, diesen Grund für sich zu behalten.«

»Ach, zum Teufel! Es ging um dieses verflixte Luder, diese Molly... wenn Sie es unbedingt wissen wollen«, brauste Peter gereizt auf. »Es tut mir leid, so von ihr zu sprechen, aber sie war wirklich ein verflixtes Luder! Irgendjemand hat sie ja sogar so sehr gehasst, dass er sie erwürgte!«

»Und wie lange blieb Miss Perryn bei Ihnen?«

»Bestimmt nicht länger als zehn Minuten. Zufällig weiß ich das. genau, denn sie war schon fort, als ich um ein Viertel nach zehn angerufen wurde. Der Anruf kam von einem Mann, der behauptete, George Trevelyan vom *Long Reach Hof* zu sein.« Peter machte jetzt einen ausgesprochen ärgerlichen Eindruck. »Der Mann behauptete, seine Stute hätte sich soeben schwer verletzt und bat mich, doch möglichst schnell zu ihm herauszukommen. Ich fuhr natürlich sofort hin. Aber als ich das Gehöft erreichte - es liegt, an der Chaussee nach Penro -, war das große Tor verschlossen. Ich ging zum Haus hinüber. Aber es war keine Menschenseele da und ebenso wenig ein verletztes Pferd. Irgend so ein Spaßvogel mit einem etwas eigenartigen Sinn für Humor muss sich da einen blöden Scherz mit mir erlaubt haben. Anders kann ich es mir nicht vorstellen.«

»Also ein dummer Streich, wie?«, murmelte Cromwell in Gedanken versunken.

Peter wartete ab... ängstlich und gespannt. Oh, ja, er wusste genau, weshalb er zum *Long Reach Hof* hinausgelockt worden war... aber das konnte er der Polizei leider unmöglich sagen. Zumindest jetzt noch nicht. Unter gar keinen Umständen. Wieder einmal fiel ihm Blair ein... Und wieder einmal grübelte er über den Grund für das geheimnisvolle Auftauchen des Fremden und den Sinn, der hinter ihrer rätselhaften, zwar kurzen, aber ereignisreichen Bekanntschaft steckte, nach...

»Sie fuhren also zu diesem Gutshof hinaus und fanden dort niemand vor?«, erkundigte sich Cromwell nachdenklich. »Wie lange hielten Sie sich dort ungefähr auf? Wie lange dauerte es, bis Sie dahinterkamen, dass der Hof vollkommen verlassen war?«

»Eine Viertelstunde etwa. Aber der Hof war nicht gänzlich verlassen, Mr. Cromwell. Ich meine, nicht im wahrsten Sinne des Wortes. Die Tiere waren in den Ställen. Am nächsten Vormittag... also gestern... brachte ich in Erfahrung, dass Trevelyans Frau seit letzter Woche in der Klinik ist, weil sie ein Baby erwartet. Solange die Frau nicht zu Hause ist, wohnt Trevelyan bei seinem Bruder. Dieser besitzt ebenfalls einen Hof, zirka fünf bis sechs Kilometer von hier entfernt. Das Personal wohnt in kleinen Katen.«

»Ja, ich verstehe«, fiel ihm Ironsides ins Wort. »Der Spaßvogel muss Sie offenbar absichtlich in den April geschickt haben. Sind Sie auf dem Hin- oder Rückweg irgendjemand begegnet? Haben Sie unterwegs einen anderen Wagen gesehen?«

»Nein, nicht dass ich wüsste«, antwortete Peter. Ihm war sehr unbehaglich zumute und er spürte, dass dies der kritische Augenblick war. »Oder doch, einen Milchwagen und nachher noch das Postauto. Aber keinen Personenwagen.«

»Hm!«

»Sie glauben mir nicht, nicht wahr?«, fragte Peter gekränkt. »Sie nehmen an, ich hätte diese ganze Geschichte erfunden, stimmt's? Aber selbst wenn ich den Milchwagenfahrer und den Postautochauffeur auftreiben könnte, bezweifle ich, ob einer von ihnen sich daran erinnern würde, mir begegnet zu sein. Warum sagen Sie es mir nicht auf den Kopf zu, dass Sie mir kein Wort glauben und damit basta?«

»Regen Sie sich doch nicht so auf, Doktor Conway! Ich will Ihnen doch nur helfen«, besänftigte ihn Ironsides. »Als Sie von Ihrem vergeblichen Ausflug zurückkamen, muss es fast elf Uhr gewesen sein, oder sogar noch später. Und dann verspürten Sie plötzlich Lust, noch nach St. Hawes zu fahren und segeln zu gehen?«

»Ja.«

»Und kurz, nachdem Sie losgefahren waren, begegneten Sie zufällig auf der Chaussee nach St. Hawes Wachtmeister Cobley, so war es doch?«

»Ja.«

»Wachtmeister Cobley wollte wissen, ob Sie nicht Molly Liskern irgendwann gesehen hätten. Die Mutter wäre in Sorge, weil das Mädchen noch nicht nach Hause gekommen sei«, fuhr Cromwell unbarmherzig fort. »Sie sprachen kurz mit Cobley und beschlossen dann plötzlich, doch nicht segeln zu gehen, sondern lieber wieder nach Hause zu fahren. Und weshalb?«

»Ich weiß nicht. Ich hatte ganz einfach keine Lust mehr«, antwortete Peter verzweifelt. »Herr im Himmel, ist das denn so schrecklich wichtig?«

»Nein, mein Sohn, im Grunde genommen ist es sogar vollkommen unwichtig«, erklärte der Chefinspektor gänzlich unerwartet. »Ich hatte nur angenommen, dass Sie möglicherweise etwas mehr Bereitschaft zeigen würden, uns zu helfen. Nun, falls Sie eines Tages die Lust verspüren sollten, mir noch das eine oder andere zu erzählen, so bin ich immer über die Polizeistation in Tregissy zu erreichen... oder im *Hotel Lamm*.«

Cromwell nickte Powell und Johnny kurz zu. Die Beamten stiegen in den Polizeiwagen und fuhren davon. Das Verhör war beendet. Der stämmige Inspektor erklärte:

»Herrgott, hat der Bursche gelogen, Mr. Cromwell!«

»Ja. Wie gedruckt!«

»Als Cobley den Doktor Dienstagnacht anhielt, muss dieser die Leiche hinten im Kofferraum gehabt haben«, fuhr Powell aufgeregt fort. »Er kam direkt von Penro...«

»Aus Penro?«, fiel ihm Johnny ins Wort und schaute ihn ungläubig an.

»Natürlich, woher denn sonst? Worauf warten Sie denn noch, Mr. Cromwell? Wenn es sich um Mord handelt, braucht man doch keinen Haftbefehl. Warum haben Sie ihn nicht gleich mitgenommen?«

»Sie halten ihn also für den Mörder?«

»Selbstredend. Das ist doch so gut wie bewiesen, oder etwa nicht, Sir?«, fragte Powell drängend. »Er erzählt uns da Märchen aus Tausendundeiner Nacht, um eine Entschuldigung für seine Herumfahrerei zwischen Viertel nach elf und elf zu haben... dabei war er doch niemals auf dem *Long Reach Hof*... Er hat ja auch nicht den kleinsten Beweis für seine Geschichte. Er muss mit seinem Hillman losgefahren sein sowie Miss Perryn fort war. Ihr unerwarteter Besuch muss ihm einen ganz schönen Stoß versetzt haben. Damit hätte sie ihm fast seine ganze Zeiteinteilung über den Haufen geworfen.«

»So, so. Nur weiter, Inspektor.«

»Aber das liegt doch auf der Hand, Mr. Cromwell«, redete der andere eifrig weiter. »Miss Perryn verließ Conway um Viertel nach zehn. Es blieb ihm gerade noch genug Zeit, um nach Penro zu fahren, seinen Wagen dort auf dem unbeleuchteten Parkplatz vor dem Savoy-Kino abzustellen und stattdessen mit dem Rover der Perryns weiterzufahren. Er hatte bereits mit Molly Liskern verabredet, dass sie ihn an einem bestimmten Treffpunkt erwarten sollte. Dort fuhr er jetzt hin. Er traf sie, erwürgte sie und steckte sie in den Kofferraum des Rover. Dann fuhr er zum Kino zurück, wo sein eigener Wagen bereitstand. Er hob die Leiche von einem Wagen in den anderen, was ja nicht allzu schwer war. Brauste los zur Chaussee nach St. Hawes, um die Leiche dort hinter einer Hecke loszuwerden. Aber unterwegs begegnete er Cobley...« Hier brach Powell seinen schwungvollen Vortrag ab. Er war tief beeindruckt von seinem kriminalistischen Scharfsinn und seiner vortrefflichen Rekonstruktion des Mordfalles. »Du guter Gott! Wenn doch Cobley nur Verstand genug besessen hätte, einen Blick in den Kofferraum zu werfen, als er den jungen Conway anhielt.«

Bill Cromwell klopfte bedächtig seine Pfeife aus; dann blies er sie gründlich durch, bis sie sauber und die Luft von kaltem, beißendem Geruch erfüllt war... und nun bequemte er sich endlich, ablehnend seinen Kopf zu schütteln.

»Und wie steht es mit der Zeit?«, brummte er. »Reichlich knapp, was?«

»Wieso, Sir? Das finde ich keineswegs. Zweifelsohne hatte er ursprünglich geplant, früher loszufahren... Miss Perryns Besuch muss ihn ganz schön in Verlegenheit gebracht haben... aber es blieb ihm ja noch reichlich Zeit übrig.«

»Nun, wie auch immer. Er müsste schon ein ungewöhnlich, fixer Bursche sein, um das Programm so zu bewältigen, wie Sie es uns da eben geschildert haben, Inspektor«, wandte Cromwell ein. »Wenn wir einmal annehmen, Ihre Rekonstruktion würde zutreffend sein, so wäre es ein Ding der Unmöglichkeit gewesen, dass Conway den Parkplatz, mit der Leiche im Kofferraum, früher als kurz vor elf erreicht hätte... Nachdem er zwischenzeitlich auch noch den Mord begangen hatte. Vergessen Sie dabei nicht, dass Conway bestimmt nicht vor zwanzig nach zehn von zu Hause fortgekommen ist... was Miss Perryn jederzeit bezeugen kann... dann musste er zunächst einmal nach Penro hetzen, dort die Wagen austauschen, das Mädchen treffen, sie erdrosseln, den Rover zum Savoy-Parkplatz zurückbringen - und das alles noch vor elf. Und das finden Sie nicht knapp? Nein, Mr. Powell, so leid es mir tut, das stimmt an allen Ecken und Enden nicht.«

Powells unbewegliches Gesicht wurde kreideweiß.

»Und wie hat es sich dann abgespielt, Sir?«

»Das weiß ich bisher auch noch nicht. Ich wünschte, ich wüsste es. Aber zumindest bin ich nicht der Ansicht, dass Conway das Mädchen getötet hat. So eine fein ausgeklügelte Sache wie die mit den zwei Wagen passt nicht zu ihm«, sagte Ironsides in überzeugtem Ton. »Dieser junge Bursche hat uns zweifelsohne eine Menge verschwiegen... seine Lügen waren nicht von Pappe... aber ein Mörder ist er nicht. In Gottes Namen, nennen Sie mir einen Grund, weswegen er Sir Nicholas' Wagen gestohlen haben sollte? Ich sehe keinen Grund dafür. Nur ein total Schwachsinniger würde doch ohne zwingenden Grund ein solches Risiko auf sich nehmen.«

Der Inspektor aus Penro blieb störrisch.

»Nun, irgendjemand ist doch offensichtlich mit Molly Liskern verabredet gewesen«, wandte er unzufrieden ein. »Und ich jedenfalls bin der Überzeugung, dass Conway dieser Jemand war... aber gleichzeitig nicht wollte, dass Molly wusste, dass er der Partner war.

Und das ist auch der Grund, weshalb er nicht seinen eigenen Wagen benutzen konnte. Deshalb gab er ihr die Kenn-Nummer des Rover. Erst als er am verabredeten Treffpunkt auftauchte, erkannte Molly, auf wessen Einladung sie sich eingelassen hatte. Und da war es bereits zu spät. Conway hat dieses ganze Theater nur inszeniert, um sich ein Alibi zu sichern.«

»Es kommt trotzdem nicht hin, mein Freund«, knurrte Cromwell finster. »Der Junge ist schließlich kein Dummkopf. Ein klägliches Alibi, das er sich da verschafft hätte. Wir vermuten... das heißt, man könnte fast schon sagen, wir wissen... dass das Mädchen eine Zeitlang im Kofferraum von Sir Nicholas' Rover gelegen hat. Aber es sind bisher keinerlei Anzeichen dafür vorhanden, dass Peter Conway sich den Rover auf dem Parkplatz vor dem Kino *ausgeliehen* hat. Irgendjemand hat es jedoch getan. Welche Beweise können Sie anführen, dass dieser jemand Conway war? Nein, wir müssen vorsichtiger sein. Der junge Mann weiß mehr, als er uns gesagt hat... und er ist zu Tode verängstigt.«

»Nun, Sir, dann...«

»Halb tot sein vor Angst bedeutet noch lange nicht, dass man ein Mörder ist«, fuhr Cromwell ungeduldig fort und schob den Einwand einfach beiseite. »Ein Mann, der solch ein kaltblütiges, sorgfältig vorbereitetes Verbrechen begeht, würde sich auf jeden Fall besser zu beherrschen wissen als Conway. In einem Punkt gebe ich Ihnen allerdings recht - irgendwie ist dieser Conway in den Mordfall verwickelt. Das steht fest. Aber ich glaube nicht, dass er der Mörder ist. Ich bitte Sie zu bedenken, Inspektor, dass wir ja gerade erst mit der Untersuchung dieses Falles begonnen haben. Und ich möchte Conway vorläufig noch aus dem Spiel lassen. Wenn er der Mörder sein sollte, werden wir es ohnehin in kürzester Zeit wissen. Und ich bin der Ansicht, dass wir eher Schaden anrichten, wenn wir ihn unter Druck setzen. Wenn wir ihn auf freiem Fuß lassen und er sich unbeobachtet glaubt, wird er plötzlich irgendwo auftauchen und dann besteht kein Zweifel mehr, wie er in dieses Spiel passt.«

Siebtes Kapitel

Johnny Listers Augen funkelten zustimmend und interessiert, als dieser ihm die Überwachung von Peter Conway übertrug.

»Ich bin allerdings anderer Meinung als Inspektor Powell«, fuhr er eifrig fort. »Bitte, nehmen Sie es mir nicht übel, Mr. Powell. Aber Sie haben da etwas völlig außer Acht gelassen - und zwar Peter Conways Fahrt zum *Long Reach Hof*.- Wie er behauptet, ist er Dienstagabend nur wenig später als ein Viertel nach zehn hinausgefahren; dort ließ er seinen Wagen mindestens eine Viertelstunde unbeaufsichtigt auf der Chaussee stehen.«

»Sie glauben ihm dieses Märchen doch nicht etwa?«, fragte Powell erstaunt. »Wer hätte ihm denn solch einen albernen Streich spielen sollen? Das hat Conway doch lediglich erfunden, um sich ein Alibi für die kritische Zeit, zu verschaffen.«

»Und worin sollte der Sinn eines Alibis bestehen... für das er keine Zeugen hat?«, gab Johnny ironisch zurück. »Nein, ich glaube Conway absolut, dass er zu dem Bauernhof gefahren ist; und zwar bin ich der Überzeugung, dass dieser Spaßvogel der Mörder war. Genauer ausgedrückt, war es kein dummer Scherz, sondern ein wohl durchdachter Plan. Es war ein schlauer Trick, um Conway mit seinem Wagen an eine einsame Stelle zu locken, und ihn darüber hinaus dazu zu bringen, diesen dort kurze Zeit unbewacht stehenzulassen.«

»Schon besser!«, nickte Cromwell.

»Setzen wir doch einmal voraus, Conway habe mit seiner Erzählung über diesen mysteriösen Telefonanruf die Wahrheit gesprochen«, fuhr Johnny fort, der mit seinen Vermutungen der Wahrheit sehr nahe kam. »Gut, Conway fährt also mit seinem Hillman zum *Long Reach Hof* und lässt ihn am Straßenrand stehen, als er zum Gehöft hinübergeht. Während er nach dem Bauern sucht, kommt der Mörder im Rover der Perryns leise herangefahren und legt Molly Liskerns Leiche in den Kofferraum von Peters Wagen. Was hältst du von dieser Version, Old Iron?«

»Und dann, Johnny?«

»Doktor Conway kommt verärgert und erregt zurück und fährt selbstverständlich ohne einen Blick in seinen Kofferraum zu werfe - wieder nach Hause«, schilderte der junge Sergeant die Vorfälle, wie sie sich seiner Meinung nach zugetragen haben mussten. »Also gut. Er kommt zu Hause an. Doch was passiert jetzt? Hier sind wir auf unsere Phantasie angewiesen. Conway behauptet ja, er habe plötzlich Lust verspürt, noch segeln zu gehen... aber das klingt mehr als dünn. Aber jedenfalls fährt er nochmals los und trifft Cobley. Gleich darauf kehrt er um und macht, dass er nach Hause kommt. Wusste er da schon, dass die Leiche des Mädchens hinten im Kofferraum lag? Bekam er plötzlich Angst und warf sie kurzerhand hinter die Hecke, wo sie später gefunden wurde? Tatsache ist, dass Peter Conway uns anlügt... und zwar von dem Moment an, wo seine Schilderung der Ereignisse nach der Rückkehr vom *Long Reach Hof* einsetzt. Er will uns unter allen Umständen verschweigen, was dann geschah.«

»Wenn du mich fragst, so hat der junge Bursche sich da in eine verteufelt unangenehme Situation hineingeritten, als er - solange es noch Zeit war - seiner Pflicht als verantwortungsbewusster Staatsbürger nicht nachkam. Und dafür muss es einen zwingenden Grund geben«, erklärte der strenge Scotland-Yard-Beamte und zog seine buschigen Augenbrauen zusammen. »Niemand wirkt schuldiger als der ehrliche Mann, wenn er sich einen kleinen Fehler zuschulden kommen ließ.«

Zu weiteren Erörterungen kam es nicht mehr, da der Wagen in diesem Augenblick vor der Polizeistation in Tregissy vorfuhr, die in dem winzigen Häuschen von Sergeant Hunter untergebracht war. In der gleichen Sekunde tauchten, wie aus der Pistole geschossen, junge Leute mit schrecklich ernsten, eifrigen Gesichtern auf.

»Irgendetwas Neues, Mr. Cromwell?«, fragte einer von ihnen.

»Nun machen Sie schon, Ironsides!«, drängte ein anderer.

»Zum Teufel mit euch! Könnt ihr mir denn nicht etwas Zeit lassen?«, gab Cromwell zurück und starrte die Reporter finster an. »Ich bin noch keine fünf Minuten da, und schon überfallt ihr mich mit euren Fragen. Nein, ich habe noch nichts für euch!«

Ein dritter Reporter zog ein beleidigtes Gesicht.

»Wir wollten die Mutter des Mädchens interviewen, aber Ihr Sergeant ließ uns nicht an die Frau heran.« Der Jüngling wandte sich zu Inspektor Powell um. »Das ist kein faires Spiel! Was schadet es denn schon, wenn wir der Mütter des Opfers ein paar Fragen stellen?«

»Wenn Sie sich beschweren wollen, beschweren Sie sich bitte bei Mr. Cromwell«, wies Powell ihn kurz ab. »Anweisungen des Chefinspektors.«

»Und ich wusste genau, was ich tat!«, erklärte Ironsides drohend. »Ich wünsche nicht, dass die arme Frau auch noch von euch Hyänen gequält wird. Lasst sie in Ruhe, rate ich euch! Und mich auch«, fügte er mit giftigem Blick hinzu. »Sobald ich etwas für euch habe, lasse ich es euch wissen.«

Cromwell bahnt sich energisch seinen Weg durch die enttäuschten Journalisten. Als er jedoch die Tür erreicht hatte, blieb er stehen und zögerte. Auf der gegenüberliegenden Straßenseite, hinter der gepflegten Rasenfläche, kam es gerade zu ungewöhnlichen Vorfällen. In der Tür eines hübschen Hauses, aus der Zeit Georgs des V., erschien ein schlicht gekleideter Mann von etwa vierzig Jahren. Dieser überaus achtunggebietende Mann hielt einen üblen Burschen beim Kragen gepackt und zerrte ihn den Bürgersteig entlang. Zu guter Letzt versetzte er dem übel aussehenden Individuum noch einen Stoß, dass es im hohen Bogen in den Rinnstein flog, wo es der Länge nach liegen blieb.

Wachtmeister Cobley, der gerade in diesem Augenblick aus der Polizeistation herauskam, stieß einen leisen Pfiff aus.

»Natürlich wieder einmal der Willie!«, sagte er und runzelte missmutig die Stirn.

»Könnten Sie sich nicht etwas verständlicher ausdrücken«, forderte ihn Ironsides auf. »Wer ist Willie? Dieser Mann da drüben, der gerade dabei ist, seine Knochen einzusammeln?«

»Jawohl, Sir.«

»Und der andere?«

»Das ist Mr. Tregg, Sir... Doktor Halterbys Sekretär«, antwortete der Wachtmeister eifrig. »Doktor Halterby ist nämlich unser Rechtsanwalt hier. Das da drüben ist sein Haus. Scheint so, als ob Mr. Tregg Schwierigkeiten mit William Parr gehabt hätte.«

Mr. Tregg, der erhitzt und wütend aussah, schoss in diesem Moment quer über die kleine Rasenfläche direkt auf sie zu. Außer sich schleuderte er Cobley seine Beschwerde entgegen.

»Wann werden Sie endlich etwas gegen diesen verkommenen Menschen unternehmen, Cobley«, keifte er atemlos. »Er ist doch schon seit Jahren ein Ärgernis für alle, und es wird immer schlimmer mit ihm.« Mr. Tregg konzentrierte sich jetzt auf Inspektor Powell. »Sie sind doch ein höherer Polizeibeamter in Penro, nicht wahr?« Treggs Stimme wurde immer schriller und überschlug sich bald. »Vielleicht können Sie entsprechende Maßnahmen ergreifen, denn Cobley und Hunter scheinen ja dazu nicht in der Lage zu sein. Ich habe es den beiden schon hundertmal gesagt...«

»So dürfen Sie nicht sprechen, Sir, nein, gewiss nicht!«, unterbrach ihn Cobley ganz empört. »Schließlich hat Willie noch nie jemandem etwas zuleide getan. Nein, gewiss nicht. Sie hätten ihn eben nicht so grob behandeln dürfen, Sir.«

»Was hätte ich nicht?«, fuhr ihn Mr. Tregg an. »Soll ich Ihnen mal verraten, wobei ich den Kerl überrascht habe? Vor knapp fünf Minuten habe ich ihn hinter unserem Hauseck erwischt. Was hat er denn dort überhaupt zu suchen? Ich hätte ihn gar nicht einmal bemerkt, wenn ich nicht plötzlich so ein eigenartiges Wimmern gehört hätte. Als ich in den Garten ging, um nachzusehen, saß Ihr teurer

Willie hinter einem Busch versteckt und quälte ein junges Kätzchen.«

»Was wollen Sie damit sagen... quälte er es richtig?«, fragte Ironsides.

»Ja, das tat er allerdings. Glücklicherweise kam ich gerade noch rechtzeitig, um das arme kleine Tier zu retten«, gab der Sekretär zurück, dessen Gesicht immer noch vor gerechter Empörung glühte. »Es wäre wirklich an der Zeit, dafür zu sorgen, dass Willie Parr endlich eingesperrt wird. Dieser Kerl ist ein Tagedieb und ein Taugenichts und nicht halb so harmlos, wie manche Leute glauben. Ich würde keine meiner kleinen Töchter auch nur auf zehn Meter an ihn heranlassen.«

»Langsam, Mr. Tregg... langsam«, mahnte Cobley unbehaglich. »Willie ist ja gar nicht so schlecht, wie Sie ihn immer machen.«

»Ach, nein? Es ist ja nicht das erste Mal, dass ich ihn dabei überrasche, wie er hilflose Tiere quält. Und es ist eine Unverschämtheit und einfach unzumutbar, dass er seine Gemeinheiten ausgerechnet in Doktor Halterbys Garten begeht. Ich weiß gar nicht, wie er da hineingekommen ist... vermutlich durch eine Lücke im Zaun. Er hat das ja schon öfter gemacht. Der Mann ist gefährlich und sollte unter Kontrolle genommen werden.«

Damit wandte er sich um und ging, immer noch kochend vor Wut, mit großen Schritten davon.

»Sie müssen nicht auf ihn hören, Sir«, sagte Cobley und schnaubte verächtlich. »Mr. Tregg übertreibt da maßlos. Willie Parr ist gar nicht so übel. Er hat eben nicht mehr Verstand als ein siebenjähriges Kind, obwohl er bereits

Fünfunddreißig ist. Na ja, ein bisschen einfältig, das ist er. Aber nicht bösartig, nein, bösartig nicht.«

»Aber er quält Tiere?«, wandte Cromwell ein.

»Ach, Sir, Sie wissen doch, wie Kinder sind«, erwiderte der alte Wachtmeister. »Und Willie ist ein Kind. Ich kenne ihn doch praktisch schon mein ganzes Leben lang. Er wird nun eben mal nicht erwachsen. Sie wissen doch ebenso gut wie ich, Sir, dass Kinder sich nichts dabei denken, wenn sie Fliegen die Flügel ausreißen oder Regenwürmer mitten durchteilen. Kinder sind nun mal grausam, weil sie es noch nicht verstehen. Später, wenn sie erwachsener werden, verliert sich das dann ganz von selbst.«

»Arbeitet dieser Willie irgendetwas?«

»Nein, dazu ist er zu dumm, Sir. Seine Mutter sorgt für ihn.« Cobley senkte die Stimme. »Hin und wieder erwischen wir ihn schon mal nachts bei kleinen Wilddiebereien. Aber wir drücken bei ihm ein Auge zu. Ich muss ihn mir mal wieder vornehmen und ein ernsthaftes Wort mit ihm reden. Auf mich hört er nämlich.«

Aber der wackere Wachtmeister kam gar nicht mehr dazu, seine Autorität wirksam einzusetzen; denn Willie Parr kam ihm zuvor. Er kam nämlich von selbst auf Cobley zugeschwankt. Parr trug verwaschene Arbeitshosen und ein formloses Wolljackett. Der Mensch schien die Unordentlichkeit selbst zu sein, und seine winzigen, rotgeränderten Augen funkelten giftig wie die einer Ratte. Er war unrasiert, und aus seinem halb offenstehenden, zahnlosen Mund tropfte Speichel.

»Sagen Sie mal, warum sperren Sie ihn denn nicht ein, Mr. Cobley?«, fragte er und wies mit seinem verkrümmten Finger auf den entschwindenden Mr. Tregg. »Sie haben's doch mit eigenen Augen gesehen, das haben Sie doch, frage ich Sie? Hat mich einfach angefasst, misshandelt hat er mich. Hat mich in die Gosse gestoßen! Das ist tätliche Beleidigung, so nennt man es doch, nicht wahr?«

»Nun hören Sie mal, Willie, begann Cobley.

Aber Willie Parr hatte den Wachtmeister schon vergessen und wandte sich mit unverhüllter Neugierde Ironsides und Johnny zu.

»Mhmm! Sie sind doch die großen Tiere aus London, was?«, prahlte er mit seinem Wissen. »Sind gekommen, weil Sie Mollys Mörder jagen wollen? Gott strafe mich! Meinen wohl, wir schaffen so was nicht allein? Brauchen wir in Tregissy vielleicht Leute, die den ganzen Weg von London hier herunterkommen? So besonders sehen Sie doch gar nicht aus.«

»Sir, ich bitte vielmals um Entschuldigung...«, stammelte Cobley, der knallrot geworden war.

»Lassen Sie ihn nur reden«, bremste Cromwell ab. »Sie halten also nicht gerade viel von unserem Aussehen, Mr. Parr?«

»Da schlag doch einer lang hin! Das erste Mal, dass jemand richtig Mr. Parr zu mir sagt«, meinte Willie und schüttelte sich vor Lachen. »Seh'n Sie, Ned Cobley, so behandelt man einen Herrn!«

»Kannten Sie eigentlich Molly Liskern?«, erkundigte sich Ironsides.

»Mhmm! Die hab ich schon gekannt, oh, ja. War ein schlechtes, böses Mädchen, ja, das war sie. Das ist einmal gut, dass sie tot ist.« Willies rotgeränderte Augen glitzerten vor teuflischem Vergnügen. »Jemand hat sie erwürgt, ja!

Hat sie einfach beim Hals gefasst und erwürgt. Das ist auch mal gut, oh...«

»Willie, Sie sollten besser achtgeben, was Sie reden«, brummte Cobley unwirsch. »Mr. Cromwell, hören Sie nicht auf ihn, das ist besser.«

Aber der Chefinspektor beachtete Cobley überhaupt nicht.

»Nun erzählen Sie mal weiter, Mr. Parr«, forderte er den Schwachsinnigen freundlich auf. »Weshalb freut es Sie denn so, dass Molly Liskern tot ist?«

»Weil sie schlecht war, ja. Weil sie schlecht und böse war«, plapperte der zurückgebliebene kleine Mann mit dem Verstand eines Kindes. »Mhmm! Rief mir immerzu gemeine Worte nach, jawohl, immer wenn sie mich sah, oh, ja. Immer schon, immer. Immer spotten über mich! Oh, ich bin froh, dass sie tot ist! Jawohl, das bin ich. Schlecht war sie und böse, das Mädchen. Einmal, im Kino, da hätte ich sie fast gekriegt!«

»Tatsächlich?«

»Jawohl. Sie saß gerade vor mir, ja«, grinste Willie lustig. »Gott strafe mich, ich hole mein Messer raus und da, gerade als ich ihr das Haar abschneiden will, da kommt doch jemand und lässt mich nicht.« In seinen Augen lag kindliches Bedauern. »Nahm mir einfach mein Messer weg. Mhmm, aber fast, fast hätte ich's geschafft.«

»Was haben Sie da eben in Doktor Halterbys. Garten gemacht?«, erkundigte sich Cromwell streng. »Mr. Tregg sagt, dass Sie ein kleines Kätzchen gequält haben...«

»Na, so eine Lüge!«, fiel ihm Willie erregt ins Wort. »Nie hätt' ich das getan, nie! Soll ich Ihnen mal was verraten, Mister?« Seine Augen zogen sich zu schmalen Schlitzen zusammen und blickten tückischer denn je zuvor. »Dienstagnacht, in der Nacht, als Molly umgebracht wurde nämlich, da war es. Ja. Ich war auf der Chaussee nach Penro unterwegs, ja, das war ich. Kurz vor elf. Nicht weit entfernt vom *Long Reach Hof*. Und was sehe ich da, Mister? Ich sehe doch meinen Mister Halterby auf der Chaussee. Seltsam, nicht? Was hat er da wohl gemacht, so im Dunkeln, zu Fuß? Mich hat er nicht gesehen, aber ich ihn!«

»Warum hat er Sie denn nicht gesehen?«

»Mhmm! Ich hab mich doch versteckt!«, antwortete Willie schlau. »Jawohl, versteckt hab ich mich. War gegen halb elf, ja, das war es. Vielleicht auch noch 'n bisschen später...«

»Willie Parr! Hören Sie mit solchen Lügen auf!«, schimpfte Cobley verärgert. »Sie liegen immer schon lange vor zehn im Bett. Ihre Mutter würde Sie nie so spät noch ausgehen lassen. Machen Sie jetzt, dass Sie nach Hause kommen.«

»Halt, einen Augenblick noch«, befahl Ironsides scharf. »Was hat Doktor Halterby den Dienstagnacht so spät noch auf der Chaussee nach Penro getan?«

»Ging nur spazieren, Mister.«

»In der Nähe des *Long Reach Hofes*?«

»Mhmm, so ungefähr.«

»Schön, Willie, dann können Sie jetzt gehen«, erklärte der Chefinspektor. »Nein, es ist genug. Ich möchte nichts mehr hören«, fügte er hinzu, als Willie Anstalten machte, noch etwas zu sagen. »Gehen Sie jetzt nach Hause zu Ihrer Mutter.«

»Ja, Sir«, erwiderte Willie unterwürfig.

Cromwells starke Persönlichkeit war mehr, als Willie ertragen konnte. Er drehte sich um und schlenderte schmollend davon, dabei irgendwelches ungereimtes Zeug in seinen Bart murmelnd.

»Sir, es tut mir leid«, bat Wachtmeister Cobley entschuldigend. »Sie müssen diesen ganzen Unsinn einfach überhören. Er war Dienstagnacht bestimmt nicht mehr unterwegs. Seine alte Mutter würde das nie erlauben. Ich will nicht gerade sagen, dass er unser Dorftrottel ist, aber viel anders kann man es nicht nennen. Einfältig ist er, und das ist der ganze Kummer mit ihm.«

»Gerade die Einfältigen können einem manchmal am meisten helfen«, murmelte Cromwell gedankenvoll. »Dieser Rechtsanwalt, dieser Doktor Halterby - geht er öfter noch spät nachts spazieren?«

»Nicht, dass ich wüsste, Sir«, entgegnete Cobley. »Ich habe ihn Dienstagnacht auch gewiss nicht gesehen, als ich mit meinem Rad unterwegs war...« Der untersetzte Wachtmeister brach plötzlich, ab und machte ein verwirrtes Gesicht. »Wie ich eben schon sagte, Sir. Ich bin Doktor Halterby niemals begegnet...«

»Moment mal! Was ist Ihnen da eben gerade eingefallen?«

»Ach, nichts weiter, Sir«, wehrte Cobley lautstark ab. »Da war nur so ein Gerede, dass Molly - es muss jetzt einen Monat her sein - des Nachts spät aus Doktor Halterbys Haus geschlichen ist. Er ist Junggeselle und wohnt ganz allein. Es ist bestimmt nur bösartige Schwätzerei, Sir. Niemand hat je ein Wort darüber gehört. Erst plötzlich, letzte Woche, als all der Ärger anfing, da erinnerte man sich daran. Komisch, was den Leuten alles wieder einfällt!«

»Es steckt meist ein Körnchen Wahrheit in jedem hässlichen Tratsch«, meinte Cromwell bedächtig. »So, so, man hat also gesehen, wie dieses Mädchen um Mitternacht aus dem Haus eines Junggesellen schlüpfte, wie? Vielleicht wäre es doch ratsam, mal ein ernstes Wort mit diesem Doktor Halterby zu reden.«

»Um Himmels willen, Sir! Behelligen Sie doch nur Doktor Halterby nicht mit diesem Klatsch«, flehte Cobley entsetzt. »Ich meine, sagen Sie ihm bitte nicht, dass Sie von mir irgendetwas gehört haben. Er ist ein außerordentlich angesehener, respektgebietender Herr. Er würde sich niemals mit solch einer Dirne wie Molly abgegeben haben, da bin ich sicher.«

»So, so, würde er das nicht? Sind Sie da ganz sicher?« Das strenge Gesicht des Chefinspektors sah noch unfreundlicher aus als sonst. »Ich kann Ihnen nur sagen, Sie würden staunen, wenn Sie wüssten, wie viele angesehene, respektgebietende Herren sich mit solchen kleinen Dirnen abgeben! So lange niemand etwas davon weiß, ist alles schön und gut.«

»Sie halten das bei einem Mann wie Doktor Halterby doch nicht etwa für möglich, Sir?«, fragte Inspektor Powell eindringlich, nachdem sie ins Polizeirevier hineingegangen waren. »Wir alle hier in Penro kennen Doktor Halterby. Er ist in der ganzen Grafschaft außerordentlich angesehen.«

»Es ist immer wieder erstaunlich, wieviel man erfährt, wenn man sich ganz einfach mit den Leuten unterhält«, erwiderte Cromwell nur. Dann setzte er sich und stopfte in aller Ruhe seine Pfeife. »Früher oder später fällt bei irgendjemand dann irgendeine Bemerkung, die den ersehnten Anstoß gibt. Gewiss, neunzig Prozent von allem, was man hört, sind nutzlos. Aber, wenn Sie die Spreu vom Weizen zu trennen verstehen, kann in den restlichen zehn Prozent immer die große Chance liegen. Ich habe bei diesem Fall noch viel zu wenig Zeit gehabt, mich mit den Leuten zu unterhalten.«

»Trotzdem bin ich der Ansicht, Mr. Cromwell, dass man auf das Gerede eines Halbidioten, wie Willie Parr, nicht allzu viel geben sollte«, meinte der Inspektor unsicher. »Cobley kennt den Mann bestimmt besser als ich, da er ja hier lebt. Und es sieht doch ganz so aus, als ob der Arme den Verstand eines Kindes hätte.«

»Das ist vielleicht etwas ungenau ausgedrückt, Mr. Powell. Er hat nicht nur den Verstand, sondern auch die Instinkte und Neigungen eines Kindes«, entgegnete Ironsides und zündete seine Pfeife an. »Vergessen Sie nicht, dass kleine Jungs von sieben, acht Jahren von Natur aus grausam sind. Sie können nichts dafür. Es ist ihnen angeboren. Und sie wachsen im Lauf der Zeit heraus. Willie Parrs Verstand ist zurückgeblieben; wir haben ja eben gehört, dass er ein Kätzchen gequält hat. Das ist keine Beschäftigung für einen erwachsenen Mann. Das ist die Spielerei eines Kindes.«

»Ja, ich sehe ein, dass...«

»Es besteht jedoch ein feiner Unterschied zwischen einem siebenjährigen Kind und einem Mann von dreißig Jahren«, fuhr Cromwell unbeirrt fort. »Ein Kind gibt sich mit seinen kleinen, alltäglichen Grausamkeiten zufrieden, aber ein Mann kann wirklich grausam werden... er kann töten.«

»Sie glauben doch nicht im Ernst, dass Willie Parr unser Mörder ist?«

»Im Moment glaube ich gar nichts. Es ist nichts als eine Möglichkeit. Willie Parrs Mentalität ist so, dass er genauso gut einen Menschen töten könnte wie ein Tier... und er hat bei Gott kein Hehl daraus gemacht, dass er froh über den Tod des Mädchens ist. Es wäre sehr töricht von uns, Willie Parr von vornherein auszuschließen, bevor wir der Sache nicht etwas näher nachgegangen sind.

Johnny, es ist am besten, du gehst jetzt gleich zu der Mutter dieses Burschen. Versuche herauszufinden, ob ihr Sohn Dienstagabend wirklich noch so spät unterwegs war.«

»Ich muss immer noch, an Doktor Conway denken«, erklärte Powell, als Johnny gegangen war. »Sie werden mir doch zustimmen, dass er unser Hauptverdächtiger ist, oder? Es kann doch gar kein Zweifel darüber bestehen, dass er die Leiche im Kofferraum seines Wagens herumgefahren hat. Ich weiß nicht, wie ich es vor meinem Chef vertreten soll, wenn wir überhaupt nichts unternehmen.«

»Oberlassen Sie das nur mir. Ich werde mit ihm sprechen«, beruhigte Cromwell den Inspektor, legte sich bequem in seinen Sessel zurück und zog bedächtig an seiner Pfeife. »Es liegen noch eine Menge Untersuchungen vor mir, Inspektor... und eine Menge Gespräche. Nichts als ganz gewöhnliche Gespräche. Zunächst werde ich jetzt einmal zu Doktor Halterby, dem Rechtsanwalt, gehen, und mir anhören, was er zu sagen hat. Es ist gut möglich, das diese ganze Geschichte, dass Molly Liskern gesehen wurde, wie sie nachts sein Haus verließ, nichts als gehässiger Klatsch ist. Trotzdem dürfen wir es nicht außer Acht lassen. Wahrscheinlich wird eine kleine Unterhaltung mit Doktor Halterby die Frage klären.«

Inzwischen ging Johnny, dem Wachtmeister Cobley den Weg erklärt hatte, zu Mrs. Parr. Sie wohnte in einem kleinen, strohgedeckten Häuschen am Ende einer schmalen Gasse. Auf sein Klopfen hin öffnete ihm eine kräftige Frau von etwa sechzig Jahren die Tür. Die Frau war auffallend groß und stark, hatte graues Haar und ein verarbeitetes, müdes Gesicht.

»Mrs. Paar?«, fragte Johnny höflich. »Guten Tag, mein Name ist Johnny Lister... Ich bin der Assistent von Chefinspektor Cromwell und wir sind in Tregissy, um den Mord an einem Mädchen namens Molly Liskern zu untersuchen. Nun hat es eben auf der Hauptstraße einen kleinen Vorfall mit Ihrem Sohn gegeben...«

»Du lieber Gott! Hat Willie wieder etwas angestellt?«, seufzte Airs. Parr kummervoll. »Er meint es ja gar nicht böse, Sir. Was ist es denn diesmal? Er hat doch nicht wieder Mrs. Whites Hühner angefasst? Ich habe ihm doch gesagt, er soll die Finger davon lassen!«

»Nein, Hühner nicht, Madam... aber ein junges Kätzchen«, erklärte Johnny. »Aber eigentlich bin ich hier, um Sie etwas anderes zu fragen. Und zwar, ob Ihr Sohn Dienstagnacht noch aus war? Ziemlich spät... sagen wir, nach elf Uhr noch?«

»Er... bestimmt nicht. Der lag um zehn im Bett; ich auch, alle beide.«

Die Frau antwortete so, prompt, so ohne zu überlegen, dass Johnny augenblicklich misstrauisch wurde.

»Überlegen Sie es sich noch einmal in Ruhe, Mrs. Parr«, mahnte er gelassen. »Dienstagnacht...«

»Dienstagnacht, Sir... wann Sie wollen... jede Nacht«, unterbrach ihn Mrs. Parr eigensinnig. »Wir liegen immer schon um zehn - im Bett. Ich muss morgens früh raus. Erst bringe ich Willie zu Bett und sehe, dass er alles hat, wie es sein soll, dann gehe ich nach oben auf mein Zimmer. Na, seh'n Sie, daher liegt er jeden Tag noch früher als ich im Bett.«

»Schläft er nicht oben, wie Sie?«

»Nein, Sir. Wegen der Treppen, verstehen Sie. Sie sind so schmal und steil, die Treppen. Einmal ist er ganz von oben heruntergefallen, seitdem hat er Angst. Nun schläft er draußen in der Küche. Im Winter ist es da schön gemütlich und warm, weil doch der Herd da steht. Und im Sommer ist es angenehm kühl. Willie gefällt es.« Johnny überdachte das soeben Gehörte und hatte plötzlich eine Idee, wie sich die Dinge abgespielt haben könnten.

»Mrs. Parr, so wie ich Sie eben verstanden habe, würde es Ihrem Sohn doch unbedingt möglich sein, nach zehn Uhr, wenn Sie hinaufgegangen sind, sich noch einmal fortzustehlen?«, erkundigte er sich sehr bestimmt. »Woher wollen Sie wissen, ob er nicht noch mal fortgeht, wenn Sie schlafen gegangen sind?«

»Aber nicht am Dienstag, nein, Dienstagnacht bestimmt nicht«, schrie sie dann erregt. »Das kann ich beschwören. Am Dienstag, da lag er in seinem Bett und hat fest geschlafen!«

Johnny Lister bemerkte Mrs. Parrs Angst sofort. Sie bemühte sich zu deutlich, unter allen Umständen zu beweisen, dass Willie in der Mordnacht nicht mehr ausgegangen war.

»So, wie Sie sich eben ausgedrückt haben, liegt die Vermutung nahe, dass Willie doch manchmal noch ausgeht, wenn Sie bereits schlafen«, stellte er fest. »Das können Sie doch nicht abstreiten, nicht wahr?«

»Am Dienstag, da war er im Bett...«

»Wir wollen Dienstagnacht einmal ganz aus dem Spiel lassen. Wie steht es mit den anderen Nächten?«

»Nun, manchmal kann es schon sein, dass er nochmals weggeht; nur so, ein bisschen spazieren«, gab die Mutter widerwillig zu. »Aber was ist denn schon dabei? Er muss ja schließlich auch nicht so früh aufstehen wie ich,«

»Er geht spazieren, Mrs. Parr?«

»Nun schön! Es weiß ja doch jeder, da kann ich es Ihnen nun gerade so gut auch erzählen.« Mrs. Parr sprach erregt und ungeduldig und ihre Stimme klang resigniert. »Manchmal, da geht er auf kleinere Wilddiebereien. Und ich tu dann, als ob ich nichts davon wüsste. Er bringt ja nie etwas mit nach Hause, weil ich nichts damit zu tun haben will. Aber er kriegt eben hin und wieder ein bisschen Geld dafür und das können wir gebrauchen. Er gibt mir nämlich immer alles ab. Er ist ein guter Sohn, Sir.«

»Nun, Mrs. Parr, Wilddiebereien sind ja in einem ländlichen Distrikt, wie diesem, keine Seltenheit«, meinte Johnny lächelnd. »Ich kann mir nicht denken, dass Ihr Sohn deswegen Schwierigkeiten mit der Polizei bekommen wird. Wer kauft denn seine... ähm... Kaninchen, oder was er sonst gerade in der Schlinge findet?«

»Da ist einmal Mrs. Salter... ihr gehört nämlich das alkoholfreie Hotel in der Nähe der Post. Und dann Doktor Halterby zum Beispiel. Man würde es nicht glauben, was? Wo er doch Rechtsanwalt ist und so ein angesehener

Mann. Aber Doktor Halterby ist wirklich ein feiner Mann, einer von der ganz seltenen Sorte«, erklärte Mrs. Parr herzhaft. »Er sagt, dass Wilddiebereien eben eine Art von besonderem Sport seien, und dass man sowieso aufpassen müsse, dass die Kaninchen nicht überhandnehmen würden. Aber seit ungefähr einer Woche hat Willie, glaube ich, nichts mehr an Doktor Halterby verkauft. Willie spricht ja nicht mit mir darüber, aber ich schätze, es muss irgendeinen Streit mit Doktor Halterby gegeben haben. Ich weiß auch nicht genau was, aber irgendetwas war da wohl schon. Trotzdem ist es nicht fein von Ihnen, herzukommen, um wegen Dienstagnacht solche Fragen zu stellen. Willie war Dienstagabend zu Hause. Die ganze Nacht. Das kann ich beschwören.«

Als Johnny fünf Minuten später ging, hatte er die feste Überzeugung gewonnen, dass Willie Parr in der Mordnacht ganz bestimmt noch unterwegs gewesen war. Auch Bill Cromwell nickte zustimmend, nachdem er ihm Bericht erstattet hatte.

»Ja, du hast vollkommen recht, mein Junge«, lobte der Chefinspektor. »Die gute Mrs. Parr hat etwas zu heftig protestiert, als dass es glaubhaft wäre. Warum sich die Leute nur immer auf eine so primitive Weise verraten? Und unser Willie beschäftigt sich also des Nachts mit Wilddieberei, sagst du?«

»Du glaubst doch nicht etwa, dass dieser Halbidiot...?«

»Johnny, ich würde nicht so voreilig sein. Er ist keineswegs ein Halbidiot. Dieser kleine Bursche mit seinen verschlagenen Fuchsäugen hat seinen Verstand absolut beisammen... nur, dass dieser etwas kindlich und unentwickelt ist, und gerade das kann manchmal sehr gefährlich sein.«

Der Chefinspektor lehnte sich behaglich in seinen Sessel zurück, aber seine Augenbrauen waren finster zusammengezogen. »Na ja, allzu lange haben wir ja nicht gebraucht, um noch ein paar Verdächtige aufzuspüren. Der junge Doktor Conway steht nicht mehr allein da. Allerdings bezweifle ich, ob Willie Parr intelligent genug ist, um diese ganzen raffinierten Tricks mit den vertauschten Wagen zu erfinden; aber man kann ja niemals wissen. Dann haben wir da noch Doktor Halterby. Willie behauptet ja, dass der Anwalt Dienstagnacht noch unterwegs gewesen ist, und zwar ganz in der Nähe des *Long Reach Hofes*. Wir werden Doktor Halterby in Kürze einen Besuch abstatten. Und dann gibt es da noch jemand, den wir nicht außer Acht lassen dürfen.«

»Wen denn?«

»Einen Mann namens Simeon Goole, der in St. Hawes lebt«, erwiderte Cromwell gedankenvoll. »Während du bei Mrs. Parr warst, hatte ich eine interessante, kleine Unterhaltung mit unserem Freund, Wachtmeister Cobley. So, wie er sagt, ist dieser Kapitän Goole ein pensionierter Offizier der Handelsschifffahrt; er ist hier überall als ein Typ für sich bekannt. Letzte Woche muss ihn Molly Liskern eines Nachts in seinem Haus aufgesucht haben, und er muss sie wohl kurzerhand auf die Straße gesetzt haben. Es heißt, es habe einen tüchtigen Spektakel gegeben. Es hagelte grobe Schimpfworte von beiden Seiten... Goole, der halb betrunken war, nannte das Mädchen eine verdammte, schmutzige Dirne, und sie revanchierte sich, indem sie ihm ins Gesicht schrie, er sei ein alter Geizkragen. Die beiden machten solch einen Lärm, dass alle Nachbarn aufwachten und ihre neugierigen Köpfe aus den Fenstern steckten. Um sich für diesen Skandal zu rächen, rannte dann das Mädchen am nächsten Tag überall herum und verbreitete die wildesten Gerüchte über Kapitän Goole.«

»Als Powell uns beim Frühstück das Ergebnis der bisherigen Untersuchungen mitteilte, war er ja der Ansicht, dass dieser Skandal den Anstoß zu allem, was dann folgte, gab«, nickte Johnny zustimmend. »Das Mädchen beschuldigte doch den jungen Doktor Conway, intime Beziehungen zu ihr unterhalten zu haben, nicht wahr? Als das Doktor Conway zu Ohren kam, wurde er wütend und warf sie kurzerhand hinaus. Daraufhin begann sie auch über ihn die tollsten Gerüchte in Umlauf zu setzen. Es hat den Anschein, als ob Molly Liskern ein ganz munteres Pflänzchen war, so eine Art willige Dorfschönheit. Als sie dann anfing aus der Schule zu plaudern, bekam es jemand mit der Angst zu tun und brachte sie zum Schweigen.«

»Eine Art örtlicher...«

Sie wurden durch Inspektor Powells Eintritt unterbrochen. Sergeant Hunter war so entgegenkommend gewesen, den beiden Beamten von Scotland Yard ein Zimmer im rückwärtigen Teil seines Häuschens als Büro zur Verfügung zu stellen, so dass sie ungestört arbeiten konnten. Das große Vorderzimmer diente ja ohnehin als Polizeistation.

»Ich habe eben ein paar Telefongespräche geführt, Mr. Cromwell«, verkündete der Inspektor. »Also, zunächst einmal, was die Leichenschau betrifft: Der Untersuchungsrichter hat sie auf Sonnabend, zehn Uhr, angesetzt. Die Beerdigung findet dann Montagnachmittag statt. Ach ja! Und dann habe ich noch mit meinem Sergeant in Penro telefoniert. Man hat dort die üblichen Routine-untersuchungen angestellt und dabei eindeutig festgestellt, dass das Mädchen, welches man Dienstagnacht vor dem Gasthaus in ein Auto steigen sah, nicht Molly Liskern war.«

»Gut, dieser Punkt wäre also geklärt«, dankte Cromwell. »Dieses Gerücht war es doch wohl, das Mrs. Liskern Dienstagnacht so in Sorge versetzte.«

»Es liegen keinerlei Beweise dafür vor, dass Molly an diesem Abend überhaupt in Penro war.«

»Nein, sie hatte irgendwo anders ein Rendezvous... ein Rendezvous mit ihrem Mörder«, bestätigte Ironsides grimmig. »Molly wusste von ihrem Partner nur, dass er einen Wagen mit der Kennnummer KVG 777 fahren würde. Vermutlich lag der Treffpunkt nicht weit vom *Long Reach Hof* entfernt.« Das ohnehin ernste Gesicht des Chefinspektors verzog sich sorgenvoll. »Ich weiß nicht, ich bin nach wie vor der Meinung, dass dem Mord irgendein anderes Motiv zugrunde liegen muss. Es erscheint mir zu unwahrscheinlich, dass sie ermordet worden sein soll, nur weil sie zu offen über ihre Männerbekanntschaften hergezogen hatte. Oder müssen wir das Motiv woanders suchen; steckt eine tiefere, weitaus bedeutsamere Ursache hinter dieser Mordgeschichte?«

»Was wollen Sie damit sagen, Sir?«, fragte Powell gespannt.

»Es handelt sich hier unzweifelhaft um ein vorsätzliches Verbrechen... der Mord war sorgfältig vorhergeplant... und ich glaube, wie ich schon früher ausführte, dass Peter Conway mit voller Absicht zum *Long Reach Hof* hinausgelockt worden ist«, erläuterte Cromwell weiter. »Wir müssen bedenken, dass dieses Mädchen schon früher einen schlechten Ruf hatte. Sie war als leichtlebig und als entgegenkommend bekannt. Schlimmer noch, unbescholtene Mädchen nehmen keine wertvollen goldenen Uhren als Geschenk an.

Die wenigsten Männer machen derartige Geschenke für gelegentliche Gefälligkeiten.«

»Da haben Sie recht, Sir. Goldene Armbanduhren, die gut ihre hundert Pfund wert sind, verschenkt keiner so ohne weiteres.«

»Bargeld, ein, zwei Pfund... vielleicht sogar einmal fünf... das wäre etwas anderes. Das würde dem, was das Mädchen zu bieten hatte, schon eher entsprechen. Diese goldene Armbanduhr ist nach wie vor ein großes Rätsel für mich, verdammt noch mal! Diese Uhr hat dem Fall ein gänzlich anderes Gesicht gegeben. Sie passt so gar nicht zu dem anderen Schema.«

»Vielleicht gibt es dafür eine ganz einfache Erklärung, möchte ich sagen, Mr. Cromwell«, brachte der Inspektor schwerfällig vor. »Ich glaube, dass dies Mädchen die Uhr doch irgendwo gestohlen hat. Niemand würde ihr ein so wertvolles Geschenk gemacht haben, kein Mensch. Wir wissen ja nicht allzu viel von ihr. Sie kann zum Beispiel in Orten wie St. Hawes oder Halmouth Freunde gehabt haben... Leute, von denen wir gar nichts ahnen. Ich komme allmählich zu der Überzeugung, dass Sie schon recht haben, Sir, wenn Sie sagen, dass wir noch ganz am Anfang unserer Ermittlungen stehen.« Das unbewegliche Gesicht des Inspektors klärte sich auf. »Aber, wie dem auch sei, jetzt ist es gleich Essenszeit. Was halten Sie davon, zum *Hotel Lamm* hinüberzugehen, Sir?«

Cromwell stand auf und reckte seine lange, magere Gestalt. »Zunächst werden wir einmal zu Doktor Halterby gehen«, meinte er dann. »Du brauchst nicht mitzukommen, Johnny... fang inzwischen ruhig schon mal an, deinen Bericht zu schreiben.«

Achtes Kapitel

Dr. Halterby empfing die Gäste in seinem Privatbüro, das auf der Rückseite des malerischen alten Hauses lag, welches zur Zeit Georgs des V. erbaut worden war. Das Büro ging auf den Garten hinaus und gab eine bezaubernde Sicht frei. Dr. Halterby war ein Mann von etwa fünfzig Jahren, mager, mit glattrasiertem Gesicht; seine Augen funkelten feindselig hinter der altmodischen, goldgefassten Brille.

»Polizei?«, fragte er scharf. »Was wollen Sie von mir? Fassen Sie sich bitte so kurz wie möglich. Ich wollte gerade gehen. Es ist Zeit zum Mittagessen.«

»Wir werden Sie gewiss nicht lange aufhalten, Sir«, erwiderte der Inspektor in respektvollem Ton. »Darf ich vorstellen, Chefinspektor Cromwell von Scotland Yard. Wie Sie vielleicht schon gehört haben
werden, ist er wegen des Mordfalles Molly Liskern nach Tregissy gekommen.«

»Es dürfte wohl niemand in Tregissy geben, dem das nicht bekannt ist«, gab Doktor Halterby mürrisch zurück. »Aber weswegen kommen Sie zu mir? Ich weiß nichts über das Mädchen. Nicht das geringste.«

Sein Benehmen war unhöflich und grob. Cromwell vermutete, dass es sehr verschieden von der Art war, wie der Anwalt mit seinen Klienten umging. Dr. Halterby saß hinter seinem Schreibtisch und rauchte hastig; er blies fortwährend große Rauchwolken vor sich hin. Der Rauch seiner Zigarette schmeckte stark, schwer - er erinnerte an Zigarrenrauch.

»Ich bedauere außerordentlich, Sie belästigen zu müssen, Sir, aber ich hätte da eine Frage zu klären«, sagte Cromwell entwaffnend, und seine Stimme war ungewöhnlich höflich und milde. »Sie kannten Molly Liskern, nicht wahr?«

»Ich soll sie gekannt haben? Jedenfalls nicht auf die Weise, die Sie da durchblicken lassen«, antwortete Dr. Halterby und drückte mit einer heftigen Bewegung die Zigarette in einem Aschenbecher aus, während er gleichzeitig eine neue anzündete. »Vom Sehen kannte ich sie natürlich. Aber was soll das? Es ist eine verdammte Unverschämtheit von Ihnen, einfach hierherzukommen und...«

»Ruhig, Sir, ruhig. Ich beabsichtige keineswegs unverschämt zu sein, wie Sie es zu nennen belieben«, unterbrach ihn Ironsides fest. »Es geht da so ein Gerede, dass das Mädchen vor etwa einem Monat spät nachts aus Ihrem Haus gekommen sein soll...«

»Lügen... nichts als ganz unverschämte, gemeine Lügen!«, schimpfte der Rechtsanwalt und sprang gleichzeitig auf seine Füße. Erregt presste er seine Zigarette, die er eben angezündet hatte, im Aschenbecher aus. »Eine verdammte Frechheit, so was. Wie können Sie es wagen, hierherzukommen und solch einen blödsinnigen Unsinn zu wiederholen? Das Mädchen hat mein Haus niemals betreten, Du guter Gott! Glauben Sie vielleicht, ich würde ein minderwertiges kleines Flittchen, das sie doch nun einmal war, überhaupt in mein Haus lassen?«

»Nein, Sir, das glaube ich ja auch nicht«, stimmte der Chefinspektor versöhnend zu. »Ich bemühe mich lediglich, ein Gerede zu klären, das mir zufällig zu Ohren gekommen ist. Solche Routine-Untersuchungen sind nun einmal leider nicht zu umgehen...«

»Ich halte es für absolut unnötig, dass Sie angesehene Bürger in Ihre Untersuchungen einbeziehen«, unterbrach ihn der Rechtsanwalt aufgebracht. »Ich bin außerordentlich empört darüber.«

»Ich bedaure, dass Sie es auf diese Weise auffassen, Doktor Halterby«, sagte Ironsides. »Ich tue lediglich meine Pflicht. Sie sind Miss Liskern nicht zufällig begegnet, als Sie Dienstagabend noch ziemlich spät auf der Chaussee nach Penro spazieren gingen?«

Dr. Halterby fuhr zusammen und ließ sich wieder auf seinen Sessel fallen.

»Wie können Sie es wagen?«, brachte er mühsam vor Zorn heraus und zog eine neue Zigarette aus dem blauen Päckchen. »Wer hat Ihnen gesagt, dass ich Dienstag noch spät abends auf der Chaussee nach Penro spazieren gegangen bin?«

»Meinen Informationen nach, Sir, sind Sie...«

»Zum Teufel mit Ihren Informationen! Ich war den ganzen Abend hier zu Hause«, schrie der Anwalt außer sich. »Ich habe ja gar nicht daran gedacht, Dienstagabend noch spazieren zu gehen. Allmächtiger Gott, was für ein Unsinn! Wagen Sie es etwa zu behaupten, dass ich irgendetwas wüsste, was mit dem Tod dieses verkommenen Mädchens im Zusammenhang stünde? Ich werde es dem Polizeidirektor berichten, hören Sie!« Er hämmerte grimmig mit den Fingerknöcheln seiner geballten Faust auf den Tisch. »Colonel Wainwright ist ein guter Freund von mir. Ihr hochgestochenen Affen aus London müsst doch nicht glauben, dass ihr tun könnt, was ihr wollt. Verlassen Sie sofort mein Büro.«

Zu Inspektor Powells maßlosem Erstaunen erhob sich Cromwell sofort und äußerte sich mit keinem Wort zu der unverschämten Beschimpfung. Er sagte lediglich ganz ruhig: »Guten Morgen, Sir«, und ging.

»Schön, schön! Habe ich es nicht gleich gesagt, man muss sich nur ein wenig unterhalten mit den Leuten«, erklärte er milde, als sie wieder auf der Straße standen. »Sehen Sie, Inspektor, man kann so etwas nie wissen. Diese kleine Plauderei mit Doktor Halterby war außerordentlich aufschlussreich.«

»Er war selten schlechter Laune, wenn Sie das damit meinen.«

»Schlecht? Schon eher anmaßend, würde ich sagen, mein Freund. Wir haben soeben das vollkommene Schauspiel eines zutiefst verängstigten Mannes geboten bekommen«, gab Cromwell finster zurück. »Er hat von Anfang bis Ende gelogen. Er weiß bedeutend mehr, als er uns gesagt hat. Es sieht ganz so aus, als ob er auf das intimste mit Molly Liskern befreundet war, und ebenso, als ob er doch Dienstag spät abends noch unterwegs war.«

»Doktor Halterby, Sir?« Powells Gesicht war ein einziger großer Zweifel. »Für so etwas ist er ja wohl kaum der Typ, würde ich sagen. Sehen Sie, er ist doch ein äußerst angesehener...«

»Da haben Sie den Nagel auf den Kopf getroffen. Ein äußerst angesehener Rechtsanwalt, der sich fürchtet, seinen Namen in den Schmutz gezogen zu sehen«, erklärte Ironsides bestimmt. »Ich habe Leute dieser Sorte oft genug erlebt, Mr. Powell. Ein Skandal, der seinen Namen mit einem Mädchen wie Molly Liskern in Verbindung bringt, könnte ihn ruinieren. Besonders, wenn es sich erweisen sollte... und es wäre gut möglich, dass die Leichenschau das aufdeckt... dass er ein ausgesprochen intimes Verhältnis mit Molly Liskern hatte. Ja, ja, der werte Doktor Halterby sitzt ganz schön in der Klemme.«

Wieder auf der Polizeistation angekommen, erkundigte sich Cromwell als erstes, ob Doktor Halterby Eigentümer eines Wagens sei. Wachtmeister Cobley bejahte diese Frage und erklärte ihm, dass es eine Morris-Oxford-Limousine wäre.

»Ja«, erklärte Wachtmeister Cobley, der Bescheid wusste, »eine Morris-Oxford-Limousine. Er stellt sie in der Garage hinten in seinem Garten ab, Sir. Man kann die Garage von der Seitenstraße aus direkt erreichen.«

»Also könnte er ohne weiteres mit seinem Wagen hinein- und herausfahren, ohne dass es jemand merkt?«

»Wieso... ja. Ich glaube, das könnte er schon, Sir.«

»Willie Parr behauptet, dass er Doktor Halterby Dienstagnacht draußen getroffen hat«, warf Johnny Lister ein und sah von seinen Notizen auf. »Aber das kommt nicht hin. Wenn er natürlich seinen Wagen auch ohne weiteres irgendwo an der Chaussee nach Penro abgestellt haben könnte.«

»Was das Mittagessen betrifft, Mr. Cromwell...«

»Ja. Wir wollen nicht zu spät kommen.«

Kurz darauf saßen die beiden Beamten von Scotland Yard im Speisesaal des *Hotel Lamm*, und genossen das vorzügliche Mittagessen, welches Mrs. Winters für sie zubereitet hatte. Inspektor Powell war nach Penro hinübergefahren, um zu Hause zu essen.

»Gut, dass du deine Notizen mitgebracht hast, Johnny«, meinte Ironsides in der kurzen Pause nach der Vorspeise. »Steht inzwischen fest, um welche Zeit das Mädchen genau gestorben ist? Sieh doch einmal nach, ob du irgendetwas darüber finden kannst. Wir wissen, dass Perryns Wagen vor dem Kino zwischen zehn und elf Uhr *ausgeliehen* wurde. Und wir wissen, dass Doktor Conway mit seinem Wagen zwischen zwanzig nach zehn und elf unterwegs war. Was ich jetzt gern wüsste ist, ob Molly Liskern in der gleichen Zeitspanne ermordet wurde, oder schon früher.«

»Der Polizeiarzt aus Penro, Doktor MacAndrew, scheint sich da nicht so genau festlegen zu wollen«, gab Johnny zurück, nachdem er seine Notizen gründlich durchgesehen hatte. »Die Herren Doktoren tun das ja nie besonders gern. Also, unser Doktor MacAndrew meint, dass sie Dienstagnacht schon um halb elf, aber bestimmt nicht später als halb zwölf erdrosselt worden ist.«

»Mit anderen Worten, sie kann bereits um zehn gestorben sein«, brummte Ironsides unzufrieden. »Sie muss zu ihrem Mörder in den Wagen der Perryns gestiegen sein, irgendwo in einem Vorort von, Tregissy. Wahrscheinlich hat er sie im Wagen erwürgt. Dann steckte er sie in den Kofferraum und fuhr zu dem Bauernhof... wo er, wie er wusste, den Wagen des jungen Conway vorfinden würde. Er trug die Leiche in den Kofferraum des Hillman hinüber, und fuhr nach Penro zurück, um den Rover auf den

Parkplatz zurückzubringen. Aber was hat Doktor Conway anschließend getan?«

»Ja«, wiederholte Johnny. »Was hat Doktor Conway danach getan?«

»Seinen eigenen Worten zufolge fuhr er schnurstracks nach Hause zurück, als er festgestellt hatte, dass niemand auf dem Hof war. Dann bekam er plötzlich noch Lust, segeln zu gehen, und machte sich auf den Weg nach St. Hawes. Unterwegs wurde er von Cobley angehalten, der ihm erzählte, Mrs. Liskern sei in Sorge um ihre Tochter. Und was tat er daraufhin? Er änderte seine Meinung, und fuhr wieder nach Hause.«

»Und am nächsten Morgen wird die Leiche des Mädchens keine anderthalb Kilometer von der Stelle, wo sich Doktor Conway und Cobley unterhalten haben, hinter einer Hecke auf der Chaussee nach St. Hawes gefunden.« Johnny Lister starrte nachdenklich vor sich hin. »Ich bin mir nicht so sicher, ob dieser Fall nicht doch sehr klar und einfach liegt.«

»Und Doktor Conway wäre der Mörder, wie?«, erkundigte sich der Chefinspektor.

»Das klingt zwar sehr verlockend, Johnny, aber irgendwie habe ich das Gefühl, dass die Dinge doch komplizierter liegen, als es auf den ersten Blick aussieht.«

»Hier finde ich eben noch etwas, Old Iron. Ein Doktor Grant aus Tregissy hat sich die Leiche des Mädchens noch angesehen, ehe sie entfernt wurde«, bemerkte Johnny. »Warum wohl? Die Polizei hatte doch ihren eigenen Arzt kommen lassen. Hat uns nicht Powell irgend so etwas erzählt, dass Molly Liskern früher mal bei Doktor Grant als Sprechstundenhilfe gearbeitet hat?«

»Sobald wir mit dem Essen fertig sind, gehen wir mal zu diesem Doktor Grant und fühlen ihm etwas auf den Zahn«, nickte Ironsides. »Möglicherweise weiß er mehr über das Mädchen als alle anderen.«

Als sie den Doktor zwanzig Minuten später aufsuchten, hatten sie Glück. Sie erwischten ihn gerade noch in der Tür. Er hatte sich gerade auf den Weg zu seinen Patienten machen wollen. Er bat sie in sein Sprechzimmer. Dort ließ er sie Platz nehmen und war erfreulich hilfsbereit. Doktor Grant war ein plump gebauter, breitschultriger Mann von etwa vierzig Jahren. Und er stellte mit jeder Faser ganz den freundlichen, hilfreichen Familienarzt dar.

»Ach ja, viel Ärger mit diesem leichtsinnigen Ding, wie?«, meinte er, nachdem Cromwell sein Anliegen vorgebracht hatte. »Ich hätte nie gedacht, dass es ein derart tragisches Ende mit ihr nehmen würde, wenn sie auch in gewisser Weise Ärger und Schwierigkeiten herausgefordert hat. Wissen Sie, diese Molly Liskern war ein ganz eigenartiger Mensch, irgendwie ungewöhnlich.«

»Ungewöhnlich, inwiefern?«

»Nun, zunächst einmal täuschten ihre äußere Erscheinung und ihr Auftreten - wenn sie sich zusammennahm - vollkommen. Man hätte nie geahnt, wie sie wirklich war«, meinte der Arzt stirnrunzelnd. »Sonst hätte ich sie ja wohl kaum als Sprechstundenhilfe angestellt. Ich dachte, sie wäre genau das geeignete Mädchen. Und meine Frau war ganz der gleichen Ansicht. Mein Gott, dass man sich so täuschen kann! Sie hatte große, unschuldige blaue Augen... ein fast schüchternes, bescheidenes Auftreten... sie wirkte vollkommen wie ein nettes, einfaches Bauernmädchen. Es dauerte mindestens eine Woche, oder noch länger, bis ich darauf kam, dass sie nicht halb so unschuldig war, wie sie tat.«

»Wie kamen Sie darauf?«

»Ach, eigentlich gar nichts Besonderes. Ein Blick von ihr, den ich hin und wieder auffing... die Art, wie sie sich bewegte, wenn sie wusste, dass ich in der Nähe war... lauter solche Kleinigkeiten eben«, meinte der Doktor. »Anfangs glaubte ich immer, ich müsste mich täuschen. Bis dann meine Frau zu mir kam und kurz und bündig erklärte, Molly habe einigen männlichen Patienten unmissverständliche Vorschläge gemacht. Und dass es vollkommen ausgeschlossen sei, das Mädchen mit irgendeinem Patienten im Wartezimmer allein zu lassen.«

»Und was taten Sie daraufhin?«

»Ja. Ich warf sie noch am selben Tag hinaus, wie Sie vielleicht verstehen werden«, erwiderte Doktor Grant, und sein Gesicht rötete sich noch bei der bloßen Erinnerung. »Ich wartete nur, bis die Sprechstunde vorbei war, rief sie dann in mein Zimmer und nahm sie mir vor. Sie können sich nicht vorstellen, Mr. Cromwell, wie sich das Mädchen plötzlich veränderte, als ich begann, ihr ins Gewissen zu reden. Sie lachte mir einfach ins Gesicht. All ihre kindliche Schüchternheit war wie fortgeblasen. Na, sind Sie endlich dahintergekommen, Sie alter Bär?«, fragte sie frech und versuchte mich gleichzeitig zu umarmen. Ihre Frau ist doch heute Abend nicht zu Hause«, flüsterte sie mir verheißungsvoll ins Ohr. Stellen Sie sich das einmal vor! Sie besaß doch tatsächlich die Stirn dazu! Es war einfach entsetzlich, wie sich das Mädchen plötzlich von Grund auf veränderte.«

»Wie peinlich!«, bemerkte Ironsides.

»Nicht im geringsten. Ich warf sie augenblicklich hinaus«, antwortete der kleine Doktor prompt. »Ich nahm sie beim Arm, schob sie auf die Tür zu, wartete, bis sie ihre Sachen zusammengesucht hatte, und setzte sie dann vor die Tür. Ich warnte sie, noch ein einziges Mal in meiner Nähe aufzutauchen... und sie lachte mir völlig ungerührt ins Gesicht, und erklärte, ich wäre ein verdammter alter Dummkopf, und es würde mir schon noch mal leidtun, nicht auf ihr Angebot eingegangen zu sein. Puh! Als sie fort war, sagte ich mir, dass es bestimmt nicht lange dauern könnte, bis sie sich einmal in eine verteufelt unerfreuliche Situation bringen würde.«

»Wann spielte sich das alles ab, Doktor?«

»Vor vier oder fünf Wochen.«

»Ist Ihnen übrigens bekannt, dass Molly Liskern sich mindestens im zweiten Monat befand?«

»Du lieber Himmel, nein!«

»Ich bezweifle, ob sie sich damals über ihren Zustand schon im Klaren war«, sagte Cromwell gedankenvoll. »Aber ich würde annehmen, dass sie versuchen wollte, Sie im Falle eines Falles als Vater vorzuschieben.«

Doktor Grant machte ein entsetztes Gesicht.

»Oho! Und in der vergangenen Woche gab es dann den großen Streit mit Captain Goole aus St. Hawes«, murmelte er dann und pfiff leise vor sich hin. »Außerdem hat sie ja noch die übelsten Gerüchte über den jungen Doktor Conway in die Welt gesetzt, das Früchtchen. Doktor Conway ist der junge Tierarzt, bei dem sie später gearbeitet hat, müssen Sie wissen. Letzte Woche muss sie es mit Sicherheit gewusst haben, dass sie in anderen Umständen war, und nun versuchte sie mit aller Macht einen Sündenbock zu finden... Hören Sie, finden Sie es nicht auch wahrscheinlich, dass der Vater des Kindes, welches das Mädchen erwartete, der Mörder war?«

»Das ist sogar mehr als wahrscheinlich«, stimmte ihm Cromwell zu. »Aber ich habe so eine Ahnung, als ob es noch einen tieferen Grund geben müsste. Übrigens, Doktor, man hat mir berichtet, dass Sie am Mittwochvormittag hinausgegangen sind, und sich die Leiche angesehen haben. Stimmt das?«

»Ja, das stimmt. Das ganze Städtchen kochte vor Aufregung, und ich wusste... zumindest damals noch nicht... dass Doktor MacAndrew aus Penro zugezogen worden war. Als ich ankam, fand ich ihn dort vor, und wir unterhielten uns einen Augenblick über das Ereignis. Was mir unverständlich ist, ist die Tatsache, dass keinerlei Anzeichen für eine Vergewaltigung vorhanden waren. Bei einem Mädchen wie Molly wäre das doch zu erwarten gewesen... und zudem kommt das doch bei solch einem Mord meist noch hinzu - oder irre ich?«

»Im Allgemeinen schon... aber hier hatte der Mörder nur eins im Kopf, das ist zumindest meine Meinung... und zwar, das Mädchen so schnell wie möglich aus dem Weg zu räumen«, erklärte der Chefinspektor grimmig. »Er plante alles äußerst sorgfältig voraus, er arbeitete sozusagen nach einem peinlich genauen Zeitplan, und alles lief auch wie am Schnürchen... bis auf eine winzige Kleinigkeit. Und diese hat er vergessen, mit einzubeziehen.«

»Und was war das?«

»Ich weiß es selbst noch nicht sicher... Und ich werde auch erst dahinterkommen, wenn einige Leute endlich aufhören, mir nichts als verdammte Lügen zu erzählen.«

Ironsides Stimme grollte erbost. »Sie würden staunen, Doktor, wenn Sie wüssten, wie viele Leute einem nichts als Lügen erzählen, wenn es um Mord geht!«

»Ich hoffe, Sie nehmen nicht an, dass ich...«

»Nein, Doktor. Ich glaube Ihnen Ihre Schilderung über das, was sich zwischen Ihnen und Molly Liskern abgespielt hat, aufs Wort. Ich danke Ihnen, dass Sie so offen waren. Das ist direkt wohltuend nach all den Ausflüchten, die man mir heute serviert hat.«

Damit erhob er sich, und er und Johnny verließen den Doktor. »War das ehrlich gemeint, Old Iron?«, fragte Johnny, während sie zum Polizeirevier zurückgingen.

»Was Grant betrifft? Ja. Ich glaube mit Fug und Recht von mir behaupten zu können, dass ich eine außerordentlich gute Menschenkenntnis besitze. Und mein Eindruck ist, dass Grant ein ehrenwerter und glaubwürdiger Mann ist. Er hatte nicht den geringsten Grund, uns die für ihn so peinlichen Einzelheiten des Abends, an dem er Molly Liskern hinauswarf, zu schildern. Er hätte das ohne weiteres für sich behalten können. Dass er es uns erzählt hat, ist schon allein ein Beweis für seine Glaubwürdigkeit.«

»Ein süßes, unschuldiges Wesen, was?«, murmelte Johnny langsam. »So gab sie sich also im Allgemeinen. Vielleicht ist das die Erklärung dafür, weshalb Doktor Conway sie eingestellt hat, obgleich sie an so vielen anderen Stellen schon hinausgeflogen war. Sie hat ihn mit ihrem unschuldigen Getue an der Nase herumgeführt, wie?« Johnny brach ab, denn sie hatten die Polizeistation fast erreicht. »Und was geschieht als nächstes, Old Iron? Sollen wir nach St. Hawes fahren und uns mit diesem pensionierten Schifffahrtskapitän unterhalten?«

»Richtig geraten. Aber wir werden auf dieser Fahrt noch so einiges mehr erledigen. Zunächst fahren wir jetzt nach Penro. Dort wollen wir uns mal den Parkplatz vor dem Savoy-Kino näher arischen.«

Der Chefinspektor hielt diese Besichtigung für außerordentlich wichtig. Er wollte sich mit eigenen Augen davon überzeugen, wie es möglich war, dass der Wagen der Perryns Dienstagnacht unbemerkt abgeholt und wieder zurückgebracht werden konnte.

Aber seine Neugierde war bereits beim ersten Blick auf den Parkplatz vollauf befriedigt. Der sogenannte Parkplatz war eine unbebaute und nicht eingezäunte Fläche gegenüber dem Kino. Man konnte von allen Seiten ungehindert hineinfahren und seinen Wagen abstellen, wo immer man wollte. Auf der entgegengesetzten Seite grenzte der Platz an eine andere Straße.

»Da hast du's, Johnny«, meinte Cromwell. »Nichts einfacher, als hier vorn auf den Parkplatz hinaufzufahren und dort drüben wieder hinunter. Und weit und breit niemand, der etwas sehen, geschweige denn sagen könnte. Die kleine Straße dort hinten führt im Bogen auf die Hauptstraße zurück. Außerdem dürftest du schon bemerkt haben, dass es nicht eine einzige Lampe gibt. Nachts herrscht hier also tiefste Finsternis.«

»Und unser biederer Freund, der Mörder, konnte also ohne das geringste Risiko hinein- und hinausschlüpfen«, bemerkte der junge Sergeant. »Ein Kinderspiel für ihn, den Rover aufzuschließen, hinten mit ihm hinauszufahren und seinen trüben Geschäften nachzugehen. Nachdem er das Mädchen umgebracht und sich ihrer Leiche entledigt hatte, brachte er den Wagen einfach zurück und setzte ihn an

Ort und Stelle wieder ab. Es muss sich also alles zwischen halb elf und elf abgespielt haben.«

»Nein, ich würde eher sagen, schon etwas früher«, widersprach Cromwell. »Sagen wir, zwischen Viertel nach zehn und Viertel vor elf. Später erscheint es mir doch etwas knapp mit der Zeit. Der Film wird so kurz vor elf zu Ende gewesen sein. Aber während der letzten halben Stunde, bevor der Film zu Ende ist, dürfte hier keine lebende Seele zu sehen sein. Kleine Kreisstädte wie Penro pflegen im allgemeinen kein rauschendes Nachtleben zu haben.«

Nachdem ihm der Parkplatz die Bestätigung für das, was er vermutete, gegeben hatte, machte sich der Chefinspektor auf den Weg nach St. Hawes. - Johnny lenkte den Polizeiwagen bis zum Kai hinunter, und zwar am unteren Ende der Bucht. Diese Gegend hieß der Süd-Hafen. Und hier, ganz in der Nähe, in einem kleinen Häuschen mit Blick auf den Hafen, sollte Captain Goole wohnen. Das Haus lag in einer ruhigen Straße und hatte eine alte Fassade, die in ihrer Art schon bald malerisch war; die Haustür mündete direkt auf den katzenköpfigen Bürgersteig. Durch die winzigen Fenster konnte man nicht hineinsehen, da sie von innen mit dichten, schmuddeligen Vorhängen verhangen waren. Cromwell klopfte mehrmals, aber nichts rührte sich.

»Wollen Sie zum Kapitän, Sir?«, fragte plötzlich eine alte Frau, die vorbeihumpelte. »Er ist nicht da, nicht zu Hause. Unten bei seinem Boot, da ist er.« Sie deutete mit ihrer verschrumpelten Hand zum Hafen hinüber. »Sollten sein Boot nicht mieten, nein. Es ist kein gutes Boot, oh, nein. Ist kaputt.«

»Besten Dank, Madam«, sagte Cromwell.

Er stieg mit Johnny die wenigen Stufen, welche vom Kai zum gelben Sandstrand führten, hinab. Hier lag ein schäbiges, uraltes Motorboot an Land gezogen. Ein älterer Mann in blauer, von der Sonne ausgeblichener Seemannstracht arbeitete daran herum. »Kapitän Goole?«

»Jaha, der bin ich, Sir.« Der nicht mehr ganz junge Mann richtete sich auf und schob zur Begrüßung seine speckige Schirmmütze ein Stückchen weiter aus der Stirn, so dass sein graumeliertes Haar zum Vorschein kam. »Kurgäste, schätze ich?« Er musterte die beiden Beamten abschätzend mit seinen scharfen, stechenden Augen. »Wenn Sie gekommen sind, um mein Boot zu...«

»Nein, nein, heute nicht, Kapitän«, Unterbrach ihn Cromwell. »Ich bin von Tregissy herübergekommen. Dort leite ich die Untersuchung des Mordfalles Molly Liskern.«

Kapitän Gooles von der Sonne tiefbraun gebranntes Gesicht drückte lebhaftes Interesse aus, aber nicht die Spur von Unruhe. Eigentlich sah er schon eher belustigt aus.

»Jaha. Habe schon so was gehört«, nickte er. »Das dumme Ding ließ sich vorvorige Nacht einfach umbringen, wie? Wahrscheinlich sind Sie die Herren aus London, was? Spricht sich schon herum, dass Sie gekommen sind.«

»Ja. Mein Name ist Cromwell, und das ist Sergeant Lister«, stellte der Chefinspektor vor. »Kapitän Goole, man hat mir berichtet, dass Sie das Mädchen gekannt haben sollen, und dass Sie kürzlich einen heftigen Streit mit ihr hatten.«

Goole zwinkerte mit den Augen.

»Ich weiß nicht«, meinte er lässig und spuckte im hohen Bogen an den beiden Beamten vorbei. »Weniger einen

Streit, Sir, als eine kleine Auseinandersetzung. Da kommt sie doch eines Nachts spät noch zu mir, ganz außer sich, und will Geld von mir haben. Als ich ihr keins gab, fing sie an zu schreien. Draußen kamen Leute vorbei, und die Nachbarn sahen aus dem Fenster, und sie -läuft prompt überall hin und erklärt, ich hätte sie ruiniert. Wirft mir die tollsten Schimpfworte an den Kopf. Nun, verdammt noch mal, so was lasse ich mir doch nicht gefallen, denke ja gar nicht dran.«

»Hatte das Mädchen denn einen Grund, Sie um Geld zu bitten?«

»Ich habe Molly prompt für alles bezahlt, was ich von ihr bekommen habe«, gab Kapitän Goole hitzig zurück. »Eine gottverdammte Unverschämtheit, einfach angelaufen zu kommen und mehr zu wollen! Sehen Sie, das Mädchen war eins von der üblen Sorte. Ich bin kein Heiliger. Warum sollte ich auch? Ich habe gern ab und zu mein Vergnügen, genau wie jeder andre auch. Jawohl. Und ich weiß, das gibt's nun mal nicht umsonst. Aber der Teufel soll mich holen, wenn ich zweimal zahle!«

Cromwell betrachtete den alten Kapitän nachdenklich. Im Gegensatz zu den meisten Leuten, die ihm heute begegnet waren, log ihn Goole nicht an. Er machte nicht das geringste Hehl aus seinen intimen Beziehungen zu Molly Liskern., Scheinbar steckte gar nichts weiter hinter diesem ganzen Streit, den der alte Bursche mit dem Mädchen gehabt hatte; vielleicht hatte sie lediglich versucht, noch etwas Geld aus ihm herauszupressen. Und als er das schroff ablehnte, war es zu ihrem turbulenten Ausbruch gekommen. Vielleicht war das wirklich alles.

»Würde es Ihnen etwas ausmachen, mir zu sagen, wo Sie Dienstagabend... nun sagen wir zwischen zehn und elf... gewesen sind, Kapitän?«, fragte Ironsides geradeheraus. »Es ist lediglich eine Routinefrage, verstehen Sie.«

»Jaha, verstehe vollkommen«, lachte Goole. »Wann, Dienstagabend?« Er runzelte in angestrengtem Nachdenken die Stirn und spuckte abermals in hohem Bogen dicht an den Beamten vorbei.

»Jaha, da war ich fast den ganzen Abend über im *Schwarzen Falken*. Ezra Kettleby wird Ihnen das bestätigen können. Dann, ziemlich spät wohl, bin ich nach Hause gegangen. Das ist alles.«

»Und Sie haben Molly Liskern diesen Abend nicht zufällig gesehen?«

»Nein, Sir. Genau genommen, ich war ziemlich betrunken«, gab Kapitän Goole bereitwillig zu. »Habe den Tag auf die Dreiunddreißig gesetzt und fünf Piepen gewonnen, war in bester Stimmung darüber. Ich habe nämlich Sorgen«, fügte er dann hinzu. »Sehen Sie doch dieses Boot hier. Habe bei Gott Sorgen genug, auch ohne dass das Mädchen mir da noch Schwierigkeiten macht.«

»Was ist denn mit dem Boot nicht in Ordnung?«

»Das sehen Sie doch wohl selbst, oder haben Sie keine Augen im Kopf?«, schnaubte der Kapitän erbost. »Das Ding ist mein Lebensunterhalt, so sieht das nämlich aus. Bei schönem Wetter fahre ich fast jeden Tag Kurgäste auf die Flussmündung hinaus. Und nun sehen Sie sich das bloß mal an! Ein Leck im Bug und keiner, der es reparieren könnte, außer mir. Letzte Woche die steife Brise war daran schuld, hat das Boot glatt von der Ankerkette losgerissen und gegen die. Kaimauer geworfen. Ein richtiges Leck im

Bug hat es gegeben. Mindestens vierzehn Tage brauche ich noch, um es wieder flott zu bekommen. Und was soll ich inzwischen anfangen? Verhungern?«

»Ich hoffe, Ihr Problem ist nicht ganz so schwierig, wie Sie es heute sehen, Kapitän Goole«, meinte Cromwell. Er nickte Johnny Lister zu, und sie gingen beide.

»Ich kann mir nicht vorstellen, dass der alte Strandjäger in seiner guten Zeit mal ein großer Segler vor dem Herrn war«, äußerte Johnny, während sie den Strand entlanggingen. »Ich bezweifle sehr, dass er jemals ein wirklich tiefes Wasser gesehen hat. Mir scheint, der hat wohl eher irgend so einen wackeligen Küstendampfer gesteuert. Oder möglicherweise war er sogar Kapitän auf einer der Fähren im Hafen von Halmouth.«

»Wegen Dienstagabend hat er sich ja ziemlich ausweichend ausgedrückt, was? Findest du das nicht auch, Johnny?«, murmelte Ironsides. »Im *Schwarzen Falken* will er fast den ganzen Abend über gewesen sein, na ja. Wir werden uns wohl bei jemand informieren müssen, wie weit das stimmt?«

Und der Chefinspektor begab sich auf dem kürzesten Weg zur Polizeistation von St. Hawes. Der diensthabende Sergeant, ein Mann namens Williams, lächelte breit, als Cromwell sich vorgestellt und seine Frage vorgebracht hatte.

»Oh, der alte Goole?«, meinte er und schüttelte sich vor Lachen. »Das ist so ein Typ für sich, den kennt doch jeder hier in St. Hawes. Ist ein lustiger Bursche, ein fideles Huhn, der alte Kapitän. Sie

sollten ihn bloß mal so mitten in der Saison sehen, wenn er unternehmungslustige Kurgäste in seinem Motorboot hinausfährt. Die meiste Zeit über macht er den Mädchen schöne Augen, und erzählt ihnen das tollste Seemannsgarn aus der Zeit, als er noch zur See fuhr. Zur See fahren! Ich lach' mich tot! Die letzten zehn Jahre, bevor er sich hier zur Ruhe setzte, fuhr er mit einem dreckigen, alten Baggerschiff den Kanal vor Halmouth rauf und runter.«

Johnny Lister schnalzte begeistert mit der Zunge.

»Hinter jedem Schürzenzipfel her, was?«, erkundigte er sich.

»Und wie! Aber die Mädchen mögen ihn auch«, gab der Sergeant bereitwillig Auskunft. »Wissen Sie, so seine großspurige, schlaue Art und das gewisse Zwinkern in den Augen. Ein gutmütiger, alter Kerl, tut niemand etwas zuleide, das dürfen Sie mir glauben. Es heißt, dass er in den guten alten Tagen ein bisschen geschmuggelt hätte. Aber er war zu schlau und gerissen, man hat ihn nie erwischen können. Jetzt lebt er davon, dass er Reisende in seinem stinkigen, alten Motorboot hinausfährt.«

»Hat's wohl ziemlich toll getrieben mit den Mädchen, was?«, erkundigte sich Cromwell nachdenklich. »Stimmt es, dass Molly Liskern seine Geliebte war und dass er sie vor einigen Tagen hinausgeworfen hat?«

Sergeant Williams wurde, dienstlich.

»Verzeihung, Sir. Ich hatte im Moment ganz vergessen, dass Sie ja hier sind, um den Mord an dem Mädchen aufzuklären«, entschuldigte er sich. »Ja, das stimmt allerdings. Ein schmieriger alter Kerl, dieser Goole. Auf der einen Seite ist er so harmlos, und so, dass ihn jeder gern mag. Aber im Umkreis von hundert Kilometern ist kein Mädchen vor ihm sicher. Und Molly Liskern war ja obendrein eine von denen, die gar nicht sicher sein wollten.«

»Hat er ein Auto?«

»Der? Einen Wagen?« Der Sergeant lachte laut auf. »Dafür bringt der doch niemals genug Geld zusammen. Nein, der hat nur ein altes, schrottreifes Motorrad. Und ich habe ihm schon weiß Gott wie oft gesagt, er soll nicht immer damit herumrasen, wenn er eins über den Durst getrunken hat. Das Seltsame ist, er hat noch nie einen ernsthaften Unfall gehabt... Dienstagnacht allerdings ist er nur mit viel Glück mit einem blauen Auge davongekommen.«

»Tatsächlich? Was hat er denn da gemacht?«

»Ich hatte Dienstagnachtschicht und war gerade auf meiner Runde im Hafen«, erzählte der Sergeant. »Es war so um Mitternacht... oder sogar noch etwas später. Da kommt doch der alte Goole auf seinem Motorrad herangebraust, und als er kurz vor seinem Haus angekommen ist, haut er die Bremse mit so einem Ruck rein, dass er wie toll durch die Gegend schlittert. Ich denk mir, na, der fliegt glatt über den Kai hinaus und ins Wasser. Es war gerade Flut. Aber – oh, Wunder - es ging gut. Wie er das geschafft hat, ist mir ein Rätsel. Na, ich ging zu ihm rüber, um ein ernstes Wörtchen mit ihm zu reden... Und wenn Sie mich fragen, Sir, so war er sternhagelvoll.«

»Dienstag, nach Mitternacht«, murmelte Ironsides und nickte. »Sehr interessant, Sergeant. Und Goole war betrunken?«

»Seltsam, es war eigentlich schon mehr«, antwortete Williams und machte ein verwundertes Gesicht. »Er benahm sich ganz eigenartig. Irgendwie aufgeregt. Als ich helfen wollte, fluchte er wie ein Rohrspatz und wünschte mich zur Hölle. Er kann uns von der Polizei auf den Tod nicht ausstehen.«

Cromwell stellte noch ein paar belanglose Fragen, dann verabschiedete er sich. Auf seinem strengen Gesicht lag ein übellauniger Ausdruck, als er neben Johnny in den Polizeiwagen stieg. Eine Weile fuhren sie schweigend in Richtung Tregissy.

»Noch ein Verdächtiger, Johnny«, sagte er dann schließlich. »Kapitän Goole war also zur kritischen Zeit mit seinem Motorrad unterwegs, und er ist erst nach Mitternacht nach Hause gekommen. Obendrein war er dann noch irgendwie aufgeregt und benahm sich so eigenartig. Vielsagend, nicht wahr?«

Neuntes Kapitel

Inspektor Powell behandelte Bill Cromwell auffallend respektvoll, nachdem dieser ihm von seiner Fahrt nach St. Hawes berichtet hatte.

»Jetzt verstehe ich, Sir, was Sie damit meinem, wenn Sie sagen, Sie wollen sich mit den Leuten unterhalten«, sagte er. »Da kommen die unwahrscheinlichsten Dinge ans Licht. Wahrscheinlich hätten Sie nie erfahren, dass Kapitän Goole dienstagnachts noch mit seinem Motorrad unterwegs war, wenn Sie nicht mit Sergeant Williams gesprochen hätten. Was glauben Sie, Sir?«

»Über Goole? Nun, er ist zumindest auch verdächtig... wenn ich mir auch schlecht vorstellen kann, dass er der brutale Würger sein soll, hinter dem wir her sind.« Cromwell runzelte grüblerisch die Stirn. »Immerhin, wir mähen Fortschritte. Ich werde noch eine ganze Anzahl Leute zum Reden bringen, bevor wir den Fall geklärt haben. Goole steht jedenfalls, ebenso wie Doktor Conway, unter Verdacht. Er hatte abermals, genau wie Conway, einen heftigen Streit mit dem Mädchen. Aber es gibt noch andere Verdächtige. Wir haben gewisse Anhaltspunkte dafür, dass Doktor Halterby Dienstagabend noch spät unterwegs war. Und darüber kann zumindest gar kein Zweifel bestehen, dass Doktor Halterby verbotene Beziehungen zu Molly Liskern unterhalten hat. Sein Verhalten - als ich mich kurz vor Tisch mit ihm unterhalten habe - war im höchsten Grad verdächtig.«

»Ich kann es einfach nicht glauben, Sir«, entgegnete der Inspektor. »Nicht Doktor Halterby. Ich kenne ihn doch schon jahrelang. Er ist solch ein angesehener, ehrenwerter Herr, und obendrein Rechtsanwalt.«

»Das ist es ja gerade, mein Lieber, was ihn so verdächtig macht. Nämlich, dass Doktor Halterby so ungeheuer angesehen und ehrenwert ist. Er hat einen guten Namen zu verlieren... Und ein guter Name ist in einer Kleinstadt wie Tregissy von ausschlaggebender Wichtigkeit. Wenn ein alteingesessener Familienanwalt seinen guten Ruf verliert, ist er ruiniert. Ich möchte noch so einiges über Doktor Halterby herausbekommen, bevor ich diesen Fall abschließe.«

»Na, aber über den jungen Doktor Conway nicht minder«, meinte Powell düster. »Vergessen Sie nicht, Sir, dass Wachtmeister Cobley ihm praktisch genau an der Stelle, wo die Leiche später gefunden wurde, begegnet ist... und obendrein um die kritische Zeit. Nach allem muss Doktor Conway doch der Hauptverdächtige sein, oder?«

»Auf den ersten Blick hin, gewiss. Aber Doktor Conway verschweigt uns bisher noch eine ganze Mengel Ich bin dafür, ihm Zeit zu lassen, Inspektor. Ich glaube, dass er eines schönen Tages doch noch damit herausrücken wird. Er ist außerordentlich beunruhigt und er ist noch sehr jung, dieser Doktor Conway.«

Besser hätte man es gar nicht ausdrücken können, als Bill Cromwell es tat. Peter wusste tatsächlich vor Unruhe nicht mehr ein noch aus. Und diesen Abend fühlte er sich - nachdem er einen langen, anstrengenden Tag hinter sich hatte - wie ausgehöhlt. Jennifers Verhalten am Morgen hatte ihn tief getroffen. Den ganzen Tag über bemühte er sich, außerhalb seiner Praxis zu tun zu haben, damit er für sie nicht erreichbar war. Und ebenso sehr hatte er den ganzen Tag über irgendwie darauf gewartet, dass Blair wieder erschiene. Immer wieder hatte er einen neuen Vorwand gefunden, irgendwohin zu fahren. Du lieber Himmel, wo war er nicht überall gewesen, obwohl er nicht das Geringste dort, zu erledigen hatte. Jetzt war es halb zehn, und er marschierte die Chaussee nach *Tipley End* entlang. Er hatte im *Grünen Mann*, dem letzten Gasthaus diesseits des Städtchens, ein Bier getrunken. Ihm klangen immer noch die vorwurfsvollen Worte von Mrs. Baggott, der rundlichen, immer in schwarzem Satin gekleideten Wirtin in den Ohren.

»War es nicht ziemlich grausam von Ihnen, Doktor Conway, das arme Mädchen einfach so hinauszuwerfen?« hatte sie ihn gefragt und dabei missbilligend den Kopf geschüttelt. »Ich glaube diese ganzen Geschichten einfach nicht, die da überall herumerzählt werden. Molly war ein nettes, bescheidenes Mädchen. So schüchtern war sie... und immer so freundlich. Und ich muss es schließlich wissen. Ich kenne sie, seit sie ein Baby war.«

Peters Gesicht verzog sich zu einer gequälten Grimasse, als er so dahinspazierte. Wenn Mrs. Baggott wüsste, wie sehr sie irrte! Wie so viele andere in Tregissy, machte sie sich ein vollkommen falsches Bild von Molly Liskern. Kein Wunder, denn Peter hatte sich zuerst selbst von der scheuen, unschuldigen Art Mollys täuschen lassen. Nur die wenigen Menschen, die eng mit Molly in Berührung gekommen waren, waren nach einiger Zeit dahintergekommen, was für ein doppelgesichtiges, kleines Luder sie gewesen war...

War? Ja, es stimmte schon, *war*. Denn Molly war tot. Sie hatte ihr gefährliches Spiel einmal zu oft gespielt. Aber wie viele Leute gab es wohl in Tregissy, die genauso dachten wie Mrs. Baggott? Wahrscheinlich die Hälfte der Einwohner. Und ganz bestimmt verurteilten viele von ihnen ihn, das Mädchen zu hart angefasst zu haben. Wenn Peter an die frechen, unverschämten Annäherungsversuche dachte, die ihm das *unschuldige, kleine Bauernmädchen* gemacht hatte, wurde ihm jetzt noch ganz heiß. Verflucht noch mal, es hatte ihn viel Zeit und Energie gekostet, sie sich vom Halse zu halten! Und nur seine Liebe zu Jennifer hatte ihn davor bewahrt, seine Selbstbeherrschung zu verlieren.

Er wandte mit einem Ruck den Kopf. Er hörte ein nur allzu bekanntes Motorengeräusch näher kommen. Im schwachen Lichtschein der Laternen erkannte er Jennifers eleganten kleinen Mini-Cooper. Sie fuhr dicht an ihn heran und nun sah er auch, dass Jennifer allein war.

»Peter! Ich muss dich sprechen.«

»Oh, guten Tag, Jennifer«, sagte er und bemühte sich, sorglos zu sprechen. »Bist du nur hierhergekommen, um mich zu besuchen? Es ist schon reichlich spät, findest du nicht?«

»Warum bist du mir den, ganzen Tag aus dem Weg gegangen?«

»Aber das bin ich doch gar nicht. Ich hatte zu tun. Ich musste hierhin lind dorthin...

»Ich habe dreimal bei dir angerufen, aber du warst ja nie zu Hause«, unterbrach sie ihn. »Ich habe dich zweimal im Städtchen gesehen. Und jedes Mal bist du dicht an mir vorbeigefahren, und hast so getan, als ob du mich nicht bemerkt hättest.«

Sie stieg aus und stellte sich dicht von ihn hin. Mit ernsten, großen Augen sah sie prüfend in sein bekümmertes Gesicht.

»Peter, was ist ›denn?«, fragte sie und umklammerte die Revers seines Mantels, und presste sich dicht an ihn. »Was hat das alles zu bedeuten? Wer war der Mann, der dich heute früh angerufen hat? Warum willst du mir nicht sagen, wer es war? Peter, du weißt irgendetwas über den Tod dieses Mädchens, nicht wahr?«

»Jennifer, ich bitte dich...«

»Diese Kriminalbeamten von Scotland Yard sagen, dass der Mörder Vaters Wagen benutzt hat«, redete Jennifer atemlos weiter. »Es... es ist alles so entsetzlich! Sie haben es nicht ganz so deutlich gesagt, aber angedeutet haben sie es.«

»Du lieber Gott! Das ahnte ich ja gar nicht!«, rief Peter entsetzt aus.

Daraufhin berichtete Jennifer ihm von dem Besuch, den Cromwell ihrer Familie diesen Vormittag abgestattet hatte und wie der Chefinspektor unbarmherzig alles nur Mögliche über den Rover herausgeholt hatte.

»Und, Peter, es ist auch wirklich eigenartig mit dem Wagen«, fuhr sie mit sorgenvollem Gesicht fort. »Ich meine, dass so viel Benzin verbraucht war und dass Jevons sich wunderte, den Motor so warm vorzufinden. Es sieht ganz so aus, als ob sich tatsächlich jemand den Wagen *ausgeliehen* hätte, während wir im Kino waren. Andererseits kommt es mir so unwahrscheinlich vor, dass jemand den Wagen fortholen, eine Stunde damit unterwegs sein, ihn wieder zurückbringen konnte - und das alles, ohne von jemand gesehen zu werden.«

Peter dachte einen Augenblick lang nach, dann schüttelte er den Kopf.

»Nein. Das dürfte wohl gar nicht so schwer gewesen sein.«

»Wirklich?«

»Überlege mal, Jennifer. Wir sind doch auch schon zusammen in Penro im Kino gewesen. Nach Einbrechen der Dunkelheit ist es auf dem Parkplatz stockfinster... ganz besonders gegen Ende des Films. Und es läuft dann kaum mehr jemand in der Stadt herum. Und was wäre, wenn nun schon irgendjemand euren Wagen hätte vorbeifahren sehen? Kein Mensch würde ihm die geringste Beachtung geschenkt haben.«

»Ja, wahrscheinlich hast du recht«, gab sie zu. »Aber warum ausgerechnet unseren Wagen? Das ist doch entsetzlich! Den Wagen vollkommen ehrenwerter Leute auf dem Parkplatz vor dem Kino stehlen und dann ein Mädchen darin ermorden. Und hinterher den Wagen einfach wieder dort hinstellen, wo er gestanden hat. Peter, das ist doch nicht nur grauenhaft, das ist doch auch vollkommen sinnlos!«

»Da bin ich mir nicht so sicher«, meinte er langsam, und seine Gedanken wanderten zu seinem eigenartigen Zusammentreffen mit Blair zurück. »Wenn irgendjemand einen Mord begehen will, und dazu einen Wagen braucht, so ist es doch zweifelsohne weniger gefährlich, einen fremden dafür zu benutzen. Um von vornherein jeden Verdacht von sich abzulenken, meine ich. Im Fall, dass...«

Er brach unvermittelt ab und machte ein zweifelndes Gesicht.

»Wenn nun aber jemand Molly in dem Wagen sah, bevor sie ermordet wurde, meinst du?«, erkundigte sich Jennifer. »Ja, da kannst du recht haben.« Plötzlich wechselte sie das Gesprächsthema. »So, und nun sage mir bitte, wer der Mann war, der dich heute früh angerufen hat.«

»Jennifer, so glaube mir doch. Es war wirklich falsch verbunden...«

»Nein, das glaube ich dir nicht.«

»Aber wenn ich es dir doch sage...«

»Du hattest einen ganz eigenartigen Gesichtsausdruck, nachdem du aufgelegt hattest. Oh, Peter, warum sagst du mir nicht die Wahrheit?« Sie warf ihre Arme um seinen Hals und klammerte sich fest an ihn. »Peter, du bist ja doch ganz krank vor Sorge! Mir wirst du es doch sagen können, Liebling!«

Er stöhnte innerlich. Er konnte es ihr nicht sagen. Es war das einzige, was er unter keinen Umständen tun konnte. Wenn er ihr von Blair erzählte, musste er ihr zwangsläufig alles erzählen. Und es war doch unmöglich, ihr alles zu erzählen, und ihr dann noch gleichzeitig zu verschweigen, dass er es war, der die Leiche hinter die Hecke an der Chaussee nach St. Hawes gelegt hatte. Würde sie ihm wohl glauben, wenn er ihr sagte, dass er die Leiche im Kofferraum seines Wagens gefunden hatte... dass irgendjemand sie dort hineingelegt haben musste, während er auf dem *Long Reach Hof* nach dem Bauern und dessen Stute suchte? Er hatte nicht den geringsten Beweis dafür, dass er zum *Long Reach Hof* hinausgefahren war. Der unbekannte Mörder hatte es vortrefflich eingerichtet, dass er, Peter, kein Alibi besaß.

Der sanfte, bittende Blick wich aus Jennifers verängstigtem
Gesicht, als er hartnäckig weiter schwieg. Sie wandte sich von ihm ab; kalt und verschlossen, und es war, als ob sie plötzlich meilenweit von ihm entfernt wäre.

»Du willst es mir also nicht erzählen?«

»Mein kleiner Liebling, es gibt doch nichts zu erzählen, nun glaube es mir doch endlich...«

»Das ist gelogen, Peter, und du weißt es selbst ganz genau«, sagte sie eisig und schneidend. »Du hast kein Vertrauen zu mir. Oh, wie kannst du nur so entsetzlich dumm sein! Du weißt irgendetwas über Mollys Tod und wagst es nicht einmal, mir davon zu erzählen.«

Er hatte das Gefühl, als ob plötzlich eine Spur von Misstrauen in Jennifers Augen läge. Und er wurde fast verrückt vor Verzweiflung. Er versuchte sie zu umarmen, aber sie wich vor ihm zurück.

»Bitte, rühr mich nicht an«, flüsterte sie heiser.

»Aber Jennifer, bitte...«

»Du hast kein Vertrauen zu mir«, wiederholte sie flüsternd. »Irgendetwas ist zwischen dir und Molly Liskern vorgefallen. Und wenn du sie nicht selbst getötet hast, so weißt du zumindest etwas über ihren Tod. Nun gut, ich habe alles gesagt, was ich zu sagen hatte. Ich gehe jetzt.«

Er verfluchte sich innerlich selbst, als er mehr spürte als er sah, wie ihr die Tränen in die Augen schossen. Dann lief sie, bevor er sie noch aufhalten konnte, zu ihrem Wagen, sprang hinein, und schoss mit aufheulendem Motor davon. Er hatte hastig versucht, die Tür aufzureißen, aber das einzige, was er erreichte, war, dass er sich an der Hand verletzte.

»Oh, mein Gott!«, murmelte er ganz verzweifelt vor sich hin.

Nein, das hätte er niemals für möglich gehalten... ein Bruch zwischen seiner Braut und ihm. Und wenn er ehrlich gegen sich selbst war, musste er zugeben, dass Jennifer auf diese Art reagieren würde. Aber er war ja nicht in der Lage gewesen, klar zu denken. Nun stand er da und sah dem entschwindenden Wagen nach, und ihm wurde immer elender und trauriger zumute.

»Verdammter Mist, verdammt und zugenäht!«, fluchte er wild.

Er machte sich wieder auf den Weg in Richtung nach Hause, und in ihm war alles aufgewühlt, und Angst und Schmerz nahmen ihm den letzten Rest seiner Fassung. Es gab nur eine Möglichkeit. Seinen Wagen herauszuholen und ihr nachzufahren nach *Tregissy Hall*. Und ihr alles zu sagen! Alles! Warum hatte er das nicht gleich von Anfang an getan? Jetzt war es womöglich zu spät dazu.

Er fing an zu rennen und schaffte die letzten paar hundert Meter in unwahrscheinlich kurzer Zeit. Sein Hillman stand wie immer auf dem Kies vor der Garage. Aber genau in dem- Augenblick, als er die Tür aufschloss, hörte er das Telefon in der Praxis klingeln.

Eine Sekunde lang zögerte er, dann kannte er ins Haus und presste den Hörer an sein Ohr.

»Tregissy 66«, meldete er sich atemlos.

»Was für ein Tierarzt sind Sie eigentlich?«, hörte er die bekannte... und so gehasste... Stimme von Paul Blair fragen. »Wo, zum Teufel, haben Sie den ganzen Tag über gesteckt? Ich habe viermal versucht, Sie zu erreichen seit heute früh...«

»Von wo aus sprechen Sie denn?«, unterbrach ihn Peter schroff.

»Zerbrechen Sie sich darüber nicht den Kopf. Sind Sie denn niemals zu Hause?«

»Ich habe bisher noch keine neue Assistentin finden können. Und deshalb geht, wenn ich außerhalb zu tun habe, niemand ans Telefon«, gab Peter ungeduldig zurück. »Wo sind Sie jetzt? Ich muss mit Ihnen sprechen.«

»Und ich mit Ihnen!«, kam Blairs messerscharfe Stimme zurück. »Was haben Sie Idiot denn nur gemacht, nachdem ich Dienstagnacht aus Ihrem Wagen ausgestiegen war...? Aber darüber können wir uns unmöglich am Telefon unterhalten. Und zu Ihnen kann ich auch nicht kommen, das ist zu gefährlich. Also, jetzt hören Sie mir mal genau zu.«

»Bitte.«

»Sie kennen den Notruf des Automobilclubs auf der Mitte zwischen Tregissy und Penro, nicht wahr?«

»Ja, natürlich.«

»Ich werde dort auf Sie warten. Kommen Sie so schnell wie möglich.«

»In Ordnung. In zehn Minuten spätestens bin ich da.«

Peter legte auf. Ihm war heiß. Er wollte, ja, er musste Blair unter allen Umständen sehen, um alles zu klären. Er war fest davon überzeugt, dass Blair auf irgendeine Weise der Schlüssel zum Geheimnis von Molly Liskerns gewaltsamem Tod war. Auf die Idee, dass er auf dem besten Wege war, sich in eine große persönliche Gefahr zu begeben, kam er überhaupt nicht...

Jetzt eilte er aus dem Sprechzimmer, rannte zu seinem Hillman, klemmte sich hinters Steuer und raste davon. Er brauchte nicht einmal zehn Minuten, um den Notruf des

Automobilclubs an der Landstraße nach Penro zu erreichen. Die Gegend hier war ganz besonders einsam. Hier wurde die Chaussee nicht von hohen Wällen, wie sie für Cornwall so charakteristisch sind, eingerahmt, sondern sie lag ganz offen da. Große Weideflächen, Felder und Wiesen zogen sich an einer Seite entlang, an der anderen der *Drury Forst*. Hier gab es schon tagsüber wenig Verkehr; und jetzt war kein Zeichen von Leben zu verspüren.

Peter parkte seinen Wagen auf dem Grasstreifen neben der Landstraße und stieg aus, um sich umzusehen. Fast im gleichen Augenblick tauchte eine Gestalt im enggegürteten Regenmantel aus der Dunkelheit auf.

»Sind Sie es, Blair? Warum haben Sie mich angelogen, als Sie sagten, Sie würden im *Schwarzen Falken* wohnen?«, platzte Peter ungestüm mit seiner Frage heraus. »Ich bin hingefahren und Kettleby, der Wirt, sagte mir, dass er noch nie von Ihnen gehört hätte. Was für ein Spiel spielen Sie eigentlich?«

»Genau die gleiche Frage wollte ich Ihnen stellen«, gab Blair zurück. Sein Benehmen war wie immer ruhig und beherrscht. »Sie haben sich wie ein Narr benommen, Doktor Conway. Aber dies ist nicht der richtige Platz, um sich darüber zu unterhalten. Kommen Sie mit.«

Ohne eine Antwort von Peter abzuwarten, ging er einige Meter die Chaussee entlang und bog dann in einen Feldweg ein. Sie waren wenige Minuten schweigend gegangen, als sie einen alten Heuschober erreichten. Eine der Doppeltüren stand einen Spalt breit offen. Als Blair sie ganz aufschob, knarrte sie quietschend. Kaum, dass Blair eingetreten war, ließ er eine Taschenlampe aufflammen und richtete den starken Strahl Peter mitten ins Gesicht.

»So, nun können wir uns in Ruhe unterhalten. Da haben Sie sich prächtig in die Nesseln gesetzt, Sie dummer Junge, ist Ihnen das wenigstens klar?«, schimpfte er wütend. »Wenn Sie getan hätten, was ich Ihnen von Anfang an vorschlug, würde alles ganz glatt gegangen sein.«

»So, würde es? Ich muss vollkommen wahnsinnig gewesen sein...«

»Sie sollten doch sofort zu mir zurückkommen, wenn Sie diesen verdammten Polizisten, der Sie da angehalten hat, losgeworden waren«, putzte ihn Blair weiter, wie einen ungezogenen kleinen Jungen, herunter. »Aber was tun Sie Neunmalkluger stattdessen... Sie lassen mich einfach sitzen. Warum denn, in Gottes Namen? Und warum schaffen Sie denn die Leiche des Mädchens hinter die Hecke? Das war doch das Verrückteste, was Sie überhaupt tun konnten. Was ist der ganze Erfolg? Nichts als Schwierigkeiten für Sie. Und was für welche!«

»Das ist ein Irrtum von Ihnen, mein Bester... nicht ich bin in Schwierigkeiten... sondern Sie werden bald mehr Schwierigkeiten bekommen, als Sie auf einmal verdauen können... nämlich dann, wenn ich Chefinspektor Cromwell endlich die Wahrheit über Sie gesagt habe«, brauste Peter hitzig und atemlos auf. »Schön, ich gebe zu, ich habe mich wie ein Verrückter benommen... das gebe ich gern zu... völlig verrückt, mich von Ihnen überreden zu lassen, diese Fahrt nach St. Hawes zu unternehmen. Warum lag Ihnen denn so viel daran, dass ich die Leiche des Mädchens in die See versenke? Dann, als Cobley mich angehalten hatte, kam endlich mein klarer Verstand zurück...«

»Nein, genau da haben Sie Ihren Verstand verloren«, fuhr Blair bissig dazwischen. »Wenn Sie es so ausgeführt hätten, wie es zuerst geplant war, wäre es nie zu einer polizeilichen Untersuchung gekommen... ganz zu schweigen von den Scotland-Yard-Leuten, die jetzt zu allem Schaden auch noch hier aufgetaucht sind. Daran sind ganz allein Sie schuld, Sie verdammter Schwachkopf. Wenn die Leiche des Mädchens, wie geplant, schön tief auf dem Grund des Meeres gelegen hätte, wäre keine Menschenseele darauf gekommen, dass sie tot ist. Jeder hätte es für ein ganz alltägliches Verschwinden gehalten, so etwas kommt doch alle Tage vor. Ein paar müde, gelangweilte Nachforschungen der Ortspolizei hätte es vielleicht gegeben... aber das wäre alles gewesen. Sogar die Mutter des Mädchens würde geglaubt haben, dass ihre Tochter mit irgendeinem ihrer Freunde davongelaufen wäre. Aber nein! Sie mussten es ja besser wissen! Sie legen das Mädchen einfach hinter eine Hecke, wo sie prompt am nächsten Morgen entdeckt wird!«

»Also hören Sie mal, Ihr Ton...«

»Gefällt er Ihnen nicht? Ach nein... wie bedauerlich!«, meinte Blair ironisch. »Also verdächtigt die Polizei offensichtlich Sie bisher nicht, denn sonst hätte sie Sie bereits verhaftet. Da haben Sie noch Glück gehabt. Vielleicht bleibt Ihnen gerade noch Zeit, zur Besinnung zu kommen und sich diesmal etwas vernünftiger anzustellen. Also, jetzt hören Sie mal zu...«

»Irrtum. Jetzt werden Sie mir einmal zuhören«, fiel ihm Peter wütend ins Wort. »Heute bin ich nicht so wirr im Kopf wie Dienstagabend. Heute sehe ich die Dinge, wie sie wirklich sind. Warum waren Sie denn so kolossal darauf bedacht, Mollys Leiche in die See zu versenken? Sie, ein völlig Fremder, der - nach seinen eigenen Worten - doch nur zu mir ».als Tierarzt gekommen war, um mir seinen kranken Hund zu zeigen?«

»Nun, ich war eben durch Zufall anwesend, als Sie die Leiche im Kofferraum Ihres Autos entdeckten. Ich konnte deutlich sehen, dass

Sie über Ihren Fund völlig die Fassung verloren hatten und deshalb wollte ich Ihnen helfen. Nichts weiter. Und wenn Sie sich nach meinem Rat gerichtet hätten, so...«

»Oh, nein! Damals bin ich auf Ihre Geschichte hereingefallen, noch einmal passiert mir das nicht!«, unterbrach ihn Peter heftig. »Sie hatten einen ganz bestimmten Grund, mich zu veranlassen, nach St. Hawes zu fahren und mein Segelboot herauszuholen. Oh, nein, das war kein Zufall, dass Sie ausgerechnet in diesem Augenblick bei mir auftauchten, mein Bester. Das machen Sie mir heute nicht mehr weis. Wer sind Sie denn? Warum logen Sie mir vor, dass Sie im *Schwarzen Falken* wohnten? Waren Sie derjenige, der mich anrief, um mich zum *Long-Reach-Hof* hinauszulocken? Waren Sie schon bei mir im Garten und warteten nur darauf, dass ich mit der Leiche im Kofferraum zurückkommen würde? Haben *Sie* Molly Liskern ermordet?«

Eine drückende, lautlose Stille folgte.

Peters Verstand arbeitete jetzt scharf und klar. Wenn er auch von dem starken Licht der Taschenlampe, die Blair genau auf seine Augen gerichtet hatte, vollkommen geblendet war, so konnte er doch bei gelegentlichen Bewegungen im schwachen Schein, der nach rückwärts fiel, Blairs Gesicht erkennen. Und dieses Gesicht war hart und gemein. Ganz im Gegensatz zu der ausgesprochen dezenten, eleganten Kleidung, und dem verbindlichen guten Benehmen, lag in dem schmalen, nach unten gezogenen

Mund eine unausgesprochene, unheimliche Drohung und seine Augen funkelten eiskalt und erbarmungslos.

»Ich warne Sie, Doktor Conway! Ich hoffe, Sie fangen nicht an, Schwierigkeiten zu machen«, auch die Stimme war eiskalt und drohend. »Ich glaube, dass Sie sich der Gefahr Ihrer augenblicklichen Situation nicht ganz bewusst sind. Bisher habe ich Rücksicht auf Sie genommen, weil Sie mir leidgetan haben. Aber wenn Sie einen derartigen Ton anschlagen und solch unsinnige Behauptungen aufstellen, sehe ich mich leider gezwungen, meiner Pflicht als verantwortungsbewusster Staatsbürger nachzukommen.«

»Ihrer... *was?*«, fragte Peter verblüfft. »Sie wollen Ihrer Pflicht als verantwortungsbewusster Staatsbürger nachkommen? Ausgerechnet Sie? Sie sind es doch, der das Mädchen ermordet hat, oder etwa nicht? Und Sie wollten mich dazu benutzen, die Leiche loszuwerden.«

»Ich habe Ihnen lediglich helfen wollen... und ich wäre sogar immer noch bereit dazu«, entgegnete Blair. »Bedenken Sie immer eines, Doktor Conway... ich brauche nur zur Polizei zu gehen und aussagen, dass ich sie Dienstagabend dabei beobachtet habe, wie Sie den Kofferraum Ihres Wagens aufgemacht haben... und Sie werden auf der Stelle verhaftet. Ich kann jederzeit bezeugen, dass ich es mit eigenen Augen gesehen habe.«

»Herrgott noch mal, Sie wissen doch ganz genau, wie fassungslos ich war, als ich die Leiche des Mädchens plötzlich entdeckte...«

»Ja, das weiß ich, und deshalb war ich ja auch bereit, Ihnen zu helfen«, fiel ihm Blair ins Wort. »Aber jetzt kommen mir langsam Zweifel, ob ich recht tat. Ich werde der Polizei, glaube ich, sagen, dass ich dazukam, als Sie gerade die Leiche aus Ihrem Wagen heben wollten. Ich würde wohl berichten, dass Sie in Panik gerieten, den Kofferraum zuschlugen und im Zustand höchster Erregung davonrasten. Das würde, finde ich, vortrefflich zu dem, was sich nachher ereignete, passen.«

»Und was meinen Sie, wird Ihnen die Polizei erzählen, wenn Sie ihr mit dieser Geschichte kommen?«, fragte Peter spöttisch. »Würden Sie mir vielleicht verraten, wie Sie der Polizei gegenüber begründen wollen, weshalb Sie mit Ihrer Aussage bis Donnerstagnacht gewartet haben?«

»Oh, mein junger Freund, das ist die einfachste Sache der Welt. Ich verbringe zurzeit meinen Urlaub in dieser Gegend... und ich hatte keine Lust, in einen Mordfall verwickelt zu werden... ich hatte angenommen, die Polizei würde Sie auch ohne meine Aussage verhaften. Dann erfuhr ich durch Zufall, dass Sie sich immer noch auf freiem Fuß befanden, und daraufhin zwang mich mein Gewissen, die Wahrheit zu melden. Oh, nein! Für mich besteht nicht die geringste Gefahr. Aber für Sie! Wenn Sie sich vernünftig verhalten, bin ich immer noch bereit, Ihnen entgegenzukommen und den Mund zu halten. Ich werde Ihnen jetzt einen Vorschlag machen. Wir könnten uns nämlich ausgezeichnet gegenseitig helfen.«

»Aha, jetzt sind wir also so weit«, sagte Peter gespannt. »Sie glauben wohl, Sie können mich nochmals schwachmachen, wie? Mein guter Mr. Blair, oder wie Sie sonst heißen mögen, jetzt will ich Ihnen mal etwas sagen. Mir reicht es. Ich werde mich wie ein vernünftiger Mensch benehmen und nicht wie ein kompletter Idiot. Ich werde von hier aus direkt zur Polizei fahren... und zwar gehe ich zu Inspektor Cromwell. Sie können Ihren Vorschlag für sich behalten... er interessiert mich nicht mehr. Mir hängt dieses Katz- und Maussspiel zum Halse heraus. Ich werde Cromwell alles erzählen. Wie ich Mollys Leiche in meinem Wagen gefunden habe... wie Sie gerade in diesem Augenblick auftauchten... wie Sie mir vorschlugen...«

»Warum wollen Sie da auf Mr. Cromwell warten? Warum erzählen Sie es nicht mir?« Die Stimme kam aus der tiefen Dunkelheit hinter ihnen und so völlig unerwartet, dass die beiden Männer erschrocken zusammenfuhren. »Keine Bewegung bitte... das gilt für Sie beide. Ich bin Sergeant John Lister, Mr. Cromwells Assistent.«

Der Schein einer Taschenlampe flammte auf. Er beleuchtete die beiden Männer klar und deutlich. Das Licht kam immer näher, und dann tauchte in seinem Schatten die Gestalt von John Lister auf.

»Eine sehr interessante Unterhaltung, die Sie beide da hatten«, fuhr er unbarmherzig fort. »Ich habe das meiste mit angehört und ich denke, dass Mr. Cromwell Ihnen noch einige Fragen dazu stellen wird.«

Blair machte einen schnellen, großen Schritt, ein Stück von Peter fort und stand, eine hoch aufgerichtete Gestalt im Regenmantel, jetzt im vollen Schein von Johnny Listers Taschenlampe da.

»Immer hübsch langsam«, sagte er und ließ die Hand in seine Manteltasche gleiten.

»Ich weiß zwar nicht, wer dieser Mann ist, Doktor Conway, aber ich vermute, dass es nicht gerade ein Freund von Ihnen ist?«, erkundigte sich Johnny. »Ich würde es für ratsam halten, wenn Sie ihn mal beim Arm festhalten würden...«

»Ach, der wird uns schon keine Schwierigkeiten machen«, meinte Peter verächtlich. »Aber wo, zum Teufel, kommen Sie denn so plötzlich her, Mr. Lister?«

»Ich bin schon eine ganze Weile da und höre Ihnen zu«, erwiderte Johnny. »Ich bin Ihnen nämlich bereits von Tregissy aus nachgefahren. Mr. Cromwell hatte die Befürchtung, Sie könnten sich möglicherweise in Schwierigkeiten bringen...«

»Und das hat er auch getan, bei Gott!« warf Blair ein. »Und nicht nur sich, sondern Sie alle beide. Keine Bewegung, bitte! Keiner rührt sich!«

Johnny Lister straffte sich. Der Anblicke des Revolvers in Blairs - Hand traf ihn völlig unerwartet. Damit hatte er nicht gerechnet. Peter wurde starr vor Schrecken, als er die Waffe sah. Es war das erste Mal in seinem Leben, dass er sich einem Revolver gegenüber sah. In harten Kriminalfilmen hatte er oft genug Revolver und Schusswaffen aller Art gesehen, und es genossen, wenn es tüchtig knallte. Aber nun... in Wirklichkeit und auf so nahe Entfernung nahm sich das drohende, schwarze Ding bedeutend anders aus. Er konnte seine Augen nicht von der kleinen, runden Mündung losreißen, und Schauer liefen ihm den Rücken hinab.

»Stehen Sie bitte beide ganz still!«, befahl Blair mit vollkommen ruhiger Stimme. »Es tut mir ehrlich leid um Sie, Sie Held von der Kripo. Denn Sie werden jetzt sterben müssen, und schuld daran ist dieser junge Narr hier.«

Johnnys Herz schlug hart und schnell. Dies war gewiss nicht seine erste Begegnung mit einem bewaffneten Verbrecher. Aber eine Gänsehaut lief ihm über den Körper, wenn er daran dachte, dass diesmal möglicherweise sein letztes Stündchen gekommen war. Seine Erfahrung verriet ihm, dass Blair kein Amateur war. Er war wütend auf sich, dass er übersehen hatte, den Kerl nach einer Waffe zu untersuchen.

»Seien Sie kein Narr und stecken Sie den Revolver wieder ein«, befahl er. »Es würde Ihnen nicht das Geringste nützen, uns zu...«

»Oh, es ist sehr einsam hier... Es besteht nicht die geringste Gefahr, dass jemand die Schüsse hören könnte«, unterbrach ihn Blair, und seine Stimme klang kalt und drohend. »Wer sich bewegt, bekommt eins verpasst... genau zwischen die Augen.«

»Herr im Himmel, seien Sie doch vernünftig«, brüllte Peter. »Es hilft Ihnen doch nichts, uns zu töten. Nehmen Sie doch die Waffe bunter. Kommen Sie, wir wollen uns in Ruhe unterhalten. Mr. Lister, sagen Sie doch etwas.«

Es war ganz offensichtlich, dass Peter seine Fassung verlor und dass er im nächsten Augenblick auf Blair zuspringen würde, so dass Johnny Lister sich gezwungen sah, ihn zu warnen.

»Doktor Conway, ich rate Ihnen, lieber ganz ruhig stehenzubleiben«, fuhr er ihn deshalb an. »Ich glaube, dass Ihr Freund vollkommen im Ernst gesprochen hat. Wir wollen doch nicht...«

In diesem Moment wurde er von einem unerwarteten Zwischenfall unterbrochen... so unerwartet, so völlig überraschend, dass keiner der drei Männer begriff, was da eigentlich vor sich ging. Vom Dachboden, genau über ihnen, fiel etwas Weißes, aus dem zwei strampelnde Beine in Nylonstrümpfen herausragten, herab... und es fiel genau auf Blairs Schultern, so dass er zu Boden gerissen wurde.

Zehntes Kapitel

Dunkelheit... völlige Verwirrung...

Dunkelheit, weil Blair bei seinem wilden Sturz die Taschenlampe aus der Hand gefallen war. Und weil - um alles noch schlimmer zu machen - Peter temperamentvoll mit Johnny Lister zusammengeprallt war, als er krampfhaft zur Seite sprang, und ihm dabei die Taschenlampe so aus der Hand schlug, dass sie im hohen Bogen durch die Luft flog, und beim Aufprall auf dem Boden sofort erlosch. In der darauffolgenden Dunkelheit gab es zunächst einige Augenblicke völliger Verwirrung.

Heisere, keuchende Männerstimmen, das Scharren von Füßen, das dumpfe Zusammenprallen menschlicher Körper... und mitten in diesem wilden Durcheinander Jennifers klare, aufgeregte Stimme.

»Peter, ich bin's!«, schrie sie. »Halte ihn!«

»Du lieber Gott! Jennifer, du!«

Sie stand mühsam in der Dunkelheit auf und stellte erstaunt fest, dass sie unverletzt war. Nicht einmal verstaucht war etwas. Es war ihr selbst unklar, wie sie das geschafft hatte. Es konnte nur daher kommen, dass ihre Beine direkt auf Blairs Schultern gelandet waren, und dass sein unter ihr liegender Körper ihren Aufprall gemildert hatte.

Sie konnte in der tiefen Dunkelheit, die sie umgab, nichts erkennen. Alles, was sie hörte, war das Scharren von Füßen, das hastige, erregte Atmen und das wilde Ringen sportgestählter Männerkörper. Eine breite Schulter prallte plötzlich gegen sie, und sie flog in der Finsternis ein Stück zur Seite; trotzdem spürte sie, dass es Peter gewesen sein musste. Während sie stolpernd ihr Gleichgewicht wieder zu gewinnen versuchte, berührte sie mit dem Fuß einen kleinen Gegenstand, der ihr auszuweichen schien... und plötzlich war es wieder hell in dem Heuschober. Sie war überraschenderweise mit der Schuhspitze gegen Johnny Listers Taschenlampe gestoßen und hatte dabei den Knipser berührt.

Jennifer bückte sich, hob die Taschenlampe auf, und versuchte damit die Umgebung zu erkennen. Plötzlich erreichte der Strahl Peter und Johnny Lister, die am Boden miteinander rangen. Von Blair war nichts zu sehen.

»Peter!«, schrie sie gellend.

»Du lieber Himmel! Verzeihung, Sergeant Lister. Ich habe Sie für diesen verdammten Kerl, diesen Blair gehalten«, japste Peter und lockerte den festen Griff, mit dem er Johnnys Arm umklammert hielt. »Wo ist der Kerl denn? Entkommen?«

Johnny gab keine Antwort. Er sprang mit einem Satz auf die Füße, riss Jennifer die Taschenlampe aus der Hand und hetzte auf die Tür zu. Aber ein Blick hinaus in die stockdunkle Nacht sagte, ihm, dass jede Verfolgung nutzlos war.

Ein verlassen daliegender Feldweg... Wiesen... dahinter die leere, stille Chaussee... auf der anderen Seite der düstere Schatten des *Drury-Forstes*. Blair konnte nach jeder Richtung geflüchtet sein. Und er war inzwischen lange von der Dunkelheit verschluckt worden. Wenn nicht...

Johnny fuhr mit einem Ruck herum und stürmte zurück in die Scheune. Er leuchtete mit seiner Taschenlampe in jede Ecke des baufälligen, alten Heuschobers. Ihm war plötzlich die Idee gekommen, dass Blair sich möglicherweise in irgendeiner dunklen Ecke versteckt haben konnte. Aber so viel Glück hatten sie nicht.

»Ich fürchte, er ist uns entkommen, Miss Perryn«, sagte Johnny bedauernd. »Er hat die Dunkelheit und die allgemeine Verwirrung dazu benutzt, sich aus dem Staub zu machen. Obendrein kämpften Doktor Conway und ich ja auch noch miteinander, weil wir uns verrückterweise gegenseitig für den Burschen hielten... Donnerwetter, das war ein toller Sprung von Ihnen, Miss Perryn!«

»Enorm! Einfach großartig!«, sagte Peter bewundernd. »Es war einfach genial.« Er sah Jennifer bewundernd an. »Aber wie bist du denn, um Himmels willen, hierhergekommen? Und wie bist du darauf gekommen, dem Kerl einfach so auf das Genick zu springen? Hast du dir wehgetan?«

»Nein, kein bisschen«, antwortete sie rasch. »Glaubst du, dass er euch wirklich erschießen wollte? Ich hatte den Eindruck, dass er es ernst meinte und deswegen bin ich heruntergesprungen. Darin sah ich die einzige Möglichkeit, ihn unschädlich zu machen. Ich meine, es war nicht mehr viel Zeit zum Überlegen, oder?«

»Sie haben mit außergewöhnlicher Geistesgegenwart gehandelt, Miss Perryn. Und wir haben es nur Ihnen zu verdanken, dass wir noch am Leben sind«, sagte Johnny bescheiden. »Doch, doch, ich meine es genau, wie ich es sage. Der Mann hätte uns bestimmt erschossen. Ich muss schon bemerken, Doktor Conway, Sie haben seltsame Freunde.«

Während Johnny sprach, bückte er sich, um den Revolver aufzuheben, den Blair fallen gelassen hatte. Er fasste die Waffe vorsichtig mit zwei Fingern am Abzugbügel und hielt sie außerordentlich behutsam.

»Ich bin in meiner Laufbahn bestimmt schon einigen kaltblütigen Typen begegnet«, fuhr er dann fort, »aber ich kann mich nicht erinnern, schon einem gegenübergestanden zu haben, der so ruhig und gefährlich gewesen wäre, wie dieser Bursche. Er wollte uns ohne Zweifel alle beide über den Haufen schießen und er hätte es auch getan, wenn Miss Perryn nicht plötzlich vom Himmel gefallen wäre. Wir hatten nicht mehr die geringste Chance, Doktor Conway.«

»Das ist kein Freund von mir«, platzte Peter entrüstet heraus.

»Sie haben doch gehört, worüber wir gesprochen haben? Ich bin sicher, dass er der Mörder Molly Liskerns ist. Warum verfolgen wir ihn denn nicht? Er entkommt bestimmt, während wir hier herumstehen und schwätzen.«

»Er wird nicht weit kommen«, erwiderte Johnny grimmig. »Ich kann ihn sehr genau beschreiben. Es hat keinen Zweck, jetzt in der Dunkelheit hinter ihm her zu stolpern, Doktor Conway. Ich bin ganz sicher, dass er irgendwo einen Wagen stehen hat. Und zwar ganz in der Nähe. Oder, um genauer zu sein, stehen hatte, denn inzwischen wird er bereits meilenweit fort sein.«

»Ich war zu Tode erschrocken«, erklärte Jennifer immer noch ganz außer Atem. »Als ich ihn den Revolver herausziehen sah, wäre ich beinahe in Ohnmacht gefallen. Ich wusste nicht, was ich tun sollte. Ich war wie gelähmt vor Angst.« - Johnny lachte.

»Für eine junge Dame, die vor Angst gelähmt war und die nicht wusste, was sie tun sollte, haben Sie Ihre Sache mehr als ausgezeichnet gemacht, Miss Perryn«, bemerkte er trocken. »Nebenbei gesagt haben Sie allerhand riskiert.«

Johnny wickelte den Revolver behutsam in sein Taschentuch ein. »Dieses kleine Spielzeug hier ist bis zur letzten Patrone geladen... es ist tödlich. Übrigens noch eine Frage, Miss Perryn. Wie kommen Sie denn überhaupt in diesen Heuschober?«

Er sah zu der Falltür, direkt über ihren Köpfen, auf. In diesem Moment platzte Peter höchst aufgeregt mit der gleichen Frage heraus.

»Genau das möchte ich auch gern wissen«, schrie er und sah Jennifer fragend an. »Woher, in drei Teufels Namen, wusstest du, dass ich hier sein würde?« Er wandte sich zu Johnny um. »Und Sie auch. Woher wussten Sie es?«

Johnny Lister sah nicht den geringsten Grund, ein Hehl daraus zu machen.

»Soweit es mich betrifft, ist die Erklärung außerordentlich einfach«, antwortete er. »Mr. Cromwell war mit Ihren Aussagen und Ihrem ganzen Verhalten keineswegs zufrieden, Doktor Conway. Deshalb beauftragte er mich, Sie im Auge zu behalten. Genau das habe ich heute Abend getan. Und als Sie *Tipley End* in Ihrem Wagen verließen, gab ich Ihnen einen gewissen Vorsprung und folgte Ihnen. Ich beobachtete, wie Sie Ihren Freund an der Notrufsäule trafen. Ich folgte Ihnen beiden zu dem Heuschober und lauschte an der Tür. Als ich gehört hatte, was Sie sagten... und was er sagte... dachte ich, es wäre an der Zeit einzugreifen, verdammt noch mal! Ich hatte nicht die leiseste Ahnung, dass der Bursche eine Waffe bei sich hatte! Und der hätte sie bestimmt gebraucht!«

»Zum Teufel!«, explodierte Peter. »Nun hören Sie doch endlich auf, ihn immer *meinen Freund* zu nennen! Ich habe den Mann Dienstagabend zum ersten Mal in meinem Leben gesehen.«

»Na schön, beruhigen Sie sich. Sparen Sie sich das für Mr. Cromwell auf«, meinte Johnny und schnitt ein Gesicht, als ob er in eine Zitrone gebissen hätte. »Eine ziemlich düstere Geschichte, zumindest was mich betrifft!:. Ich habe mir bestimmt keine Lorbeeren dabei verdient, soviel steht wohl fest. Der Kerl hätte mich glatt umgelegt, wenn Miss Perryn nicht gewesen wäre... und das alles durch meine eigene Dummheit.«

Jennifer widersprach heftig.

»Das ist nicht wahr«, sagte sie schnell. »Woher sollten Sie denn wissen, dass der Mann bewaffnet sein würde? Ich finde, Sie waren wundervoll! Obwohl der fürchterliche Mann seinen Revolver direkt auf Sie gerichtet hielt, standen Sie ruhig, unerschütterlich. Ich glaube ganz bestimmt, wenn Sie auch nur das leiseste Anzeichen von Furcht oder Unsicherheit gezeigt hätten, er hätte Sie im gleichen Augenblick erschossen.«

»Lassen wir das. Wir wollen lieber nicht auf alle Einzelheiten eingehen«, brummte Johnny mürrisch. »Wir können nicht wissen, was er getan hätte wenn... Und bevor wir uns anderen Dingen zuwenden, verraten Sie mir bitte eins, Miss Perryn. Wie kommt es, dass Sie dort oben auf dem Heuboden steckten? Ich finde das immerhin erstaunlich.«

»Das ist überhaupt nicht erstaunlich«, gab das junge Mädchen zurück. »Dafür gibt es eine ganz einfache Erklärung. Ich war im Städtchen, als du in deinen Wagen stiegst, Peter.« Sie sprach jetzt zu ihrem Verlobten. »Du hast mich überhaupt nicht bemerkt. Ich wunderte mich, warum du auf die Chaussee nach Penro hinausfuhrst. Und während ich mich noch wunderte, sah ich wenige Sekunden später Mr. Lister in seinem Wagen in der gleichen Richtung fahren; und es sah ganz so aus, als ob er dir folgte. Ja, daraufhin wurde ich neugierig. Ich dachte mir, dass ich ihm einmal folgen sollte.«

»Nun, Miss Perryn«, bat Johnny in ziemlich bedrücktem Tonfall. »Mr. Cromwell wird mich nicht gerade mit Lob überschütten, wenn er das hört. Ich hatte nicht die geringste Ahnung, dass Sie mir folgten. Sie können doch gar nicht weit entfernt gewesen sein, als ich in der Nähe des Notruftelefons des Automobilclubs anhielt?«

»Nein, ich war direkt hinter Ihnen«, antwortete sie. »Von Peter und dem Mann sah ich zuerst überhaupt nichts. Ich sah Sie auf den Heuschober zugehen und dann an der Tür stehenbleiben und lauschen. Ich durfte mich nicht näher heranwagen, sonst hätten Sie mich bestimmt gesehen. Und ich starb beinahe vor Neugierde zu wissen, was da vor sich ging. Also verbarg ich mich hinter ein paar Büschen und kroch dahinter entlang bis zur Rückseite des Schobers. Dort entdeckte ich so eine Art Leiter, die zu einer kleinen Plattform hinaufführte. Es war eigentlich gar keine Leiter, eher eine Hühnerstiege. Ich krabbelte hinauf und stellte fest, dass ich mich auf einem Heuboden befand. Da sah ich plötzlich einen Lichtschein durch ein Loch im Fußboden schimmern.«

»Es ist einfach nicht zu glauben!«, murmelte Peter.

»Als ich dann hinuntersah, zog dieser Mann gerade den Revolver aus der Tasche und richtete ihn auf euch«, fuhr Jennifer mit belegter Stimme fort. »Oh, mein Gott! Ich dachte, ich würde in Ohnmacht fallen. Ich glaubte ganz fest, dass er euch alle beide erschießen wollte, und ich wusste einfach nicht, was tun. Zuerst wollte ich ganz laut schreien, um ihn abzulenken. Aber dann hielt ich Schreien für zu gefährlich. Also sprang ich kurzerhand hinunter und ihm ins Genick.«

»Ich verstehe. Ganz einfach so, wie?«, meinte Johnny. »Sie sprangen auf ihn hinunter... ohne daran zu denken, dass Sie sich ein Bein hätten brechen können, wenn nicht gar das Genick. Darauf, dass er zur Seite hätte ausweichen können, sind Sie wohl gar nicht gekommen, wie? Und was wäre dann jetzt mit Ihnen? Ich bitte um Verzeihung, Miss Perryn, aber ich möchte nochmals wiederholen, dass Sie mit bewunderungswürdigem Mut unter persönlichem Einsatz und mit Geistesgegenwart gehandelt haben. Sie haben aufs beste bewiesen, was es heißt, in einer gefährlichen Situation die Nerven zu behalten. Wir haben beide außerordentliches Glück gehabt, dass Sie uns durch die Stadt fahren sahen, und uns folgten.«

Jennifer errötete bis unter ihr blondes Haar.

»Das ist wirklich zu viel des Lobes«, brachte sie heraus und sah entsetzlich verlegen aus. »Es war gar nichts Besonderes dabei... es geschah alles ganz impulsiv. Ich bin so froh, dass ich Ihnen helfen konnte.«

»Trotzdem kommen wir nicht an der Tatsache vorbei, dass Sie uns das Leben gerettet haben«, wiederholte Johnny. »Nun, Doktor Conway, wie steht es mit Ihnen? Sind Sie bereit? Ich werde Sie jetzt zu Mr. Cromwell fahren, und ich würde Ihnen raten, ihm jetzt wirklich alles zu erzählen, was Sie wissen. Ich habe einen großen Teil Ihrer Unterhaltung mit diesem Mann gehört, und ich habe den Eindruck, dass Sie uns eine ganze Menge wertvoller Informationen vorenthalten haben.«

»Es tut mir leid. Ich habe mich entsetzlich dumm benommen«, murmelte Peter beschämt. »Ich musste erst solch einen Schock bekommen, um wieder zur Vernunft zu kommen. Ich werde Mr. Cromwell jetzt alles erzählen, was ich weiß. Irgendwann würde ich es sowieso getan haben. Ich habe seit gestern früh vor Angst und Sorgen nicht mehr ein noch aus gewusst.«

»Darf ich bitte auch mitkommen?«, drängte Jennifer eifrig. »Darf ich dabei sein, wenn Peter Mr. Cromwell alles erzählt?«

Johnny sah sie nachdenklich an und überlegte.

»Nach der Rolle, die Sie in diesem kleinen Drama gespielt haben, kann ich doch wohl schlecht nein sagen, Miss Perryn... meinen Sie nicht auch?« äußerte er dann. »Ich glaube sicher, dass Mr. Cromwell nichts dagegen einzuwenden haben wird. Zumindest hoffe ich das sehr.«. Sekundenlang machte er ein etwas zweifelndes Gesicht. »Bei diesem alten Burschen kann man so etwas nie vorher mit Gewissheit sagen. Also, erwarten Sie das Schlimmste und hoffen Sie das Beste.«

Jetzt gingen sie zu dem Wagen zurück. Es war eine seltsame Prozession, die sich um diese späte Stunde nach Tregissy hineinbewegte. Obwohl es schon sehr spät war, als sie die Polizeistation erreichten, war Cromwell noch auf; er saß in seinem kleinen Büro über einem ersten, zusammenfassenden Bericht für London gebeugt. Als die unerwartete Invasion in das winzige Zimmer erfolgte, zog er erstaunt die Augenbrauen hoch.

»Was soll das bedeuten, mein Sohn?«, erkundigte er sich ungewöhnlich milde. »Guten Abend, Miss Perryn. Guten Abend, Doktor Conway. Sie machen alle einen ziemlich aufgeregten Eindruck, meine Herrschaften.« Er musterte sie kritisch von oben bis unten. »Nicht nur aufgeregt, sondern auch einigermaßen verschmutzt. Waren Sie in einen gemeinsamen Autounfall verwickelt?«

»Einen Unfall könnte man es schon nennen, Mr. Cromwell! Wenn auch nicht gerade einen Autounfall«, platzte Peter atemlos heraus. »Ein Mann namens Blair wollte uns nämlich erschießen...; ich meine, Mr. Lister und mich... und er hätte es auch getan, wenn Miss Perryn nicht auf ihn heruntergefallen wäre und ihm dabei die Waffe aus der Hand geschlagen hätte.«

»Auf ihn heruntergefallen?«, wiederholte Cromwell und starrte Peter fassungslos an. »Was wollen Sie damit sagen... auf ihn heruntergefallen?«

»Sie war oben auf dem Heuboden...«

»Auf was für einem Heuboden?«

»Doktor Conway, wenn Sie nichts dagegen haben, werde ich das Ganze wohl besser erzählen«, unterbrach ihn Johnny Lister. »Ich habe Doktor Conway hierhergebracht, Old Iron, weil er etwas Wichtiges zu berichten bat. Aber ich glaube, es ist besser, wenn ich erst einmal schildere, was sich in der letzten Stunde ereignet hat.«

Johnny Lister berichtete. Kurz, prägnant, schilderte er die Vorgänge der Reihe nach. Er begann damit, wie er Peter auf die Landstraße nach Penro hinaus gefolgt war und kam schließlich zu den Vorfällen im Heuschober. Er suchte nicht nach Ausflüchten für sein ungeschicktes Verhalten und schrieb das Verdienst für ihre Rettung voll und ganz Jennifer zu. Dann machte er eine Pause und wartete in nervöser Erregung auf die sarkastischen Kommentare des Chefinspektors.

»Beruhige dich, Johnny«, sagte Ironsides unerwarteterweise. »Kein Grund, so schuldbewusst auszusehen. Als du in den Heuschober gingst, warst du nicht darauf vorbereitet, einem bewaffneten Mörder gegenüberzustehen. Du brauchst dir also keine Vorwürfe zu machen. Das war aber eine enorme Leistung von Ihnen, Miss Perryn. Sie haben mit großer Geistesgegenwart und persönlichem Mut gehandelt.«

»Peter möchte Ihnen etwas erzählen«, fiel Jennifer schnell ein. »Ich möchte es auch gern hören. Ich weiß ganz genau, dass er nichts Unrechtes getan hat. Peter, ich bitte dich, erzähle Mr. Cromwell alles, aber auch wirklich alles.«

»Unter diesen Umständen werde ich Ihnen das ja wohl schlecht abschlagen können, Miss«, antwortete Cromwell mürrisch. »Ich glaube, dass Sie ein Recht darauf haben mit anzuhören, was Ihr Verlobter zu berichten hat. Schön, Doktor Conway, fangen wir an. Aber ich möchte jetzt die volle und ganze Wahrheit hören. Ich weiß seit langem, dass Sie mir etwas verschweigen und ich warte schon, die ganze Zeit darauf, dass Sie endlich zur Vernunft kommen. Wer ist der Mann, den Sie im Heuschober getroffen haben?«

»Er heißt Blair... Jedenfalls hat er sich mir gegenüber so genannt. Er rief mich heute Abend an und bestellte mich zum Notruftelefon des Automobilclubs. Er ist ein Lügner. Er hat mir gesagt, er wohne im *Schwarzen Falken* in St. Hawes. Aber als ich gestern früh dort hinfuhr und mich nach ihm erkundigte, war er dort vollkommen unbekannt.«

»Recht so, Doktor Conway«, sagte Ironsides und lehnte sich bequem in seinem Sessel zurück. »Aber es hat keinen Zweck, den Dingen vorauszueilen. Wir wollen der Reihe nach vorgehen. Wann haben Sie diesen Mann das erste Mal gesehen, und wie kam es dazu?«

»Dienstagabend, gleich nachdem ich vom *Long Reach Hof* zurückkam«, antwortete Peter. »Ich habe Ihnen schon davon erzählt, Mr. Cromwell. Ich habe Ihnen erzählt, dass ich mit einer fingierten Nachricht dort hinausgelockt wurde. Als ich zurückkam, wartete dieser Mann bereits auf mich. Allerdings habe ich ihn nicht gleich gesehen. Erst... nachdem ich den Deckel zum Kofferraum meines Wagens hochgeklappt hatte, erschien er plötzlich und sprach mich an.«

»Und weiter. Sie öffneten also Ihren Kofferraum. Das haben Sie bisher noch nicht erwähnt, Doktor Conway. Sie waren entsetzt, nehme ich an, die Leiche von Molly Liskern darin zu entdecken...«

»Ich habe sie nicht umgebracht!«, schrie Peter dazwischen und sprang auf. »Sie... sie lag einfach da... im Kofferraum... erwürgt. Irgendjemand muss die Leiche in meinen Wagen getan haben, während ich beim *Long Reach Hof* war. Ich hatte keine Ahnung davon, bis ich den Wagen in die Garage fuhr. Da erst entdeckte ich einen Zipfel von Mollys Kleid, der aus dem Kofferraum heraushing. Ich fragte mich, was das wohl wäre und...«

»Einen Augenblick mal. Ihr Wagen stand bereits in der Garage, und Sie wollten gerade das Licht ausschalten und die Türen schließen, war es so?«

»Ja.«

»Ich schätze, dass draußen über den Garagentüren eine Lampe angebracht ist, die den heraushängenden Stoffzipfel beleuchtete«, fuhr Cromwell fort. »Sie entdeckten diesen erst jetzt, weil es draußen ja dunkel gewesen war. Sehr geschickt arrangiert. Sie sollten ihn unbedingt bemerken, sowie Sie nach Hause kamen.«

»Jetzt glaube ich das auch«, stimmte Peter resigniert zu. »Dieser Mann, der sich Blair nannte, tauchte, plötzlich mit einem jungen Hund auf dem Arm hinter mir auf. Ich hielt ihn für irgendeinen ganz gewöhnlichen Kurgast, der eben mit seinem kleinen, kranken Hund vorbeikam. Er schien über den Anblick von Mollys Leiche entsetzt zu sein. Aber er versicherte mir, er sei überzeugt davon, ich hätte nichts damit zu tun, weil ich dermaßen erschrocken aussähe. Er war sehr freundlich... gab sich ungeheuer hilfsbereit... und machte mir deutlich, dass ich meinen Hals selbst in die Schlinge stecken würde, wenn ich die Polizei benachrichtigte. Ich war damals vollkommen durcheinander und kopflos und glaubte jedes Wort, das er mir sagte. Mir wurde klar, dass er recht hatte und der Schein gegen mich sprach. Hatte ich nicht erst vor wenigen Tagen eine tolle Auseinandersetzung mit Molly gehabt und sie fristlos entlassen? Wie sollte ich der Polizei erklären, dass ich keine Ahnung hatte, auf welche Art und Weise die Leiche in meinen Kofferraum gekommen war? Wie es glaubhaft machen? Außerdem war ich da ja selbst auf Vermutungen angewiesen. Ich nahm zwar an, dass es passiert war, während ich den Wagen auf der Straße beim *Long Reach Hof* abgestellt hatte. Aber ich konnte es ja nicht beweisen, ja nicht einmal, dass ich überhaupt zum *Long Reach Hof* hinausgefahren war. Niemand konnte meine Aussage bestätigen, und deshalb hörte ich in meiner Verzweiflung auf das, was Blair sagte...«

»Einen Moment mal.« Cromwell hob die Hand und bremste Peters Redestrom für einen Augenblick ab. »Wo fand denn diese ganze Unterhaltung zwischen Ihnen und Blair statt? Draußen, vor Ihrer Garage?«

»Zuerst, ja. Dann meinte Blair, dass mir jetzt ein Whisky guttäte, und wir gingen hinein. Wir tranken jeder ein Glas, aber ich fühlte mich nicht viel besser danach. Blair wiederholte immer wieder, dass ich todsicher auf der Stelle wegen Mordverdachts verhaftet werden würde, wenn ich die Polizei informierte. Und je mehr ich ihm zuhörte, desto mehr verlor ich meine Nerven. So war mir noch nie in meinem Leben zumute gewesen. Wir tranken noch ein zweites Glas, und jetzt erfasste mich eine wilde Panik und machte mir jedes klare Denken unmöglich. Als Blair mein Segelboot erwähnte und vorschlug, es wäre der einzig mögliche Ausweg für mich, Mollys Leiche aufs Meer hinauszufahren und dort zu versenken, erschien mir diese Idee gar nicht so schlecht. Später wurde mir allerdings klar, dass ich vollkommen verrückt gewesen sein muss, auf solch einen Vorschlag jemals eingegangen zu sein...«

»Stop!«, unterbrach ihn Ironsides scharf. »Auf diesen Punkt möchte ich noch etwas näher eingehen. Als Sie Ihr zweites Glas Whisky getrunken hatten, übermannte Sie plötzlich eine wilde Panik. Mit anderen Worten, Sie verhielten sich plötzlich so, wie Sie sich normalerweise nicht verhalten haben würden. Sie waren total wirr im Kopf und keiner klaren Überlegung mehr fähig, würden Sie es so ausdrücken?«

»Ja, genau so war es.«

»Wer hat Ihnen den zweiten Whisky eingeschenkt, Doktor Conway? Sie selbst, oder...?«

»Herr im Himmel! Sie glauben doch nicht etwa...?« Peter brach ab und sah den Chefinspektor mit einem zunächst völlig verblüfften und dann höchst konzentrierten Ausdruck an. Er versuchte sich genau an jede Einzelheit zu erinnern, als er damals mit Blair in seinem Wohnzimmer gesessen und diskutiert hatte... »jetzt bin ich mir sicher, Mr. Cromwell«, sagte er schließlich. »Es war Blair, der mir mein zweites Glas eingeschenkt hat. Ich sehe es noch genau vor mir, wie er mir das Glas reicht.«

Ironsides nickte finster.

»Und kurz darauf würden Sie unsicher und gingen willenlos auf alle Vorschläge des Fremden ein«, führte er nüchtern aus. »Ich glaube, dass nicht der geringste Zweifel darüber bestehen kann, dass Ihr zweiter Whisky präpariert war.«

»Du lieber Gott! Mit einem Rauschgift, meinen Sie?«

»Oh, Peter!«, flüsterte Jennifer entsetzt.

»Ja, das vermute ich. Mit einer Droge, die zwar harmlos war, aber trotzdem eine starke Wirkung hatte«, erklärte Cromwell mit schmalen Lippen. »Es gibt einige solche Drogen, wie Sie sicher wissen. Mittel, die sehr schnell wirken und die Willenskraft für eine gewisse Zeitdauer lähmen. So, fahren Sie bitte fort, Doktor Conway. Das ist alles außerordentlich interessant. Ich finde es nur sehr bedauerlich, dass Sie mir diese Dinge nicht gleich bei unserer ersten Unterhaltung mitgeteilt haben.«

»Vielleicht hat das auch sein Gutes«, warf Johnny lebhaft ein. »Wenn Doktor Conway uns das alles damals nicht vorenthalten hätte, würde Blair sich bestimmt nicht heute Nacht mit ihm verabredet haben. Mein Gott, Old Iron, wie recht du hattest, als du mir befohlen hast, Doktor Conway im Auge zu behalten! Ganz egal, wer dieser Blair nun eigentlich ist und was für ein undurchsichtiges Spiel er treibt... jetzt sitzt er jedenfalls in der Tinte. Er muss flüchten. Nachdem, was sich heute Abend ereignet hat, kann er es nicht mehr wagen, sich irgendwo zu zeigen... weil er weiß, dass ich eine genaue Personenbeschreibung von ihm geben kann.«

»Lassen wir das mal bis später, Johnny«, meinte Cromwell. »Zunächst einmal möchte ich jetzt die restliche Geschichte unseres jungen Freundes hören... Also, Doktor Conway, dieser Mann schlug Ihnen vor, die Leiche des ermordeten Mädchens nach St. Hawes zu bringen und dort dann ins Wasser zu werfen, wie? Und Sie erklärten sich zunähst bereit dazu, und fuhren los.«

»Ja. Ich war einfach vollkommen durcheinander vor Furcht und Panik«, antwortete Peter. »Trotzdem begann ich, kaum, dass ich im Wagen saß, und nach St. Hawes unterwegs war, wieder klarer zu sehen. Und als mich dann Cobley noch anhielt und erwähnte, dass man Molly Liskern vermisse, kam ich endlich ruckartig zur Vernunft. Man suchte bereits nach Molly Liskern!« Peter seufzte tief auf. »Vermisst! Und wo war sie? In meinem Wagen... und tot! Jetzt hatte ich nur noch einen Wunsch... sie loszuwerden... und zwar so schnell wie möglich.«

»So dass Sie, statt zurückzufahren und nach diesem mysteriösen Mr. Blair Ausschau zu halten, Hals über Kopf anderthalb Kilometer weit fuhren und die Leiche des Mädchens hinter die Hecke legten«, nickte Ironsides nachdenklich. »Dann fuhren Sie auf dem kürzesten Weg nach Hause. Haben Sie in dieser Nacht Blair noch einmal gesehen?«

»Nein. Ich wartete die ganze Nacht, aber er kam nicht. Am nächsten Morgen fuhr ich zum *Schwarzen Falken* hinüber und erfuhr von Mr. Kettleby, dass Blair überhaupt nicht dort wohnte. Jetzt wusste ich mit Sicherheit, dass irgendetwas mit dem Fremden nicht in Ordnung war. Sehen Sie, Mr. Cromwell, es ist doch ganz offensichtlich, dass er Molly ermordet hat, finden Sie nicht auch? Und er wollte mir die Sache in die Schuhe...«

»Nein, das kommt nicht hin«, widersprach der Chefinspektor und runzelte die Augenbrauen. »Blair konnte auf keinen Fall an zwei Orten auf einmal sein. Das war unmöglich. Es muss noch einen zweiten Mann geben, nämlich den, der die Leiche beim *Long Reach Hof* in Ihren Wagen gesteckt hat. Aber Blair war im Bilde... er erwartete Sie vor Ihrer Garage... wartete, um die Leiche zu *entdecken*, falls Sie den Stoffzipfel übersehen sollten.«

»Oh, jetzt verstehe ich...«, erklärte Peter eifrig. »Jetzt wird mir so Verschiedenes klar. Die Mörder brauchten mich, um diese Leiche so gründlich loszuwerden, dass niemand sie mehr finden konnte. Wie Blair ja selbst sagte, würde niemand dahinterkommen, was mit Molly passiert war, wenn wir sie in die See warfen. Man würde allgemein annehmen, dass sie mit einem ihrer Freunde auf und davon gegangen wäre, meinte er. Und dann würde es keine polizeiliche Untersuchung und keine Jagd auf den Mörder geben.«

»Sie haben es erfasst, mein Sohn... wenn auch reichlich spät«, äußerte der Chefinspektor bedächtig. »Ich hoffe, dass es jetzt nichts mehr gibt, was Sie mir verheimlichen?«

»Nein, bestimmt nicht!«

»Gut, ich glaube Ihnen. Jetzt wollen wir die Zeiten noch einmal vergleichen. Um zwanzig nach zehn kam dieser Anruf des angeblichen Mr. Trevelyan vom *Long Reach Hof*.« Cromwell sprach langsam und konzentriert. »Zehn Minuten brauchten Sie bis zum Gehöft hinaus... also war es halb elf, als Sie ankamen. Dann dauerte es eine Viertelstunde, bis Sie dahinterkamen, dass es sich um einen dummen Streich zu handeln schien. Sie müssen also... sagen wir, gegen elf Uhr etwa wieder zu Hause gewesen sein. Sie haben keinerlei Beweis dafür, dass Sie tatsächlich zum *Long Reach Hof* hinausgefahren sind...?«

»Ich weiß, Mr. Cromwell, dass es schlecht für mich aussieht, aber es ist die reine Wahrheit«, unterbrach ihn Peter eindringlich.

»Nun, nicht ganz so schlecht, wie Sie fürchten, mein Junge. Ich habe nämlich die Sache mit dem angeblichen Telefonanruf nachprüfen lassen. Dabei hat sich herausgestellt, dass Sie zwar nicht vom *Long Reach Hof* angerufen worden sind, dafür aber von einer Telefonzelle, draußen, vor der Post... und zwar genau zwanzig nach zehn. Das muss offensichtlich der vermeintliche Spaßvogel gewesen sein... und das war, dies dürfen wir wohl als erwiesen ansehen, Blair. Außerdem haben Sie in gewisser Weise doch einen Zeugen, nämlich Sergeant Lister. Er hat ja den größten Teil Ihrer Unterhaltung, die Sie mit Blair in dem Heuschober hatten, mit- angehört. Aus dieser geht Ihre Situation Blair gegenüber ja klar und deutlich hervor. Hmmm! Ich weiß eigentlich nicht, was ich sagen soll. Sie haben sich zumindest sehr dumm benommen.«

Peter wartete ängstlich. Ihm gefiel der finstere, fast übelwollende Gesichtsausdruck des Chefinspektors gar nicht. Vor einer Weile war er, Peter, noch bester Dinge gewesen... in gewisser Weise hatte er sich direkt erleichtert gefühlt, dass er nun endlich die ganze fürchterliche Geschichte losgeworden war. Außerdem wirkte die kameradschaftliche, fast herzliche Art, in der der Chefinspektor mit seinem Assistenten umging, ausgesprochen beruhigend. Peter war erstaunt gewesen, als der Sergeant seinen strengblickenden Chef mit *Old Iron* anredete. Ebenso wenig hätte er es dem alten Brummbären zugetraut, dass er seinen jungen Assistenten so familiär mit dessen Vornamen ansprach. Die Atmosphäre war freundschaftlich und entspannt gewesen. Bis... ja, bis... Jetzt war er sich dessen nicht mehr so sicher.

»Ja, Doktor Conway, ich muss schon sagen, Sie haben sich sehr dumm benommen«, wiederholte Ironsides und hob den Kopf, um Peter scharf in die Augen zu sehen. »Sie wissen genau, was Ihre verdammte Pflicht und Schuldigkeit gewesen wäre, als Sie die Leiche des Mädchens im Kofferraum Ihres Wagens gefunden hatten. Sie hätten - darüber sind Sie sich ja wohl nicht länger im Zweifel - sofort die Polizei informieren müssen.«

»Ja, Mr. Cromwell. Inzwischen ist mir das ja auch klargeworden...«

»Sie hätten überhaupt nicht auf die Vorschläge dieses Fremden, der da so plötzlich gerade in jenem kompromittierenden Augenblick auftauchte, hören dürfen«, fuhr der Chefinspektor kalt fort. »Als Sie sich auf diesen verbrecherischen Plan einließen, begaben Sie sich in eine äußerst prekäre Situation.«

»Aber er wollte doch gar nicht...«, fiel ihm Jennifer heftig ins Wort.

»Wenn Sie mich bitte nicht unterbrechen würden, Miss«, fuhr sie Cromwell an. »Ihr Verlobter hat sich wie ein Narr benommen. Er gibt zu, *ruckartig zur Vernunft* gekommen zu sein, nachdem ihn Wachtmeister Cobley angehalten hatte. Aber was tut er? Er fährt noch eineinhalb Kilometer weiter, dann hält er an, hebt die Leiche dieses armen Mädchens aus seinem Kofferraum, und legt sie einfach hinter die Flecke. Und anschließend fährt er friedlich nach Hause.« Die ganze Zeit über hatte der strenge Blick des Chefinspektors Peter nicht eine Sekunde losgelassen. »Ich nehme an, Sie wissen wohl selbst, mein Junge, dass ich gegen Sie Anklage wegen Beihilfe zum Mord erheben könnte... wegen Begünstigung, wie man das nennt.«

»Ja«, murmelte Peter zerknirscht.

»Machen Sie nicht solch ein niedergeschlagenes Gesicht. Ich habe es ja gar nicht vor«, meinte Ironsides, und seine finsteren Züge entspannten sich. »Sie haben sich in der Tat maßlos dumm benommen, aber ich will Ihnen zugutehalten, dass Sie sich in einer verteufelten Situation befanden. Außerdem bin ich der Ansicht, dass Sie immer noch unter den Nachwirkungen der Droge standen. Am nächsten Morgen war es dann zu spät... Sie saßen in der Klemme... nachdem Sie nun einmal in der Nacht Cobley angelogen hatten. Das haben Lügen nun einmal so an sich, Doktor Conway... dass eine immer eine neue nach sich zieht. Man reitet sich immer tiefer hinein in den Sumpf. Ich habe schon manchen Verbrecher geschnappt, weil er irgendwann, einmal anfing, ein paar ganz harmlose Lügen zu erzählen.«

»Aber Peter ist doch kein Verbrecher!«, protestierte Jennifer empört. »Oh, Peter, jetzt verstehe ich, warum du mir unter gar keinen Umständen die Wahrheit über den Telefonanruf sagen wolltest!«

»Was für einen Telefonanruf?«, fuhr Cromwell scharf dazwischen.

»Heute Morgen«, erklärte Peter. »Es war Blair. Jennifer war zu Besuch gekommen, wir standen in meiner Praxis; ich warf den Hörer wütend auf die Gabel zurück und erklärte ihr, es wäre eine falsche Verbindung gewesen. Als Blair mich dann heute Abend wieder anrief und zu der Notrufsäule bestellte, erwähnte er, dass er es im Laufe des Tages mehrfach versucht hätte, mich zu erreichen. Aber ich war praktisch die ganze Zeit über unterwegs gewesen.«

»Um ihm auszuweichen, wie?«, meinte Cromwell und nickte. »Nun, es ist spät geworden. Sie sollten Miss Perryn jetzt lieber nach Hause bringen.«

Peter musste sich räuspern, ehe er etwas sagen konnte.

»Es... es ist unerhört nett von Ihnen, Mr. Cromwell, die Sache so zu nehmen. Ich wünschte, ich könnte es irgendwie gutmachen. Bitte, glauben Sie mir, ich wusste wirklich nichts von Mollys Tod, bis ich sie in meinem Kofferraum fand. Seitdem lebe ich wie unter einem Alpdruck. Wer kann sie denn bloß dort hineingelegt haben? Es kann doch nur so sein, dass jemand zum *Long Reach Hof* kam und es ausnützte, dass ich fort war und meinen Wagen am Straßenrand abgestellt hatte.«

»Zweifelsohne«, stimmte Cromwell ihm zu. »Und ich bin ebenso fest überzeugt davon, dass der gleiche Mann sich den Wagen Ihres Vaters auf dem Parkplatz vor dem Kino *ausgeliehen* hat, Miss Perryn. Das ist ein außerordentlich interessanter Gesichtspunkt, für den ich bisher noch keine Erklärung weiß.«

»Es ist alles so vollkommen irrsinnig«, meinte Jennifer. »Weshalb musste der Jemand denn unbedingt unseren

Wagen für diese scheußliche Sache benutzen? Das ergibt alles so gar keinen Sinn, finde ich. Und es ist nicht nur so sinnlos, sondern mehr noch... es war doch außerordentlich gefährlich. Wer hat denn Molly Liskern nun wirklich ermordet, Mr. Cromwell? Und warum?«

»Das, meine liebe Miss Perryn, frage ich mich auch«, entgegnete der Chefinspektor und stand auf. »Ich muss Sie morgen noch einmal sprechen, Doktor Conway. Es gibt mir zu denken, dass Blair unbedingt wollte, dass Sie die Leiche des Mädchens auf die offene See hinausfahren. Da steckt irgendwie noch mehr dahinter.«

»Meinen Sie?«, fragte Peter eifrig. »Ob Sie es mir nun glauben oder nicht, genau das habe ich mir auch schon überlegt.«

»Schön, aber reden Sie nicht darüber«, warnte Ironsides. »Behalten Sie alles, was heute Abend vorgefallen ist, für sich. Und Sie ebenfalls, Miss Perryn. Je weniger darüber bekannt wird, desto besser. So, nun wünsche ich Ihnen beiden eine gute Nacht.«

Peter, der erleichtert und fast sorglos aussah, nahm Jennifer beim Arm und führte sie aus der Polizeistation hinaus auf die Straße. Ihre stürmischen Dankesbeteuerungen waren von Cromwell kurz abgeschnitten worden.

»So, Johnny, uns bleibt noch allerhand zu tun, bevor wir schlafen gehen.« Ironsides Verhalten war plötzlich sehr straff und entschieden. »Setz dich jetzt hin und fertige eine ausführliche und genaue Beschreibung dieses Mannes an. Du musst ihn ja im Schein der Taschenlampe ganz klar und deutlich gesehen haben.«

»Ja, das habe ich. Ich kann ihn bis ins kleinste Detail beschreiben.«

»Gut, dann tu das. Es ist noch früh genug, um Powell in Penro anzurufen«, erklärte Ironsides. »Wenn er dienstlich unterwegs ist, werden sie dort schon wissen, wo er zu finden ist. Gib ihm Blairs Beschreibung durch und sage ihm, er soll sie vervielfältigen und an alle Hotels in der Grafschaft verteilen. Wenn es heute Nacht noch möglich ist, umso besser. Aber zumindest muss es morgen früh gleich als erstes geschehen. Dieser schlaue Vogel, der sich da als Feriengast tarnt, muss irgendwo hier ganz in der Nähe stecken, und wir müssen ihn erwischen. Es sieht fast so aus, als ob er der Schlüssel zu dem ganzen Rätsel wäre.«

Johnny Lister starrte den Chefinspektor verblüfft an.

»Was für ein Rätsel?«, wollte er erstaunt wissen. »Ein Mädchen ist ermordet worden. Und zwar von einem Mann, der plötzlich Angst bekam, dass sie ihm Unannehmlichkeiten machen würde...«

»Herr im Himmel, Johnny! Gebrauche doch ein einziges Mal deinen Verstand!«, unterbrach ihn Bill Cromwell ungeduldig. »Dieser Mordfall ist keineswegs eine so einfache Angelegenheit, wie es auf den ersten Blick aussieht. Hinter dieser ganzen Geschichte steckt etwas viel Abgründigeres, als bisher davon an der Oberfläche sichtbar geworden ist.«

Elftes Kapitel

Am nächsten Morgen, als Ironsides und Johnny beim Frühstück saßen, wurde ihnen gemeldet, dass Chefinspektor Cromwell am Telefon verlangt würde, Inspektor Powell sei am Apparat. Cromwell stand auf und ging zur Kabine in der Halle.

»Es handelt sich um diesen Steckbrief des Mannes, der sich Paul Blair nennt, Sir«, ertönte die Stimme des Inspektors, nachdem Ironsides sich gemeldet hatte. »Sie sind heute Morgen in der gesamten Grafschaft verteilt worden. Jetzt hat soeben das *Schlosshotel* hier aus Penro angerufen... das Hotel liegt keine hundert Meter von der Polizeistation entfernt.«

»Ja, und?«

»Ich mache mir Sorgen über das, was Sie mir letzte Nacht erzählt haben, Mr. Cromwell«, wechselte Powell plötzlich unvermittelt das Thema. »Wegen des jungen Conway, meine ich. Glauben Sie, dass es klug war, ihn auf freiem Fuß zu lassen? Wäre es nicht besser gewesen, ihn gleich nach seinem Geständnis wegen Begünstigung zu verhaften? Er hat sich doch immerhin, alles in allem gesehen, ziemlich eigenartig verhalten.«

»Bleiben wir beim Thema«, wies ihn Ironsides knapp zurecht. »Was wollte dieses *Schlosshotel* denn?«

»Der Geschäftsführer hat vor fünf Minuten hier angerufen und erklärt, dass unsere Beschreibung genau auf einen Mann namens John White zuträfe, der die letzte Woche über bei ihm gewohnt hätte. Es handle sich bei diesem Mr. White allerdings ganz offensichtlich nur um einen gewöhnlichen Feriengast. Er fährt einen Ford Zephyr, eine Limousine. Dieser Mann ist nun gestern nach dem Abendbrot fortgegangen und bis jetzt noch nicht zurückgekommen. Auch heute Morgen nicht.«,

»Wie steht es mit dem Gepäck?«

»Das befindet sich noch auf seinem Zimmer.«

»Klingt nicht schlecht, Mr. Powell. Ich bin spätestens in einer halben Stunde bei Ihnen.«

Ironsides hielt Wort, und als sie vorfuhren, erwartete Inspektor Powell die beiden Beamten bereits vor der Polizeistation. Es war ein herrlicher Morgen, die Sonne schien von einem wolkenlosen, strahlend blauen Himmel.

»Ein richtiger Frühsommertag, Sir«, begrüßte Powell ihn. »Nur leider ein bisschen früh im Jahr. Wenn es bei uns im Mai schon so schön ist, wird der Rest des Sommers meist umso schlechter.« Er sah Johnny an. »Sie scheinen vergangene Nacht verteufeltes Glück gehabt zu haben, Sergeant. So wie ich es verstanden habe, hat der Kerl Sie mit dem Revolver bedroht? Scheußlich! Sagen Sie, stimmt es wirklich, dass Miss Perryn vom Heuboden aus auf ihn hinabgesprungen ist...?«

»Ja, es stimmt tatsächlich. Ich habe Ihnen diese Details ja vergangene Nacht selbst telefoniert«, unterbrach ihn Cromwell unwillig. »Nach dem, was Lister mir berichtet hat, haben wir es mit einem außerordentlich gefährlichen Mann zu tun. Ich habe den Revolver übrigens mitgebracht und möchte, dass er auf Fingerabdrücke untersucht wird. Wenn Miss Perryn nicht derartig geistesgegenwärtig und mutig gewesen wäre, hätte es Lister und Conway ohne weiteres das Leben kosten können.«

»Unwahrscheinlich«, murmelte Powell und schüttelte verwundert den Kopf. »So ein hübsches junges Mädchen! Man würde nicht denken, dass sie derartig gute Nerven hätte, nicht wahr? Verdammt schneidig von ihr! Nun, Sir, es sieht ganz so aus, als ob unser Mann hier direkt vor unserer Nase gesessen hätte, wenn ich mich so ausdrücken darf. Dieser verschwundene John White entspricht in jeder Einzelheit Ihrer Beschreibung. Muss ein ziemlich waghalsiger Bursche sein, wenn er hier so ganz offen wohnte.«

»Herrgott noch mal, was ist denn daran schon Waghalsiges?«, antwortete ihm Ironsides ungeduldig. »Wir wissen ja bisher noch nicht einmal mit Sicherheit, ob er überhaupt unser Mann ist... aber selbst wenn, dann kann ich wirklich nichts Waghalsiges dabei sehen, in einem Hotel hier im Ort zu wohnen. Irgendwo musste er ja schließlich wohnen! Wenn der sorgfältig ausgearbeitete Plan des Mörders wie erwartet abgelaufen wäre... das heißt, wenn Conway sich an die ihm gegebenen Spielregeln gehalten hätte, statt einfach abzuspringen... wäre nie auch nur die leiseste Spur eines Verdachtes gegen Blair... oder White, wie er nun richtig heißen mag... aufgekommen. Und selbst nachdem es verquer gelaufen war, konnte er sich noch absolut sicher fühlen, solange Conway seinen Mund hielt... und das tat dieser ja auch bis vergangene Nacht. Ich bin überzeugt davon, dass Blair sich langsam in eine Panik hineinsteigerte aus Furcht, Conway würde über kurz oder lang doch noch zur Polizei gehen. Er hatte vor, Conway letzte Nacht umzulegen, aber darauf war ich vorbereitet.«

»Sie waren darauf vorbereitet, Sir?«

»ja, das war ich. Allerdings!«, schnauzte der Chefinspektor. »Es geschah nämlich auf meine Anweisung hin, dass

Lister Conway beschattete. Und als Conway zu seinem Rendezvous fuhr, folgte Lister ihm.«

»Was wir allerdings nicht ahnten, Mr. Powell, war, dass Miss Perryn wiederum mir folgte!«, seufzte Johnny dankbar. »Hätte sie das nicht getan, würde ich wohl kaum mehr hier stehen. Dieser gemeine Lump hätte uns glatt beide über den Haufen geschossen. Selbst wenn einer von uns Glück gehabt und dem ersten oder zweiten Schuss entgangen wäre, konnte über den Ausgang von vorneherein kein Zweifel bestehen. Wenn ein Mann mit einem vollgeladenen Revolver zu schießen anfängt, hält er das Heft in der Hand.«

»So wie Sie es da schildern, scheint der Mann tatsächlich gefährlich zu sein«, gab Powell den Londoner Kriminalbeamten recht. »Trotzdem erscheint das Ganze so unwahrscheinlich. Mr. Benn schilderte seinen Gast als einen höflichen Mann mit auffallend guten Manieren. Es ist wohl am besten, Mr. Cromwell, wenn wir zu Mr. Benn hinübergellen und Sie selbst einmal mit ihm sprechen.« Das *Schlosshotel* lag ein Stück weiter die verkehrsreiche Hauptstraße von Penro hinunter. Es war ein altes, wohlrenommiertes Gasthaus, das schon zur Zeit der Postkutsche erbaut, und damals einer der wichtigsten Poststationen in Cornwall war. Die von wildem Wein überwucherte Vorderfront war wunderschön. Auch heute zählt das *Schlosshotel* noch zu den ersten Häusern am Platz.

Mr. Benn, der Geschäftsführer, der sie zuvorkommend empfing, war ein unwahrscheinlich beleibter Mann, dessen zahlreiche Doppelkinne in Ringen auf seinem Hemdkragen ruhten. Er machte einen besorgten und unruhigen Eindruck, als er seinen Gästen in das Privatbüro vorausging.

»Ich hoffe von Herzen, dass Mr. White nicht der Mann ist, hinter dem Sie her sind, Chefinspektor«, meinte er und ließ sich schwerfällig in den massiven Sessel hinter seinem Schreibtisch sinken. »Es ist nur diese Beschreibung, die Sie durchgegeben haben... sie trifft so hundertprozentig auf ihn zu. Und das wäre mir vielleicht noch nicht einmal aufgefallen, wenn wir. Mr. White seit heute Morgen nicht vermissen würden.«

»Beschreiben Sie uns bitte Mr. White«, forderte Ironsides ihn höflich auf.

»Nun, er entspricht eben vollkommen dem Steckbrief, den Sie in Umlauf gesetzt haben... er ist eher groß, würde ich sagen, hält sich kerzengerade, hat ein gutgeschnittenes Gesicht... und man könnte ihn als einen auffallend gut aussehenden jungen Mann bezeichnen... er ist elegant angezogen und vornehm in seinem Auftreten. Vielleicht ein wenig hart in seiner Ausdrucksweise, aber sonst wäre wirklich nichts gegen ihn einzuwenden. Außerdem war Mr. White stets sehr großzügig. Er war allgemein sehr beliebt.«

»Wann haben Sie ihn das letzte Mal gesehen?«

»Das muss gestern Abend so um halb zehn herum gewesen sein«, gab Mr. Benn Auskunft. »Ich kann es mir einfach nicht anders vorstellen, als dass er einen Unfall gehabt hat. Ich halte es für völlig ausgeschlossen, dass er der Mann sein soll, den Sie suchen. Außerdem heißt er ja auch gar nicht Blair. Er ist nur für einen Spaziergang fortgegangen und kommt einfach nicht zurück.«

»Spaziergang? Ist er denn nicht mit seinem Wagen fortgefahren?«

»Nein.«

»Dann steht sein Wagen immer noch hier?«

»Ja, im Hof. Mr. White nahm sich bei diesem Wetter nicht die Mühe, ihn in die Garage zu stellen. Man kann bequem hinein- und herausfahren, wenn man ihn einfach im Hof stehen lässt.«

»Pflegte Mr. White oft spazieren zu gehen?«

»Nein, soweit ich weiß, war dies das erste Mal, dass er zu Fuß fortging«, überlegte Mr. Benn stirnrunzelnd. »Mr. Cromwell, ich bin der Ansicht, dass letzte Nacht irgendetwas passiert ist. Die ersten Anzeichen dafür machten sich gestern Abend bei Tisch bemerkbar… genauer ausgedrückt, als Mr. White sein Abendessen fast beendet hatte. Er wurde ans Telefon gerufen, und als er an seinen Platz zurückkehrte, sah er irgendwie beunruhigt aus… ausgesprochen nervös, könnte man sagen. Ich saß gerade selbst beim Abendessen an meinem Ecktisch, und von dort aus musste ich es automatisch bemerken. Er aß seinen Nachtisch nicht einmal mehr auf und fuhr in offensichtlicher Eile mit seinem Wagen fort.«

»Mit seinem Wagen? Um welche Zeit war das?«

»Etwa halb neun, schätze ich. Als er zurückkam, stand ich hinter der Bar«, fuhr der Geschäftsführer fort. »Das war kurz vor halb zehn. Und da benahm er sich irgendwie seltsam. Deshalb war ich auch heute früh besorgt, als ich hörte, dass er noch nicht zurück sei, und dann kam obendrein noch Mr. Powells Bericht. Ihre Beschreibung, Inspektor, war so zutreffend…«

»Um noch einmal auf gestern Abend zurückzukommen, Mr. Benn«, unterbrach ihn Cromwell. »Um halb zehn standen Sie also hinter der Bar. Sie sagten soeben, Ihnen wäre aufgefallen, dass Ihr Mr. White sich irgendwie seltsam benahm. In welcher Beziehung seltsam?«

»Nun, er war irgendwie durcheinander und... ja, und bleich wie der Tod war er«, entgegnete der Geschäftsführer und nickte bestätigend mit dem Kopf, dass seine Kinne wogten. »Ich fragte ihn noch, ob er krank wäre, aber er gab mir gar keine Antwort, sondern bestellte nur einen doppelten Whisky. Diesen stürzte er mit einem Schluck hinunter, pur, und bestellte sich sofort einen neuen. Daraufhin erkundigte ich mich abermals, ob er krank sei, und er sagte, nein, er sei vollkommen gesund. Es fehlt mir nichts, erklärte er, ich habe mich nur eben ziemlich erschrocken. Wäre doch in der Dunkelheit um ein Haar in eine Schafherde hineingelaufen. Das klang ziemlich dünn, fand ich. Ein Mann wird nicht ganz blass und gerät vollkommen durcheinander, bloß weil er in eine Schafherde hineinläuft. Er erklärte, er fühle sich nach dem Whisky schon viel besser. Aber er würde noch etwas Spazierengehen, frische Luft täte immer gut. Damit ging er hinaus, um noch einen Spaziergang zu machen.«

»Sofort?«

»Wieso fragen Sie danach, Mr. Cromwell?«, fuhr es dem Geschäftsführer verblüfft heraus. »Nein, nicht sofort. Er ging zuerst noch einmal nach oben, auf sein Zimmer. Allerdings war er nach kaum einer Minute wieder unten.«

»Und danach haben Sie ihn nicht mehr gesehen?«

»Nein. Als wir abschließen wollten, war er noch nicht zurückgekommen, und ich ließ deshalb die Vordertür wegen ihm nur eingeklinkt. Heute Morgen berichtete man mir dann, dass sein Bett unberührt sei.«

»Würden Sie uns bitte auf sein Zimmer führen, Mr. Benn.«

Trotz der höflichen Formulierung zeigte Cromwells Ton deutlich, dass dies als ein Befehl aufzufassen war. Mr. Benn führte die Herren widerspruchslos zur ersten Etage hinauf und öffnete ihnen die Tür zu einem großen, sonnigen Zimmer, das auf den Park hinausging. Das runde, gerötete Gesicht des dicken Geschäftsführers spiegelte deutlich seine Verblüffung und Empörung wider, als Ironsides ihm höflich, aber bestimmt die Tür vor der Nase zumachte.

Johnny war ganz aufgeregt.

»Kein Wunder, dass White nicht mehr nach Hause gekommen ist, Old Iron!«, rief er atemlos aus. »Ich kann mir vorstellen, dass es ihm bei seinem Treffen mit Conway an der Notrufsäule viel zu gefährlich erschien, mit seinem Wagen gesehen zu werden, deshalb ging er zu Fuß.«

»Und bevor er ging«, führte Cromwell grimmig weiter aus, »lief er noch einmal nach oben auf sein Zimmer, um den Revolver einzustecken. Ich halte ihn nicht für den Typ Verbrecher, der immer mit der geladenen Waffe in der Tasche herumläuft. Dies aber war ein besonderer Anlass. Er hatte sich mit Conway verabredet, um ihn zu töten.«

»Du lieber Gott! Stell dir nur seine Gefühle nach der Panne in dem Heuschober vor, Old Iron«, flüsterte Johnny mit fast versagender Stimme. »Alles war danebengegangen... Zuerst tauchte ich plötzlich auf, und der Schuft war gezwungen, seine Aufmerksamkeit zwischen Conway und mir zu teilen Dann fällt aus heiterem Himmel Miss Perryn auf ihn herunter, schlägt ihm dabei den Revolver aus der einen Hand und aus der anderen seine Taschenlampe. Das einzige, was ihm noch übrig blieb, war, sich so schnell wie möglich aus dem Staub zu machen.« Johnny schnitt ein wütendes Gesicht. »Und wenn es nicht so verdammt dunkel in diesem elenden Schober gewesen wäre, hätte er nicht einmal das geschafft.«

»Ja, mein Sohn, es ist gewiss nicht schwer sich vorzustellen, in was für einem Zustand der Mann war, als er in die dunkle Nacht hinausfloh. Es war ihm vollkommen klar, dass du ihn im vollen Strahl der Taschenlampe gesehen hattest; er wusste, dass du sofort eine genaue Beschreibung von ihm durchgeben würdest. Er konnte es nicht wagen, noch einmal in sein Hotel zurückzukehren. Ja, nicht einmal seinen Wagen durfte er riskieren zu holen. Jetzt ist er im wahrsten Sinne des Wortes auf der Flucht, und wir können nicht ahnen, wo er sich zur Zeit herumtreibt.«

»Aber mit dieser genauen Beschreibung, die überall bekanntgemacht wird, werden wir ihn bestimmt bald aufspüren«, meinte Johnny zuversichtlich. »Entweder hetzt er irgendwo durch die Gegend und versucht Raum zu gewinnen oder er versteckt sich hier ganz in der Nähe.«

Ironsides war damit beschäftigt, den Inhalt eines Handkoffers zu durchsuchen, der auf einem Kofferbock am Fußende des Bettes stand. Die Kleidungsstücke verrieten nichts von Whites wirklicher Identität. Ein heller Sommeranzug wies zwar das Firmenschild eines bekannten Herrengeschäftes aus dem West-End auf, aber er enthielt keinerlei Papiere oder sonstige persönliche Gegenstände. Ebenso stand es mit den Hemden und der Unterwäsche. Kein Name... keine Wäschereizeichen. Das ganze Zimmer war vollkommen unpersönlich, es enthielt nicht den kleinsten Hinweis auf die Person seines Besuchers, keine Briefe, Bücher oder gar einen Pass... nein, nichts, überhaupt nichts.

»Obwohl Blair ja nicht voraussehen konnte, dass er letzte Nacht in sein Verderben rennen würde, ist er sorgfältig darauf bedacht gewesen, nichts in diesem Zimmer zurückzulassen, das irgendeinen Aufschluss über seine wahre Identität geben könnte«, stellte Cromwell resigniert fest, nachdem eine sorgfältige Durchsuchung nicht das geringste Resultat gezeitigt hatte. »Ich bezweifle, ob Blair sein wirklicher Name war... und White ebenso wenig. Er hielt sich aus einem ganz bestimmten Grund in dieser Gegend auf, Johnny... aus einem unzweifelhaft gesetzwidrigen Grund. Damit meine ich nicht einmal den Mord an diesem Mädchen.«

Johnny sah ihn fragend an.

»Was habe ich denn da bloß schon wieder übersehen und du nicht, Old Iron?«, erkundigte er sich niedergeschlagen. »Was für einen gesetzwidrigen Grund meinst du denn nur?«

»Das kann ich dir leider nicht verraten, mein Sohn, und zwar aus dem einfachen Grund, weil ich es, ehrlich gesagt, selbst noch nicht weiß«, gab der Chefinspektor achselzuckend zurück. »Es ist nur so eine nebelhafte Idee von mir, noch ganz vage. Ich hoffe, dass plötzlich irgendetwas ans Tageslicht kommt, was meiner Vermutung schärfere Umrisse gibt.«

Als die beiden Beamten von Scotland Yard wieder in die Halle hinunterkamen, fanden sie dort Inspektor Powell, in ein Gespräch mit dem Geschäftsführer vertieft, vor. Powell hatte dem beleidigten Dicken gerade erklärt, dass er, Powell, in Kürze seine Leute von der technischen Abteilung vorbeischicken würde, damit diese Aufnahmen von dem Zimmer, das White bewohnt hatte, machten. Außerdem sollten zwei andere Beamte den Raum nach Fingerabdrücken untersuchen. Inspektor Powell zog ein enttäuschtes Gesicht, als er hörte, dass seine Kollegen von Scotland Yard nicht den geringsten Erfolg gehabt hatten. Ironsides und Johnny hielten sich nicht erst lange mit ihm auf. Sie überließen es Powell, mit Mr. Benn ins Reine zu kommen. Stattdessen gingen sie direkt weiter in den Hof des Hotels, wo der Ford Zephir des Mannes, der seine Identität so sorgfältig verschleierte, immer noch friedlich stand, wie dieser ihn gestern abgestellt hatte.

»Fast neu... ein diesjähriges Modell... mit einer Londoner Nummer«, stellte Ironsides fest, während er langsam um das Fahrzeug herumging. »Wir müssen den Eigentümer des Wagens feststellen, Johnny, wenn ich mir auch nicht viel davon erwarte. Wahrscheinlich wird es sich herausstellen, dass der Wagen gestohlen ist und die Nummernschilder falsch sind.«

Die Türen waren unverschlossen, aber der Zündschlüssel war abgezogen. Cromwell öffnete die Tür auf der Seite des Fahrersitzes und warf einen kritischen Blick in das Innere. Die Fächer im Armaturenbrett waren leer... und auch sonst war im ganzen Wagen nichts zu finden. Dieser mysteriöse Mr. White schien offenbar nicht einen einzigen persönlichen Gegenstand zu besitzen.

»O lala!«, murmelte der Chefinspektor plötzlich leise vor sich hin.

»Hast du etwas entdeckt, Old Iron?«

»Ich denke, ja. Hier, sieh her, Johnny.«

Ironsides wies mit dem Finger auf den Aschenbecher rechts neben dem Steuerrad, und Johnny starrte verwundert dieses so keineswegs ungewöhnliche Behältnis an.

»Na ja. Und was ist daran Besonderes?«, erkundigte er sich. »Nichts als Zigarettenstummel. Was erwartet man denn sonst in einem Aschenbecher zu finden?«

»Nachdenken, mein Sohn! Erst denken, dann sprechen! Dies sind nämlich... wie du selbst sehen solltest... keine gewöhnlichen Kippen«, rügte der Chefinspektor. »Wann lernst du endlich deine Augen zu gebrauchen? Hier, sieh doch!« Er schob die Zigarettenstummel mit dem Finger auseinander. »Die meisten Kippen haben ein Korkmundstück und stammen von einer vielgerauchten Sorte... Aber hier, diese drei sind Gauloises, französische Zigaretten also. Was glaubst du, wie viele Leute in einer Kleinstadt wie dieser wohl Gauloises rauchen?«

»Also?«

»Also muss ein Mann, der eine Vorliebe für französische Zigaretten hat, in diesem Wagen neben White gesessen haben... wir wissen nur leider nicht, wie lange das her ist«, meinte Cromwell stirnrunzelnd. »Diese Kippen können von gestern Abend stammen, ebenso gut aber auch eine Woche alt sein. Trotzdem ist das Vorhandensein der Gauloises-Stummel hochinteressant.«

»Ich verdammter Dummkopf... Bitte, sprich weiter, Old Iron«, sagte Johnny hörbar zerknirscht. »Wenn diese Zigarettenstummel auch vielleicht etwas verraten... zum Teufel noch mal, mir bleibt es schleierhaft, was daran so sensationell sein soll.«

»Wie du dich erinnern wirst, Johnny, hatten wir gestern eine kurze Unterhaltung mit Doktor Gregory Halterby, und zwar in seinem Büro, in Tregissy«, sprach Cromwell weiter. Du wirst bemerkt haben, dass Doktor Halterby während unseres gemütlichen Meinungsaustausches geraucht hat wie ein Schlot...«

»Oh...! Natürlich, du hast vollkommen recht!«, fiel ihm Johnny temperamentvoll ins Wort, »Ich rieche es geradezu wieder, und jetzt sehe ich auch, worauf du hinauswillst.« Er brach mit verwundertem Gesicht ab. »Du glaubst doch nicht etwa, dass zwischen Doktor Halterby und Blair, alias White, ein Verbindung besteht?«

»Ich glaube lediglich, mein Sohn, dass wir uns jetzt auf den Weg zu Doktor Halterby machen sollten, um uns noch ein wenig mit ihm zu unterhalten«, erklärte Ironsides milde. »Eines steht jedenfalls fest, und zwar, dass er während unseres Besuches nur französische Zigaretten geraucht hat; und ebenso steht fest, dass er vor Angst kaum aus noch ein wusste, und dass er gelogen hat wie gedruckt! Und da soll es nur ein harmloser Zufall sein, dass wir in Whites Wagen Stummel von französischen Zigaretten entdecken? Das erscheint mir mehr als unwahrscheinlich. Ich weiß, dass es hin und wieder merkwürdige Zufälle gibt, aber nicht, wenn einem die Tatsachen so ins Auge springen wie hier.«

»Ja, das ist sogar mir vernageltem Dummkopf aufgefallen. Der Bursche hat gelogen wie gedruckt, als du ihm Fragen gestellt hast, Old Iron... Er war unruhig, als ob er auf glühenden Kohlen säße. Aber was soll denn nur um Himmels willen für eine Verbindung zwischen einem angesehenen Kleinstadtanwalt und einem *Gauner im Frack*, wie White, bestehen?«

»Das ist mir eben auch noch ein Rätsel, und deshalb werden wir ja auch jetzt zu ihm fahren... um es an Ort und Stelle herauszufinden, falls es uns gelingt. Es scheint mir genau der richtige Zeitpunkt dafür zu sein. Also, auf nach Tregissy zu Doktor Halterby!«

Es war charakteristisch für Cromwell, dass der Inspektor Powell gegenüber nichts von seinen neuesten Vermutungen äußerte. Er ließ den hiesigen Inspektor auf der Polizeistation in Penro zurück im vollen Bewusstsein seiner Wichtigkeit, und außerordentlich beschäftigt damit, Anweisungen bezüglich der Spurensuche in Whites Zimmer zu geben... und fuhr mit Johnny allein nach Tregissy hinüber.

Der eifrige junge Sergeant war riesig gespannt. Es sah so aus, als ob sie endlich einmal einer vielverheißenden Spur nachjagten. Ohne Zweifel war Halterby, der angesehene Rechtsanwalt, in die Mordaffäre Molly Liskern verwickelt. Sein Benehmen während des kurzen und höflich kaschierten Verhörs durch Cromwell war aufschlussreich gewesen.

»Ich hatte sowieso beabsichtigt, mir Halterby in Kürze einmal etwas gründlicher vorzunehmen«, meinte Cromwell während der Fahrt. »Diese Sache mit den Zigaretten gibt mir den notwendigen Vorwand.«

Als Johnny langsam die Hauptstraße von Tregissy entlangfuhr und schließlich vor dem alten georgianischen Haus des Anwalts anhielt, zeigte sich das kleine Städtchen im Schein der goldenen Morgensonne von seiner allerbesten Seite. Die Hauptstraße lag verschlafen und fast verlassen da. Wachtmeister Cobley stand lässig gegen die Tür der kleinen Polizeistation gelehnt; Willie Parr saß rittlings auf dem Ende eines alten Pferdetroges, einem Überbleibsel aus der guten alten Zeit, welcher auf dem Bürgersteig, draußen vor dem *Hotel Lamm* stand. Ein, zwei Frauen waren mit ihren großen Körben zum Einkaufen unterwegs. Mr.

Tregg, der Sekretär und Bürovorsteher des Anwalts, tauchte soeben mit einem beunruhigten Gesicht aus dem georgianischen Haus auf.

»Ist etwas nicht in Ordnung?«, fragte Cromwell scharf. Mr. Treggs Aussehen gefiel ihm keineswegs. Der Mann befand sich im Zustand beträchtlicher Erregung.

»Nicht in Ordnung? Ich weiß es nicht. Ich hoffe nicht!« Mr. Tregg zwinkerte aufgeregt mit den Augenlidern. »Sind Sie nicht die Kriminalbeamten aus London, meine Herren? Es handelt sich nämlich um Doktor Halterby. Er ist einfach verschwunden.«

»Aber er wohnt doch hier, oder nicht?«

»Ja. Das Haus gehört i m. Das ist es ja gerade!«, stöhnte Mr. Tregg. »Als ich heute früh zur gewohnten Zeit hier ankam, war das Büro noch verschlossen...«

»Einen Augenblick, bitte, Mr. Tregg!«, unterbrach ihn Cromwell, dessen Gesicht plötzlich außerordentlich ungemütlich aussah. »Johnny, halte uns doch bitte diese Meute hungriger Wölfe vom Leibe.« Er starrte vernichtend auf die drei Reporter, welche quer über die Rasenfläche auf sie zukamen. »Ich habe nichts Neues für die Burschen, absolut nichts... zumindest im Moment noch nicht.«

»Sie scheinen mit ihren feinen Spürnasen irgendetwas zu riechen.«

»Diese Burschen riechen immerzu irgendetwas... Aber diesmal rieche ich es auch«, knurrte Ironsides. »Sage ihnen, dass ich heute Nachmittag im *Hotel Lamm* eine Pressekonferenz abhalten werde. Vorher gibt es nichts. Pass auf, dass mir die Brüder nicht ins Haus kommen.«

Damit nahm der Chefinspektor Mr. Tregg beim Arm und führte ihn ins Innere des Hauses, dann schlug er die

Tür krachend hinter sich zu und überließ es Johnny, mit den reißenden Wölfen fertigzuwerden.

»So, Mr. Tregg«, sagte er dann, während das kühle Halbdunkel der Eingangshalle sie umgab. »Sie sagen also, dass Mr. Halterby verschwunden ist? Er hat heute Morgen das Büro nicht wie sonst aufgeschlossen?«

»Das ist in all den Jahren, die ich bei ihm arbeite, noch nie vorgekommen«, antwortete der Sekretär und zitterte am ganzen Körper. »Ich bin äußerst beunruhigt. Er war in letzter Zeit sowieso so verändert. So befremdlich in seinem ganzen Verhalten. So geistesabwesend...«

»Wir wollen sein Verhalten jetzt einmal aus dem Spiel lassen. Wie war das also heute Morgen?«

»Nun, Mrs. Sale wunderte sich, dass der Chef gar nicht zum Frühstück herunterkam... Mrs. Sale ist seine Haushälterin, müssen Sie wissen, Sir«, erklärte Mr. Tregg. »Sie dachte, er sei vielleicht krank und ging daraufhin nach oben und klopfte an seine Schlafzimmertür. Als niemand antwortete, warf sie einen Blick ins Zimmer und stellte zu ihrem Entsetzen fest, dass es leer war. Das Bett war vollkommen unberührt.« Mr. Treggs Stimme war nur noch ein heiseres Flüstern. »Es ist einfach unfassbar. Aber Doktor Halterby ist vergangene Nacht nicht nach Hause gekommen.«

»Wissen Sie, wo er gestern Abend hin wollte?«

»Er hat mir nicht gesagt, dass er überhaupt fort wollte«, erwiderte der bebende, kleine Mann hilflos. »Ich weiß nur, dass er plötzlich verschwunden ist. Ich habe das ganze Haus durchsucht, aber er ist tatsächlich nicht da. Meinen Sie, dass er vielleicht plötzlich erkrankt ist, Sir? Oder etwas

Ähnliches? Sein Büro ist abgeschlossen. Genau wie gestern Abend, als ich ging.«

»Führen Sie mich, bitte, dorthin.«

Mr. Tregg geleitete den Chefinspektor durch das ruhige, zwar altmodische, aber vorzüglich ausgestattete Vorzimmer bis vor die Tür von Doktor Halterbys Allerheiligstem.

»Man kann nicht hinein«, äußerte er hilflos. »Doktor Halterby besitzt den einzigen Schlüssel. Es bleibt uns nichts anderes übrig als zu warten, bis er kommt...«

»Wenn Doktor Halterby den einzigen Schlüssel hat, dann befindet sich dieser, zumindest im Augenblick, nicht in Doktor Halterbys Besitz... denn er steckt«, unterbrach Cromwell den verzweifelten Sekretär. Er hatte sich inzwischen gebückt und versucht, durch das Schlüsselloch in das Zimmer zu sehen. »Der Schlüssel steckt nämlich von innen.«

»Aber... aber...«

»Hat das Privatbüro noch eine zweite Tür?«

»Ich verstehe das nicht ganz«, meinte Mr. Tregg zerfahren und blinzelte abermals nervös mit den Augendeckeln. »Wenn diese Tür von innen verschlossen ist, kann das doch nur bedeuten, dass Doktor Halterby...« Er brach ab, völlig unfähig und auch gar nicht willens, seine entsetzliche Vermutung in Worte zu fassen, »Oh, mein Gott! Oh, mein Gott!«

»Hat das Privatbüro noch eine zweite Tür?«, wiederholte Cromwell schneidend seine Frage.

»Nein, es hat keine andere Tür. Nur zwei Fenster, die auf den Garten hinausgehen...«

»Zeigen Sie mir, wie man dorthin kommt.«

Sie verließen das Haus durch den Seiteneingang, gingen einen kiesbelegten Pfad hinunter und bogen in den kleinen, ungepflegten Garten ein, der von den benachbarten Grundstücken durch hohe Hecken und jahrhundertealte Bäume abgeteilt war.

Bill Cromwell war nicht einmal mehr besonders erschüttert über das, was er erblickte, als er durch eines der Fenster in das Innere des Zimmers sah. Er hatte schon irgendetwas Furchtbares erwartet. Doktor Gregory Halterby hatte sich erhängt. Er hing an einem Haken von der Decke, direkt neben dem hohen Aktenschrank.

»Eine scheußliche Angelegenheit«, sagte Ironsides nur.

»Herr im Himmel!«, krächzte der Sekretär, als er ebenfalls durch das Fenster sah. »Er hat sich erhängt! Doktor Halterby hat Selbstmord begangen, entsetzlich! Nein, wie entsetzlich!«

Der unglückliche Mann sank in sich zusammen, klammerte sich krampfhaft am Fensterbrett fest und wurde totenblass im Gesicht... Er war nahe daran, ohnmächtig zu werden. Der Schock war zu viel für seine schwachen Nerven.

Was immer Cromwell auch erwartet haben mochte, an Selbstmord hatte er nicht gedacht. Als er versuchte, das Fenster zu öffnen, lag ein grimmiger Ausdruck auf seinem Gesicht. Aber das Fenster war von innen verriegelt. Ohne zu zögern, ergriff er einen dicken Ast, der zufällig in der Nähe auf dem Boden lag, und schlug damit die Scheibe ein. Eine Sekunde später hatte er den Riegel hochgehoben und konnte das Fenster nun ohne Mühe öffnen.

Er schwang seine langen Beine seitlich über das Fensterbrett, stieg hinein und stand vor dem Toten. Der Körper baumelte an einer grünen Vorhangkordel von einem Haken an der Decke herab. Dicht neben seinen Füßen lag ein umgestürzter Stuhl, den er offensichtlich selbst fortgestoßen hatte. Der Tote hing mindestens fünfzehn Zentimeter über dem Boden.

»Wie konnte er nur so etwas tun?«, wimmerte Mr. Tregg, der sich immer noch draußen an das Fensterbrett klammerte und völlig außerstande war, in das Zimmer hineinzuklettern. »Wie entsetzlich! Wie furchtbar! Ausgerechnet unser Doktor Halterby! Was kann ihn denn nur dazu getrieben haben?«

»Mr. Tregg, bitte gehen Sie jetzt in Ihr Büro zurück und setzen Sie sich dort hin«, befahl Cromwell ihm. »Warten Sie! Sie brauchen doch nicht hier durch das Fenster zu klettern. Gehen Sie auf demselben Weg, den wir gekommen sind, zurück und sagen Sie meinem Assistenten, dass er bitte sofort zu mir kommen möchte. Aber gehen Sie dann sofort wieder ins Haus und sprechen Sie mit niemandem auf der Straße.«

Mr. Tregg wankte davon... er war wie betäubt. Ironsides überzeugte sich kurz, dass Halterby tatsächlich tot war. Er schätzte, dass der Anwalt mindestens seit zwölf Stunden, wenn nicht schon länger, tot sein musste. Im Büro herrschte keinerlei Unordnung, alles schien an Ort und Stelle zu sein und es wies auch nichts auf einen Einbruch hin. Auf dem Schreibtisch war kein Abschiedsbrief zu sehen.

»Das gefällt mir gar nicht«, murmelte Cromwell und schüttelte den Kopf.

Er ging zur Tür hinüber und schloss sie mit dem von innen steckenden Schlüsse auf. Als er öffnete, kam Johnny gerade mit Mr. Tregg in das Vorzimmer. Johnny machte ein total verblüfftes Gesicht. Als er weiter auf den Chefinspektor zuging, ließ Mr. Tregg sich in einen Sessel fallen und zitterte am ganzen Körper.

»Haben Sie die Presseleute abwimmeln können, Johnny?«

»Ja. Aber was ist mit Doktor Halterby?«

»Kommen Sie herein und überzeugen Sie sich selbst.«

Johnny kam herein.

»Donnerwetter, das ist ja allerhand!«, platzte er verblüfft heraus. »Zuerst ein Mord und jetzt auch noch ein Selbstmord! Was hältst du davon, Old Iron? Das hätten wir doch nicht erwartet. Was kann ich für dich tun? Soll ich Powell anrufen?«

»Ja. Telefoniere am besten gleich von hier aus. Im Hauptbüro darf vorläufig nichts berührt werden. Sag Powell, er möchte so schnell wie möglich mit seinem technischen Stab kommen.« Ironsides warf einen Blick auf den völlig zusammengebrochenen Mr. Tregg. »Aber als erstes wäre es wohl gut, wenn du ein Glas Wasser für Mr. Tregg holen würdest.«

»Der braucht meiner Meinung nach etwas Stärkeres als Wasser«, erklärte Johnny.

Und gleichzeitig zog er eine Reiseflasche aus der Hosentasche, schraubte sie auf und förderte den halb Ohnmächtigen auf, einen tiefen Schluck daraus zu nehmen. Der pure Whisky verfehlte seine Wirkung nicht. Mr. Tregg hörte fast augenblicklich auf zu zittern. Trotzdem saß er ganz in sich zusammengesunken und hilflos da.

Während Johnny auf die Verbindung mit der Polizeistation in Penro wartete, ging Ironsides durch die Seitentür in den Garten hinaus und untersuchte ihn eingehend. Ein gepflasterter Pfad führte zur Garage, aber diese war verschlossen. Dicht neben der Garage lief eine Seitenstraße vorbei, aber es waren keine Anzeichen dafür vorhanden, dass Mr. Halterby kürzlich hier mit seinem Wagen entlanggefahren war.

Cromwell kehrte ins Haus zurück. Johnny, der gerade sein Gespräch mit Powell beendet hatte, sah ihm fragend entgegen.

»Schon irgendwelche Vermutungen, Old Iron?«, fragte er. »Powell war wie vor den Kopf geschlagen. Er wollte mir einfach nicht glauben, was ich sagte. Er wiederholte nur immer wieder, dass Doktor Halterby einer der angesehensten Männer der ganzen Grafschaft wäre.«

Ironsides schnaubte verächtlich.

»Männer vom Typ Halterbys sind immer ungeheuer angesehen, bis man ihnen eines Tages auf die Schliche kommt«, meinte er sarkastisch. »Was auch immer hinter dem Mord an Molly Liskern steckt... eins steht jedenfalls fest... Halterby war darin verwickelt. Und damit meine ich keineswegs ein eigenes sexuelles Motiv.«

Er kehrte, begleitet von Johnny, in das Büro zurück. Cromwell steuerte geradewegs auf einen großen Kristallaschenbecher auf, dem Schreibtisch zu. Er breitete die Zigarettenstummel darin auseinander und drehte einige so um, dass die Marke auf dem weißen Papier zu lesen war.

»In gewisser Hinsicht ist dieser Aschenbecher genauso aufschlussreich, wie der in Whites Wagen«, bemerkte er. »Die meisten Kippen stammen von französischen Zigaretten. Das müssen die Halterbys sein. Aber diese hier haben ein Korkmundstück, ganz gewöhnliche Virginia.«

»Schließt du daraus, dass Blair vergangenen Abend hier gewesen ist?«, fragte Johnny. »Hier wird er hergefahren sein, als er so plötzlich von seinem Abendessen im *Schlosshotel* aufstand; gegen halb neun, wie der Geschäftsführer sagte. Ja, das passt genau. Und nachdem er ihn wieder verlassen hatte, erhängte sich der angesehene Doktor Halterby sofort.«

Als kurz darauf Inspektor Powell mit seinem Stab eintraf, erklärte ihm Cromwell kurz, was ihn dazu veranlasst hatte, in das Privatbüro einzubrechen.

»Aber warum sind Sie denn überhaupt hierhergefahren, Mr. Cromwell?«, erkundigte sich Powell. »Sie erfuhren doch erst, als Sie hier eintrafen, dass Doktor Halterby verschwunden war. Wie kamen Sie auf die Idee, dass er Selbstmord begangen haben könnte?«

Ironsides tat Powell den Gefallen und gestand ihm ein, dass er die verräterischen Zigarettenstummel im Aschenbecher von Whites Wagen gefunden und den Inspektor darüber im Unklaren gelassen hatte. Das Gesicht des Inspektors blieb keineswegs so unbeweglich wie sonst, man sah deutlich, wie beleidigt er sich fühlte.

»Sie hätten mich immerhin ins Vertrauen ziehen können, Mr. Cromwell«, äußerte er kalt. »Diese Zigarettenstummel, die Sie in dem zurückgelassenen Wagen gefunden haben, waren äußerst wichtig. Sie hätten es mir sagen müssen. Was ist Ihrer Meinung nach vorgefallen, das Doktor Halterby veranlasst haben könnte, freiwillig aus dem Leben zu scheiden? Glauben Sie, dass White ihn irgendwie in Panik versetzt hat?«

»Wir wollen bei Blair bleiben, wenn Sie nichts dagegen haben... das erspart uns möglicherweise Verwechslungen«, gab Ironsides zurück. »Ich glaube, dass Doktor Halterby gestern Abend im *Schlosshotel* angerufen und mit Blair gesprochen hat; daraufhin fuhr Blair sofort hierher und hatte eine Aussprache mit Halterby. Dort drüben in dem Aschenbecher sind Zigarettenstummel, die das beweisen.«

»Was wollen Sie damit sagen, Sir... auf den ersten Blick?«

»Die Tür des Privatbüros war von innen verschlossen, der Schlüssel steckte noch von innen, als ich durch das Fenster einstieg. Eine zweite Tür gibt es nicht. Beide Fenster waren verriegelt. Ich entdeckte Doktor Halterby hier im verschlossenen Zimmer... erhängt... so, wie Sie ihn jetzt sehen. Ich musste erst ein Fenster einschlagen, um hereinzukönnen.«

»Aber dann kann doch gar kein Zweifel mehr bestehen, Mr. Cromwell«, seufzte Powell erleichtert. »Natürlich war es Selbstmord. Was sollte es denn sonst sein? Ein verschlossenes Zimmer, verriegelte Fenster und kein weiterer Ausgang. Das kann doch ein Blinder sehen, dass es Selbstmord ist.« Der Inspektor lief dunkelrot an. »Verzeihung. Wollte nicht anzüglich werden. Das war nur so eine Redensart, die mir herausgeschlüpft ist.«

»Mir kommt es mehr wie eine dieser Geschichten vor, die die Kriminalautoren so lieben, wie *Der Mord hinter der versiegelten Tür* oder so«, mischte sich Johnny Lister ein. »Nur, dass in diesen spannenden Geschichten sich meist herausstellt, dass das versiegelte Zimmer nur ein Schein und eine überaus listig gestellte Falle war.«

»Mein Junge, vielleicht kommst du der Wahrheit bedeutend näher, als du auch nur ahnst«, brummte der Chefinspektor mürrisch. »Mir gefällt das Ganze gar nicht. Vor allem gefällt mir nicht, dass der Schlüssel von innen gesteckt hat.«

»Warum sollte er denn nicht?«, fragte Powell unwillig.

»Sehen Sie ihn sich doch an... es ist ein sehr kleiner Schlüssel, ein Sicherheitsschlüssel, und zwar ein blitzblank polierter«, fuhr der Chefinspektor giftig auf. »Ganz offensichtlich hat Doktor Halterby ihn normalerweise an einem Schlüsselbund zusammen mit anderen getragen, an denen er sich so blankgerieben hat. Warum sollte er ihn denn nun ausgerechnet abgenommen, und dann im Schloss stecken gelassen haben? Das erscheint mir höchst unwahrscheinlich, meine Herren.«

»Wollen Sie damit sagen...?«, meinte Powell zweifelnd.

»An dieser Sache ist alles so glatt und zu perfekt«, gab Ironsides scharf und missgelaunt zurück. »Es gibt tatsächlich Möglichkeiten, einen Schlüssel, der innen in einer Tür steckt, von außen umzudrehen. Das ist häufig die ganz nüchterne Antwort auf die aufsehenerregenden Rätsel um versiegelte Zimmer. Ein sieben bis acht Zentimeter langer Nagel oder irgendein ähnlicher Gegenstand und ein Stück Schnur genügen bereits, um dieses Zauberkunststück ohne die geringsten Schwierigkeiten auszuführen. Nein, Mr. Powell, hier handelt es sich nicht um Selbstmord. Das ist einwandfrei Mord!«

Zwölftes Kapitel

»Mord?«, wiederholte Inspektor Powell ungläubig. »Sind Sie Ihrer Sache ganz sicher, Mr. Cromwell? Es erscheint doch reichlich unwahrscheinlich. Sie sprechen da von sieben Zentimeter langen Nägeln und Bindfäden... aber erscheint Ihnen das nicht auch selbst etwas weit hergeholt?«

»Wenn Sie alle Tatsachen miteinbeziehen, nicht«, erwiderte Cromwell finster. »Zunächst einmal die Tatsache, dass nicht der geringste logische Grund vorhanden ist, weshalb Doktor Halterby... wenn er wirklich Selbstmord begangen hat... den Schlüssel hätte von seinem Schlüsselbund lösen sollen, nur um ihn dann im Schloss stechen zu lassen, um damit augenfällig zu beweisen, dass er sich tatsächlich, unwiderlegbar, selbst eingeschlossen hat. Wenn er fest entschlossen war, Selbstmord zu begehen, was machte es dann schon noch aus, ob er sich höchstpersönlich eingeschlossen hat oder nicht? Die anderen bezeichnenden Punkte nicht zu vergessen.«

»Was für weitere bezeichnende Punkte, Sir?«, fragte Inspektor Powell verständnislos.

»Bedenken Sie doch, dass wir gehört haben, Blair hätte gestern Abend, als er gegen halb zehn Uhr ins *Schlosshotel* zurückkehrte, einen völlig verwirrten und kranken Eindruck gemacht«, meinte Ironsides und zog seine buschigen Augenbrauen fragend in die Höhe. »Weshalb hatte er wohl sofort zwei doppelte Whisky nötig? Ich sehe das so, Doktor Halterby rief ihn um halb neun an, und Blair fuhr daraufhin sofort hierher...«

»Das sind nichts als Vermutungen, Sir«, beharrte Powell auf seinem Standpunkt. Seine Gesichtszüge zeigten einen Ausdruck entschiedener Skepsis.

»Ich habe ja auch nicht behauptet, Beweise zu besitzen. Sind Sie schwerhörig? Meiner Meinung nach kam Blair auf Doktor Halterbys Anruf nach Tregissy.« Der Ton des Chefinspektors war jetzt hochgradig aggressiv, denn er hasste nichts so sehr, wie unterbrochen zu werden. »Sehen Sie sich mal den Aschenbecher da drüben an. Drei Kippen mit Korkmundstück... von. Virginia-Zigaretten, und zwar von der ganz gewöhnlichen Sorte, die Blair zu rauchen pflegt. So, und nun sehen Sie sich die Dinger mal genauer an, Inspektor. Es handelt sich nämlich nicht nur um Kippen. Sie werden sehen, dass zwei nur viertelaufgerauchte Zigaretten dazwischen sind, zusammengepresst und durchbrochen, heftig ausgedrückt, kaum, dass sie angeraucht waren. Das weist auf Erregung und möglicherweise Wut hin. Mein Gott! Und obendrein auf Unvorsichtigkeit! Blair muss sich in höchster Eile und totaler Verwirrung davongemacht haben, dass er... ausgerechnet er, der sonst so beherrscht war, diese verräterischen Zigaretten im Aschenbecher liegenließ. Aber Mord ist nun erwiesenermaßen eine verdammt schwierige, heikle Angelegenheit. Und wenn man gerade eben einen Mord begangen hat, hat man seinen Verstand nicht immer klar und nüchtern beisammen. Dann kann es leicht Vorkommen, dass man etwas vergisst.«

Powell nickte. Er hatte nichts dazu zu sagen. Und er begann langsam einen mächtigen Respekt vor dem meist schlecht gelaunten, mageren, langbeinigen Scotland-Yard-Beamten zu empfinden. Cromwell besaß eine Art und

Weise immer recht zu haben, die einem schon Respekt abnötigte.

»Blair eilte auf Doktor Halterbys Telefonanruf hierher«, wiederholte Ironsides. »Sie hatten eine Unterredung, aber keine sehr lange. Ich sehe die Sache so, dass Blair plötzlich aufsprang, Doktor Halterbys Kehle umklammerte und ihn erwürgte. Blair ist jung und kräftig... Doktor Halterby war schon älter und ein ziemlicher Weichling. Das Ganze war nicht schwer. Sobald Doktor Halterby tot war, hing Blair ihn an dem Haken auf, von dem er jetzt noch herunterhängt. Er wollte den Mord als Selbstmord erscheinen lassen, deshalb löste er den Türschlüssel vom Bund und machte diesen altbekannten Trick mit dem Bindfaden usw., und drehte den Schlüssel vorsichtig von außen herum.«

»Was mir dabei nur rätselhaft ist«, wandte Powell ein, »ist, wie sich solch ein feiner, angesehener Herr wie Doktor Halterby überhaupt mit einem Mörder einlassen konnte. Er hatte so einen guten Ruf... jeder kannte ihn als einen angesehenen Familienanwalt der alten Schule...«

»Sie bleiben hartnäckig bei dem Wort *angesehen*«, fiel ihm Cromwell schroff ins Wort. »Als Lister und ich uns mit ihm in seinem eigenen Büro unterhielten, benahm er sich keineswegs so, wie es einem *angesehenen* Mann geziemt, muss ich leider sagen. Er war aufbrausend und hochgradig nervös... und er log wie gedruckt. *Angesehene* Leute pflegen im Allgemeinen nicht zu lügen, soviel ich weiß. Er wusste irgendetwas über den Mord an Molly Liskern, aber er wollte es uns nicht verraten. Sein Wissen war, kurz gesagt, ein schuldhaftes Wissen. Nun, er hat seinen Lohn dafür bekommen, der arme Teufel!«

»Ja«, meinte Powell steinern. »Warum ist denn nur MacAndrew noch nicht da? Ich habe ihn doch gebeten, dass er sofort herkommen soll. Es ist doch einfach scheußlich, den armen alten Herrn dort so einfach hängenzulassen!« Der Inspektor wandte mit Mühe den Blick von dem grauenhaften Bild ab. »Wir können ja gar nichts unternehmen, bevor MacAndrew den Toten nicht gesehen hat.«

»Was tat Blair nun, nachdem er um halb zehn etwa zum *Schlosshotel* zurückgekehrt war?«, fuhr Ironsides fort, dessen Gedanken noch völlig von diesem Problem in Anspruch genommen waren. »Blair war äußerst erregt, als er ankam, er trank zwei Whisky, und zwar pur; dann ging er hinaus und erklärte, er wolle noch einen Spaziergang machen. Ich schätze, dass er auf dem kürzesten Weg zur öffentlichen Telefonzelle vor der Post ging und Conway in *Tipley End* anrief. Er verabredete mit diesem, sich in zehn Minuten an der vielfach erwähnten Notrufsäule an der Landstraße nach Penro zu treffen. Bis dorthin konnte er bequem zu Fuß laufen und beschloss deshalb, seinen Wagen hinter dem Hotel stehenzulassen.«

»Alle guten Geister, Old Iron, es muss letzte Nacht zu einer verteufelt entscheidenden Krise gekommen sein durch Doktor Halterby«, meinte Johnny Lister erregt. »Als er Doktor Halterby umgebracht hatte, beschloss Blair, nun auch gleich noch Conway aus dem Weg zu räumen. Und das hätte er bestimmt auch getan, wenn ich nicht den Auftrag gehabt hätte, Conway zu beschatten.«

»Ich glaube, was die Krise betrifft, hast du recht, Johnny«, stimmte ihm Ironsides zu. »Wir kommen langsam weiter. Alles, was wir hier sehen, trägt die Zeichen völliger, unverhüllter Panik. Aus irgendeinem Grund verlor Doktor

Halterby plötzlich die Nerven... restlos sogar... und er muss in seinem Zustand einen so verheerenden Eindruck auf Blair gemacht haben, dass dieser keinen anderen Ausweg sah, als ihn für immer daran zu hindern, etwas Gefährliches und Kopfloses zu tun. Blair fürchtete, dass Doktor Halterby zusammenbrechen und das Spiel aufgeben würde.«

»Was für ein Spiel?«

»Vielleicht irre ich mich. Was Blair so sehr fürchtete, war, dass Doktor Halterby verraten könnte, was er über den Mord an dem Mädchen wusste. Und es gab nur eine wirklich abschließende Möglichkeit das zu verhindern, nämlich, den Mann zu töten. Wie wir wissen, hatte Conway Blairs Pläne erheblich durchkreuzt, und Blair fürchtete den jungen Tierarzt ebenfalls. Dank Miss Perryn wurde Blair daran gehindert, seinen Vorsatz auszuführen, und jetzt sitzt er bis zum Hals im Wasser.«

»Alle guten Geister! Das tut er fürwahr!«, rief Johnny begeistert aus. »Er ist auf der Flucht. Er wagte es letzte Nacht nicht mehr, in seinem Hotel aufzutauchen. Ja, nicht einmal den Wagen vom Hof zu holen. Aber ich zerbreche mir immer noch den Kopf über das Motiv, Old Iron. Über das ursprüngliche Motiv, meine ich. Warum hat er Molly Liskern umgebracht?«

»Er hat Molly Liskern gar nicht umgebracht.«

»Aber...«

»Das konnte er gar nicht«, entgegnete Ironsides. »Und zwar, weil er gar keine Zeit dazu hatte. Dienstagabend erwartete er Conway bereits bei dessen Garage in *Tipley End*. Also muss es noch einen zweiten Mann geben. Einen anderen Mann, der Hand in Hand mit Blair arbeitete.«

Inspektor Powell machte ein entsetztes Gesicht.

»Ja. Die Sache wird direkt spannend, nicht wahr?«, meinte Cromwell unfreundlich. »Besser ausgedrückt, kompliziert. Inzwischen dürfte Blairs Steckbrief bei jeder Polizeistation vorliegen, und alle Häfen sowie Flugplätze sind angewiesen, nach ihm Ausschau zu halten. Egal, was für ein düsteres Spiel ihn hierher nach Cornwall getrieben hat... jetzt hat er verspielt. Das Schlimme ist nur, dass wir es nicht nur mit einem Verbrecher zu tun haben, oder zweien. Nein, es sind noch mehrere in diese Geschichte verwackelt.«

»Noch andere?«, wiederholte Powell immer entsetzter.

»Ja. Ich verfolgte diese Idee schon, seit ich den Fall übernommen habe«, erklärte der Chefinspektor mit nicht zu überhörendem Nachdruck. »Ich weiß zwar noch nicht, wer diese anderen sind... aber sie sollen sich nur vorsehen, ich werde schon noch dahinterkommen. Da, ich höre einen Wagen vorfahren«, fügte er hinzu. »Wahrscheinlich der Polizeiarzt. Mein Gott! Jetzt kann es nicht mehr lange dauern, bis mir diese Journalistenmeute wieder auf den Hals rückt, und diesmal werden sie nicht leicht zu vertrösten sein. Das ganze Städtchen wird auf dem Kopf stehen, wenn diese neueste Nachricht sich herumspricht! Hören Sie, Mr. Powell, es ist außerordentlich wichtig, dass nichts anderes aus diesen vier Mauern dringt, als dass Doktor Halterby Selbstmord begangen hat!« ermahnte der Chefinspektor eindringlich. »Nicht die leiseste Andeutung! Kein noch so ungewisses Gerücht, dass es sogar noch einen zweiten Mörder gibt! Vor allem dürfen die Herren von der Presse unter gar keinen Umständen davon Wind bekommen. Zu gegebener Zeit werde ich es ihnen selbst mitteilen. Aber vorher bitte ich um absolute Verschwiegenheit.«

Kurz darauf schwirrte das sonst so vornehme, ruhige georgianische Haus von tätigen, konzentriert arbeitenden Menschen. Die Routinemaschine lief auf vollen Touren. Zunächst blieb das Feld Doktor MacAndrew überlassen, damit er die Leiche einmal flüchtig untersuchen konnte. Dann machten sich die Fotografen breit und schossen ihre Aufnahmen aus allen Winkeln und Ecken. Dann gehörte das Privatbüro den Fingerabdruckspezialisten der technischen Abteilung. Cromwell blieb nichts anderes übrig, als geduldig abzuwarten, bis diese in solch einem Fall unerlässlichen und sich rationell hintereinander abwickelnden Untersuchungen vorgenommen waren, und die Beamten mit ihrem Material zur Auswertung abrückten. Dann erst konnte er sich dem Schreibtisch und dem Safe des Toten zuwenden. Er wollte sich zunächst einmal einen flüchtigen Überblick über die Klienten des Anwalts sowie über seine finanzielle Lage verschaffen. Im Schreibtisch fand sich nichts von Interesse. Aber im Safe entdeckte er etwas außerordentlich Wichtiges.

Nachdem er den Safe mit einem kleinen Schlüssel vom Bund des Toten geöffnet hatte, ging er den Inhalt ganz systematisch durch; alle Bücher und Papiere, die darin abgelegt waren, prüfte er genau. Einer der ersten, für ihn interessanten Gegenstände, die ihm in die Hand fielen, war das Scheckbuch des Anwaltes. Er sah die Abschnitte sorgfältig durch und nach einiger Zeit nahm sein Gesicht einen gespannten Ausdruck an.

»Johnny, schau dir das mal an! Was hat das zu bedeuten?«, sagte er leise. »Zehnter April, vor kaum einem Mo-

nat. Da hat Doktor Halterby einen Barscheck über zweitausend Pfund ausgestellt. Eine ganz beachtliche Summe.«
»Besonders in bar!«, stimmte Johnny aufgeregt zu. »Was hältst du davon... Erpressung?«
»Das wäre schon möglich. Ohne triftigen Grund heben Leute wie Doktor Halterby keine derartig große Summe von ihrem laufenden Konto ab. Hmmm!«, brummte Cromwell, aber es klang nicht unzufrieden. »Er muss ja eine ganze Menge Geld besitzen, wenn er so ohne weiteres von dem laufenden Konto einen Scheck über einen Betrag von zweitausend Pfund ausstellen kann. Pass mal auf, Johnny. Wir lassen hier jetzt erst mal alles stehen und liegen und fahren zu Doktor Halterbys Bank, um uns ein wenig mit dem Direktor zu unterhalten.«
Die Bank lag nicht weit von Doktor Halterbys Haus entfernt. Nachdem die beiden Beamten sich melden ließen, wurden sie fast augenblicklich von dem Filialleiter empfangen; einem kleinen, kugelrunden Mann mit einem freundlichen Gesicht.
»Sehr erfreut, Sie kennenzulernen, Mr. Cromwell«, sagte er, nachdem man sich vorgestellt hatte. »Ich habe natürlich schon gehört, dass Sie in der Stadt sind. Womit kann ich Ihnen behilflich sein? Furchtbare Geschichte! Zuerst wird dieses unglückliche Mädchen ermordet, und nun begeht Doktor Halterby auch noch Selbstmord. Das Gerücht stimmt doch? Man hört im Moment so viele Gerüchte...«
»Ja, wir haben Doktor Halterby in seinem Büro erhängt aufgefunden«, unterbrach ihn Ironsides kurz angebunden. »Ich will gleich zur Sache kommen, Sir. Vor etwa einem Monat hat Doktor Halterby einen Barscheck über zweitausend Pfund auf Ihre Bank ausgestellt.«

»Mr. Cromwell, Sie müssen verstehen, dass ich nicht berechtigt bin, über solche Dinge Auskunft...«

»Im allgemeinen, selbstverständlich.« Der Chefinspektor fiel dem kleinen Filialleiter zum zweiten Mal ins Wort, diesmal mit merkbarer Ungeduld. »Ich bin hier, um einen Mordfall aufzuklären. Und der verstorbene Doktor Halterby scheint in eben diesen Mordfall verwickelt zu sein. Deshalb ist es für mich außerordentlich wichtig zu wissen, wer diesen Scheck kassiert hat.«

»Du liebe Güte! Das hätte ich nie gedacht, dass Doktor Halterby in irgendeiner Weise mit dem Tod des armen Mädchens in Verbindung stehen könnte«, gab der Bankdirektor beunruhigt zurück. »Das ändert die Dinge natürlich grundlegend. Trotzdem, fürchte ich, werde ich zu meinem Bedauern eine Antwort auf Ihre Frage ablehnen müssen.«

»Müssen Sie die Dinge denn noch unnötig erschweren?«, fragte Cromwell und starrte den kleinen Mann erbost an. »Was wollen Sie denn? Sich erst noch mit Ihrer Zentrale in Verbindung setzen? Sie können versichert sein, mein Herr, dass ich die gewünschte Auskunft früher oder später doch bekomme. Ich könnte mir keinen ernsthaften Grund für Sie vorstellen, um sich hinter Ihre Vorschriften zu verkriechen. Es ist absolut möglich, dass der Mann, weicher bei Ihnen die zweitausend Pfund abgehoben hat, in die Mordaffäre um Molly Liskern verwickelt ist.«

Der Filialleiter zögerte merklich.

»Hmmm! Na ja! Wenn die Dinge so liegen, kann ich Ihnen vielleicht doch... Ja.« Nachdem er sich zu einem Entschluss durchgerungen hatte, sah der Mann mächtig erleichtert aus. »Ich fürchte nur, dass meine Auskunft

Ihnen nicht viel weiterhelfen wird. Doktor Halterby hat den Scheck nämlich selbst kassiert.«

»Tatsächlich! Waren Sie sehr erstaunt darüber?«

»Nun, zumindest verwundert«, entgegnete der andere. »Solange ich Doktor Halterby geschäftlich kenne, hat er noch nicht ein einziges Mal einen Scheck über mehr als fünfundzwanzig Pfund eingereicht. Ich nahm zuerst an, dass er scherze, und machte auch eine dahingehende Bemerkung.«

»Und wie reagierte er darauf?«

»Er bat mich«, erklärte der kleine Direktor errötend, »mich um meine eigenen Angelegenheiten zu kümmern. Ich wies das aus geschäftlichen Rücksichten zurück; denn ich musste ihn darauf aufmerksam machen, dass er nur noch etwas über vierhundert Pfund auf seinem laufenden Konto stehen hatte. Er fuhr mich gereizt an und verlangte ein Formular, damit die nötige Summe von seinem Sparkonto auf das laufende Konto überwiesen würde.«

»Er verfügte also über genug Geld, dass der Scheck gedeckt war?«

»Oh, ja! Bei weitem mehr als genug. Es war bloß eine Formsache, er musste nur das Formular unterzeichnen. Ich machte Doktor Halterby gegenüber meine Einwände geltend. Ich versuchte ihn auf dezente Weise zu fragen, wofür er denn eine derartig hohe Summe benötige. Aber er antwortete mir lediglich in dem gleichen ablehnenden Ton, ich möge mich um meine eigenen Angelegenheiten kümmern. Nun, hindern konnte ich ihn natürlich nicht. Leider ist das, fürchte ich, alles, was ich Ihnen dazu sagen kann.«

»Vielen Dank«, entgegnete Cromwell knapp und verabschiedete sich damit.

Wieder draußen im Sonnenschein konnte Johnny seine Aufregung kaum verbergen.

»Erpressung, darauf fresse ich einen Besen«, erklärte er überzeugt. »Doktor Halterby brauchte das Geld, um Blair damit zu bezahlen. Aber warum? Was hatte Blair in der Hand, dass er Doktor Halterby damit erpressen konnte?«

»Es sieht ganz danach aus, als ob Blair eine zweite Forderung gestellt hätte... das pflegt bei Erpressungen meist so zu sein, mein Sohn... und Doktor Halterby weigerte sich, nochmals zu zahlen«, meinte Cromwell nachdenklich. »Das könnte eine Erklärung sein, weshalb Blair ihn ermordete. Trotzdem befriedigt es mich nicht. Es muss da noch etwas anderes...« Cromwell wurde ganz rot vor Zorn. »Wir wissen immer noch nicht, weswegen Molly Liskern eigentlich ermordet wurde. Wir wissen immer noch nicht, warum ein absolut vornehmes und unschuldiges Auto, das obendrein einem prominenten Londoner gehört, dazu missbraucht wurde, eine Leiche spazieren zu fahren. Wir wissen noch nicht einmal, wohin Captain Goole aus St. Hawes in der Mordnacht mit seinem Motorrad unterwegs war, oder was ihn so erschütterte, dass er beinahe in das Hafenbecken geschlittert wäre.«

Die sensationelle Neuigkeit, dass Doktor Gregory Halterby Selbstmord begangen hätte, traf Tregissy spürbar wie ein körperlicher Schock und versetzte es in helle Aufregung. Die stillschweigenden Folgerungen, die aus der Tatsache erwuchsen, dass der tragische Tod des Anwaltes so kurz auf Molly Liskerns grausige Ermordung folgte, waren niederschmetternd in ihrer Tragweite. Noch ehe es Mittag geworden war, schwirrte das Städtchen von Gerüchten.

Die Leute erinnerten sich an langvergessene, teilweise unglaubwürdige Geschichten.

Hatte Dr. Halterbys Selbstmord irgendetwas mit der Ermordung des Mädchens zu tun? War es nun doch wahr, dass man Molly eines Nachts aus dem georgianischen Haus hatte schleichen sehen?

»Seltsam ist das Ganze, seltsam«, meinte Mrs. Penney, die Postbeamtin, mit vor Sensationslust bebender Stimme. »Erst gestern noch ist mir aufgefallen, wie elend Doktor Halterby aussah. Er kam kurz vorbei, um sich ein paar Briefmarken zu kaufen. Und seine Hand zitterte so sehr, dass ihm das ganze Kleingeld aus der Hand fiel.«

Anderen wollte - wie sie sich jetzt plötzlich erinnerten - aufgefallen sein, dass Doktor Halterby ganz blass und krank ausgesehen hätte, seitdem die Beamten von Scotland Yard eingetroffen waren. Und nun hatte er auch noch Selbstmord begangen! Was konnte das nur zu bedeuten haben? Hatte Dr. Halterby doch *nähere Beziehungen* zu Molly Liskern unterhalten? Hatte er sie womöglich sogar ermordet?

»Angst, Furcht, das war der Grund...«, tuschelten die Leute. »Furcht und Gewissensbisse, Selbstmord war der einzige Ausweg, der ihm noch blieb. Diese Herren da, diese Kriminalbeamten aus London, die hatten jetzt das Nachsehen. Sie brauchten nur morgen noch die Leichenschau abzuwarten. Da würden schon noch einige verblüffende Wahrheiten ans Licht kommen, was sich da so alles getan hatte.«

Der meiste Klatsch war voller Schadenfreude und fast krankhaft in seiner Sensationslust. Die meisten hatten ein diebisches Vergnügen daran, Dr. Halterbys langjährigen guten Ruf in. Windeseile zu zerstören. Er war in Tregissy niemals sonderlich beliebt gewesen... hochgeachtet, aber nicht beliebt. Nun, wo er tot war, wo er offensichtlich selbst Hand an sich gelegt hatte, fanden sich nur noch sehr wenige, die ein gutes Wort für ihn übrig hatten.

Im Lager der Reporter allerdings herrschte gehobene Stimmung. Endlich, am Nachmittag, hatte Bill Cromwell seine versprochene Pressekonferenz abgehalten und war mit ein paar Tatsachen herausgerückt. Ein Mann namens Paul Blair, alias John White, wurde von der Polizei gesucht. Und der Chefinspektor unterrichtete die Presseleute, dass er eine Bekanntgabe durch die Zeitungen in diesem Fall sogar außerordentlich begrüßen würde. Die Reporter bettelten um ausführlichere Informationen. Wer war dieser Mann, dieser Blair oder White, der so plötzlich in diesem Mordfall auftauchte? Warum hatte man bisher noch nichts von ihm gehört?

Hatte die Polizei schon irgendwelche Vermutungen bezüglich Dr. Halterbys Selbstmord? War Dr. Halterby etwa auch in diese Mordaffäre verwickelt? Cromwell reagierte auf Fragen dieser Art mit seiner in langen Jahren erworbenen Geschicklichkeit. Er sagte den Presseleuten genau das, was er wollte und nicht ein Wort mehr. Und er machte seine Sache so geschickt, dass sie nach der Konferenz mehr oder minder zufrieden waren. Erst viel später wurde es den Journalisten klar, dass der gerissene Chefinspektor ihnen wieder einmal so viel wie nichts verraten hatte.

Als Jennifer kurz vor eins in ihrem kleinen Mini-Cooper nach Tregissy fuhr, war sie auf dem Weg nach Tipley End zu Peter. Die große Neuigkeit hatte inzwischen sogar *Tre-*

gissy Hall erreicht, und sie wollte Peter unbedingt einiges fragen.

Sie erkannte augenblicklich, dass das Gerücht, Dr. Halterby habe Selbstmord begangen, wahr sein musste. Auf der gepflegten Rasenfläche an der Hauptstraße drängten sich die Leute und starrten zu dem schönen, alten georgianischen Haus empor. Als ob sie hofften, die dicken Mauern würden sich plötzlich auftun und ihnen einen Blick auf die Leiche des Anwaltes freigeben. Überall standen die Einwohner in kleinen Gruppen herum und steckten die Köpfe zusammen. Plötzlich entdeckte Jennifer Johnny Lister, der gerade in der Tür der Polizeistation erschien. Geistesgegenwärtig fuhr sie wieder an und brachte ihren Wagen unmittelbar vor ihm zum Stehen.

»Oh, guten Tag, Miss Perryn«, begrüßte Johnny sie und zog höflich den Hut. »Was für ein wundervoller Morgen. Sie werden das Neueste vermutlich ja schon gehört haben. Eine unerwartete Entwicklung, muss ich sagen. Ich komme gerade von Mr. Cromwells Pressekonferenz...«

»Hat Doktor Halterby sich tatsächlich in seinem Büro erhängt?«, unterbrach Jennifer ihn atemlos.

Johnny wand sich etwas. Nach den Vorfällen der letzten Nacht achtete er das Mädchen als einen guten, vertrauenswürdigen Kameraden, und Ausflüchte lagen ihm nicht.

»Ja, so fanden wir ihn, Miss Perryn«, antwortete er ausweichend. »Eine scheußliche Sache!«

Selbst Jennifer durfte nicht wissen, dass Dr. Halterby ermordet worden war; diese Tatsache sollte und musste unter allen Umständen geheimgehalten werden. Der Mörder, hier zweifellos Blair... sollte der Überzeugung sein, dass sein Täuschungsmanöver erfolgreich war. Wenn das auch nach Johnnys Meinung im Endeffekt keinen wesentlichen Unterschied mehr machte, denn Blair war ja ohnehin ein gejagter Mann.

Jennifer überschüttete ihn mit Fragen nach Blair.

»Nein, bisher haben wir ihn noch nicht erwischen können, Miss Perryn«, erwiderte er geduldig. »Er hält sich irgendwo verborgen. Nach dem, was sich letzte Nacht ereignet hat, wagte er es nicht mehr, noch einmal in sein Hotel in Penro zurückzukehren... er fürchtete sich sogar zu sehr, um noch seinen Wagen vom Hof zu holen. Aber ich werde ihn sehr bald haben.«

»Das hoffe ich von Herzen«, sagte das Mädchen und schauerte leicht zusammen. »Es läuft mir kalt den Rücken herunter, wenn ich nur an vergangene Nacht denke. Ich weiß immer noch nicht, wie ich es eigentlich geschafft habe, mich einfach vom Heuboden hinunterfallen zu lassen, und ihn dann auch noch so gut zu treffen. Ich konnte an nichts anderes denken, als dass er jede Sekunde Peter erschießen würde.«

»Und mich«, warf Johnny lächelnd ein.

»Bitte, seien Sie nicht böse, aber um ganz ehrlich zu sein«, gestand Jennifer errötend, »dachte ich in dem Augenblick nur an Peter. Vater und Mutter werden einen tüchtigen Schrecken bekommen, wenn sie das mit Doktor Halterby erfahren.«

»Wissen sie es denn noch nicht?«

»Vielleicht, aber ich glaube nicht. Sie sind heute früh nach Torquay hinübergefahren, um Freunde von uns zu besuchen. Ich glaube kaum, dass sie schon davon gehört haben«, meinte Jennifer. »Dabei fällt mir ein, dass ich mich ja entsetzlich beeilen muss. Die Eltern sagten, dass sie zum

Mittagessen zurück sein würden, und ich muss unbedingt noch schnell bei Peter vorbeifahren.«

Sie lächelte Johnny zum Abschied freundlich zu und fuhr los. Als sie fünf Minuten später in Tipley End in die schmale Gartenauffahrt bog, fand sie ihren Verlobten in seinem behelfsmäßigen Laboratorium über ein schwieriges Experiment gebeugt.

»Oh, wie schön, dass du es bist, Liebling«, begrüßte er sie erleichtert. »Ich dachte schon, es wäre womöglich wieder irgend so eine rührende alte Oma mit ihrem Kätzchen. Heute Vormittag sind fünf so alberne Frauenzimmer mit ihren Katzen und Hunden dagewesen. Und alle Tiere waren vollkommen in Ordnung! Na schön, wenn sie unbedingt ihr Geld bei mir abladen wollen, dann ist das ihr Privatvergnügen.«

Er umarmte Jennifer und gab ihr einen Kuss.

»Du siehst ja so aufgeregt aus«, bemerkte er dann und betrachtete sie kritisch aus der Nähe. »Nun sag nur nicht, es wäre schon wieder etwas passiert?«

»Hast du denn nichts von Doktor Halterby gehört?«

»Nein. Ich habe die Praxis um zwölf geschlossen und seitdem bin ich hier im Labor. Was ist denn mit Doktor Halterby?«

»Er ist tot... Er hat Selbstmord begangen.«

Peter machte ein entsetztes Gesicht, dann sah er Jennifer zweifelnd an.

»Halterby? Und Selbstmord?«, fragte er. »Das muss ich erst mal verdauen, Jennifer. Woher weißt du das denn? Wie hat er sich denn umgebracht?«

Sie erzählte ihm das, was sie wusste.

»Nun, dann kann ja wohl kein Zweifel mehr daran bestehen«, meinte er schließlich langsam. »Hat sich selbst an einem Haken an der Zimmerdecke aufgehängt, sagst du? Nicht zu glauben! Warum denn nur? Ist es nur ein zufälliges Zusammentreffen, oder... Schau, Jennifer, ich kann es einfach nicht glauben.«

»Aber es ist wahr. Alle im Städtchen wissen es...«

»Halterby war aber nicht der Typ, der Selbstmord begeht«, beharrte Peter auf seiner Meinung. »Ich kenne ihn seit Jahren. Er. war zu weich... zu feige, um so etwas zu tun. Und warum sollte er ausgerechnet so kurz nach Mollys Tod Selbstmord begehen? Da muss es irgendwie einen Zusammenhang geben.«

»Wieso, was vermutest du denn da, Peter?«, fragte sie erstaunt. »Was sollte es denn sonst sein... ich meine, anderes als Selbstmord? Du glaubst doch nicht etwa... Mord?«

»Genau das denke ich«, gab er mit harter Stimme zurück. »Molly ist ermordet worden... letzte Nacht wollte Blair mich erschießen. Ist der Gedanke da so weit hergeholt, dass er auch Halterby auf dem Gewissen hat?«

»Aber was sollte denn da für ein Zusammenhang...?«

»Das können wir gar nicht wissen«, unterbrach er sie kurz. »Erinnerst du dich, wie Blair vorige Nacht ausgesehen hat?« Er ging zu einem mit Reagenzgläsern überladenen Tisch hinüber... dann schlug er sich mit der Hand vor die Stirn. »Bitte, verzeih, Liebling! Ich muss verrückt sein. Natürlich erinnerst du dich! Er hatte wilde, fast wahnsinnige Augen... war verzweifelt... heiser vor Spannung. Du hast ihn gesehen... hast ihn gehört. Er stand einwandfrei unter dem Eindruck irgendeiner mächtigen Erregung.«

»Natürlich tat er das, Peter«, bejahte Jennifer sanft. »Schließlich hatte er dich in den Heuschober gelockt, um dich umzubringen.«

»Nein, nein, das meine ich ja gar nicht«, erklärte Peter hartnäckig. »Es war irgendetwas anderes, Tiefergehendes. Um welche Zeit ist Halterby gestorben? Weißt du das zufällig?«

»Irgendwann gestern Nacht, vermutlich abends.«

»Bitte sehr, da haben wir es!«, platzte Peter stürmisch heraus. »Ich bin fest davon überzeugt, dass Blair das Rendezvous mit mir unmittelbar, nachdem er Halterby ermordet hatte, vereinbarte. Seine Stimme klang so eigenartig am Telefon. Er sprach so wirr. Ich fahre jetzt sofort zu Mr. Cromwell. Man muss ihm das sagen. Ich bin ganz sicher, dass Halterby nicht Selbstmord begangen hat.«

Jennifer legte ihre schmale, kleine Hand auf seinen Arm und schüttelte den Kopf.

»Peter, bitte nicht«, versuchte sie ihn von seinem Vorhaben abzubringen. »Mr. Cromwell sieht mir gar nicht so aus, als ob er sich derartige Ratschläge anhören würde. Er würde dich im hohen Bogen hinauswerfen.«

»Soll er. Ich habe einmal wichtige Informationen für mich behalten. Jetzt habe ich Gelegenheit, das wiedergutzumachen. Vielleicht kann ich ihm mit meiner Vermutung helfen.«

»Also schön, wenn du so fest davon überzeugt bist«, entgegnete Jennifer. »Aber mach mir keine Vorwürfe, wenn du eines auf den Kopf bekommst. Er ist ein kluger, scharfsinniger Mann, und er hasst jede Einmischung. Ich muss jetzt sowieso fort. Ich muss mich beeilen, sonst komme ich zu spät zum Mittagessen.«

»Wir sehen uns dann heute Abend, Jennifer, nach der Sprechstunde«, sagte Peter und küsste sie noch einmal zärtlich. »Soll ich zum Schloss heraufkommen und dich abholen? Oder kommst du lieber zu mir?«

Sie besprachen in Eile die Einzelheiten ihrer Verabredung, und dann raste Jennifer in ihrem kleinen Wagen davon. Sie traf genau in dem Augenblick in *Tregissy Hall* ein, als der Rover ihrer Eltern die Auffahrt hinauffuhr. Sie parkte ihren eigenen Wagen und wartete, während Jevons die Tür für Lady Perryn aufhielt und respektvoll wartete, bis diese ausgestiegen war.

»Wir sind ein bisschen spät dran, was, Jennifer?« lärmte Sir Nicholas gutgelaunt. »Na, macht nichts. War ein herrlicher Morgen für eine Spazierfahrt. Nanu?!« Er musterte Jennifer genauer. »Was ist denn los? Warum siehst du denn so erregt aus?«

Sie konnte an seinem ganzen Verhalten klar erkennen, dass ihm die neueste Sensation noch nicht zu Ohren gekommen war. Sie wartete, bis sie im Speisesaal waren und sich gerade zu Tisch setzen wollten.

»Daddy, wenn du heute Vormittag nicht unterwegs gewesen wärst, wüsstest du es auch schon«, platzte sie dann heraus, nicht länger imstande, ihre große Neuigkeit für sich zu behalten. »Du kennst doch Doktor Halterby, den Rechtsanwalt, nicht wahr? Stell dir einmal vor, er ist tot. Er hat Selbstmord begangen...« Das Wort blieb ihr im Halse stecken; denn ihr Vater war mit einem entsetzlichen Aufschrei wieder auf die Füße gesprungen und brach jetzt ohnmächtig auf dem Fußboden zusammen.

Dreizehntes Kapitel

Lady Perryn sprang auf und stürzte auf ihren Mann zu.

»Jennifer, schnell... Wasser... Cognac!«, rief sie aufgeregt.

Ihr sonst so gesetztes Wesen war vollkommen von ihr abgefallen. Als sie sich jetzt über ihren Mann beugte, leuchtete ihr goldblondes Haar im Sonnenschein auf. Plötzlich erwies sie sich als eine tüchtige, vernünftige Frau, die im rechten Augenblick das Rechte zu tun verstand. Die ihr angeborene Ruhe verlieh ihr die notwendige Sicherheit.

»Was ist denn los?«, schluchzte Jennifer und starrte entsetzt auf ihren Vater herunter. »Ich habe ihm doch nur erzählt, dass Doktor Halterby Selbstmord begangen hat... Ist es ein Schlaganfall?«

»Aber nein, du dummes Kind«, beruhigte sie ihre Mutter, während sie gleichzeitig die Hand ihres Gatten behutsam auf ihr gebeugtes Knie legte. »Er ist ohnmächtig geworden, das ist alles. Das ist der Schock. Ich hoffe nur zu Gott, dass dein Vater nicht einen triftigen Grund hat, sich so über Doktor Halterbys Tod aufzuregen.«

Jennifer riss mit bebenden Händen die Tür des Büfetts auf, nahm die Cognacflasche heraus, füllte ein Glas und eilte rasch damit zu der auf dem Boden liegenden Gestalt hinüber.

»Er sieht ja entsetzlich aus«, flüsterte sie beunruhigt.

Die wohltuende Wirkung des Cognacs war bald zu sehen. Das Blut kehrte in Sir Nicholas Gesicht zurück, und sein Atem ging wieder ruhig und gleichmäßig. Aber er war immer noch halb bewusstlos.

»Nein, nicht... wir dürfen ihn jetzt nicht bewegen«, wehrte Lady Perryn ruhig ab. »Es wird ihm gleich wieder besser gehen. Vielleicht sollten wir ihm noch einen Schluck Cognac geben.«

»Was meintest du damit, Mutter, als du wünschtest Daddy möge keinen triftigen Grund haben, sich so über Mr. Halterbys Tod aufzuregen?«

»Ich weiß nicht, mein Kind. Aber Daddy war in letzter Zeit oft so seltsam«, entgegnete Lady Perryn zögernd. »Du hast nichts davon bemerkt, weil er sich angestrengt bemühte, sich zusammenzunehmen, wenn du in der Nähe warst. Seit einigen Wochen hatte er dauernd in Doktor Halterbys Büro zu tun. Doktor Halterby ist schon seit langen Jahren unser Rechtsbeistand, Jennifer, und unsere Vermögensverwaltung liegt ganz in seinen Händen. Ich bin so beunruhigt, weil ich weiß, dass dein Vater versucht hat, über Doktor Halterby ein Darlehen - oder wie man so etwas nennt - zu bekommen.« Sie seufzte tief auf. »Und jetzt ist Doktor Halterby tot. Wenn ich nur wüsste, ob sein Tod womöglich schlimme Folgen für uns haben kann?«

Sir Nicholas kam jetzt rasch zu sich, und wenige Minuten später war er bereits imstande, mühsam aufzustehen und sich in einen Sessel zu setzen.

»Verzeih, meine Liebe. Jetzt ist mir schon wohler. Zu idiotisch von mir, einfach ohnmächtig zu werden«, murrte er missgestimmt.

»Ich weiß nicht, was plötzlich mit mir los war.« Er sah Jennifer mit einem Blick von der Seite an, »Du hast mir aber einen gewaltigen Schrecken eingejagt, mein Kind. So, so, Halterby ist also tot? Scheußliche Sähe. Sagtest du nicht, er habe Selbstmord begangen?«

»Ja, man hat ihn...«

»Totaler Blödsinn«, sagte Sir Nicholas, und verfiel bereits wieder in seine gewohnte, polternde Derbheit. »Halterby... und Selbstmord? Das glaube ich nie und nimmer.«

»Seltsam, dass du das sagst, Daddy; denn genau das hat Peter vorhin auch schon gemeint«, rief Jennifer aufgeregt. »Ich habe gerade vorhin, kurz bevor ich nach Hause kam, mit Peter darüber gesprochen...«

»Natürlich, mit Peter!«, schnaubte ihr Vater verächtlich.

»Oh, ja. Ich weiß, du magst ihn nicht! Und seit dieser Mordaffäre um Molly Liskern bist du noch voreingenommener als bisher. Aber Peter ist viel gescheiter, als du denkst. Er ist fest davon überzeugt, dass Doktor Halterby ermordet wurde.«

»Ah du meine Güte!«

Jennifers Worte schienen Sir Nicholas so zu erregen, dass ein zweiter Ohnmachtsanfall drohte. In seinen Augen lag nicht mehr allein der blanke Schrecken, sondern noch etwas anderes. Was war es... Furcht? Er schien in den letzten zwei, drei Minuten um zehn Jahre gealtert zu sein. Sein sonst normalerweise so blühendes, gesundes Gesicht verfiel sichtlich und wurde von tiefen Furchen durchzogen.

»Was ist denn nur, Daddy?«, fragte Jennifer teilnahmsvoll. »Warum regt dich denn Doktor Halterbys Tod derartig auf?«

»Mein liebes Kind, es gibt Dinge, die du noch nicht verstehst«, knurrte ihr Vater ungeduldig. »Diese ganzen Dinge sind äußerst verwickelt. Es kann sein, dass wir *Tregissy Hall* bald aufgeben müssen. Ich habe dir gegenüber nie etwas davon erwähnt... weil ich dich nicht mit meinen Sorgen belasten wollte... aber wir haben schon lange kein Geld mehr. Ich habe mich ganz auf Doktor Halterby verlassen, der mir versprochen hat, ein Darlehen aufzutreiben. Das wäre die einzige Möglichkeit gewesen, die Katastrophe aufzuhalten. Aber die Verhandlungen waren noch nicht abgeschlossen, und Doktor Halterbys Tod bedeutet, dass die ganze Transaktion ins Wasser fallen wird.«

Jennifer machte ein ungläubiges Gesicht.

»Wir sollten *Tregissy Hall* aufgeben müssen?«, wiederholte sie den Satz, der sich am tiefsten eingeprägt hatte bei ihr. »Das meinst du doch nicht im Ernst, nicht wahr, Daddy? Warum denn nur, wo alles so wunderbar blüht und gedeiht. Du hast doch niemals auch nur die geringsten Anstalten gemacht, mein Taschengeld zu kürzen. Wir leben alle so gut; wir haben genug Dienstboten und zwei Autos...«

»Der Schein trügt, mein liebes Kind«, seufzte ihr Vater bedrückt. »Jetzt, wo du schon so viel weißt, sollst du auch ruhig den Rest erfahren. Wir bewegen uns bereits seit einem Jahr am Rande des Abgrunds. Wenn wir auch nach außen hin verzweifelt den Schein wahren, und immer ein heiteres, sorgloses Gesicht zeigen, so doch nur, damit niemand dahinterkommt, in welch verzweifelter Lage wir uns befinden.«

»Nein, ich kann es einfach nicht glauben«, erklärte Jennifer eigensinnig.

»Meine kleine Jenny, es tut mir ehrlich leid, dass ich dich mit dieser traurigen Tatsache so unvorbereitet überfallen muss«, seufzte Sir Nicholas unglücklich. »Ich glaube mit gutem Gewissen sagen zu können, dass du von uns in der Idee großgezogen worden bist, die Tochter eines Squire zu sein, in einem schönen, gepflegten, durch Jahrhunderte ererbten Schloss zu wohnen...« Er brach unvermittelt ab. »Ach zum Teufel mit der ganzen Tradition, und dem schönen, gepflegten, jahrhundertealten Schloss! Was hat man denn heutzutage schon davon? Nichts! Nicht das geringste! Es kostet nur Geld, und Geld und immer wieder Geld. Es macht mich krank und elend, allen Leuten immer Komödie vorzuspielen.«

»Nick, bitte, du darfst es dir nicht so sehr zu Herzen nehmen«, mahnte Lady Perryn sanft. »Du hast noch nie einen guten Sinn für Zahlen gehabt... alle finanziellen Probleme, ganz gleich welcher Natur sie waren, haben dich stets vollkommen durcheinander gebracht. Du hast doch immer alles Doktor Halterby überlassen...«

»Zum Teufel, das ist es ja gerade!«, brüllte Sir Nicholas aufgebracht und schlug mit seiner großen Faust auf den Tisch, dass es krachte. »Und jetzt ist er tot! Und die Sache mit dem Darlehen wird nicht mehr zum Zuge kommen. Ich weiß nicht einmal genau, was Doktor Halterby da eigentlich vorhatte. Aber er hat mir immer wieder versichert, dass in kürzester Zeit alles in Ordnung kommen würde. Er war so beruhigend, so zuversichtlich. Wenn ich gelegentlich Zweifel äußerte, versicherte er mir stets nur, dass nicht der geringste Anlass zur Sorge bestünde.«

Sir Nicholas vermochte nur sehr unklar auszudrücken, was der Anwalt eigentlich vorgehabt hatte. Die einzige Tatsache, die sich scharf und deutlich herauskristallisierte, war, dass der Selbstmord des Anwalts eine Katastrophe für sie bedeutete.

»Es bedeutet, dass wir ruiniert sind!«, erklärte Sir Nicholas unumwunden. »Doktor Halterby versicherte mir, dass in Kürze genügend Geld zur Verfügung stehen würde, um den Besitz auf Jahre hinaus erst einmal zu sichern.« Sir Nicholas sah Jennifer betrübt an. »Heutzutage ist es keine Freude mehr, mein Kind, Erbe eines Titels zu sein. Im Gegenteil, oft genug wirkt es nur wie ein Mühlstein am Hals. Ich würde heute viel besser dastehen, wenn ich beim Tod meines Vaters den Titel hätte erlöschen lassen. Aber die Tradition ließ das ja nicht zu... das ist der ganze Kummer. Na ja, was soll's. Ich kenne einen Baron, der als gewöhnlicher Angestellter bei einem Elektrizitätswerk angestellt ist; und den seine Kollegen nur mit *Jimmy* anreden. Der ist glücklicher als ich, das schwöre ich euch. Und er ist auch der elfte Baron in seiner Ahnenreihe... Warum konnte Doktor Halterby bloß nicht noch ein, zwei Wochen am Leben bleiben...?« Sir Nicholas brach ab und legte seine Stirn in tiefe, grüblerische Falten. »Ermordet? Das ist mir einfach ein Rätsel. Wer sollte denn zum Teufel schon einen harmlosen, alten Provinzanwalt umbringen? Nun, wie es auch immer sei, wir müssen den Tatsachen ins Auge sehen. Wundert es dich nun immer noch, dass ich in Ohnmacht gefallen bin, als du mit deiner sensationellen Neuigkeit herausgeplatzt bist?«

Als Conway gegen Spätnachmittag in Tregissy aufkreuzte, fand er Bill Cromwell in seinem kleinen Büro auf der Polizeistation vor. »Nun, was haben Sie auf dem Herzen, mein Junge?«

»Es betrifft Doktor Halterby«, erklärte Peter eifrig. »Ich habe heute früh von seinem Tod gehört. Da ist etwas, was Sie unbedingt wissen sollten, Mr. Cromwell. Soviel ich weiß, soll Doktor Halterby gestern Abend gegen halb neun gestorben sein.«

»Und?«

»Sie erinnern sich vielleicht, dass Blair mich gestern Abend um halb neun angerufen und zu der Notrufsäule bestellt hat«, fuhr Peter eilig fort. »Das war nur eine Finte... eine Falle, weil er mich ermorden wollte. Es klappte gottlob nicht so, wie er es geplant und sich erhofft hatte. Ich glaube nicht, dass Doktor Halterby Selbstmord begangen hat, Sir. Sondern ich glaube, dass Blair Ihn ermordet hat, bevor er sich mit mir verabredete. Zuerst wollte ich gar nicht mit meinem Verdacht zu Ihnen kommen. Aber dann entschloss ich mich, es doch zu tun.«

Ironsides starrte seinen Besucher finster an.

»Für wen halten Sie mich eigentlich, mein Sohn...? Für einen kompletten Idioten...? Für einen geistig Minderbemittelten...? Einen Pfuscher?« Seine Stimme triefte vor Sarkasmus. »Sie erzählen mir bei Gott nichts Neues! Ich bin fest davon überzeugt, dass es sich bei Doktor Halterby um Mord handelt.«

»Oh!«, flüsterte Peter bestürzt.

»Haben Sie Ihre Vermutung schon allen Leuten erzählt?«

»Nein, natürlich nicht.«

»Dann unterlassen Sie das bitte auch in Zukunft. Behalten Sie Ihre Ideen für sich. Ich möchte nämlich nicht, dass es sich mit Windeseile verbreitet, wir hätten es mit einem zweiten Mord zu tun. Ich gebe Ihnen einen guten Rat, mein Junge: Kümmern Sie sich um Ihre eigenen Angelegenheiten.«

»Oh, entschuldigen Sie bitte, Mr. Cromwell!«

»Es ist schon gut. Es kommen immer wieder Leute zu mir, die mir Ratschläge erteilen wollen, wie ich dies oder jenes klüger anfassen könnte«, erklärte der Chefinspektor schroff. »Der Fall treibt mit Macht seinem Höhepunkt entgegen, und die Bombe kann jede Minute platzen. Also, denken Sie an das, was ich Ihnen gesagt habe)... halten Sie Ihren Mund.«

Peter war es miserabel zumute, als er ging. Während er nach Hause fuhr, fiel ihm plötzlich ein, dass er ja schon mit Jennifer über seinen Verdacht gesprochen hatte; er überlegte einen Augenblicke lang, ob er nicht umkehren und es Cromwell sagen sollte. Aber dann ließ er es doch lieber sein. Die Perryns würden es schon nicht in alle Winde ausposaunen.

Kurz, nachdem Peter gegangen war, kreuzte Johnny auf der Polizeistation auf.

»Du hattest vollkommen recht, Old Iron«, erstattete er Bericht. »Bezüglich der zwei Reifenspuren, die dir in der kleinen Seitenstraße hinter Doktor Halterbys Haus auf gefallen sind. Es war eine ausgezeichnete Idee von dir, dafür zu sorgen, dass sie nicht zerstört wurden, und sie dann sofort auch aufnehmen zu lassen. Als ich eben in Penro war, konnte ich die Abzüge bereits sehen. Ich habe sie mit den Reifenspuren von Blairs Wagen verglichen. Sie stimmen genau überein.«

Cromwell lehnte sich mit einem zufriedenen Aufseufzen in seinem Sessel zurück. Er hatte einen arbeitsreihen Morgen hinter sich...

»Das hatte ich ja erwartet, Johnny«, meinte er. »Damit haben wir den Beweis dafür, dass Blair gestern Abend noch zu Doktor Halterby gefahren ist, und zwar, dass er ihn heimlich besucht hat; denn sonst wäre er ja, wie jeder andere Besucher auch, vor dem Haus vorgefahren.«

»Wenn wir auch nicht mit Sicherheit sagen können, ob die Reifenabdrücke von gestern Abend stammen oder schon älter sind, so ist der Beweis doch immerhin ausreichend... zumindest soweit es uns betrifft«, erklärte Johnny. »Und wenn man diesen, vielleicht nicht ganz handfesten Beweis zu den anderen, bereits vorhandenen, hinzufügt... vor allem zu diesen nur dreiviertel aufgerauchten Zigarettenresten in Doktor Halterbys Aschenbecher... dann hält er jeder Prüfung stand. Wenn wir nur wüssten, wo Blair jetzt steckt. Hat es irgendetwas Neues gegeben, seit ich fort war?«

»Nichts... aber mach dir darum nur keine Sorgen, mein Junge«, entgegnete Ironsides selbstzufrieden. »Es kann nicht mehr lange dauern, bis Blair auf der Bildfläche erscheint, davon bin ich fest überzeugt. Er hat sich zwar irgendwo verkrochen, aber ich glaube kaum, dass er es aushält, lange untätig herumzusitzen.«

»Was spukt dir denn jetzt schon wieder im Kopf herum?«

»Noch nichts Positives, Johnny. Aber ich habe so das Gefühl, als ob unser Vogel bald ausfliegen wird«, erwiderte der Chefinspektor und stand auf. »Warte hier, bis ich zurückkomme. Ich möchte Doktor Grant gern noch ein, zwei Fragen stellen.«

Es war jetzt Teezeit, und sicher ein guter Moment, um den Arzt unbeschäftigt anzutreffen. Als Cromwell auf sein Klingeln hin eingelassen wurde, hatte der Doktor gerade seinen Tee beendet. Er führte den Gast in sein Sprechzimmer.

»Ich habe gehört, dass Sie einen Blick auf Doktor Halterbys Leiche geworfen haben, bevor er abgeholt worden ist, Doktor«, sagte Ironsides, ohne sich mit langen Vorreden aufzuhalten. »Was halten Sie von der Sache?«

»Ich bin seit vielen Jahren Doktor Halterbys Hausarzt«, entgegnete der andere. »MacAndrew ist ein alter Freund von mir, und er hatte nichts dagegen einzuwenden, dass ich einen Blick auf den Toten warf. Was ich davon halte, wollen Sie wissen? Nun, wenn ich ehrlich sein soll, kann ich keinen Grund sehen, warum der Mann hätte Selbstmord begehen sollen. Er war zwar nicht mehr ganz jung, aber er war körperlich gesund und kräftig wie ein Bär.«

»So hatte ich meine Frage nicht gemeint, Doktor«, entgegnete Cromwell. »Was ich gern wissen wollte war, ob Sie glauben, dass Doktor Halterby Selbstmord begangen hat?«

»Hat er das denn nicht?«, fragte der Doktor erstaunt. »Als mein ihn fand, hing er doch von einem Haken an der Decke herunter, und ein Stuhl lag umgeworfen neben seinen Füßen. Natürlich hat er Selbstmord begangen.«

»Dann muss er ein sehr starkes Motiv gehabt haben. Wüssten Sie irgendein Motiv?«, erkundigte sich Cromwell. »Sie sagten soeben, dass er körperlich vollkommen gesund war; also kann er sich nicht vor den Qualen eines schleichenden, schmerzhaften Leidens gefürchtet haben. Besitzen Sie irgendwelche Anhaltspunkte, aus denen Sie schließen könnten, dass er in eine schmutzige Affäre verwickelt war?«

Doktor Grant lachte laut auf.

»Eine schmutzige Affäre? Ausgerechnet Doktor Halterby?«, meinte er belustigt. »Doktor Halterby war ein viel zu angesehener Mann, um sich...«

»Um das Wort *angesehen* scheine ich bei Doktor Halterby nicht herumzukommen«, unterbrach ihn Cromwell ungeduldig. »Die meisten Menschen sind *angesehene* Leute, bis plötzlich irgendetwas über sie ans Tageslicht dringt. Waren Sie noch anwesend, als die Polizei Doktor Halterbys Leiche abgeschnitten hat?«

»Ja. Ich kam erst kurz vorher an... als MacAndrew mit seiner Untersuchung bereits fertig war.«

»Sind Sie nie auf die Idee gekommen, dass Doktor Halterbys vermeintlicher Selbstmord... Mord sein könnte?«

Grant fuhr auf.

»Du lieber Gott! Nein. Auf die Idee wäre ich nie gekommen«, erklärte er ernst. »Also Mord? Was hat Sie auf diesen Gedanken gebracht, Mr. Cromwell? Ich erinnere mich jetzt allerdings, dass MacAndrew sich eine Weile nicht ganz über die Male, welche die Gardinenkordel auf Halterbys Hals hinterlassen hatte, im Klaren zu sein schien. Er sprach von irgendwelchen Quetschungen, für die er aber im Augenblick noch keine Erklärung wusste.«

»Und wüssten Sie eine Erklärung dafür? Wie wäre es zum Beispiel mit dieser: Irgendjemand näherte sich Doktor Halterby von hinten, umklammerte seinen Hals und erwürgte ihn mit seinen bloßen Händen?«

»Ja, so könnte es sich allerdings abgespielt haben«, gab der Arzt zögernd zurück. »Dann müsste der Mörder anschließend Doktor Halterby die Kordel um den Hals gelegt haben, um ihn an dem Haken an der Decke aufzuhängen. Aber, halt... einen Augenblick mal. Die Tür des Privatbüros war doch von innen verschlossen, und beide Fenster waren fest verriegelt.«

»Wir wollen das einmal aus dem Spiel lassen«, sagte Cromwell. »Es ist nicht allzu schwierig, Türen, deren Schlüssel stecken, von draußen abzuschließen. Was ich

Ihnen jetzt sage, Doktor Grant, bitte ich Sie, streng vertraulich zu behandeln: Wir haben Anhaltspunkte für die Vermutung gefunden, dass Doktor Halterby ermordet worden ist. Sie waren sein Hausarzt, Doktor, und ich hatte gehofft, dass Sie mir vielleicht irgendwelche Auskünfte über sein Privatleben, sozusagen über seine persönlichen Affären, geben könnten, die uns weiterhelfen.«

»Leider nein«, bedauerte Grant. »Ich weiß nichts über Doktor Halterbys Affären... Ich bezweifle sogar, dass er irgendwelche hatte. Er war ein sehr verschlossener... fast geheimnistuerischer Mann. Ein Junggeselle, der auf seine Art vermutlich sehr wenig Gebrauch davon machte. Er hat mir nie besonders gelegen. Wenn ich ihn sah, musste ich immer an das Sprichwort denken, dass *stille Wasser tief sind*. Also Mord, aber wie? So kurz nach der Ermordung dieses Liskern-Mädchens? Glauben Sie, dass da möglicherweise eine Verbindung bestehen könnte? Mir ist irgendwann einmal ein Gerücht zu Ohren gekommen, dass Doktor Halterby intime Beziehungen zu dem Mädchen unterhalten haben soll... Du lieber Gott! Ich frage mich nur, wer der nächste sein wird? Was ist denn bloß in unser sonst so friedliches Städtchen gefahren? Langsam beginnen alle die Nerven zu verlieren. Nehmen Sie doch zum Beispiel nur Sir Nicholas Perryn...«

»Was ist mit Perryn?«, unterbrach ihn Cromwell heftig.

»Es ist eine eigenartige Geschichte«, meinte der Arzt und runzelte die Stirn. »Heute am frühen Nachmittag wurde ich dringend zum Schloss gerufen. Die kleine Jennifer war am Apparat. Sie bat mich, doch so schnell wie möglich zu kommen und mir ihren Vater einmal anzusehen.«

»Und weshalb?«

»Sie meinte, er hätte vielleicht einen leichten Schlaganfall gehabt. Wenn ich sie richtig verstanden habe, ist Sir Nicholas in Ohnmacht gefallen, als sie ihren Eltern die Neuigkeit von Doktor Halterbys Selbstmord erzählte«, erläuterte Grant. »Ich muss schon sagen, verdammt ungewöhnlich für einen Mann wie Sir Nicholas; denn er hat an sich eine Gesundheit wie ein Pferd. Und heute wird er regelrecht ohnmächtig und kippt einfach um. Als ich auf dem Schloff ankam, lag er zu Bett. Lady Perryn hatte darauf bestanden, ihn ins Bett zu stecken, aber sie schien recht ärgerlich, dass Jennifer mich gerufen hatte. Sie meinte, es ginge ihrem Gatten schon bedeutend besser, und es bestünde keinerlei Anlass zu Besorgnis.«

»Und wer hatte recht? Mutter oder Tochter?«

»Lady Perryn. Dem Mann fehlte überhaupt nichts... Er hatte lediglich einen kleinen Schock bekommen. Es war kindisch von dem Mädchen und übertrieben besorgt, gleich anzunehmen, dass er einen Schlaganfall erlitten hätte. Er hätte eigentlich sofort aufstehen können.«

»Haben Sie ihm das gesagt?«

»Ja, es ist Lady Perryn, die dort oben regiert, allerdings regiert sie mit Charme und einer zarten Hand«, meinte Grant lachend. »Eine erstaunliche Frau, selbst bei einem Erdbeben oder einer Atombombenexplosion würde sie eiskalt bleiben, und niemals die Nerven verlieren. Ich habe sie noch niemals aufgeregt erlebt. Sie ist die Ruhe selbst und... obendrein recht einfältig. Es tut mir , leid, dass ich das sagen muss. Da befiehlt sie ihrem Gatten einfach, zu Bett zu gehen, und dieser Riesenkerl fügt sich lammfromm. Obwohl es vollkommen überflüssig war. Aber sie wurde direkt energisch und erklärte mir, sie würde dafür sorgen, dass er bis morgen liegenbliebe und keine Besucher ihn stören kämen. Seltsam, sie machte eigentlich gar keinen besorgten Eindruck, und doch behandelt sie ihn wie ein Baby.«

»Die meisten Frauen lieben das«, äußerte Cromwell und schnaubte verächtlich. »Das sind die allerschlimmsten, Doktor. Eine streitsüchtige Frau kann man im Notfall noch ertragen, aber die zerbrechlichen, weichen und immer liebenswürdigen sind der Teufel in Person!«

In einem ärmlichen Hinterzimmer in der zweiten Etage einer kleinen Pension in Exeter marschierte Paul Blair mit großen, ungeduldigen Schritten auf und ab. Sein Gesicht war eingefallen und seine Augen vor Schlaflosigkeit rot unterlaufen. Man hätte den sonst so gutaussehenden, eleganten Mann kaum wiedererkannt. Sein Gesichtsausdruck war wild und bösartig.

»Warum, zum Teufel, kommt er denn nicht?«, fluchte er zum hundertsten Mal vor sich hin.

Es war bereits spät am Nachmittag, und Blair war den ganzen Tag über nicht aus dem Zimmer gekommen. Die Hotelbesitzerin, die es gewohnt war, sich nicht allzu viel um ihre Gäste zu kümmern, hatte ihn kein einziges Mal gestört. Wenn er es vorzog, auf seinem Zimmer zu bleiben und seine Mahlzeiten oben einzunehmen, so war das seine Sache. Er hatte eine große Anzahlung geleistet, und das war das einzige, was zählte.

Um halb sechs hörte Blair endlich Schritte die Treppe heraufkommen, er blieb stocksteif stehen und lauschte mit klopfendem Herzen. Wenige Sekunden später klopfte es an seiner Tür. Als er öffnete, stand ein kleiner, gut angezogener Mann mittleren Alters vor ihm, der eine Aktentasche unter dem Arm trug. Dahinter tauchte die beleibte Gestalt der Wirtin auf.

»Besuch für Sie, Mr. Smith.«

»Treten Sie ein, Cartright... Treten Sie ein!«, forderte Blair den Mann auf, und bemühte sich, seine Stimme normal klingen zu lassen. »Ich habe Sie bereits erwartet. Haben Sie besten Dank, Mrs. Cooper.«

Nachdem Cartright im Zimmer verschwunden war und Blair die Tür hinter ihm geschlossen hatte, stand die Frau noch eine Weile auf dem Treppenabsatz und dachte angestrengt nach. Sie fragte sich verwundert, warum ihr neuer Gast wohl so ängstlich ausgesehen hatte. Der Besucher musste seinem Aussehen nach Anwalt oder etwas Ähnliches sein... *Na ja...* Sie zuckte die Achseln... Was ging es sie schon an...

Sie ging wieder nach unten in ihr Wohnzimmer und stellte erfreut fest, dass die Abendzeitung bereits auf dem Tisch lag. Sie setzte sich bequem in einen Sessel und überflog die Schlagzeilen. Plötzlich wurde ihre Aufmerksamkeit von einem schwarz gerahmten Foto in der Mitte der Seite gefesselt. »Achtung Steckbrief! Die Polizei sucht einen gewissen John White, auch unter dem Namen Paul Blair bekannt. Zuletzt wurde er im *Schlosshotel*, Penro, Cornwall, gesehen. Sachdienliche Angaben über den momentanen Aufenthaltsort dieses Mannes erbeten an das nächste Polizeirevier.« Es folgte eine genaue Beschreibung von Paul Blair.

Zunächst war Mrs. Coopers Interesse nichts als die in solchen Fällen übliche Neugierde. Dann las sie die Personenbeschreibung nochmals gründlich durch. Eigenartigerweise musste sie sofort an ihren neuen Gast in der zweiten Etage denken, und ein Gefühl der Unruhe befiel sie. Vom ersten Augenblick an war etwas Befremdliches... ja, sogar Verdächtiges... von Smith ausgegangen. Diese seltsame Art und Weise, sein Zimmer überhaupt nicht zu verlassen... sondern die Mahlzeiten nach oben zu beordern... und, jetzt fiel es ihr plötzlich auf, er hatte den Kopf immer abgewandt, wenn sie mit ihm sprach... Aber seinen Besucher, den hatte er voll angesehen.

»Oh, mein Gott! Oh, mein Gott!«, stöhnte Mrs. Cooper, und das Herz schlug ihr bis zum Halse herauf.

Nein, es konnte gar kein Zweifel bestehen. Die Beschreibung des Mannes, der gesucht wurde, passte genau auf den seltsamen Gast in der zweiten Etage. Sie erinnerte sich noch genau, wie er heute ganz früh am Morgen ohne Gepäck bei ihr angekommen war, und irgendeine dumme Geschichte von einem im Zug liegengelassenen Koffer erzählt hatte.

Mrs. Cooper, die nicht besonders kritisch in der Auswahl ihrer Gäste war, hatte vermutet, dass dieser Mann, der sich Smith nannte, sich in ihrem Hotel mit einer Frau verabredet hatte, und nun auf diese wartete. Damit nahm sie es nicht so genau. Man brauchte ja nicht alles zu wissen. Aber wenn er von der Polizei gesucht wurde... nein, alle guten Geister, das war etwas anderes. Sie konnte es sich nicht leisten, Schwierigkeiten mit der Polizei zu bekommen. Im Gegenteil, es war niemals schädlich, dort gut angeschrieben zu sein.

Also ging sie zum Telefon hinüber, rief ihr zuständiges Polizeirevier an, und bat, so schnell wie möglich einen Beamten vorbeizuschicken, da sie befürchtete, einen gesuchten Verbrecher in ihrem Hotel zu beherbergen. Sie wurde gebeten, einen Augenblick zu warten, dann erklärte man ihr, dass sobald wie möglich ein Beamter vorbeikommen würde.

»Inzwischen unternehmen Sie nichts, was den Mann darauf aufmerksam machen könnte, dass Sie Verdacht geschöpft haben, Mrs. Cooper«, warnte sie der diensthabende Sergeant! »Wir tun unser Möglichstes.«

Oben in der zweiten Etage begrüßte Blair inzwischen seinen Gast herzlich.

»Gott sei Dank, dass Sie endlich da sind, Cartright«, sagte er mit hörbarer Erleichterung. »Es ist einfach alles verkehrt gelaufen. Ich habe eine entsetzliche Zeit hinter mir. Ich wusste einfach nicht mehr, was ich tun sollte.«

»Langsam... langsam«, unterbrach ihn der andere. »Es war nicht gerade besonders klug von Ihnen, sich in einer billigen, kleinen Pension, wie dieser, zu verkriechen.«

»Verdammt noch mal! Wohin hätte ich denn sonst gehen sollen?«, fuhr ihn Blair wütend an. »Schließlich hat die Polizei meinen Steckbrief in der ganzen Gesellschaft verbreitet... was sage ich da, im ganzen Land. Was hätte ich denn Ihrer Meinung nach tun sollen... mich in ein Kaninchenloch verkriechen? Doktor Halterby war im Begriff, uns zu verpfeifen, und es blieb mir gar nichts anderes übrig, als drastische Maßnahmen zu ergreifen.«

»Na schön. Erzählen Sie, aber ruhig«, forderte ihn Cartright auf und setzte sich gelassen hin. »Woher wussten Sie, dass Doktor Halterby...«

»Woher ich es wusste?«, explodierte Blair. »Er hat mich gestern Abend angerufen, gerade als ich mit dem Abendessen fertig war. Er erklärte, er müsse mich augenblicklich sprechen. Es sei ungeheuer wichtig. Und er könne nicht warten. Er war derartig aufgebracht, dass ich sofort nach Tregissy fuhr. Allerdings parkte ich. meinen Wagen in der kleinen Straße hinter seinem Haus. Er ließ mich durch die Seitentür ein. Und, mein Gott, ich habe selten jemand so aufgeregt gesehen. Er murmelte pausenlos unzusammenhängende Worte vor sich hin. Dann schrie er, er könne einfach nicht mehr... er mache das nicht länger mit... er würde nie einem Mord zugestimmt haben, wenn er es vorher gewusst hätte. Damit meinte er natürlich das Mädchen. Die Scotland-Yard-Leute hätten ihn auf-gesucht und sich sehr misstrauisch gezeigt. Ich versuchte, ihn zu beruhigen, aber es war vollkommen zwecklos. Er erklärte, er würde zur Polizei gehen und ihr alles berichten. Er sei nicht gewillt, sich wegen Beihilfe zum Mord verdächtigen zu lassen.«

»Eine scheußliche Situation«, meinte Cartright. »Was taten Sie daraufhin?«

»Das ist immer die Gefahr, wenn man Leute wie Doktor Halterby bei einer Sache wie unserer mitspielen lässt«, schimpfte Blair verbittert. »Man kann sich einfach nicht auf sie verlassen. Beim ersten Anzeichen von wirklicher Gefahr brechen sie zusammen. Je mehr ich Doktor Halterby zu beruhigen versuchte, desto lauter wurde er. Als er dann auch noch zu schreien anfing, musste ich handeln. Ich packte ihn beim Hals...« Blair brach ab, und feine Schweißperlen bildeten sich auf seiner Stirn. »Ich wollte ihn eigentlich gar nicht töten, Cartright. Ich muss wohl zu fest zugepackt haben. Plötzlich war er tot. Ich wollte doch nur erreichen, dass er zu schreien aufhörte.«

»So, das wollten Sie! Aber Sie haben ihn getötet«, antwortete der andere schneidend. »Das war ein übler Fehler von Ihnen, mein Freund.«

»Ich habe alles so arrangiert, dass es wie Selbstmord aussah«, fuhr Blair erregt fort. »Und das ist mir auch einwandfrei gelungen. Die Polizei ist tatsächlich davon überzeugt, dass er Selbstmord begangen hat. Sogar Cromwell...«

»Das ist ja alles noch keine Erklärung dafür, weshalb Sie so kopflos geflohen sind... weshalb Sie keinen Augenblick mehr in Penro bleiben konnten, und sogar Ihren Wagen dort zurücklassen mussten. Was ist denn nun wirklich passiert?«

»Um den Wagen brauchen Sie sich keine Sorgen zu mähen. Es ist ausgeschlossen, dass die Polizei mir durch ihn auf die Spur kommt. Die Nummernschilder stimmen mit denen des Postautobusses von Luton überein, und den Wagen habe ich in Glasgow gestohlen.«

»Es spielt überhaupt keine Rolle, ob man Ihnen mit Hilfe des Wagens auf die Spur kommt oder nicht... ich denke vielmehr an Ihre Wohnung in London«, fuhr ihn Cartright ungeduldig an. »Sie können es ja sowieso nicht wagen, nach London zurückzukehren. Für Sie gibt es nur noch eine Hoffnung, nämlich ins Ausland zu fliehen. Aber zunähst möchte ich erst einmal wissen, warum Sie sich so vollkommen kopflos benommen haben?«

»Ah, Sie wissen ja noch nicht alles«, erwiderte Blair und zündete sich mit bebenden Händen eine neue Zigarette an. »Dieser verdammte Idiot, dieser Conway, wurde plötzlich auch gefährlich. Wir hatten für Dienstag naht alles bis in die letzte Einzelheit geplant, und dann wirft dieser Conway alles über den Haufen, indem er uns in letzter

Sekunde im Stich lässt. Cromwell hatte ihn in Verdacht... Cromwell hatte ihn sogar schon verhört. Der Mann bedeutete wirklich eine Gefahr für uns. Sowie ich wieder in meinem Hotel in Penro angekommen war, rief ich ihn an und verabredete mich mit ihm. Ich musste die Sache mit ihm klären. Und wenn er auch nur die geringsten Anstalten machte, nicht länger dichtzuhalten, wäre mir nichts anderes übriggeblieben, als ihn zu töten.«

Während ihm der Schweiß in Strömen über das Gesicht lief, berichtete Blair, was sich im Heuschober ereignet hatte. Cartright hörte sich die Geschichte, ohne ihn zu unterbrechen, an, aber sein Gesicht wurde immer ärgerlicher.

»Sie haben einen Fehler nach dem andern gemacht«, sagte er schließlich sarkastisch. »Und dieser Mann, der Ihnen plötzlich mit einer Taschenlampe ins Gesicht leuchtete, war Cromwells Assistent? Ich verstehe nur die Sache mit dem Mädchen nicht ganz...«

»Der Teufel soll sie holen«, fluchte Blair hitzig. »Ich werde nie begreifen, wie sie ausgerechnet auf diesen verdammten Heuboden gekommen ist. Lässt sich geradewegs auf mich herunterfallen und schlägt mir dabei den Revolver aus der Hand. Ich kann noch von Glück reden, dass ich entkommen konnte. Ich durfte es nicht einmal wagen, in mein Hotel in Penro zu gehen. Lister hatte mich deutlich gesehen und konnte mich genau beschreiben. Und ich wusste, dass er sobald wie möglich meinen Steckbrief verbreiten würde. Ich traute mich nicht einmal mehr nach Penro hinein, um meinen Wagen zu holen. Ich bin die ganze Nacht zu Fuß gegangen...«

Am frühen Morgen erreichte Blair eine kleine Bahnstation und nahm den nächsten Zug nach Exeter. Hier war er kurzerhand in das erstbeste kleine Hotel hineingegangen, und hatte seitdem sein Zimmer nicht verlassen.

»Ich habe Sie von einer Telefonzelle aus angerufen, bevor ich mir hier ein Zimmer genommen habe«, schloss Blair. »Ich warte bereits seit Stunden auf Sie. Sie haben vermutlich einen Wagen bei sich. Sie müssen mich von hier fortschaffen, Cartright. Ich kann es nicht wagen, einen Zug oder Autobus zu benutzen. Ich bin nirgendwo mehr sicher. Die Polizei könnte mich finden...«

»Gut. Schluss jetzt. Ich habe genug gehört«, unterbrach ihn Cartright und stand auf. »Nach Ihrer unglaublichen Dummheit in dem Schober blieb Ihnen nichts anderes übrig als zu fliehen. Na, ich kann Ihnen nur eines verraten... Duval rast vor Wut. Verstehen Sie? Er rast!«

»Das wundert mich nietet im geringsten.«

»Es muss etwas geschehen... und zwar heute Nacht noch«, fuhr Cartright finster fort. »Duval hat geschworen, nicht länger Geduld zu haben, und ich bin überzeugt davon, dass er es ernst meint. Er sagt, er hat keine Lust mehr... er will den ganzen Laden hinschmeißen... Es sei denn, es passiert heute Nacht noch etwas.«

»Aber das ist doch Wahnsinn!«, protestierte Blair. »Das bedeutet, dass wir alles verlieren.«

»Sind Sie darauf vorbereitet, alles zu verlieren?«, fragte der andere scharf. »Mein Wagen steht unten und ich kann Sie ohne jedes Risiko, wenn es dunkel ist, nach St. Hawes bringen. Wir müssen ein Boot finden... wenn nicht anders möglich, Conways Boot.«

»Conways Boot? Wir können es doch nicht einfach...«

»Sie haben selbst erklärt, dass es das einzige Boot ist, welches in Frage kommt... und es liegt seetüchtig im Hafen«, überging Cartright seinen Einwand. »Es ist noch früh am Abend, und wir haben genügend Zeit, uns einen Plan zu überlegen. Heute fällt die Entscheidung. Entweder wir handeln heute noch, oder unsere Chance ist unwiderruflich dahin. Nicht mehr lange, und es wird ganz dunkel sein, dann...«

»Herr im Himmel!«, flüsterte Blair heiser.

Er stand am Fenster und blickte auf die verlassen daliegende Straße hinunter. Auf einen entsetzten Ausruf hin kam Cartright schnell zu ihm hinüber.

»Was ist los?«

»Da, sehen Sie den Polizisten da unten auf der Straße... er kommt auf unser Hotel zu... und Mrs. Cooper steht vor der Haustür.« Blair deutete mit dem Finger hinunter. »Sie scheint auf ihn zu warten!«

Cartright hatte die Situation augenblicklich erfasst.

»Gibt es hier im Haus eine Hintertreppe?«

»Ja.«

»Los, kommen Sie. Wir haben keine Sekunde zu verlieren. Mein Wagen steht in einer Seitenstraße, gleich um die Ecke.« Cartright sprach hastig, während er gleichzeitig Blairs Arm ergriff und ihn auf die Tür zuschob. »Ich schätze, wir können es gerade noch schaffen.«

Sie hasteten den Treppenabsatz hinauf und stürmten dann die Hintertreppe hinunter. Sie konnten Mrs. Cooper an der Eingangstür mit dem Polizisten reden hören.

Sie schlüpften leise zur Hintertür hinaus, eilten durch den verwilderten Garten und brausten kaum eine Minute später in Cartrights Wagen davon.

Als der Sergeant atemlos den Raum in der zweiten Etage erreichte, fand er ihn leer...

Vierzehntes Kapitel

Bill Cromwell war außer sich, als er am späten Abend die Neuigkeit erfuhr.

»Ich hoffe, Gelegenheit zu haben, diesem Sergeant von der Polizeistation Exeter gründlich meine Meinung sagen zu können, bevor dieser Fall abgeschlossen ist«, schimpfte er ärgerlich. »Sagt der Kerl, er hätte den Anruf der Pensionsbesitzerin nicht für so wichtig gehalten; außerdem wäre im Augenblick niemand da gewesen, den er hätte vorbeischicken können! Wartet erst eine halbe Stunde, bevor er sich schließlich selbst zu der Pension auf den Weg macht!«

»Um das Nest leer zu finden«, meinte Johnny Lister mitfühlend. »Das war schon ein tolles Stück, Old Iron. Dabei war die Pensionsbesitzerin noch so klug, Blair zu erkennen. Um ein Haar hätten wir ihn gehabt.«

»Er hatte die Pension die ganze Zeit über, seit dem Morgen, nicht verlassen. Er muss den ganzen Tag auf einen seiner Helfershelfer gewartet haben«, erklärte Ironsides stirnrunzelnd. »Na schön. Vorbei ist vorbei. Blair ist uns entwischt.« Er hielt inne und überlegte einen Augenblick. »Ich frage mich nur...«

Johnny wartete. Wenn Ironsides Cromwell anfing, laut zu denken... besonders mit einem Gesichtsausdruck... wie im Moment... bedeutete es im Allgemeinen, dass er eine neue Spur gefunden hatte.

»Ich bin der Meinung, Johnny«, fuhr er schließlich bedächtig fort, »dass es gar nicht einmal so übel ist, dass es Blair gelungen ist zu fliehen. Es kann gut sein, dass unsere Freunde jetzt mit aller Gewalt etwas unternehmen wollen.

Da wäre zunächst einmal dieser Mann, der Blair aufgesucht hat. Wer kann das gewesen sein? Offensichtlich doch jemand, dem Blair gehorchen musste.«

»Das klingt ja schon fast, als ob du von einer ganzen Bande sprichst.«

»Nein, keine ganze Bande, mein Sohn... nur zwei, drei Leute«, antwortete Cromwell. »Meiner Ansicht nach hat der Mord an Doktor Halterby eine regelrechte Krise ausgelöst. Blair ging nicht mit dem Vorsatz hin, den Anwalt zu töten, das ist ganz offensichtlich.«

»Woher willst du das wissen, Ironsides?«, erkundigte sich Johnny verblüfft.

»Denk an die Reifenabdrücke von Blairs Wagen«, gab der Chefinspektor ungeduldig zurück. »Wenn Blair bereits mit dem festen Vorsatz hingefahren wäre, Doktor Halterby umzubringen, wäre er nicht so leichtsinnig gewesen, seinen Wagen an einer Stelle abzustellen, wo er Reifenabdrücke hinterlassen konnte. Nein, hier handelt es sich augenscheinlich um einen Mord im Affekt. Vermutlich hat Blair Doktor Halterby am Hals gepackt, und der arme Kerl war tot, bevor Blair sich dessen bewusst wurde. Im Augenblick fiel ihm nichts Besseres ein, als die Sache so zu drehen, dass es nach Selbstmord aussah. Er war erregt und durcheinander, und deshalb nicht in der Lage, an solche Kleinigkeiten wie Reifenabdrücke zu denken.«

Ironsides schwieg ein paar Minuten, dann bat er Johnny, Peter Conway anzurufen.

»Sag ihm, er möchte sofort herkommen, Johnny. Selbst ich kann mich einmal täuschen, aber ich habe das bestimmte Gefühl, dass heute Nacht etwas passieren wird... und dass Conway in die Sache verwickelt werden wird.«

Johnny machte sich gar nicht erst die Mühe, seinen Chef zu fragen, was er damit meinte. Er wusste aus langjähriger Erfahrung, dass er doch keine befriedigende Antwort bekommen würde. So bemühte er sich nur, die Verbindung so schnell wie möglich herzustellen.

Zehn Minuten später traf Peter ein.

»Sie wollten mich sprechen, Mr. Cromwell?«-

»Ja. Setzen Sie sich, mein Junge.« Ironsides musterte den jungen Tierarzt ruhig. »Alles in allem gesehen, haben Sie mir beträchtlichen Ärger bereitet... das wissen Sie ja wohl selbst. Um allem die Krone aufzusetzen, haben Sie mir bei unserer ersten Unterredung außerordentlich wichtige Auskünfte vorenthalten...«

»Ich weiß, Mr. Cromwell. Ich habe das ja inzwischen alles lange eingesehen«, erklärte Peter unglücklich. »Ich dachte, Sie hätten mir. mein idiotisches Verhalten inzwischen verziehen.«

»Nun, sagen wir, ich. will es vorübergehend vergessen«, verbesserte der Chefinspektor. »Wenn ich es gewollt hätte, hätte Ihre Lage sehr unerfreulich werden können. Das wissen Sie doch hoffentlich?«

»Ja«, gab Peter zu und fragte sich, was nun wohl kommen würde.

»Worauf ich hinaus will, ist folgendes... wären Sie bereit, nachdem Sie mir am Anfang nur Hindernisse in den Weg gelegt haben, mir jetzt einmal zu helfen... auch wenn es für Sie möglicherweise mit einem persönlichen Risiko verbunden ist?«

»Da fragen Sie noch«, erklärte Peter eifrig.

»Langsam, langsam. Überlegen Sie erst mal«, dämpfte Cromwell seine jugendliche Begeisterung. »Sie haben doch gehört, was ich gesagt habe... ich meine, wegen der Gefahr, die sich für Sie daraus entwickeln könnte. Ich bin verpflichtet, Sie zu warnen, dass Sie sich möglicherweise in ernsthafte Gefahr begeben, wenn Sie zustimmen.«

»Im Gegenteil, ich bin Ihnen ja nur dankbar, wenn Sie mir Gelegenheit geben, die Scharte vom Dienstag auszuwetzen. Was soll ich denn tun?«

»Vielleicht überhaupt nichts. Ich weiß es noch nicht. Ich habe so ein Gefühl... nennen wir es einmal eine Vorahnung... dass sich heute Nacht noch irgendetwas Wichtiges ereignen wird«, lautete Cromwells höchst unklare Auskunft. »Es liegt auf der Hand, dass Blair und die Leute, mit denen er zusammenarbeitet, Sie zu irgendetwas nötig haben. Mit einem Wort, dieses ganze Arrangement in der Mordnacht... der irreführende Anruf, welcher Sie zum *Long Reach Hof* hinauslockte... dass man Ihnen Molly Liskerns Leiche in den Kofferraum legte... alles waren Bestandteile eines sorgfältig ausgearbeiteten Planes. Es diente nur dem einen Ziel, sich Ihrer Hilfe zu bedienen.«

»Meiner Hilfe... weshalb denn?«

»Dafür gibt es nur eine Erklärung. Man brauchte Ihr Segelboot mit dem starken Motor. Blairs Vorschlag ging ja dahin, dass Sie mit der Leiche auf den Kanal, also das offene Wasser hinaussegeln sollten, um diese dann dort zu versenken... Aber ich bin heute der Überzeugung, dass dies nur ein Vorwand war. Blair benötigte Sie aus ganz anderen Gründen. Es ging Blair ausschließlich um das Boot. Sie, Doktor Conway, sind in St. Hawes allgemein bekannt und niemand würde darauf achten, wenn Sie nachts noch mit Ihrem Boot hinausfahren. Und das... ausschließlich das... war der Punkt, um den es ging. Sie sind allgemein bekannt und beliebt... man schätzt Sie, und Sie sind über jeden Verdacht erhaben.«

»Aber wozu sollten Sie denn sonst mein Boot brauchen, wenn nicht, um Mollys Leiche auf das offene Wasser hinauszufahren...«

»Es ist ohne weiteres möglich, dass die Bande noch einmal versuchen wird, Sie und Ihr Boot zu benutzen, und zwar heute Nacht«, fuhr Cromwell fort, ohne Peters Unterbrechung zu beachten. »Wenn Sie uns wirklich helfen wollen, dann tun Sie bitte folgendes: Was sich auch immer heute ereignen mag, besonders, wenn es irgendwie mit Ihrem Boot in Zusammenhang steht - gehen Sie darauf ein! Wenn ein Unbekannter zu Ihnen kommen sollte und vorgibt, Ihr Boot leihen zu wollen, erklären Sie sich einverstanden. Gehen Sie selbst *dann* darauf ein, wenn Sie eine Falle vermuten. Machen Sie sich bei allem keine Sorgen. Wir werden Sie ununterbrochen beobachten. Und wir werden alles tun, was in unserer Kraft steht, um Sie zu schützen.«

Peter sah ganz aufgeregt aus.

»Oh, ich werde schon so tun, als ob ich darauf einginge, Mr. Cromwell«, versicherte er sofort. »Sie können sich auf mich verlassen!«

Cromwell erklärte noch, wie er sich alles vorstellte. Dann fuhr Peter nach *Tipley End* zurück... um dort die weitere Entwicklung abzuwarten.

»Und was ist… wenn gar nichts passiert?«, wollte Johnny Lister währenddessen in dem kleinen Büro in Penro von Cromwell wissen.

»Es wird schon etwas passieren, warte nur ab, Johnny«, beruhigte ihn Ironsides. »Also, Johnny, um ganz ehrlich zu sein, es ist nicht eine bloße Vermutung von mir, wie ich bisher vorgegeben habe. Ich laure schon lange auf ein kleines, vielleicht kaum merkbares Zeichen, dass die Gegenseite bereits entschlossen ist zu handeln. Na ja, und heute war es endlich so weit, sonst würde ich Conway nicht so eingehend informiert und in mein Programm einbezogen haben. Erinnerst du dich noch an den Abend, an dem ich dich losschickte, Conway zu beschatten?«

»Und ich bin ihm ja dann auch zu dem alten Heuschober gefolgt…«

»Eben. Gleichzeitig habe ich einen von Powells Leuten auf diesen alten Gauner, diesen Kapitän Goole, angesetzt. Und heute Abend habe ich einen seltsamen Bericht von diesem Mann bekommen, mein Sohn. Goole scheint für heute Abend seine Freunde zu einer Party eingeladen zu haben… es muss sich wohl um eine Geburtstagsfeier oder so etwas Ähnliches handeln. Dieser seltsame Kauz, dieser Goole, hat anscheinend in seinem Haus nicht einmal einen Telefonanschluss. Nun muss wohl vor etwa einer Stunde ein dringender Anruf für ihn im *Schwarzen Falken* angenommen worden sein. Der Wirt ließ Goole holen. Und nachdem Goole sich eine Weile am Telefon unterhalten hatte, erklärte er, dass die Party abgesagt sei und ging mit nachdenklichem Gesicht nach Hause.«

»Meinen Sie, dass…?«

»Ich meine überhaupt nichts, aber ich will bereit sein, wenn es losgeht«, brummte der Chefinspektor mürrisch. »Ich habe durch die Post nachprüfen lassen, von wo aus Goole angerufen wurde.

Na, und was glaubst du, Johnny? Er wurde von einer öffentlichen Telefonzelle in Exeter aus angerufen.«

»Dort ist uns doch dieser Blair ganz knapp durch die Lappen gegangen«, bemerkte Johnny. »Ja, jetzt begreife ich endlich, Old Iron. Man hat Goole bestimmte telefonische Anweisungen gegeben, und daraufhin musste er seine Party absagen. Alle guten Geister! Ja! Es sieht tatsächlich so aus, als ob sich heute Nacht etwas zusammenbrauen würde.«

Cromwell sah nicht gerade zufrieden aus.

»Viel ist es ja nicht, was wir da haben. Aber ich bin gewohnt, keine Chance auszulassen, sei sie auch noch so klein. Ich habe von Powell ein paar Leute angefordert und zum Sondereinsatz nach St. Hawes beordert. Ich habe auch sonst noch allerlei Vorsichtsmaßregeln ergriffen. Wenn alles vergebens war, ist es nicht so schlimm. Aber wenn heute Nacht etwas passiert...« Er zog plötzlich nachdenklich die Augenbrauen zusammen. »Es gefällt mir gar nicht, Conway als Köder zu benutzen, aber es bleibt mir keine andere Wahl. Es ist nun mal keineswegs ausgeschlossen, dass diese mit allen Wassern gewaschene Bande es noch einmal versuchen wird, sich mit Conway zu einigen. Und wenn es so ist, will ich gerüstet sein.«

Peter hatte inzwischen, sowie er in *Tipley End* angekommen war, Jennifer angerufen, und ihre Verabredung für den heutigen Abend abgesagt. Er erklärte ihr nicht, weshalb, aber er versicherte ihr, dass ihn schwerwiegende Gründe dazu veranlassten. Er bat sie, bis zum nächsten Morgen Geduld zu haben, dann würde er ihr alles erklären.

Dann dachte er an seine kommende Aufgabe. Anfangs war er ganz von einer hochgespannten Erwartung erfüllt. Aber als die Zeit langsam verstrich und sich nichts ereignete, kam er zu der Überzeugung, dass Cromwells Verdacht ein Trugschluss gewesen sein müsse. Offensichtlich hatte der unbekannte Feind keinerlei Pläne für heute Nacht, zumindest nicht, soweit er - Peter - mit einbezogen war.

Gerade, als er wieder einmal auf die Uhr sah und feststellte, dass es bereits elf war, hörte er einen Wagen Vorfahren. Kurz danach wurde stürmisch geklingelt, und als Peter öffnete, stand ein verstört aussehender Mam vor der Tür. Der Fremde war gut gekleidet, er trug Flanellhosen und ein kurzärmeliges Sporthemd, wie es die meisten Feriengäste hier trugen. Alles in allem, ein kleiner, aber gebildeter aussehender Mann.

»Sie sind Doktor Conway?«

»Ja.«

»Bitte, entschuldigen Sie die späte Störung, Doktor Conway, aber ich komme aus einem sehr dringenden Anlass«, erklärte der andere besorgt. »Mein Name ist Cartright. Ich befinde mich mit meiner Familie auf einer größeren Segeltour, unserer Urlaubsreise sozusagen. Wir liegen mit unserer Jacht im Hafen von St. Hawes. Der Grund, weshalb ich so spät noch störe, ist die siamesische Katze meiner Frau. Sie muss eine Vergiftung haben... jedenfalls vermuten wir das... sie bricht die ganze Zeit. Meine Frau ist völlig außer sich. Das Tierchen ist ihr ein und alles... Wir haben so schnell wie möglich den Hafen von St. Hawes angelaufen, und der Wirt des *Schwarzen Falken* hat mich an Sie als den besten Tierarzt der Gegend verwiesen.«

»Das ist überaus freundlich von Mr. Kettleby«, entgegnete Peter. »Die Katze scheint sich in Lebensgefahr zu befinden, wenn ich Sie richtig verstanden habe. Gibt es noch irgendwelche andere Symptome?«

»Ich weiß es nicht. Als ich fortging, befand sie sich in einem besorgniserregenden Zustand«, sprach der Fremde aufgeregt. »Das arme Tier zittert am ganzen Körper und krümmt sich vor Schmerzen.«

»Das klingt allerdings ganz nach Gift.«

»Könnten Sie nicht mitkommen?«, bat Cartright eindringlich. »Ich weiß, es ist schon sehr spät, aber ich werde Ihre Gefälligkeit selbstverständlich entsprechend honorieren. Es kann jetzt um Minuten gehen. Und meine Frau wäre untröstlich, wenn das arme Tierchen einginge.«

Alles klang absolut glaubwürdig. Und wenn Peter nicht gewarnt worden wäre, hätte er niemals Verdacht geschöpft. Sein Herz klopfte heftig; er musterte seinen späten Besucher eingehend, dann holte er seine Tasche. Der Mann machte einen seriösen Eindruck, wie ein wohlhabender, erfolgreicher Geschäftsmann. Er hatte nichts von einem Verbrecher an sich. Aber durch Cromwells Warnung war Peter auf der Hut.

»Natürlich komme ich mit«, sagte er schließlich und zog die Tür hinter sich zu. Cartright hatte seinen Wagen, einen Riley, mit laufendem Motor vor der Garage stehenlassen. Sie stiegen ein und fuhren zum Tor hinaus. Der Fremde erklärte, sich den Wagen in St. Hawes gemietet zu haben. Das kam Peter allerdings ziemlich unglaubwürdig vor, und er war jetzt noch wachsamer als zuvor.

Cartright fuhr sehr schnell, und es wurde wenig gesprochen, während sie durch die schlafende Stadt fuhren. *Schlafend* war das richtige Wort; um halb zwölf lagen die Straßen von St. Hawes verlassen und dunkel da. Unten, am Hafen, dem ältesten Teil der Stadt, war keine Menschenseele mehr unterwegs. Der *Schwarze Falke* und die anderen Hotels hatten bereits geschlossen, ebenso die kleinen Cafés. Als Peter am Kai ausstieg, fröstelte ihn leicht, so still und einsam war es.

»Hier entlang, bitte«, forderte Cartright ihn auf.

Er führte Peter die Steinstufen hinunter, die diesem vertraut waren wie sein eigener Gartenweg. Es war gerade Flut. Ein dunkler Schatten tanzte vor ihm auf dem Wasser auf und ab. Offensichtlich ein vertäutes Boot. Sie hatten es noch nicht einmal ganz erreicht, als Peter plötzlich stehen blieb.

»Halt, einen Augenblick mal«, sagte er misstrauisch. »Das da vor uns ist nicht irgendeine Jacht. Das ist ja die *Wassernixe*, meine eigene Segeljacht. Was soll denn das bedeuten?«

Er hatte kaum zu Ende gesprochen, als er fühlte, wie sich etwas Hartes in seinen Rücken bohrte.

»Schreien Sie nicht. Conway...! Verhalten Sie sich ganz still«, flüsterte Cartright. »Das Ding da in Ihrem Rücken ist nämlich ein Revolver. Ein Schrei, und Sie sind ein toter Mann. Los, gehen Sie weiter!«

Peter sprudelte lauter verworrenes Zeug hervor, und tat so, als ob er total überrumpelt wäre... Ganz abgesehen davon, dass es ihm keine allzu große Mühe kostete, diese Szene überzeugend zu spielen. Der Revolverlauf, der gegen seinen Rücken gedrückt wurde, missfiel ihm außerordentlich. Er setzte sich wieder in Bewegung und ging an Bord seines Bootes. Er wurde in seine Kabine gestoßen und sah sich Paul Blair und Kapitän Goole gegenüber.

»So, ich überlass ihn jetzt euch«, verkündete Cartright kurz.

Er verließ die Kabine, seine eiligen Schritte klapperten über den Kai, und dann hörte Peter, wie der Wagen angelassen wurde und davonfuhr. Blair hielt ebenfalls einen Revolver in der Hand, dessen Mündung genau auf Peters Kopf zielte.

»Wir wollen mit offenen Karten spielen, Conway«, sagte Blair ruhig ohne jede Aufregung. »Sie richten sich jetzt genau nach unseren Befehlen, verstanden? So, und nun lassen Sie sofort den Motor an.«

»Sie verdammter Schuft...!«

»Sie vergeuden nur wertvolle Zeit!«, fiel ihm Blair schroff ins Wort. »Lassen Sie jetzt endlich den Motor an. Und falls irgendjemand vorbeikommen sollte, bevor wir uns auf dem freien Wasser befinden, so sagen Sie einfach, Sie hätten Lust, jetzt in der lauen Nacht ein wenig hinauszusegeln... und sprechen Sie vollkommen natürlich. Ich warne Sie. Die kleinste Andeutung, dass hier an Bord irgendetwas nicht stimmt... und Sie sind ein toter Mann.«

»Ich frage mich nur, weshalb Sie sich überhaupt die Mühe gemacht haben, mich hierherzulocken?«, meinte Peter. »Sie scheinen ja ohnehin bereits von meinem Boot Besitz ergriffen zu haben.«

»Ja... und zwar heimlich. Aber wenn wir jetzt hinausfahren, wird das ganz öffentlich geschehen«, erklärte Blair kalt. »So, Sie wissen jetzt, was Sie zu tun haben, wenn irgendjemand auf uns aufmerksam wird. Außerdem kennen Sie sich mit den Fahrrinnen und den Gezeiten in den Wasserwegen um Halmouth aus. Zu Goole habe ich in dieser Beziehung kein allzu großes Vertrauen. Diese Fahrrinnen können verdammt gefährlich sein. Bis wir die offene See erreicht haben, brauchen wir Sie unbedingt.«

Peter dachte an Cromwells Worte, und stellte sich mächtig eingeschüchtert. Aber gleichzeitig verließ er sich darauf, dass Ironsides versprochen hatte, ihn zu schützen... wenn auch, zumindest bis jetzt... nicht die geringsten Anzeichen dafür zu bemerken waren. Nun gut, es war wohl schon das beste, vorerst gute Miene zum bösen Spiel zu machen. Also ließ er den Motor an, und wenige Minuten später glitt die Segeljacht in das Hafenbecken hinaus.

Alles lief wie am Schnürchen. Niemand schenkte dem Boot die geringste Aufmerksamkeit. Der Hafen lag dunkel und verlassen da. Bald hatten sie die Flussmündung erreicht, mit den funkelnden Lichtern von Halmouth im Süden und der offenen See gerade vor sich. Erst als sie die Gewässer von Halmouth erreicht hatten, wurde Blair ruhiger. Kapitän Goole stand neben Peter am Steuer und gab vor, dessen Treiben genau zu beobachten.

»Das ist besser als Ihr alter Kahn, was, Goole?«, meinte Blair lachend. »Das habe ich mir doch von Anfang an gedacht. Na, macht es Ihnen Spaß, Conway? Jetzt ist das Ganze nicht mehr weiter schwierig, Sie brauchen nur noch eine bestimmte Position in der Mitte des Kanals anzusteuern. Ich geben sie Ihnen und Sie werden sie dann ausrechnen. Aber ich warne Sie, keine faulen Tricks, bitte!«

Die Segeljacht war mit einem starken Motor ausgestattet. Sie- kamen schnell voran, und nachdem Peter, der ein guter Navigator war, die Position errechnet hatte, wurde kaum mehr gesprochen. Die *Wassernixe* glitt wie ein Pfeil, ohne alle Lichter, durch das Wasser. Die See war ruhig, und über ihnen schimmerten die Sterne. Hin und wieder zogen die Lichter eines Frachtkahnes langsam an ihnen vorüber. Sonst war weit und breit nichts anderes zu sehen als die dunkle, sich unendlich dehnende Fläche des Wassers.

Peter war jetzt ganz ruhig. Allmählich dämmerte ihm eine leise Ahnung dessen auf, was wirklich hinter diesem nächtlichen Ausflug steckte. Dies nämlich war es, was Blair von Anfang an vorgehabt hatte; sein Vorschlag, Molly Liskerns Leiche bis aufs Meer hinauszufahren und im tiefen Wasser zu versenken, war nichts weiter als ein Vorwand gewesen.

Daher war er auch nicht erstaunt, als plötzlich ein kleiner, dunkler Schatten nicht weit von ihnen entfernt auftauchte. Kapitän Goole befahl Peter in scharfem Ton, sofort beizudrehen. Und als die *Wassernixe* stoppte, entpuppte sich der dunkle Schatten als eine Barkasse mit einem lärmenden Dieselmotor.

Blair und Goole befahlen Peter in scharfem Ton, das Steuer zu verlassen, und schlossen ihn in der Kajüte ein. Inzwischen hatte die Barkasse längsseits angelegt. Aber die Schiffe blieben nicht lange nebeneinander liegen. Zwei schwere Koffer wurden herübergereicht, wobei kaum ein

Wort gewechselt wurde. Sowie die Koffer an Bord der Segeljacht waren, schoss die Barkasse wieder davon.

»Na, das hat nicht allzu lange gedauert, Conway, was?«, meinte Blair, als er die Kajüte wieder aufschloss. »Jetzt dürfen Sie uns wieder nach St. Hawes zurückbringen. Allerdings nicht in den Hafen. Wir machen noch einen kleinen Ausflug den Hal-Fluss hinunter.«

»Ich weiß zwar nicht, was hier eigentlich gespielt wird, aber eins kann ich Ihnen trotzdem verraten: mit heiler Haut kommen Sie bestimmt nicht davon«, fuhr ihn Peter wütend an. »Ich protestiere dagegen, dass meine *Wassernixe* für verbrecherische Zwecke missbraucht wird.«

Blair lachte dröhnend. »Was sind Sie doch für ein Dummkopf, Conway«, äußerte er verächtlich. »Sie wissen ja erst einen Bruchteil von dem, was hier wirklich vorgeht.«

In seiner Stimme klang ein drohender Unterton mit, der Peter zusammenschauern ließ. Zum ersten Mal fragte er sich besorgt, wann denn nun endlich etwas von Cromwells Schutz zu merken sein würde. Bisher jedenfalls war Peter ganz auf sich allein angewiesen gewesen.

»Lass doch den Jungen in Ruhe!«, grollte Kapitän Goole. »Bisher war er doch sehr gutwillig und es sieht ganz so aus, als ob er vernünftig bleiben würde.«

Das war ungefähr alles, was auf der Heimfahrt gesprochen wurde. Peter hatte das Steuer wieder übernommen. Man befahl ihm, an St. Hawes vorbeizufahren und über die weite Mündung den Hal-Fluss hinauf.

»Jetzt müssen gleich zwei Biegungen kommen«, erklärte Blair schließlich. »Kurz hinter der zweiten werden Sie einen privaten Landesteg liegen sehen. Steuern Sie darauf zu und legen Sie an... dort sind wir am Ziel.«

Peter entdeckte mühelos den verlassen daliegenden Landesteg, und mit einer eleganten Wendung brachte er das Boot längsseits davon zum Halten. Kapitän Goole ergriff die zwei Koffer und kletterte mit ihnen auf den Steg. Sonst war kein Mensch zu sehen. Blair befahl Peter, sofort wieder abzulegen und zur Flussmündung zurückzufahren. Als das Boot seine Fahrt beschleunigte, warf Peter noch einen raschen Blick zum Ufer hinüber und konnte gerade noch die unklaren Umrisse einer Gestalt erkennen, die sich zu Goole gesellt hatte und ihm mit den Koffern behilflich war.

Blair, der nun mit dem Revolver in der Hand neben ihm stand, zwang Peter abermals, an St. Hawes vorbeizusteuern und den Weg zum offenen Meer zu nehmen. Nun, da Blair mit Peter allein an Bord war, war er gezwungen, außerordentlich vorsichtig und wachsam zu sein. Peter erfasste das sofort und überlegte fieberhaft. Ihm war vollkommen klar, warum Blair nicht mit Goole und den Koffern an Land gegangen war. Blair befand sich auf der Flucht und konnte es nicht riskieren, sich irgendwo in Cornwall sehen zu lassen. Peter hielt es für sehr wahrscheinlich, dass Blair beabsichtigte, sich zu einem abgelegenen Ort an der französischen Küste segeln zu lassen, und dort auszusteigen. Es war die einzige Chance für ihn, sicher außer Landes zu kommen.

Aber was mochte Blair wohl vorhaben, wenn Peter ihn erst einmal sicher durch die schwierigen und gefährlichen Strömungen in den Gewässern um Hawes gebracht hatte? Dann war Peter für ihn überflüssig geworden... Es lief dem jungen Tierarzt eiskalt den Rücken hinunter, und er schauerte zusammen. Er gab sich nicht der geringsten Täuschung darüber hin, dass Blair keine Sekunde zögern würde, von seinem Revolver Gebrauch zu machen, wenn sie erst einmal sicher bis auf den Kanal hinausgekommen waren.

Und dann entwickelte sich alles ganz rasch und spannend. Sie befanden sich mit ihrem Boot immer noch in der Flussmündung... die gefährlichen Stellen lagen noch vor ihnen... als plötzlich zwei dicht über der Wasseroberfläche liegende Scheinwerfer aufleuchteten. Einige Sekunden lang glitten sie über das Wasser dahin, um sich dann auf die Segeljacht - zu konzentrieren und sie eisern in ihrem Schnittpunkt zu behalten.

»Gott sei Dank! Also hat Ironsides doch Wort gehalten«, murmelte Peter triumphierend vor sich hin.

»Was? Was haben Sie da eben gesagt?«, fuhr Blair ihn erregt an, »Verdammt noch mal! Wo sind diese Boote denn bloß plötzlich hergekommen? Vor einer Minute waren sie doch noch nicht da. Los, schneller, Conway! Holen Sie alles heraus, was drin ist!«

Peter lachte laut auf. Er bezweifelte keine Sekunde, dass Bill Cromwell für die Anwesenheit der zwei Marinebarkassen, oder was sie sonst sein mochten, verantwortlich zeichnete. Das war also der Schutz, den Cromwell ihm versprochen hatte! Offensichtlich wollte der Chefinspektor nur abwarten, bis Blairs Vorhaben feststand.

Peter war von einem einzigen, riesigen Triumphgefühl erfüllt. Sein Lachen war ein Lachen der Erleichterung gewesen. Er riss den Hebel hart herüber und augenblicklich erstarb das kraftvolle, gleichmäßige Tuckern der Maschine zu einem schwachen Summen.

»Sie verdammter Idiot! Sie sollen auf Hochtouren schalten...«

Mit einem dumpfen Krachen landete Peters geballte Faust unter Blairs Kinn... jetzt, wo er Hilfe so nahe wusste, erwachten sein Mut und seine Tatkraft. Er hätte sich keinen günstigeren Augenblick aussuchen können. Denn Blair war, geblendet von den starken Scheinwerfern, außerstande, Peter weiter im Auge zu behalten. Unter der Wucht des Schlages taumelte Blair zur Seite, und im nächsten Augenblick umklammerte Peter die Hand mit dem Revolver und versuchte, ihm diesen zu- entreißen. Blair kämpfte wild und verzweifelt. In dem Durcheinander hatte Peter jeden Sinn für Zeit verloren. Selbst als durch eine heftige Erschütterung die Segeljacht beinahe kenterte, registrierte er es nur im Unterbewusstsein. Laute Stimmen... Männer, die an Deck kletterten... der erfreuliche Anblick von Polizeiuniformen... und schließlich eine vertraute Stimme.

»Es tut mir leid, Doktor Conway«, sagte Bill Cromwell entschuldigend. »Der Schuft besaß eine Waffe, was? Das hatte ich befürchtet. Sie müssen sich wirklich in Lebensgefahr befunden haben...«

»Herr im Himmel! Mr. Cromwell, ich hatte schon fast nicht mehr gehofft, Sie noch einmal zu sehen!« japste Peter und rieb sich seine Fingerknöchel. »Lebensgefahr? Mit hat das Ganze einen Riesenspaß gemacht. Es ist alles genauso verlaufen, wie Sie vermutet haben. Blair war so verblüfft, dass er vollkommen vergaß, seinen Revolver zu gebrauchen.«

»Wir haben diesen Flussabschnitt ständig überwacht, seit Sie das erste Mal herausgekommen sind; vor einer Stunde etwa«, fuhr der Chefinspektor grimmig fort. »In

Wirklichkeit war der Hafen von St. Hawes gar nicht so verlassen, wie Sie wahrscheinlich gedacht haben; ich hatte ein halbes Dutzend Männer dort versteckt. Sie sind genau beobachtet worden.«

»Aber Sie haben viel zu spät eingegriffen, Mr. Cromwell«, protestierte Peter. »Sie hätten Ihr kleines Überraschungsmanöver inszenieren sollen, als wir von der See zurückkamen und den Fluss hinauffuhren. Wir haben in der Mitte des Kanals eine französische Barkasse getroffen und mehrere schwere Koffer von ihr übernommen.«

»Ich bin über die Koffer genau im Bilde, mein Sohn«, unterbrach ihn Ironsides gelassen. »Ich habe Sie mit voller Absicht vorbeigelassen, weil ich endlich zu einem totalen Resultat kommen wollte. Ich weiß genau, wo die Koffer jetzt sind. Alles hat sich ganz so abgespielt, wie ich hoffte... und Sie sind uns eine große Hilfe gewesen. Wenn ich Sie jetzt bitten dürfte, mit Ihrem Boot so schnell wie möglich nach St. Hawes zurückzufahren.«

Es gab noch eine kurze Verzögerung, als Blair, der sich wild zur Wehr setzte, auf eines der Polizeiboote gebracht wurde. Dann glitten die beiden Schiffe davon, nachdem sie ihre Scheinwerfer ausgeschaltet hatten, und nur noch die normalen Orientierungslichter brannten. Jetzt schaltete Peter ebenfalls die Lichter ein. Und schon glitt die *Wassernixe* mit voller Geschwindigkeit dahin, während Peter, der am Steuer stand, pausenlos Fragen hervorsprudelte.

Aber er erhielt wenig Antwort darauf. Cromwell war nicht sehr mitteilsam... dafür war er ja berühmt. Als sie wieder im Hafen von St. Hawes einliefen, war alles still und ruhig. Offensichtlich hatte die kleine, verschlafene Stadt nicht die geringste Ahnung, was für dramatische

Dinge sich soeben, nur ein kleines Stück den Fluss hinauf, abgespielt haben. Das einzige lebende Wesen, welches zu sehen war, war Johnny Lister, der in einem Polizeiwagen auf sie wartete. Die beiden Beamten von Scotland Yard hielten eine kurze, geflüsterte Besprechung ab. Dann nickte Cromwell zufrieden

»Das hast du gut gemacht!«, lobte er. »So, und nun nach *Tregissy Hall*.«

»Darf... darf ich mitkommen, Mr. Cromwell?«, bat Peter besorgt. »Vermutlich wollen Sie zu Sir Nicholas, um sich einen Haftbefehl zu holen. Er ist ja einer der Friedensrichter in unserer Grafschaft. Aber wen, zum Teufel, wollen Sie denn nun eigentlich verhaften?«

»Ja, Sie können mitkommen«, sagte Ironsides. »Ich müsste ja ein

Unmensch sein, wenn ich es nach dem, was Sie heute Nacht getan haben, ablehnen würde.«

»Na, ich weiß ja nicht, was der alte Herr sagen wird, wenn wir ihn um diese Zeit aus dem Bett holen«, meinte Peter grinsend. »Außerdem soll es ihm ja nicht besonders gut gehen, habe ich gehört.«

Aber Cromwell gab keinerlei Erklärung mehr ab. Während der ganzen Fahrt nach *Tregissy Hall* herrschte tiefes Schweigen im Wagen. Das Schloss lag völlig im Dunkel, als sie vorfuhren. Aber Cromwell schaffte schnell Abhilfe. Er hämmerte heftig an die Eingangstür und nahm den Finger überhaupt nicht mehr von der Klingel. Schlagartig gingen in mehreren Zimmern in der oberen Etage Lichter an. Dann wurde es auch in der Halle licht, und Paddon, der Butler, öffnete ihnen im Morgenrock und Pantoffeln.

Ironsides brauchte gar nicht erst nach dem Hausherrn zu fragen, denn Sir Nicholas und Lady Perrin kamen im gleichen Augenblick, als er und Johnny eintraten, die große Freitreppe herunter.

»Cromwell, Sie! Du lieber Gott! Haben Sie etwa diesen entsetzlichen Lärm gemacht?«, fragte der Baronet und schwankte zwischen Ärger und Entrüstung. »Was denken Sie sich denn, zum Teufel, dabei, Sir, uns zu dieser Zeit aus den Betten zu holen?« Ironsides schenkte ihm nicht die geringste Beachtung. Seine ganze Aufmerksamkeit galt der ruhigen, gelassenen Lady Perryn.

»Es tut mir leid, Mylady, aber das Spiel ist aus«, erklärte er ruhig. »Ich möchte Sie jetzt bitten, mir zu zeigen, wo Sie die Koffer, die Ihnen vor ein paar Stunden am Landungssteg ausgehändigt wurden, versteckt haben.«

Die blonde, zierliche Frau seufzte lediglich auf, sonst war ihr keinerlei Erregung anzumerken.

»Mein Gott!«, sagte sie. »Wie schade!«

»Koffer?«, brüllte Sir Nicholas. »Was hat das alles zu bedeuten? Paddon, Sie können wieder zu Bett gehen.« Der Baronet starrte seine Frau fassungslos an. »Was will dieser Mann eigentlich? Du hast doch keine Koffer an unserem privaten Landesteg abgeholt...«

»Ich bedaure außerordentlich, Sir, aber Ihre Gattin wurde dabei beobachtet«, unterbrach ihn Cromwell. »Ein Mann namens Kapitän Goole hat ihr geholfen, die Koffer in ihrem Wagen zu verstauen. Wir ließen sie noch ruhig abfahren. Erst dann verhafteten wir Goole. So leid es mir tut, Sir, ich fürchte, dass Lady Perrin in eine ernsthafte Schmuggelaffäre verwickelt ist. Ich nehme an, dass Sie nichts davon geahnt haben, Sir.«

»Was für ein idiotisches Zeug reden Sie da«, explodierte der Baronet. Er fuhr sich mit der Hand durch sein ohnehin, zerzaustes Haar, und glich mehr denn je einer Kasperlpuppe. »Meine Frau soll in eine Schmuggelaffäre verwickelt sein? Zu idiotisch! So ein dummes Geschwätz! Notorischer Unsinn! Ich werde mich an den Polizeidirektor wenden...

»Mutter!«, schrie Jennifer, die inzwischen oben an der Treppe aufgetaucht war. »So sag doch etwas!«

Lady Perryn kicherte amüsiert vor sich hin. Peter stürzte auf die Treppe zu, um Jennifer in die Arme zu nehmen. Sir Nicholas stand wie vor den Kopf gestoßen da. Das Verhalten seiner Frau schockierte ihn zutiefst.

»Schmuggeln!« äußerte Lady Perryn geringschätzig. »Was ist denn schon dabei? Nur schade, dass Sie dahintergekommen sind, Mr. Cromwell. Aber, ich bitte Sie, war es denn wirklich notwendig, mitten in der Nacht hier heraufzukommen, und uns alle aus den Betten zu holen? Das weiß doch jedes Kind, dass Schmuggeln kein wirkliches Verbrechen ist.«

»Mutter!«, protestierte Jennifer entgeistert.

Sir Nicholas versuchte etwas zu sagen, aber brachte lediglich ein trockenes Räuspern hervor.

»Ich rate Ihnen, Mylady, die Sache nicht so auf die leichte Schulter zu nehmen!« mahnte der Chefinspektor eindringlich. »Sie scheinen ziemlich eigenartige Vorstellungen bezüglich des Schmuggelns zu haben...«

»Stellen Sie sich bloß nicht so an!«, unterbrach ihn die Lady und lachte abermals hell auf. »Schmuggeln ist doch ein Gentleman-Delikt. Ich habe mir doch nichts Ernsthaftes zuschulden kommen lassen. Eigentlich habe ich doch bloß versucht, meinem Mann zu helfen. Bauschen Sie die Dinge doch nicht unnötig auf.«

Cromwell machte ein ziemlich fassungsloses Gesicht.

»Ich muss Sie leider darauf aufmerksam machen, Lady Perryn, dass Sie möglicherweise noch eine andere Anklage zu erwarten haben... und zwar eine bedeutend schwerwiegendere«, sagte er ernst. »Um es klar zu formulieren, wegen Beihilfe zum Mord... in zwei Fällen.«

Fünfzehntes Kapitel

Sekundenlang sah Lady Perryn den Chefinspektor verblüfft an, aber dann nahm ihr sonst so ruhiges, gelassenes Gesicht einen ausgesprochen trotzigen Ausdruck an.

»Wenn Sie damit auf den Tod von Molly Liskern anspielen, muss ich Ihnen leider sagen, dass ich nicht das geringste darüber weiß«, erklärte sie und zuckte mit den Achseln. »Was für einen zweiten Mord denn überhaupt? Was wollen Sie damit überhaupt sagen? Was habe ich denn schon getan? Ich habe in einer lächerlichen, kleinen Schmuggel-Affäre mitgeholfen. Das ist doch noch kein Verbrechen!«

»Ich sehe schon, Mylady, dass ich Sie noch auf ein, zwei Punkte hinweisen muss«, erklärte Bill Cromwell geduldig. »Könnten wir nicht irgendwo hingehen, wo wir uns in Ruhe unterhalten können? Es ist zwar absolut unzulässig, was ich jetzt tue, aber Sie scheinen unsere Gesetze so wenig zu kennen, dass ich in diesem Fall einmal eine Ausnahme machen will.«

Er war nur froh, dass Inspektor Powell nicht anwesend war...

»Ja, Sie haben vollkommen recht! Lassen Sie uns das doch, um Gottes willen, in Ruhe besprechen«, drängte Sir Nicholas, der immer noch vollkommen fassungslos war. »Ich hatte nicht die geringste Ahnung...« Er brach ab, ging auf eine Tür zu und öffnete sie. »Gehen wir hier hinein.« Sie traten ein, und der Baronet knipste das Licht an. »Also, Cromwell, ich weiß überhaupt nicht, was dies alles zu bedeuten hat. Zunächst einmal würde ich gern wissen, wieso Sie von vornherein meine Frau verdächtigt haben? Warum nicht mich? Wenn sie sich tatsächlich auf irgendeine unsaubere Angelegenheit eingelassen haben sollte, kann ich Ihnen nur versichern, dass sie nicht ahnte, was eigentlich gespielt wurde. Sie ist eben ein wenig lebensfremd.«

»Es tut mir leid, Sir, aber ich beobachte Ihre Gattin schon seit einiger Zeit«, erwiderte Ironsides mürrisch. »Würde es Ihnen vielleicht etwas ausmachen, sich zu setzen? Heute Nachmittag, als ich hörte, dass Lady Perryn unter gar keinen Umständen zulassen wollte, dass Sie heute bereits wieder aufstehen, wusste ich, dass meine Vermutung richtig gewesen war. Das war zu auffällig, damit hat sie sich verraten. Daran merkte ich, dass Mylady für heute Nacht etwas plante, und Sie, Sir Nicholas, unbedingt aus dem Weg haben wollte, damit Sie sie nicht stören konnten.«

»Mein Mann würde mich niemals verstanden haben«, schaltete sich Lady Perryn ruhig ein. »Er ist so vollständig hilflos in allen finanziellen Angelegenheiten. Das war schon immer so. Oh, du lieber Gott! Und ich habe alles für so einfach gehalten.«

»Schmuggeln!«, brummte Sir Nicholas. »Schmuggeln… was denn überhaupt? Was hast du denn, zum Teufel, überhaupt geschmuggelt, Liebling? Du musst vollkommen wahnsinnig gewesen sein, dich auf eine so gefährliche Sache einzulassen. Wer sind denn deine Helfershelfer? Mir ist das alles völlig unverständlich.«

»Wenn alles in Ordnung gegangen wäre, hättest du nie das geringste erfahren«, wandte seine Frau schmollend ein. »Es hat damals begonnen, als wir zusammen in der Schweiz waren. Nick, erinnerst du dich noch an den reizenden Monsieur Duval, der im selben Hotel wohnte wie wir?«

»Duval? Ja, jetzt erinnere ich mich wieder.« Der Baronet runzelte die Stirn. »Er sprach ein ausgezeichnetes Englisch, nicht wahr? Ich war damals noch ganz verärgert, weil ich fand, dass du dich reichlich viel mit ihm befasstest.«

»Wie entsetzlich dumm von dir, Nick. Ich habe mit ihm doch nur über Geschäfte gesprochen. Monsieur Duval klärte mich darüber auf, dass man unheimlich viel Geld damit verdienen könnte, goldene Uhren aus der Schweiz nach" England zu schmuggeln. Nicht dieses billige Zeug, mit dem wir hier überschwemmt werden, sondern gute, wertvolle goldene Uhren... jede mehr als hundert Pfund wert. Diese Art Schmuggelei wäre eine ganz alltägliche Sache, erklärte er; aber wenn man eine hochgestellte Person in England als Mittelsmann hätte, würde das alles sehr vereinfachen.«

»Du lieber Gott! Und das hast du ihm geglaubt?«

»Natürlich habe ich es ihm geglaubt«, lachte sie. »Er hat mir ein paar solche Uhren gezeigt. Keine von ihnen war nur ein bisschen schlechter als die, die du mir dort geschenkt hast. Ich sagte ihm, dass ich leider nicht genug Geld hätte, um so etwas zu machen. Mir fehlte sozusagen das Anfangskapital. Wir unterhielten uns noch öfter über die Sache, und schließlich gab er mir seine Adresse und bat mich, ihn zu verständigen, falls ich eines Tages meine Meinung ändern sollte. Als wir wieder zu Hause waren, dachte ich gar nicht mehr daran. Dann, ein paar Wochen später, erhielt ich plötzlich einen Brief von Doktor Halterby, in dem dieser mir mitteilte, meine Tante Agnes sei verstorben und habe mir dreitausend Pfund hinterlassen.«

»Aber Liebling, drei*hundert* Pfund. Was redest du denn von drei*tausend*? Ich denke...«

»Ach Nick, du hast doch nie eine Ahnung von Geld gehabt. Deshalb dachte ich damals sofort an Monsieur Duvals Vorschlag. Ich erzählte dir von vornherein nur von dreihundert Pfund. Ich wollte mich zuerst einmal mit Doktor Halterby über unsere finanzielle Lage unterhalten. Ich wusste, dass sie keineswegs rosig war... dass wir vielleicht sogar *Tregissy Hall* aufgeben müssten... Und ich wollte dir doch so eine wunderbare Überraschung bereiten. Also verabredete ich mich mit Doktor Halterby und erzählte ihm alles über Duval. Zuerst war er entsetzlich schockiert, aber dann erkannte er die großen Möglichkeiten, und schließlich überzeugte ich ihn sogar, selbst zweitausend Pfund zu investieren. Ich steuerte meine ganzen dreitausend bei.«

»Halterby?«, stieß Sir Nicholas ungläubig hervor. »Dieser vertrocknete, alte Bücherwurm? Ich weiß ja schon seit langem, dass deine unglaubliche Überzeugungskraft Wunder vollbringen kann, meine Liebe, aber, dass Doktor Halterby ihr auch zum Opfer gefallen sein soll, erscheint mir doch...«

»Ach Nick, deine Menschenkenntnis!«, fiel ihm seine Frau ins Wort. »Nach all diesen Jahren glaubst du tatsächlich immer noch, dass Doktor Halterby nichts als der angesehene, vertrauenswürdige Familienanwalt war?« Sie kicherte vor sich hin. »Ich habe vom ersten Augenblick an gewusst, dass er habgierig war und einen schlechten Charakter hatte. Er war der Typ, der mit beiden Händen sofort zugreift, wenn er eine Chance sieht, ohne persönliches

Risiko eine Menge Geld zu verdienen. Also schrieb ich an Duval und vereinbarte ein Rendezvous mit ihm in London. Dir erzählte ich, dass ich Einkäufe machen wollte... und du glaubtest mir, wie immer. Ich traf Duval, und er stellte mir einen jungen Mann namens John White vor. Es war geplant, dass White nach Cornwall herunterkommen und sich in einem Hotel in Penro einquartieren sollte, um von dort aus zu operieren. Von mir verlangten sie nichts weiter, als die sichere Geborgenheit von *Tregissy Hall*, wenn die Uhren ankämen. Wer würde denn darauf kommen, dass *Tregissy Hall* etwas damit zu tun hatte.«

»Ein überzeugendes Argument!«, stöhnte Sir Nicholas. Der unglückliche. Mann war vollkommen zusammengebrochen, Schock auf Schock kam über sein Haupt. Er war mehr verzweifelt als ärgerlich. Er sah seine Frau immer wieder von der Seite an, als ob plötzlich eine Fremde neben ihm säße.

Cromwell ließ Lady Perryn weiterplappern, ohne sie zu unterbrechen. Johnny Lister, der unbemerkt in der Ecke saß, stenographierte alles, was gesprochen wurde, mit. Peter Conway saß dicht neben Jennifer auf der Couch, und Jennifer umklammerte fest seinen Arm, während sie ihrer Mutter zuhörte.

»Entsetzlich«, wiederholte Sir Nicholas heiser. »Dass sich dies alles hinter meinem Rücken abgespielt hat...«

»Aber du hast dich doch niemals für meine Angelegenheiten interessiert, nicht wahr?«, sagte seine Frau und strahlte ihn liebevoll an. »Du hattest immer so viel mit dem Besitz zu tun... den Pferden, der Ernte und all dem.« Sie machte eine vage Handbewegung.

»Nicht wahr, Mr. Cromwell, es ist doch alles gar nicht so schlimm? Ich meine, diese kleine, unschuldige Schmuggelei.«

»Erzählen Sie weiter, Mylady«, forderte Ironsides sie brummig auf. »Also dieser Mann, dieser White, kam nach Penro, um seine Vorbereitungen zu treffen. Haben Sie ihn oft gesehen?«

»Nein, nur höchst selten«, erwiderte sie. »Ich habe ihn ein- oder zweimal in Penro getroffen, und dabei berichtete er mir, dass er sich mit Kapitän Goole geeinigt hätte; dessen Boot zu benutzen. Sie wollten bis zur Mitte des Kanals hinausfahren, um dort eine französische Barkasse zu treffen. Diese sollte ihnen dort draußen die Uhren übergeben, und dann wollten sie sie zu unserem privaten Landesteg am Hal-Fluss schaffen, wo ich sie mit dem Wagen erwarten sollte. Alles war für eine bestimmte Nacht vorbereitet, und ich hatte mich ganz darauf eingerichtet. Ich beabsichtigte, die Uhren mit aufs Schloss zu nehmen, und sie hier ein, zwei Monate zu verstecken, bis die Gefahr vorüber wäre. Dann wollte White sie abholen kommen und nach und nach verkaufen. Er habe überall im Land seine Abnehmer, erklärte er mir, und wir würden mindestens dreißigtausend Pfund daran verdienen... vielleicht sogar auch noch viel mehr.«

»Meine Liebe, wie konntest du dich nur auf so etwas einlassen?«, stöhnte Sir Nicholas verzweifelt.

»Aber wir hatten Pech. Ausgerechnet in der Nacht, für die wir alles vorbereitet hatten, kam ein großer Sturm auf, und Kapitän Gooles Boot wurde gegen die Kaimauer geworfen und schwer beschädigt, so dass wir es nicht mehr benutzen konnten. Und es musste doch unbedingt ein bekanntes Boot sein, eines, das dauernd im Hafen von St. Hawes ein und aus fuhr. Ein fremdes Boot würde doch die Aufmerksamkeit der Leute auf sich gezogen haben. Das einzige, welches jetzt noch in Frage kam, war Peters Segeljacht.« Lady Perryn sah Peter an, während sie das sagte, und lächelte ihm freundlich zu. »Mir war von vornherein klar, dass du niemals darauf eingehen würdest, Peter. Aber Mr. White zerstreute meine Bedenken; er erklärte, ein sicheres Mittel zu besitzen, dich zu überzeugen.«

»Das ist ihm ja auch fast gelungen... wenn auch nur durch einen gemeinen Trick«, antwortete Peter schuldbewusst.

»Dann komplizierte sich alles dadurch, dass Kapitän Goole sich mit diesem dummen Mädchen, dieser Molly Liskern, einließ«, fuhr Lady Perryn in anklagendem Ton fort. »Wie kann ein Mann denn nur so einfältig sein? Und obendrein in seinem Alter! Ich glaube sogar fast, dass der Mann verrückt genug war, dem Mädchen eine goldene Uhr zu schenken, die er von Mr. White erhalten hatte. Sie muss wohl einmal eine Nacht über bei ihm geblieben sein, als er halb betrunken war. Daraufhin schenkte er sie ihr. Der alte Trottel hatte ihr in seinem Rausch doch tatsächlich alles über diese Geschichte mit den Uhren erzählt. In der nächsten Nacht, als er noch betrunkener wär als sonst, erschien Molly bei ihm und verlangte Geld... eine Menge Geld. Er war so außer sich vor Wut, dass er sie einfach hinauswarf. Mein Gott, wie ungeschickt von ihm! Als Mr. White davon hörte, war er sehr böse. Er sagte mir, dass das Mädchen sehr gefährlich werden könnte.« Lady Perryn blickte mit großen, unschuldigen Augen zu Bill Cromwell auf. »Aber das hätte ich mir doch niemals träumen lassen, dass er das arme Kind umbringen würde. Mir gegenüber äußerte er nur, dass alles für Dienstagnacht vorbereitet sei.«

»Die Benutzung Ihres Wagens inbegriffen, Mylady?«

»Ja, er betonte, dass es besser wäre, unseren Wagen zu benutzen... ich habe allerdings nicht ganz verstanden, wieso. Wir hatten Gäste zum Abendessen eingeladen, und Mr. White schlug vor, dass wir doch alle zusammen nach Penro ins Kino gehen sollten. Finden Sie nicht auch, dass das ganz unverfänglich aussah? Ich hatte ja nicht die geringste Ahnung, wozu er unseren Wagen benutzen wollte...«

»Jetzt werde ich Ihnen einmal verraten, wozu er ihn benutzt hat«, fiel ihr Cromwell finster ins Wort. »Molly Liskern musste aus dem Weg geräumt werden. Sie wusste zu viel. Das Risiko war zu groß, dass sie eines Tages aus der Schule plaudern würde. Man plante, den jungen Conway in eine derartige Lage zu bringen, dass ihm gar nichts anderes übrig blieb, als zuzustimmen, dass sein Boot benutzt wurde. Ich nehme an, dass Kapitän Goole auf seinem Motorrad nach Penro zuckelte, Ihren Wagen vom Parkplatz vor dem Kino entwendete und zu einem bestimmten Ort fuhr, wo er sich mit Molly Liskern verabredet hatte. Inzwischen rief der Mann, den Sie als White kennen, Conway an, und lockte ihn mit einem faulen Trick zum *Long Reach Hof* hinaus. Und während Conway zum Haus und zu den Ställen ging, um den Bauern zu suchen, legte Goole ihm die Leiche des Mädchens in den Kofferraum seines Wagens. Conway fuhr nach Hause, ohne etwas davon zu ahnen. Dort wurde er bereits von White erwartet. White musste unter allen Umständen in dem Augenblick, als Conway die Leiche entdeckte, anwesend sein. Es klappte alles wie geplant. Conway bemerkte das heraushängende Stückchen Stoff, und entdeckte wunschgemäß die Leiche.«

»Oh, du lieber Gott!«, rief Lady Perryn entsetzt aus. »Das ahnte ich ja alles gar nicht! Armer Peter! Was hast du denn um Himmels willen daraufhin getan? Ich höre ja zum ersten Mal davon.«

»Es sieht ganz so aus, als ob es eine ganze Menge gäbe, wovon Sie noch nichts gehört haben, Lady Perryn«, unterbrach Ironsides sie nachdrücklich. »Conway sollte in Panikstimmurig versetzt werden, damit er sich bereit erklärte, die Leiche des Mädchens bis in den Kanal hinauszufahren. Ich vermute, dass man dem jungen Mann eine harmlose Droge in seinen Whisky getan hat, um ihn gefügiger zu machen. Es ging natürlich gar nicht um die Leiche, sondern darum, das französische Boot zu treffen, um die Schmuggelware zu übernehmen. Während White Conway bearbeitete, brachte Goole den Rover auf den Parkplatz vor dem Kino zurück und fuhr nach Hause, nach St. Hawes. Aber dann durchkreuzte etwas ihre Pläne. White tappte zunächst im Dunkeln, und als er am nächsten Morgen Conway anrief...« Der Chefinspektor brach unvermittelt ab und sah Lady Perryn scharf an. »Hat White Sie auch angerufen, Mylady?«

Sie machte ein erstauntes Gesicht. »Ja. Woher wissen Sie das? Er teilte mir nur mit, dass alles wieder einmal aufgeschoben sei, und wir einen günstigeren Zeitpunkt abwarten müssten.«

»Es stellte sich als sehr schwierig heraus, diesen günstigeren Zeitpunkt festzulegen«, führte Cromwell weiter aus. »Inzwischen war die Polizei aufmerksam geworden... man hatte mich von Scotland Yard zu Hilfe gerufen... und obendrein erwies Conway sich als unzugänglich. Und dann verlor Doktor Halterby auch noch die Nerven. Ich persönlich bin der Ansicht, dass er drohte, zur Polizei zu gehen. Der Mord an Molly Liskern hatte ihn völlig aus der Fassung gebracht. White hatte keine Lust, ein Risiko einzugehen; also brachte er Doktor Halterby kurzerhand um.«

»Aber Doktor Halterby hat doch Selbstmord begangen!«

»Nein, Mylady, das hat er nicht. White hat ihn ermordet. Außerdem drängte die Zeit, und Duval auf der anderen Seite des Kanals wurde ärgerlich. Trotzdem dachte keiner daran, aufzugeben. Sie beschlossen, so bald wie möglich zur Tat zu schreiten, und das taten sie auch. Alles war heute Abend vorbereitet. Aber ich war ebenfalls vorbereitet. Ich hatte meine Leute auf dem Posten. Mr. Conway nahm mit großem Mut eine Aufgabe auf sich, die mit erheblicher Gefahr verbunden war, und er hat sich ausgezeichnet bewährt. Ich ließ ihn mit seiner Jacht ruhig an uns vorbei und bis zu Ihrem Landesteg fahren, wo die Koffer an Sie übergeben wurden. Unmittelbar danach verhafteten wir Goole und White.«

»Oh, du liebe Güte! Was für eine entsetzliche Geschichte!«, rief Lady Perryn aufgeregt aus, der offensichtlich der Ernst ihrer Lage keineswegs klar war. »Natürlich habe ich nicht das Geringste über diese entsetzlichen Morde gewusst. Ich bin außer mir. Das konnte doch keiner ahnen, dass die beiden es so weit treiben würden.«

»Ich verstehe nur immer noch nicht, warum sie unbedingt meinen Wagen für ihre schmutzigen Geschäfte brauchten?«, platzte Sir Nicholas ungehalten heraus. »Warum denn ausgerechnet meinen Rover?«

»Aus Sicherheitsgründen, Sir. Es war kaum zu erwarten, dass man Ihren Wagen, der hier in der Umgebung überall bekannt ist, anhalten würde. Sie dürfen nicht vergessen, dass man vorhatte, eine Leiche darin zu transportieren.«

»Und du, meine Liebe, hast davon gewusst?«, fragte Sir Nicholas und starrte seine Frau wie betäubt an. »Du hast gestattet, dass man unseren Wagen dazu benutzte?«

»Aber Nick, doch nicht so, wie es nachher geschah«, protestierte Lady Perryn. »Ich habe doch gedacht, sie brauchen ihn nur, um die Koffer abzuholen... Nein, das kann ja gar nicht stimmen! Nicht wahr? Das kann ja nicht sein. Ich wartete doch am Landesteg auf die Koffer. Na ja, was macht das schon aus? Ich hatte nicht ganz verstanden, wozu sie unseren Wagen eigentlich haben wollten, aber Mr. White erklärte nun einmal, es wäre nötig. Ist das ein Pech, dass alles so ungünstig laufen musste.«

Cromwell stand auf. »Ihnen scheint immer noch nicht klar zu sein, wie *ungünstig*«, erklärte er brummig. »Ihre Situation ist sehr ernst, Mylady. Ich werde wohl kaum darum herumkommen, gegen Sie Anklage wegen Beihilfe zum Mord in zwei Fällen zu erheben. Und ich bin verpflichtet, Sie zu warnen...«

»Aber das ist doch absurd«, protestierte Mylady aufgebracht. Jetzt sah sie wirklich verstört und zugleich empört aus. »Das kann doch nicht Ihr Ernst sein, Mr. Cromwell. Ich dachte, ich hätte alles so klug angefangen... Ich wollte doch nur meinem Gatten helfen. So ein bisschen Schmuggelei, und schon würde sich mein Legat von dreitausend Pfund auf etwa fünfzehntausend, wenn nicht gar zwanzigtausend erhöhen. Damit wären wir aus allen Sorgen heraus gewesen. Ich hatte mit Doktor Halterby abgesprochen, dass er meinem Mann Vortäuschen sollte, er könne das Geld auf dem Weg über ein legales Darlehen auftreiben. Sie werden mich doch nicht etwa wirklich verhaften, oder doch?«

Ironsides' Gesicht blieb unbeweglich.

»Meine liebe Lady Perryn, Sie sind leider nicht halb so klug, wie Sie annehmen«, äußerte er sarkastisch. »Sie scheinen tatsächlich zu glauben, dass diese wertvollen Uhren, die Sie hier in Ihrem Haus versteckt haben, tatsächlich aus der Schweiz stammen. Ich allerdings glaube eher, dass sie gestohlen sind. Sie stammen aus einem großen Raubüberfall vor über einem Jahr; die Schweizer Polizei tappt heute noch völlig im Dunkeln bezüglich dieses Falles. Sind Sie denn wirklich der Meinung, diese Verbrecher würden ihr Wort gehalten haben?« Er züchte geringschätzig die Achseln. »Sie benutzten Sie, Mylady, ganz einfach als ihr Werkzeug... denn sie brauchten einen sicheren Platz, um ihre Beute zu verstecken, wenn es ihnen erst einmal gelungen war, sie ungehindert ins Land zu schmuggeln. Sie hätten keinen Penny gesehen. Im Gegenteil, Sie wären auch noch Ihre dreitausend Pfund losgeworden. Ganz abgesehen von der Tatsache, dass man Sie in zwei Morde verwickelt hat, werden Sie vermutlich eine erhebliche Geldstrafe wegen der Rolle, die Sie in dieser Schmuggelaffäre gespielt haben, zu erwarten haben.«

»Oh, Nick, es tut mir ja so entsetzlich leid«, jammerte Lady Perryn demütig. »Und dabei wollte ich dir doch nur helfen. Und nun sieht es ganz so aus, als ob wir stattdessen alles verlieren würden. Nun müssen wir wirklich aus *Tregissy Hall* fort.«

Selbst jetzt schien sie sich noch immer nicht im Klaren darüber zu sein, dass sie vermutlich für eine beachtliche Zeitspanne unter noch bedeutend anderen Bedingungen würde leben müssen.

Nachdem Lady Perryn fortgebracht und offensichtlich verhaftet worden war, nahm Cromwell sich die beiden Koffer vor und sah ihren Inhalt durch. Es war eine reiche Ausbeute. Alle Uhren, zweitausend Stück, waren aus massivem Gold mit einem schweren, goldenen Armband und einem hochwertigen Werk; jede gut ihre hundert Pfund wert. Es konnte nicht der geringste Zweifel darüber bestehen, dass sie aus dem Schweizer Raubüberfall stammten.

Am nächsten Morgen stattete der Chefinspektor *Tregissy Hall* abermals einen Besuch ab. Er fand Sir Nicholas Perryn in äußerst trauriger und niedergeschlagener Verfassung vor. Peter war ebenfalls dort und tat sein Bestes, Jennifer zu trösten, die den Schock, dass ihre Mutter verhaftet worden war, immer noch nicht überwunden hatte.

»Ich werde verkaufen und unser Zuhause aufgeben müssen, Mr. Cromwell«, erklärte der Baronet schmerzerfüllt. »Andererseits dürfte ich eigentlich gar nicht so traurig darüber sein. All die Jahre hindurch hat es mir wie ein Mühlstein am Hals gehangen. Ich werde eine kleine Wohnung in London nehmen und dort warten, bis meine Frau wiederkommt. Wie viele Jahre, glauben Sie, wird sie denn bekommen?«

»Es besteht kein Anlass, so mutlos zu sein, Sir«, versicherte Ironsides mit einem Augenzwinkern. »Der Staatsanwalt wird Ihre Frau, meiner Überzeugung nach, nicht allzu scharf herannehmen. Ein guter Anwalt dürfte ohne weiteres in der Lage sein, die Geschworenen davon zu überzeugen, dass Lady Perryn nicht die geringste Ahnung von den beiden Morden hatte, und dass sie lediglich ein Werkzeug in den Händen kluger und rücksichtsloser Verbrecher war. Es ist sogar sehr wahrscheinlich, dass sie mit einem Freispruch davonkommen wird.« Jennifer riss ihre Augen weit auf.

»Oh, Mr. Cromwell, halten Sie das wirklich für möglich?«, fragte sie atemlos. »Das würde bedeuten, dass Mutter überhaupt nicht ins Gefängnis zu gehen brauchte? Das andere ist ja alles gar nicht so schlimm, ich meine, dass wir das muffige, alte Schloss verkaufen müssen und so. Mutter und Vater werden sich in einer kleinen Wohnung viel wohler fühlen.«

»Und was wird mit Ihnen, Miss?«

»Oh, um mich brauchen Sie sich keine Sorgen zu machen. Ich glaube, ich werde sehr glücklich werden«, erklärte Jennifer errötend, und warf Peter einen scheuen Blick zu. »Peter und ich wollen so bald als möglich heiraten, und dann ziehe ich zu ihm in sein Häuschen. Aber nicht für lange!«, fügte sie überzeugt hinzu. »Peter ist sehr klug und tüchtig. Er wird eines Tages ein berühmter Mann werden!«

Als Cromwell *Tregissy Hall* verließ, war ihm sehr viel wohler zumute. Aber wenn er an seine eigenen Sorgen dachte, sank seine Stimmung beträchtlich. Als er die kleine Polizeistation wieder betrat, sah er wie immer finster und missgelaunt drein.

»Vor uns liegt noch ein schönes Stück Arbeit, Johnny«, sagte er und ließ sich in seinen Stuhl fallen. »Jetzt müssen wir die Anklage gegen Blair und Goole ausarbeiten, und das wird nicht einfach werden. Wir beide wissen zwar, dass sie die Morde begangen haben, aber wir verfügen noch nicht über genügend handfeste Beweise, um die Geschworenen auch davon zu überzeugen. Ja, das wird nicht so einfach sein.« Ironsides' intelligente, graue Augen blitzten, als er sich gerade aufrichtete. »Draußen lauert eine Meute hungriger Wölfe auf mich und erwartet, dass ich ihr endlich den versprochenen fetten Happen vorwerfe. Lass sie rein, Johnny.«

Johnny Lister grinste... und ging, um die Reporter zu holen.

ENDE

Besuchen Sie unsere Verlags-Homepage:
www.apex-verlag.de